Staread
星 文 文 化

随宇而安 著

图书在版编目（CIP）数据

千朵桃花一世开：全2册 / 随宇而安著. -- 南京：江苏凤凰文艺出版社，2024.7. -- ISBN 978-7-5594-8707-0

Ⅰ．I247.5

中国国家版本馆CIP数据核字第2024L761B3号

千朵桃花一世开：全 2 册

随宇而安　著

选题策划	林　壁
责任编辑	王昕宁
特约编辑	林　壁　悦　悦
出版发行	江苏凤凰文艺出版社
	南京市中央路 165 号，邮编：210009
网　　址	http://www.jswenyi.com
印　　刷	三河市嘉科万达彩色印刷有限公司
开　　本	700mm×1000mm 1/16
印　　张	31.75
字　　数	449 千字
版　　次	2024 年 7 月第 1 版
印　　次	2024 年 7 月第 1 次印刷
书　　号	ISBN 978-7-5594-8707-0
定　　价	69.80 元（全 2 册）

江苏凤凰文艺版图书凡印刷、装订错误，可向出版社调换，联系电话 025-83280257

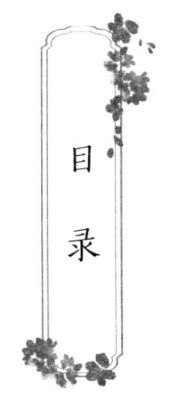

目录

楔　子　　　　　　　001
第一章　熔渊　　　　003
第二章　半妖　　　　029
第三章　慈悲　　　　057
第四章　有罪　　　　088
第五章　心魔　　　　113
第六章　钧天　　　　143
第七章　选择　　　　170
第八章　断念　　　　204
第九章　悟心　　　　235

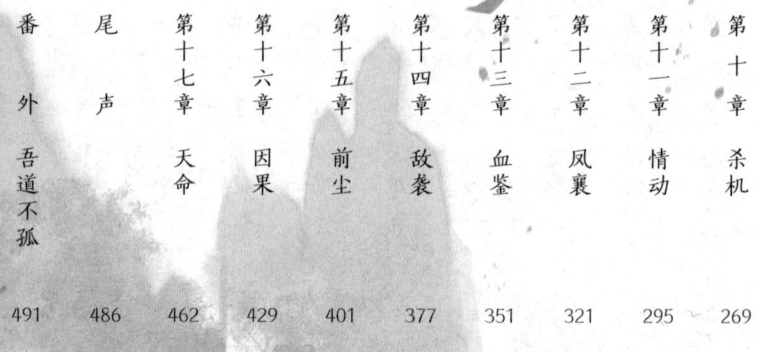

第十章 杀机	269
第十一章 情动	295
第十二章 凤襄	321
第十三章 血鉴	351
第十四章 敌袭	377
第十五章 前尘	401
第十六章 因果	429
第十七章 天命	462
尾声	486
番外 吾道不孤	491

楔子

　　据说世间有三大恐怖之地：神界的斩神台，鬼界的阿鼻地狱，以及魔界的熔渊。自上古堕神被封印在无极渊后，无极渊便被血月笼罩，化为一片魔沼，自辟一界，被称为魔界。

　　魔界唯一的光源便是血月，绯红妖冶的圆月升起便是昼，绯月落下便是夜。魔界白昼如烈火焚身，黑夜又如寒冰刺骨，那是对肉体与元神的双重折磨，无论是人族还是妖族，都难以在这样极端的环境下生存，只有魔族能在此如鱼得水。然而熔渊，却是连魔族都避之唯恐不及的恐怖之地。

　　此为堕神陨落之处，被称为神弃之地。

　　熔渊中央的刑柱是一根长达十丈的黑铜柱，刑柱深深扎进血沼之中，据说下接堕神埋骨之地。每隔一个时辰，便会有古神的怒意爆发，整座刑柱便会变得通红，便是高阶魔族触及，也会立刻烟消云散，曾有无数妖魔人族被绑在此处受刑，但从未有一人撑过三日。此时这里也绑了一人，那人已经受了七日的酷刑，他双臂张开被绑在刑架上，白色的中衣染成了暗红色，上面鞭痕累累，伤痕泛着紫青之色，却是由内而外迸出的伤口，乃是元神受古神嘶吼鞭笞所致。年轻的修士早已衣不蔽体，裸露在外的身躯遍布各种狰狞恐怖的创伤，他垂着

头,乌黑的长发半掩住面庞,只看得到他瘦削的下巴和毫无血色的薄唇。

但尽管如此狼狈,还是无损他仙道第一人的傲骨风姿。

"这就是闻名天下的谢雪臣啊……"浓稠的血雾中,一个娇媚婉转的声音骤然响起,伴随着清脆悦耳的铃声,一步步地走近了受刑的青年。

纤细白皙的手指捏住了青年的下巴,强迫他抬起了头,借着幽魅的火光,青年孤傲冷峻的面容展现在她面前——他眉峰入鬓,鼻梁高挺,浓密的长睫掩住了失去焦距的凤眼。为了增强他对疼痛的感受,魔尊封住了他的双眼,那么美的一双眼,却什么也看不见。

少女歪着脑袋打量了他片刻,忽地笑出声来:"你长得倒是十分好看哩。"

少女说话的声音软糯娇媚,说什么都像是在撒娇一般。

"听说你受刑七日,还是不肯说出玉阙神功的心法,骨头倒是十分硬呢。"少女眼波流转,毫不掩饰自己的欣赏,她的右手捏着谢雪臣的下巴,温热的指腹摩挲着他脸上的肌肤,忽地微微踮起脚尖,凑上前去吻住了他的薄唇。

谢雪臣呼吸一窒,没有想到她会有这么大胆的举动,下意识想要转头躲避,却被少女扼住了下颌。他神窍被封,力气全失,只能被迫承受少女有些生涩却又霸道的亲吻,湿软小舌钻入他口中与他纠缠。

极致的黑暗中,香味与触觉都被放大了,他看不见对方的脸,却深切地感受到了对方的温度与香味。

站在一旁的刑官早已惊呆了,目瞪口呆又口干舌燥地看着眼前香艳的一幕,唇舌交缠间发出淫靡的水声,他红着脸低下头,又忍不住想抬头看,待他鼓起勇气抬头,少女已经松开了对谢雪臣的钳制。

她轻笑着说了声:"骨头那么硬,嘴唇却是挺软的呢。"

她笑吟吟地看着谢雪臣,一双桃花眼中映着幽幽的火光,巴掌大的小脸,眉眼弯弯,看起来说不出地天真可爱,仿佛刚才轻薄侮辱了他的另有其人。

叹息伴着铃声远去。

"这么好看的男人,死了多可惜啊……"

第一章 熔渊

据说世间有三大恐怖之地：神界的斩神台，鬼界的阿鼻地狱，以及魔界的熔渊，三处都是神见神怕、鬼见鬼愁的凶煞极刑之地，从未有任何神魔能在三个地方存活超过七日。

但比这三处更可怕的，是一个叫谢雪臣的人。

他只是个凡人，却在熔渊遭受了七日极刑，而且没有死。

非但没死，他还逃出来了。

不，确切地说，谢雪臣不是逃出来的，他是一人一剑大摇大摆、惊天动地地杀出来的！

魔界的血月仿佛更红了，血月下的魔都乱成了一片，众妖魔惊慌奔走，满脸惧色，往诛神宫的方向涌去。

然而群魔之后，只是一个浑身浴血、衣衫褴褛的人族剑修。他手执钧天剑，剑身散发出淡金色剑芒，剑气如虹，飞舞着形成诛邪剑阵，收割了无数妖魔的性命，但凡被钧天剑碰到的魔族，都化为一股黑色魔气，归于混沌。

"魔尊大人救命啊——"

"谢雪臣杀疯了——"

数不清的妖魔挤在诛神宫前大声哀号,只见大门从里面打开,一个曼妙的紫色身影缓缓走了出来,不紧不慢打了个哈欠,眯着眼懒懒道:"魔尊闭关呢,你们这么喧哗,不怕死吗?"

少女的出现让现场顿时静了一刹,另一种恐惧扑面而来。

那只是一个有着倾国艳色的少女,她身着绛紫色霓裳,纤腰盈盈一握,身姿袅娜风流,长裙垂至脚踝,被风轻轻一吹,便露出一双雪白玉足。她虽未着罗袜,赤足上却不染纤尘,莹润而白嫩,宛如孩童一般。而裸露的脚踝上,还系着一个花苞状的白色骨铃,伴随着她的脚步发出清脆却又缥缈的铃声,让人不自觉失了神,甚至忘了去看她美得让人心荡神驰的容貌。

那是世间罕见的姿容,宛如午夜兰花一般,艳丽又妖魅,一双桃花眼似乎无时无刻不盈着笑意,眼波流转,有意无意地撩动他人的心神,只被她看上一眼,便有种被深爱的错觉。但若想起她的名号与事迹来,那些痴迷的眼神便会立刻化成恐惧。

她是暮悬铃,是大祭司的亲传弟子,魔族圣女,她执掌魔界刑律,杀过的魔族,恐怕不比谢雪臣少!

"圣……圣女,谢雪臣杀过来了!"有魔族壮着胆子开口道。

这话现在说有些迟了,因为谢雪臣已经杀到了诛神宫门口。

拥挤的妖魔大军被杀出了一个缺口,白衣剑修手执钧天剑,所到之处,诸邪退散,死伤无数。他微微仰起头,露出容颜,俊美如神,却冷如霜雪。

他遍体鳞伤,白色长衫上血迹斑斑,撕裂出许多伤口,玉石般的胸膛错落着一道道鞭痕,鞭痕处仍有紫黑之气游走,分明是重伤之身,却爆发出法相修士的巅峰气息,震慑得群魔退避三舍、瑟瑟发抖。

谢雪臣扬起剑眉,眉心一点朱红因激荡的灵力而越发夺目,黑白分明的瞳孔中,倒映出诛神宫赤红的大门,还有门前娇小的紫色身影。

剑尖抬起,指向少女,谢雪臣清冷而沙哑的声音缓缓道:"魔尊何在?"

少女凝望着谢雪臣,面上全然不见惧色。见谢雪臣发问,她嫣然一笑,道:"不愧是谢雪臣,被魔尊和大祭司打伤,受刑七日,竟还有如此本事。"

谢雪臣听到她的声音,瞳孔一缩,握剑的手一紧,他目光下移,落在少女的纤足上,便看到那纤细白嫩的脚踝处系着一个花苞般的铃铛。

第一章 熔渊

"是你……"谢雪臣的目光越发冰冷。

少女察觉到谢雪臣的目光,她笑吟吟地往前走了几步,脚踝处的铃铛发出清脆悦耳的铃声。

"嗯?谢宗主认出我了吗?"少女笑着道,"我虽见过你,你却还是初次见到我。魔族圣女暮悬铃,还请谢宗主多多指教。"

暮悬铃话音刚落,谢雪臣的剑气便横扫而来。淡金色剑气划出半月之形,直冲暮悬铃腰间劈去。暮悬铃神色一凛,双手翻飞结印,一息之间张开十重结界,抵挡剑气的进攻。十重结界被锐利的剑气一一劈碎,而暮悬铃的身影已化为青烟,消失在原地。

一只白嫩的小手自身后搭在谢雪臣的肩头,软糯的声音传来:"人族常道,一日夫妻百日恩,我亲了谢宗主一下,那多少也有十天半月的恩情,谢宗主出手竟全然不留情面呢。"

没等她把话说完,谢雪臣已经抓住她的手,一剑向后刺去。

然而刺中的只是一道虚影。

暮悬铃真身浮于半空,笑盈盈地俯视谢雪臣:"谢宗主,你怎么恩将仇报呢?"

谢雪臣丝毫不理会她的言语干扰,灵力汹涌而出,云袖鼓荡,钧天剑感受到了主人的心意,剑身一颤,化成了漫天剑影。

此乃天下第一剑修的剑阵,玉阙天破,魔尊和大祭司都是在这个剑阵之下受到的重创。

暮悬铃神色也严肃了起来,沉声道:"你们全都退开!"

本就没打算出手相助的高阶魔族,一看到玉阙天破阵,无不心胆俱震,修为差的当场就腿软跪下了,能逃走的还算是修为高的。

暮悬铃看着那些跑得比她说的还快的妖魔,暗骂了一句:没人性的东西!

暮悬铃脱下身后的黑色斗篷,向上一抛,斗篷逐渐变大,遮天蔽日一般将暮悬铃笼罩起来。

魔族法器——湮天,传闻可以抵挡天仙一击,之前在围剿谢雪臣时,也曾救过大祭司一命,挡住了玉阙天破的全力一击。

如今这个半残的法器,还能不能挡住谢雪臣的剑,没有人知道。

005

所有妖魔都远远地注视着半空中的神魔之战。

湮天挡住了两个人的身影，钧天剑发出刺目的强光，如烈日当空，让妖魔不敢直视。

只听到阵阵刀剑铿鸣之声自阵中传出，两人不留余地的厮杀让见者惊心。

"魔尊大人和大祭司怎么还不出关啊？"

"听说七日前围剿谢雪臣，受了重伤，必须闭关十日！"

"那三魔神呢？"

"也是一样情况。"

"谢雪臣一人，竟然能抵挡住魔尊大人和大祭司，还有三魔神的围攻？"

"他可是天道之子，人族最强剑修，连熔渊都不能将他炼化，还有谁能奈何得了他？"

"那……那圣女岂不是危险了？"

话音刚落，便见湮天结界被无数剑光撕裂，血月光辉重新洒落下来，照着无数张绝望的脸庞。

白衣剑修如天神一般傲然立于虚空，将魔族圣女钳制于怀中。

暮悬铃双手被反折于身后，周身经脉被封印，再不能施展出任何魔功。谢雪臣一只手控制住暮悬铃，另一只手执剑横于暮悬铃颈间，锐利的剑意威胁着她的性命。

谢雪臣冷声道："带我离开魔界。"

魔界出入口有三百大阵，若没有知悉阵法的高阶魔族指引，根本不可能走出。

暮悬铃小脸苍白，冷哼一声道："谢宗主本事那么大，自己走出去啊！"

回应她的，是逼近细颈的剑锋。

白嫩纤细的脖颈上顿时渗出了一丝红意。

暮悬铃身子一僵，黑白分明的桃花眼浮上一层水雾，泫然欲泣道："剑修果然不会怜香惜玉。"

人族修道，有千万条路，而剑修的路，便是直。

直来直往，无情无欲，一剑破万法。

谢雪臣抓紧了她的手臂，重复了一遍："带路。"

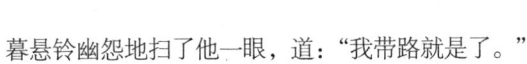

第一章 熔渊

暮悬铃幽怨地扫了他一眼，道："我带路就是了。"

无数妖魔只能眼睁睁地看着谢雪臣挟持暮悬铃离开。

魔界之中，魔尊地位最为崇高，大祭司次之，三魔神与圣女难分上下。如今诸位大人重伤，圣女又被掳走，魔界群魔无首，登时乱作一团。

"糟糕了，糟糕了，圣女被抓走了！"

"圣女被抓走了……好像也不是一件坏事。"

"而且谢雪臣也走了。"

"那我们是不是不用死了？"

"对啊，那我们赶紧庆祝一下吧！"

"晚上加餐，吃个人吧！"

众所周知，魔，诞生于虚空海，灵智低下，却不老不死。

谢雪臣押着暮悬铃，穿梭在杀机无数的魔界大阵中，丝毫不敢大意。不知过了多久，两人终于离开了魔界大阵，出现在眼前的终于不再是血月，而是一轮明日、一片属于人族的青天。

谢雪臣松了一口气，放开了对暮悬铃的钳制，强撑许久的身体微微一晃，勉强挂着钧天剑方才站稳。

暮悬铃动弹不得，只有一双眼睛骨碌碌转着，对谢雪臣喊道："谢宗主，如今离开魔界了，你也该放了我了吧。"

谢雪臣眼皮微掀，看向暮悬铃，却没有解开封印的意思。

"放了你？"他眉头一皱，仿佛听到了一个可笑而无理的要求，眼神骤然冰冷了几分，"你是魔族圣女，作恶多端，我岂能放你。"

暮悬铃瞪大了眼睛，嗔怒道："谢宗主这般过河拆桥，那可太不讲武德了，你我不但有露水之缘，我对你还有救命之恩呢！救命之恩就算不以身相许，也没有恩将仇报的道理啊！"

听了暮悬铃这话，谢雪臣非但不领情，反而脸色更难看了。他提着剑逼近暮悬铃，眼中涌现杀机。

他隐隐感觉到灵力枯竭，一旦失去意识，只怕会落入魔女之手，前功尽弃，他必须先杀了她……

暮悬铃从谢雪臣的眼神中感受到了冰冷杀意，惊慌喊道："谢雪臣，你不能杀我！我……"

暮悬铃话未说完，谢雪臣的长剑已然向她刺出——

暮悬铃的瞳孔中映出钩天剑淡金色的剑芒，然而就在即将刺中她之时，金色剑芒骤然消失，谢雪臣身上慑人的气势也消弭无形，他高大的身形猛地一僵，仿佛瞬间被抽空了所有力气，血色自脸上褪去，剧痛汹涌而来，让他忍不住发出一声闷哼，再无力气支撑身体，长剑自手中脱落，人也向前倾倒，撞在了暮悬铃身上。

暮悬铃被封住经脉，动弹不得，被谢雪臣一撞，整个人顺势倒在地上，两个人倒在了一起。谢雪臣的身体无力地压在她身上，脑袋枕在她颈间，气息与生机在不断削弱。

暮悬铃一惊，顾不得身上被撞伤的疼痛，连忙喊道："喂喂，谢宗主，谢雪臣，你要晕倒前也先放了我啊！万一等下来了坏人可怎么办？"

她还有脸说别人是坏人——谢雪臣意识模糊地想。

他用尽了力气，却无论如何也睁不开眼，只感觉到自己躺在温软之处，浑身剧痛如被石磨寸寸碾压，一口鲜血溢出唇角，思绪陷入了黑暗之中。

无边的黑暗里，远远传来暮悬铃的喊声："谢雪臣——谢雪臣——"

"谢宗主，你刚才昏睡时，喊了我的名字哦，果然是对我念念不忘呢。"

谢雪臣一睁开眼，便看到暮悬铃半跪在他床前，一手支着下巴，笑吟吟地对他说。

谢雪臣浑身剧痛，提不起反抗的力气，体内灵力仿佛被抽空了一般，此刻的他，恐怕连凡人都不如，遑论是暮悬铃的对手了。

谢雪臣心中涌起强烈的危机感，他紧紧盯着暮悬铃的眼睛，哑声问道："你如何解开了封印？"

他封印她的经脉之时用了全力，绝不是轻易能解开的，除非有修为高深之人相助。谢雪臣心有疑虑，唯恐魔尊或者大祭司亲至，自己又落入魔族手中。

暮悬铃笑了笑，似是看穿了他的疑虑，安抚道："魔尊和大祭司尚在闭关，没有追来，此地只有你我二人。"

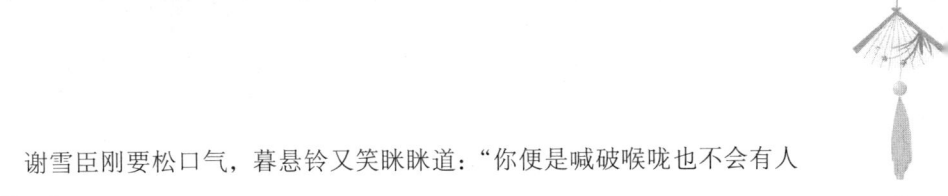

谢雪臣刚要松口气,暮悬铃又笑眯眯道:"你便是喊破喉咙也不会有人来的。"

谢雪臣目如寒星,冷冷地看着暮悬铃,目光不由自主地落在暮悬铃的唇上。

暮悬铃生得极其美艳,朱唇小巧却又丰满,如花瓣一般娇嫩,惹人遐思,只是如今这唇上却有几点齿痕,而始作俑者,便是谢雪臣本人。

谢雪臣立刻便想起了熔渊发生的那一幕。当时他双目被封,不能视物,却无比清晰地听到了清脆的铃铛声,还有少女贴身时勾魂的幽香。当时他正猜测着对方的身份,却没料到对方竟会对他做出轻薄之举,欺身强吻,撬开他的唇齿。

谢雪臣修道二十几年,生性淡漠,喜怒不形于色,唯有那一刻,震惊得忘了反抗。便在那时,少女柔软的舌尖推了一颗丹药进他口中,强迫他咽了下去。

当时谢雪臣以为是毒药,自然是抵死不从,而暮悬铃唇上的咬痕,便是谢雪臣反抗时留下的。

然而服下丹药一个时辰后,谢雪臣惊觉灵力节节攀升,竟然恢复到了巅峰之境,他趁机杀出熔渊。本想借此机会杀进诛神宫,将重伤的魔尊和大祭司斩尽杀绝,但在诛神宫前,他明显感觉到了身体状况有异,气息节节败退,恐怕无法支撑到与魔尊对决。权衡之下,他决定捉住暮悬铃,离开魔界再做打算。

之所以当时不杀她,也是因为怀疑暮悬铃是有意救他。

但是,她是魔族圣女,祭司亲传,半妖之身,为什么救他?

谢雪臣凤眸之中星辉流转,暮悬铃一看便知道他心中猜疑,单手支着下巴,笑吟吟地问谢雪臣:"谢宗主可是想起了什么?"

谢雪臣声音微微沙哑,问道:"你喂我吃了什么?"

暮悬铃幽幽一叹:"我还以为你是想起了咱们之间的缠绵呢,为了救人,我可是连清白都赔上了……"

呵,魔族妖女,荒唐无耻。

谢雪臣虽不说话,但将对魔族的歧视都写在了脸上。

"谢宗主何必视我如敌寇?"暮悬铃叹息道,"我还以为,在诛神宫前谢宗主手下留情,挟持我离开魔界,是与我心有灵犀呢,原来是我深情错付了,浪费了我一颗绝世神丹呢。"

暮悬铃娓娓解释道："那颗药叫作'半日芳华'，是我的独门秘方。"

谢雪臣皱了下眉头，领悟到了"半日"二字的意思。难怪他巅峰状态仅仅持续了半日，便被打回原形。

暮悬铃道："服用此药，一个时辰后便能恢复到全盛之时，只是仅有半日，便会失去效果，之后七日便陷入极其虚弱的状态。不过我想半日时间，足够谢宗主挟持一个魔族，问出阵法逃出魔界了，想不到你谢宗主行事如此嚣张，竟然直接杀到诛神宫。当时我便想，谢宗主定然是对我一吻钟情，念念不忘，想带我一起走。"

暮悬铃眉眼含情，艳色照人，谢雪臣冷眼看着，不为所动。

"但是我也不得不留一手，便是担心谢宗主冷血无情，翻脸不认人，所以在你封印我之前，我早已用魔功护住经脉，只要花些时间，便可自行解开封印。只是我也料不到谢宗主如此绝情，竟真的要杀我。"暮悬铃唉声叹气。

"你为何救我，有何企图？"谢雪臣逼问道。

"自然是图谢宗主的人啊。我虽在魔界，却对谢宗主仰慕已久，喜欢得不得了，为了你背叛魔族，在所不惜啊。"暮悬铃笑吟吟地看着谢雪臣，眼神滚烫，情话绵绵，若是旁人听了，恐怕早已动心，但谢雪臣绝非普通人，他是一块千年寒冰。

谢雪臣一脸冷漠地回应暮悬铃深情的凝眸，似乎在审视她甜言蜜语背后的真实意图。

与暮悬铃说话之时，他一直尝试深入神窍，调动灵力，然而神窍却始终一片寂然，不兴波澜。

想到暮悬铃说服用"半日芳华"后会陷入七日虚弱期，谢雪臣一颗心便沉了下去。逃出熔渊，却又落入暮悬铃之手，这恐怕不是什么好事，他的劫难还未结束，唯一的好消息，便是他确实已经离开魔界。魔界魔气磅礴，于修道之士而言无异于剧毒，伤害极大，只要在人界，他便能汲取灵力，缓慢恢复修为。

"谢宗主，我已经说心悦于你了，你觉得我怎么样呢？"暮悬铃捧着自己的脸，俏脸浮上红晕，"听三魔神说，三界中长得像我这么好看的女子可极其少见，欲魔老想和我双修，但我喜欢的是谢宗主这样的神仙哥哥。谢宗主，我能当你的道侣吗？"

谢雪臣冷冷道:"道不同。"

人有人道,妖有妖途,人与妖尚且不能同道修行,更何况暮悬铃是半妖。半妖是人族与妖族结合的后代,生下来便有修为在身,然而没有人族的神窍,也没有妖族的妖丹,半妖无法修行,被人族与妖族所厌弃,在三界之中地位最低。然而数百年前,一个半妖另辟蹊径,修习了魔族功法,竟然不断晋升,功力直逼人族法相。他便是如今的魔族大祭司——桑岐。

桑岐集结了一支半妖魔军,因为他的辅佐,魔族势力越发强大,而身为桑岐亲传弟子的暮悬铃,毫无疑问也是一个半妖。谢雪臣如今灵力全失,无法分辨暮悬铃的气息,但先前在诛神宫前便已确认,暮悬铃身上有妖气,使用的又是魔功,能修习魔功的除了魔族,便只有半妖了。

如此半人、半妖、半魔之体,两人种族不同,功法相左,怎么可能双修?

暮悬铃恍然点点头:"我就知道,谢宗主拒绝我只是因为道不同,而不是因为不喜欢我。"

谢雪臣眉头一皱,觉得她这话说得好像没错,又好像哪里不对。

"更何况我们已有肌肤之亲,按你们人族的说法,你是不是该对我负责?"见谢雪臣面色变冷,暮悬铃立刻改口,"我对你负责也行。"

谢雪臣只觉瘀滞气闷,又灵力全失,打不过眼前这个妖女,只能捂着心口干咳。

他咳了两声,忽觉异常——他身上穿的并非之前的衣服,而是一套粗布麻衣。

"我身上的伤……"谢雪臣犹疑着问道。

他在熔渊受伤极重,衣衫半毁,如今衣服换过了,连伤口也上过药了。

暮悬铃支着下巴,笑吟吟道:"自然是我帮谢宗主上了药换了衣服。谢宗主果然伟岸不凡,天赋异禀。"

谢雪臣呼吸一窒,激愤之下,下意识便伸手袭向暮悬铃。剑修炼体无双,哪怕此刻神窍空虚、灵力衰竭,谢雪臣依然出手疾如闪电。暮悬铃似乎早有防备,她怕伤到谢雪臣,竟也不用魔功,仅以手上功夫见招拆招,十几个回合后,极度虚弱的谢雪臣还是落了下风,双手被暮悬铃制住,按在了身体两侧。

暮悬铃半跪在谢雪臣身侧,俯身迫近谢雪臣,几缕青丝垂落,扫过谢雪臣

苍白的脸颊。

两人一上一下，姿势暧昧，眼看着暮悬铃的逼近，谢雪臣心上一紧，下意识闭紧了双唇，预想中的强吻却没有落下。

暮悬铃俯身望着谢雪臣，眉眼弯弯，盈满了笑意。

"谢宗主明知不敌，却还要出手，难道是欲擒故纵？"

谢雪臣双目冰冷，不置一词。

暮悬铃唇角一勾，缓缓迫近谢雪臣的双唇，后者的呼吸随着暮悬铃的靠近而逐渐凝滞沉重。谢雪臣退无可退，避无可避，只能眼睁睁看着对方逼近。

他双拳攥紧，指节发白，却无力挣脱暮悬铃的钳制。

就在鼻尖相触之际，门外响起了脚步声，随之便是轻轻的敲门声。

凝滞的空气被不合时宜的声音打散，暮悬铃也抬起身，松开了对谢雪臣的钳制，朝谢雪臣轻轻一笑，翩然转身而去。她踩着愉悦轻快的步子，脚下发出清脆的铃声。谢雪臣不由自主地看向暮悬铃的脚踝，目光被白玉铃铛吸引。

那个铃铛恐怕也是魔族法器，发出的铃声勾魂摄魄，居然能勾动他的心神。

谢雪臣缓缓平复了呼吸，随着暮悬铃的动作看向门外。

站在门口的是一个年迈的妇人，佝偻着身子，布满皱纹的脸上露出和蔼的笑容，她手里拿着个托盘，上面用粗瓷碗盛了两碗白粥，还有一些咸菜。

"木姑娘，我方才听到你们房里传来说话声，想是你相公醒了，我这里熬了点粥，你们喝点吧。乡下地方，也没有什么好东西招待你们。"

暮悬铃接过了托盘，声音娇软又乖巧地说着："多谢阿婆了，正好我们都肚子饿了。我相公已经醒了，我们明日一早便离开，不给你们添麻烦。"

那阿婆笑呵呵道："没关系，这里荒僻，你们在这里养伤，不怕被仇家追来。我听我儿子说，你相公伤得不轻，过几天等伤口愈合一些再走也不迟。正好我儿子也会点医术，可以帮他换药。"

暮悬铃笑着道："那便叨扰了。"

阿婆笑着摆摆手："算不上的，我先出去了，你们有什么需要，尽管跟老婆子说。"

阿婆见了谢雪臣的面，只觉得这个年轻人长得确实是俊俏，只是也太冷了些，让人看了就怕，还是小姑娘又乖又甜，招人喜欢。

阿婆走了出去，还把门给带上了。

谢雪臣看了一眼白粥，又看向暮悬铃。

暮悬铃道："好吧，方才是我说谎了。你晕倒之后，我又被封了经脉，动弹不得，好在有个猎户经过，就是这位婆婆的儿子，是他们一家人救了我们。我好不容易才冲开封印，就跟他们说，我们是私奔的小夫妻，我是有钱人家的小姐，你是落魄的江湖剑客，家里不同意我们的婚事，还要派人追杀你，他们便收留了我们。"

暮悬铃毫无愧色地承认自己骗人，还朝谢雪臣抛了个媚眼，笑眯眯道："相公，咱们看着像一对吗？"

谢雪臣无视她的媚眼，一脸冷漠道："帮我疗伤的，是那位妇人的儿子？"

他也是功力全失，方才才察觉不到外间有人的气息，竟然被这妖女又骗了一次。

"是啦……"暮悬铃有些不甘愿地叹了口气，"我承认我没有帮你上药疗伤，也没有看过你的伟岸身躯。"

谢雪臣冷笑一声，道："魔族生性歹毒，妖族最会骗人。"

暮悬铃心虚地说道："可是有一句话却是真的。"

谢雪臣道："哪一句？"

暮悬铃目光灼灼道："喜欢你的那一句。"

谢雪臣无言。

不可动嗔，嗔生心魔。不可动嗔，嗔生心魔……

暮悬铃殷勤地把粥吹凉，送到谢雪臣唇边："相公，粥不烫了。"

谢雪臣木着脸接过碗勺，道："我的手能动。"

暮悬铃露出一副很失落的样子，小声嘀咕道："真可惜……"

谢雪臣虽已辟谷，但如今肉身受创，法相受损，与凡人无异，食用五谷有助于恢复元气，一碗热粥入腹，便觉得身上多了几分力气。

暮悬铃支着下巴，饶有兴味地看着谢雪臣进食，谢雪臣吃饭之时也是仪态优雅、从容不迫。

见谢雪臣吃完了一碗，暮悬铃殷勤地接过碗，问道："味道如何？"

谢雪臣客气地点了点头。

暮悬铃嫣然一笑，说道："我在粥里下了药。"

谢雪臣猛地一顿，扭头看向暮悬铃。

"别那样凶狠地看我啊，是补药。"暮悬铃无辜地眨巴眼睛，"你好好睡一觉，对你的身体有好处的。"

感觉到困意袭来，谢雪臣顿时呼吸不畅，后悔自己一时大意，竟然吃了妖女送来的饭食……

她是何时下的药？

她究竟想做什么？

没等他想明白，便陷入了沉沉的梦境之中。

谢雪臣不知道暮悬铃在粥里下了什么药，但他这一觉确实睡得极好，体力和精力都有了明显的好转，只是醒来之时，怀里多了不该有的东西——一具香软的娇躯。

山中夜半，露重霜寒，冰冷的月光穿过窗棂缝隙落在床沿，影影绰绰勾勒出纤细窈窕的轮廓。暮悬铃穿着薄薄的寝衣侧躺在谢雪臣身旁，她双手抱着谢雪臣的手臂，脑袋枕在他肩窝处，双腿微蜷，右腿轻轻搭在他身上，轻薄的衣衫滑落，露出一截匀称白皙的小腿。她酣睡正香，发出均匀轻缓的呼吸声，湿热的呼吸伴随着一股奇异的幽香拂在谢雪臣颈间，似羽毛在他耳根处轻轻扫过，带起一阵酥麻的痒意。

谢雪臣自沉眠中醒来，一时之间竟难以分辨眼前所见是真是幻，待片刻之后意识清醒，才猛地一震，瞳孔一缩，下意识便用尽了力气将暮悬铃推开。

暮悬铃没有防备地受了谢雪臣一掌，顿时从床上滚落，"砰"的一声落在地上，额头狠狠磕了一下。

"哎哟！"暮悬铃痛呼一声，迷迷瞪瞪地从地上坐了起来，抬手捂住磕伤的额头，仰起头看向床上的谢雪臣，眼底不由自主泛起水雾，幽怨委屈地埋怨道，"你又弄疼我了。"

谢雪臣额角青筋抽搐，双拳握紧，努力平复自己激荡的心神。他向来道心清明，庄重自持，甚少在人前显露多余情绪，但不知是不是因为修为受损，竟一再被暮悬铃勾起嗔念。

谢雪臣冷眼看着暮悬铃，哑声责问道："你为何在这里？"

暮悬铃慢条斯理地从地上起来，理直气壮道："我们是夫妻啊，夫妻难道不应该睡在一张床上吗？"

谢雪臣不置一词，只轻轻吐了口气："呵。"

他们之间，可能是任何关系，却绝无可能是夫妻。

暮悬铃爬上床，不理会谢雪臣冷如寒霜的脸色，径自钻进了被窝里，只露出一张巴掌大的精致小脸。

"谢宗主，睡吧。"暮悬铃理直气壮地说。

谢雪臣深吸了一口气，哑声道："你在此处，我去别处。"

说着便要起身。

然而手腕却被暮悬铃抓住了。

"谢宗主，讲讲道理啊。"暮悬铃打了个哈欠，含着三分困意三分笑意的媚眼雾蒙蒙的，"如今你打得过我吗？"

谢雪臣脸色一僵，没有回答。

"我若要对你做点什么，你挡得住吗？"

见谢雪臣无言以对，暮悬铃微微一笑，拍了拍床板，颇为宠溺地哄了一声："乖，躺下睡觉。"

谢雪臣觉得自己的道心摇摇欲坠。

剑修的道，是宁折不弯的直，是一往无前的勇，他生来不凡，从未有一刻受过如此折辱，若委屈顺从，则道心不稳；若抵死相拼，又恐清白不保。

末了还落得对方一句"欲擒故纵"的羞辱……

暮悬铃闭着的眼微微睁开一丝，借着月光看到了谢雪臣眼底的纠结。她轻笑一声，往床外侧挪了挪，留出一大片地方给谢雪臣，信誓旦旦地说道："我绝对不动手碰你。"

谢雪臣皱着眉头看了片刻，这才缓缓地躺了回去，两人盖着同一床被子，中间却隔了半臂的距离。

暮悬铃倒真的没有再伸手过来碰触他，她睡得非常香甜——只是一只脚搭在了谢雪臣腰上。

妖女的话果然半个字都不能信——谢雪臣彻夜难眠。

谢雪臣不知自己何时又入了眠,第二日醒来之时已经是晌午。暮悬铃在屋外和那阿婆说着话,谢雪臣不动声色地运功,查探自身情况。

神窍之中毫无灵力波动,他甚至无法驱动钧天剑,拼尽全力运转玉阙心法,也难以吸收天地灵气。

暮悬铃的"半日芳华"不知是如何炼制出的,但其中定然是用了涉及"因果"之力的天材地宝。这三界最为强大的两种力量,一种是因果之力,因果之力极其霸道,能够无视一切强弱法则;而另一种更为强大的,便是源自鸿蒙的"混沌"之力。混沌可无视一切因果。

谢雪臣以七日虚弱期换来半日巅峰,这种因果交换涉及天命,绝非人力所能逆转。这意味着,接下来七日他只能屈从于暮悬铃的淫威之下……

"相公,你醒啦。"暮悬铃推门而入,看到坐在床上的谢雪臣,并没有感到意外,"今天身体好点了吧,能起来吃饭了吗?"

谢雪臣虽然灵力难以恢复,但法相尊者的肉体恢复能力却极强,一夜工夫,外伤已经好了三四成,行动不成问题。

谢雪臣避开暮悬铃有意搀扶的手,从床上起身,径自朝外走去。

暮悬铃露出一脸无奈的表情,又笑嘻嘻地跟了上去。

这农家屋舍简陋,大厅四壁斑驳,木桌上几个大碗放着馒头咸菜,还有个鸡肉炖汤,便已经是极其盛情的招待。

这家主人是一对老夫妻,两人一见谢雪臣出来,顿时有些手足无措。和暮悬铃的姣美可爱不同,谢雪臣长身玉立,冷峻英挺,身上自带剑修的冷肃之气,再加上他身为仙盟宗主,身居高位已久,举手投足之间自有仙姿贵气,哪怕他如今灵力几乎尽失,也带着普通人难以承受的威慑力。

谢雪臣朝二老拱手道:"多谢二老相救之恩。"

"大……大侠客气了……"老汉局促地攥着手,干笑了两声,指着条凳连声道,"大侠,坐,坐……"

谢雪臣点了点头,在凳子上坐下,暮悬铃随即往他身边一坐,两个人手臂贴着手臂,紧紧挨着坐到了一起。

谢雪臣侧眼看她。

暮悬铃仿若未觉,热情地给他添饭,笑眯眯道:"相公,你多吃点,补补

身子。"

谢雪臣忍着推开她的冲动，攥了攥拳，又垂下眼，默默端起碗吃饭。

这时外面传来了马蹄声，一个粗犷的声音传了进来。

"爹、娘，我回来了！"

一个猎人打扮的青年走了进来，目光触及暮悬铃时，忽地脸红了一下，脚步几不可见地顿了顿。

"木姑娘，谢大侠。"青年朝两人点了点头。

"侯大哥，你回来啦。"暮悬铃笑着问道，"快吃饭吧。"

谢雪臣想起昨夜听到的对话，知道眼前这个青年就是帮自己上药治伤的人，便朝他点头致谢。

侯猎户有些不敢与两人对视，他挑了张凳子坐下，才说道："木姑娘，我今天去集市里找过了，咱们这地儿多产的是矮脚小马，只有一匹骏马能日行百里，我给你买回来了，我和那商人说了，若是还有好马，便来通知我，你们若是不急，便多待几日等等。"

暮悬铃叹了口气道："我们确实很急，只怕父亲派人来追杀，虽然只有一匹马，但我们夫妻共乘一骑，倒也不是不行。侯大哥，这事让你费心了。"

"你客气了，这就是举手之劳。"侯猎户红着脸连连摆手。

谢雪臣听这话，明白了暮悬铃的打算。她是知道他功力尽失，不能赶路，这才托人买了马来。

她想把他挟持去哪里？

谢雪臣蹙眉凝思。

"木姑娘，我今日在集上打听了一下，没听说附近有江湖人的消息。我们这青山集平日里外人不多，如果有江湖人来，一定会有人知道。木姑娘，你家里人应该还没有找到这里，你大可放心，不必急着赶路。"侯猎户安慰道。

倒也不是因为爱慕暮悬铃的美色，他昨日帮谢雪臣上过药，被其身上的伤势给吓到了，他想象不出来，一个活人受了那么重的伤居然还没有死。他本以为这谢大侠没有十天半个月下不了床，没想到今天一进门就看到对方若无其事地坐在厅中吃饭。

他们两人并肩坐在一起，果真是天造地设的一对……

侯猎户有些心酸。

"阿婆,我们一会儿用过饭便要赶路了,这两日给你们添麻烦了。"暮悬铃似模似样地向两位老人行了个礼。

两位老人立刻起身还礼,连声道:"不敢当不敢当。"

暮悬铃微微一笑:"多谢了,还有……抱歉了……"

众人尚不明白暮悬铃为何道歉,便见她扬起素白的小手,耳边似乎响起了缥缈的铃声,眼前的景象变得扭曲而诡异,侯家三人双目发直,登时软倒在地。

"你!"谢雪臣惊怒莫名,以为暮悬铃要对普通人下杀手,也顾不得自己身受重伤功力尽失,立刻伸手阻拦暮悬铃,然而没有法力护体的他,当即被暮悬铃的魔功震开了手,右臂一阵剧痛。

"他们没事。"暮悬铃开口道。

谢雪臣看向倒在地上的三人,伸手探了探三人的鼻息,见三人没有性命之虞,这才松了口气,转头怒视暮悬铃,厉声责问道:"你这是做什么?"

暮悬铃摊了摊手,道:"谢宗主定是觉得我在杀人灭口了。"

谢雪臣一开始确实是这么想的,但实际上这三人安然无恙。

暮悬铃道:"谢宗主大可放心,我只是抹去了他们的记忆,没有伤他们性命。"

"为何如此?"谢雪臣冷声问道。

"看来谢宗主对魔族的了解不够深啊。"暮悬铃施施然坐下,悠悠说道,"天下之人,若生出贪嗔痴念,便会滋生心魔之气,心魔之气汇聚于虚空海,而魔族,便是虚空海中的魔气凝结而成,因此魔族能勾动心魔,操纵心魔。"

暮悬铃指了指倒在地上的侯猎户,说道:"谢宗主方才没见到吗,他已经对我的美色生出了贪念,如此便是心魔。我们从魔界逃出后,便被传送至此,魔族很快就会追到此处,只要沟通此地所有心魔,很快便会知道我们的下落。我要做的,便是抹去他的记忆,同时清除他的心魔。虽然有结界阻挡,高阶魔族无法进出结界,但此刻你法力全失,想要对付魔族追杀,恐怕也不容易吧。"

谢雪臣听了暮悬铃这番解释,这才稍稍释然。

数千年前,仙道联手在两界山设下结界,名为万仙阵。万仙阵形如天网,魔气越强,则受到的天网束缚越强,因此高阶魔神难以越过万仙阵,而弱小的

魔族拼着受伤,却能从天网缝隙中进出。谢雪臣带着暮悬铃从魔界逃走,此事必然立刻上报,魔尊和那位大祭司桑岐无法出魔界,却会派出不少魔族追兵搜寻两人下落。谢雪臣眼下是身在虎口,后有饿狼,进退维谷,竟不知是暮悬铃危险一点,还是魔族追兵威胁更大。

谢雪臣将三人送回房中床铺上,回到厅中便看到暮悬铃从发髻上拔下一支金簪,素手随意地捏了捏,那雕饰极美的金簪便成了一锭小小的金元宝。

谢雪臣不解地问道:"你这又是做什么?"

暮悬铃道:"咱们承了人家的恩,吃了一只鸡,又买了一匹马,总不能让人家白白破费。"说着抬眼瞧谢雪臣,似笑非笑道,"谢宗主,身上可有值钱的东西?"

谢雪臣脸色一僵。

他在熔渊受刑七日,身上法器早被搜罗干净,幸亏钧天剑乃剑气所化,可以藏于神窍之中,才能侥幸保住。

暮悬铃叹了口气:"所以,我只能自己出钱啦。可我身上怎么会有金银俗物呢,只能用我的发簪抵债了。这簪子太过华美,又有我的气息,我担心被魔族追兵发现,便抹去气息,捏成金元宝。"

暮悬铃说着走到一旁,将金元宝往米缸一扔。

谢雪臣挑了下眉梢,却忍着没有问出为什么。

暮悬铃善解人意地解释道:"放在桌上,便太过明显,放到米缸里,过几日他们煮饭之时便会发现,但我们早已走远。"

暮悬铃又收拾了一下碗筷和床铺,做出无人来过的痕迹。

谢雪臣静静地看着,有种错觉——好像她才是活在这个尘世中的人族,自己倒像是个世外之人。

待暮悬铃忙完了一切,走到他跟前,他才回过神来。

"谢宗主,我们该走啦。"

"我们?"谢雪臣眉梢一动,垂眸看向笑吟吟的暮悬铃,"你究竟想把我带去哪里?"

他早有猜测,暮悬铃费尽心思把他从魔界带走,定然有所图谋,但这个妖女满嘴荒唐,他一句也不敢轻信。

"自然是去一个安全的地方了。"

对谢雪臣来说，近有暮悬铃，远有魔兵，安全的地方自然是仙盟五派，但暮悬铃一个半妖魔女，敢和他一起上仙盟五派？

谢雪臣怀疑地看向暮悬铃，后者却微微一笑，忽地欺身上前，几乎是贴进了谢雪臣怀里。谢雪臣下意识退了半步，却被身后的桌子抵住，没了退路。暮悬铃微仰起头看向谢雪臣，抬手抽出了谢雪臣发冠上的白玉簪，又凭空变出了一支黑色木簪，插入了他的发冠之中。

"这是我炼制的法器，遮影簪，用的是魔界的鬼影木，这个发簪可以掩饰你的容貌，除非是法力高强之人，否则看到你的脸也会过目即忘，只当你平平无奇。"暮悬铃笑着道，"谢宗主仙姿神容，未免太过招摇，我只能出此下策，掩人耳目了。"

暮悬铃一边说着，一边不着痕迹地把谢雪臣的发簪私吞了。

谢雪臣倒是瞧见了，只是眼下处境艰难，他连自己的人都快保不住了，还能去和对方抢一支发簪吗？

魔界，诛神宫。

魔族高手聚集于此，跪伏在地，瑟瑟发抖，只因银镜上的那个黑色剪影正处于震怒之中。

魔尊尚未出关，但谢雪臣掳走暮悬铃之事，无人敢瞒，终究还是上报了。

魔尊投影于法器之上，传下法旨，令所有魔兵追击谢雪臣。

"启禀尊上，谢雪臣法力恢复至巅峰境，我等就算追上他们，恐怕也无济于事啊……"底下一个声音有些发虚地说道。

"未必。"一个低沉微哑的声音自外间传来，打断了大殿上的会议。

众魔惊诧，回头望去，只见一个身披黑色斗篷的高大身影缓缓步入殿中，兜帽半掩住他的容貌，只见瘦削的下巴、苍白的脸色，还有异样殷红的薄唇。

"参见大祭司！"众魔急忙行礼。

大祭司桑岐没有理会众魔，径自走到银镜之前，微微拱手行礼。

"参见尊上。"

大祭司在魔界地位尊贵，即便是对魔尊，也只需行半礼。

"桑岐,你竟提前出关。"魔尊显然对此也有些意外。

"谢雪臣挟持圣女逃走,事关重大,我不得不提前破关。"桑岐沉声道,"距离谢雪臣逃离魔界已有一日,若他果然完全恢复了法力,此刻便早已在万里之外,拥雪城中,但我方才与仙盟的线人联系,仙盟五派都尚不知晓谢雪臣的下落。五派掌门长老只知道谢雪臣进入万仙阵七日未出,以为谢雪臣被困在阵中,此刻正准备入阵救人。"

魔尊迟疑了片刻,才问道:"你的意思是……"

魔族乃魔气所化,灵智低下,虽说越是高阶的魔族灵智越高,但即便是魔尊,也很难克制本性,受欲望和情绪支配,从而丧失了思考的能力。

正是这个缘故,魔族才会和半妖结盟,奉半妖桑岐为大祭司,共管魔界事务。

桑岐耐心解释道:"谢雪臣脱困,却没有立即回拥雪城,有两种可能。第一,是他怀疑仙盟五派的忠诚,知道此次万仙阵被伏击,是被五派之人出卖。第二,就是他并未真正恢复实力,无法回到万里之外的拥雪城,甚至不能及时联系最近的仙盟宗派。"

桑岐此言一出,魔尊顿时豁然开朗。

"言之有理,依你之见,应该怎么做?"

"以谢雪臣的性格,如果他真的恢复了实力,哪怕知道仙盟五派有奸细,也会立刻回到宗门铲除叛徒。因此最大的可能性,还是他受伤极重,只是不知以何种方法短暂恢复了巅峰实力,趁机逃离魔界。而我们,便要趁此机会,派兵追击。"桑岐说道。

"这正合本尊之意。"魔尊点点头。

"谢雪臣受到伏击,万仙阵未能修补成功,缝隙再度扩大,这正是我们魔族、妖族入侵人界的大好时机。我已用圣女的发丝起卦占卜过,圣女此刻没有危险,所在位置也可推测出一个范围,只要派出魔兵,以心魔大阵搜索,想必很快会有结果。"

"好!"魔尊闻言大悦,朗声道,"追击之事便交给你了,记住,务必将圣女活着带回来!"

桑岐微微倾身行礼,道:"桑岐领命。"

021

谢雪臣一人一骑，策马疾行半日，终于离开了青山集。

谢雪臣本以为暮悬铃会强硬要求共乘一骑，没想到她并无此意，而是隐于阴影之中，暗中跟随谢雪臣。妖精和半妖都不惧烈日，但魔族却十分憎恶害怕骄阳，只因烈日灼射会驱散魔气。暮悬铃虽然是半妖，修行的却是魔族功法，吸收魔气修炼神通，同样会受到光照的影响，只是相较于魔族程度轻些。不过魔族自有手段，他们隐蔽于阴影之中，在阴影之间跳跃行进，可在一定程度上减轻烈日的影响。

谢雪臣暗中观察，很快便发现了端倪，知道烈日当头是暮悬铃的虚弱期。途中谢雪臣有意掉转马头改变路线，趁机逃脱暮悬铃的掌控，但那匹马不知被暮悬铃以什么妖魔手段控制了，丝毫不受谢雪臣的支配。

不知是否为了隐藏行迹，暮悬铃并没有带谢雪臣入城，而是在距离骁城数十里的一间驿站住下。驿站的房间不多，很不凑巧，只剩下一间客房。

掌柜的目光在二人身上扫了一圈，没有看穿两人的易容，目光落在衣衫华美的暮悬铃身上，赔着笑道："我们驿站后面还有一间空房，平日里是伙计住的，虽然简陋，倒也算干净，客官若是不介意，可以让仆人住那儿。"

这掌柜的迎来送往，向来是先敬罗衣后敬人，见谢雪臣身着粗布麻衣，甚是朴素，只当二人是主仆关系。

谢雪臣清心寡欲，对身外之物向来不在意，更不会将旁人的目光放在心里，一时之间竟没想到掌柜口中的"仆人"指的是自己。

暮悬铃却是嫣然一笑，挽住了谢雪臣的手臂，道："这是我相公。"

谢雪臣面色僵硬，想要挣脱暮悬铃的双手，但徒劳无功。

掌柜暗暗吃惊，见眼前一男一女，一贫一富，一亲热一抗拒，心里便有了计较，面上表情丝毫未变，极其自然地转口道："是小人唐突了，客官莫怪，您的房间上楼左转第一间便是。"

暮悬铃挽着谢雪臣的手臂亲亲热热地上了楼梯，刚上二楼，便看到右首边的房间门打开，两个身着修士长袍的男子相继从房中走出，与暮悬铃撞了个正着。

两名修士的目光在暮悬铃和谢雪臣身上来回转了几圈，便又收了回来，若无其事地往下走去。

那两人议论声虽小,但谢雪臣和暮悬铃修为高深,七窍何其灵敏,一字不漏地听进了耳中。

"那两个人看着有些古怪。"

"是有些古怪,亲亲热热像是夫妻,但是看穿着又不像。"

"男的好似不甘不愿,难道是被挟持了?"

"那男子看似瘦削,但精气不俗,虽然没有灵力波动,但应该也是个俗世高手,而女子看起来也只是个普通人,没有那个能力挟持他人。"

"听说骁城附近多妖魔,难不成……"

"师弟,你太多疑了,那两人气息普通,没有妖魔之气。我倒是听说骁城民风彪悍,常有女子强取豪夺,逼男为夫。那女子一看就是出自富贵之家,男的虽然相貌平平,但腰窄腿长,气血两旺,定是有过人之处啊……"

"师兄真不愧是过来人……"

两个年轻修士发出心照不宣的笑声。

谢雪臣一张俊脸沉了下来,额角青筋跳了跳,却忍住没有发作。

暮悬铃饶有兴味地看着谢雪臣的脸色,意味深长道:"谢宗主确有过人之处。"

谢雪臣掀了掀眼皮,淡淡扫了暮悬铃一眼,没有搭话,径自走到桌边倒了一杯茶。

暮悬铃顺手在房门上画下一道封印,阻绝了房中的声音和气息,这才走到谢雪臣身旁坐下。

"方才那两个修士所穿长衫之上绣有紫荆花纹,应该是镜花谷的修士吧。"暮悬铃饮了杯微凉的茶水,若有所思道,"观其气,不过刚入炼神境,怎么会不远千里跑到这里来?"

镜花谷距离此地有数千里之遥,虽然金丹修士御剑飞行一日可达,但炼神期的修士只能骑马往返,这路途着实有些远。更何况此地临近两界山,常有妖魔滋扰,并不太平,修为低下的宗门弟子,若没有门中强者带领,通常不会到这附近。

不单是修士喜欢斩妖除魔,邪道妖魔同样以猎杀修士为乐,修士的精血远

第一章 熔渊

胜普通人，对魔物来说是大补之物，而修士身上往往也会有价值不菲的灵丹法器。

暮悬铃托着腮自言自语道："难道有镜花谷的高阶修士在此？"

谢雪臣沉默无言，纤长的睫毛掩住了凤眸，他没有看暮悬铃，却依然感受到了暮悬铃灼灼的视线正落在他身上。

"谢宗主，是不是很想通风报信？"暮悬铃笑吟吟问道。

谢雪臣目光一凛，冷然道："你意欲何为？"

暮悬铃笑道："谢宗主可是在想我会杀人灭口？"

谢雪臣道："难道你不会？"

暮悬铃道："也许会，也许不会？"

谢雪臣冷笑了一声："呵。"

暮悬铃道："但你这么想倒也没错。"

谢雪臣微皱了下眉头看她。

暮悬铃一本正经道："我委实不算什么好人。"

谢雪臣顿了顿，纠正道："你本就不是人。"

暮悬铃自然不是人，谢雪臣不是骂人，只是陈述一个事实，她只是半个人。

谢雪臣观察了一日，却也看不出暮悬铃半个妖身是什么妖。半妖有两种，一种是母亲是人父亲是妖，另一种则相反，父亲是妖母亲是人。若生母是人，则生下来的半妖为人身，但身上会有一些父亲所属之妖族的特征，如猫耳、狐尾。若生母是妖，则生下来的半妖为妖身人魂，能口吐人言、直立行走。

如暮悬铃这般外形，自然是生母为人，只是生父是什么妖怪，却全然看不出来，若不是之前谢雪臣从她身上察觉到了微弱的妖气，寻常人倒是极易被她骗过。

两人正说话间，忽然听到外间一楼传来响动。暮悬铃支起耳朵，听到先前两名修士在喊"师姐"，她眉梢一动，走到窗边，悄无声息地打开了一丝缝隙，偷看外面动静。

驿站一楼的大堂多了两名女修，其中一名身形窈窕，面戴薄纱，俨然是众人之首，其余三人都向她微微弯腰，口称师姐。

"师姐，你们总算回来了。"一名男修殷勤道，"我和陆师弟已经查探过东

边了,没有发现,你们那边可是遇到了什么情况?"

那师姐没有回答,身旁身材稍矮几分的圆脸女修便大着嗓门道:"宋师兄,方才我和高师姐被妖怪偷袭了!"

圆脸女修此言一出,两名男修顿时大惊,忙问道:"什么样的妖怪,你们可有受伤?"

圆脸女修"咯咯"笑道:"有高师姐在,当然不会受伤啦,只是一只不长眼的小妖怪罢了。"

圆脸女修说着扯下腰间一个绣着金线的锦囊,暮悬铃眼尖,一看金线纹路,便知是一个锁灵法阵,是修士用来捉妖常用的锦囊,一般妖物被收入囊中便法力尽失。

圆脸女修打开锦囊,轻轻一抖,便有一团毛球从里面掉了出来,落地便恢复本来模样,约莫成年人的巴掌大小,毛茸茸的一团,尾巴短短的一截,通体雪白无瑕,两只耳朵却是圆溜溜的金黄色,似乎是因受到惊吓而微微颤抖。掉在地上时,小妖怪吱地叫了一声,随即仓皇失措地满地爬,几个修士笑嘻嘻地用剑鞘挡着它的去处,小妖怪脑袋撞到了剑鞘便扭头换个方向,但没跑几步又被另一把剑鞘拦住了去路,急得团团转又无可奈何,金黄色的耳朵瑟瑟发抖,发出细细的悲鸣。

圆脸女修俯身揪住了它的尾巴倒着抓了起来在半空晃,得意扬扬道:"你们知道这是什么吗?"

两名男修皱着眉头端详,疑惑道:"看起来像是老鼠,又像是兔子。"

圆脸女修道:"师姐说,这是十大异兽之一的嗅宝鼠,你看它的耳朵,像不像两个铜钱?它的鼻尖和耳朵都是金色的,听觉和嗅觉都是天下一等一的灵敏,哪里有宝物它们最知晓。我和师姐跟着罗盘四处寻找,找到一个灵气充沛的地方,却没想到是嗅宝鼠的藏宝窟。也不知道小东西从哪里找来那么多宝物,我们也算不虚此行了。"

被他们尊称高师姐的女修从袖中取出一个芥子袋扔在了桌上,说道:"里面都是些适合你们使用的法器法宝,你们分了吧,其余之物,我须上交宗门。"

三人听到这话,顿时欢呼雀跃,齐声道:"多谢师姐!"

三人倒出了芥子袋中的法器瓜分,那高师姐接过了嗅宝鼠,淡然坐于一

旁，对此毫不动心。她刻意在掌心外放灵压，嗅宝鼠向来胆小，在她掌心瑟瑟发抖，不敢乱动，看起来倒是十分乖巧的模样，殊不知它是快吓破胆了。

圆脸女修道："师姐，你好像十分中意这只嗅宝鼠，难道要将它炼为灵兽？"

高师姐尚未回答，另一个姓宋的男修便道："高师姐，嗅宝鼠虽然是异兽，看起来却十分弱小，于对敌毫无裨益，恐怕不适合当灵兽。"

高师姐淡淡道："对敌作战，我自己出手便够了，何须灵兽相助。"

她语气淡然，却难掩傲意。

众人立刻附和道："师姐所言极是，谢宗主也是一人一剑，纵横八荒，从来不借灵兽之助。"

"高师姐和谢宗主都是天资卓绝之人，非我等能比啊……"

暮悬铃目光盯着那位高师姐，虽然面纱覆面，但露在外头的那双剪水秋眸便足以证明这是一位不折不扣的美人。她的衣着与其他几位弟子又有不同，不仅衣料上乘，袖口、领口处皆以细密的针脚文下了法阵，有这等殊遇，显然她在宗门之中地位极高。

镜花谷姓高的师姐，地位又如此超然的，想来也只有一人了。

高秋旻，镜花谷谷主亲传弟子，明月山庄的大小姐。

仙盟五派素有传言，高秋旻与谢雪臣有道侣之约，而传言中的另一人，此时正端坐于这间客房内，对窗外的一切恍若未闻。

暮悬铃撇了撇嘴，目光投向了高秋旻掌心的嗅宝鼠，眉心不自觉皱了起来。

嗅宝鼠数量稀少，长得无害又可爱，唯一的本领就是寻宝，无论是什么样的隐匿手段，都瞒不过嗅宝鼠对宝物的直觉。因此一些邪修最爱豢养嗅宝鼠，借助嗅宝鼠的能力来搜寻宝物。

高秋旻对嗅宝鼠的了解显然也十分有限，并不知道嗅宝鼠胆小不禁吓，惊吓过度甚至会胆裂而死。高秋旻以灵力威压震慑嗅宝鼠，嗅宝鼠金色的圆耳颤得厉害，越来越亮，看似漂亮，但暮悬铃知道，这是胆裂之兆。

暮悬铃攥了攥拳，终究是忍不住，拼着暴露行迹的危险，从茶杯中沾了点水，屈指一弹，一滴水滴破空射出，弹在高秋旻手腕上。高秋旻只觉手腕一麻，灵力一窒。嗅宝鼠忽然感觉到身上的灵力威压消失了，尾巴一抖，"咻"一下从高秋旻掌心溜走。

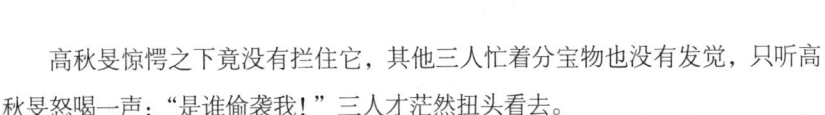

第一章 熔渊

高秋旻惊愕之下竟没有拦住它，其他三人忙着分宝物也没有发觉，只听高秋旻怒喝一声："是谁偷袭我！"三人才茫然扭头看去。

那嗅宝鼠早已溜得不见踪影了，高秋旻手按着宝剑，一双美目显露杀意，警惕地看向四周。

三人忙问道："高师姐，到底怎么回事？"

高秋旻看了一眼自己的手腕，上面一个极小的红点，正中穴位，此时仍隐隐作痛。出手之人绝非泛泛之辈，不知道对方潜伏了多久，她竟然丝毫没有察觉。

"方才有人偷袭我。"高秋旻冷冷道，"这里还有其他人？"

宋姓男修道："这驿站房间不多，除了我们，只有一对年轻夫妻。"

高秋旻道："搜！"

暮悬铃出手之时，谢雪臣自然是看见了，但他一副超然物外、无动于衷的模样，直到暮悬铃扑到他怀里。

"谢宗主，大事不好啦！"

谢雪臣额角抽了抽，抗拒地往后退了退。

"镜花谷的修士要上来找我们麻烦了！"

谢雪臣纠正道："是你的麻烦。"

"这种时候还分什么你我啊！"暮悬铃嘟囔了一声，忽地抱住谢雪臣的腰。谢雪臣只觉身子一轻，随即后背便撞上了床板。

还未来得及问暮悬铃意欲何为，便见后者往房门处虚空画了个符，解开了房门上的禁制，紧接着便扒开了他的衣襟。

谢雪臣按住暮悬铃的手，低喝一声："你做什么！"

暮悬铃被子一扯，盖在两人身上，凑到谢雪臣耳边低声道："配合点。"

便在这时，两扇门板被人暴力地推开，四个人提着剑闯了进来，正好便撞上了这一幕。

一男一女抱在一起滚在被窝里，男子衣衫松解，露出结实白皙的胸膛，女子压在男人身上，被闯门的四人吓得尖叫一声，缩进了男人怀里。

"你们是谁？为什么闯进来？"被窝里的女人发出愤怒又惊恐的质问。

谢雪臣被暮悬铃抱得紧紧的,幽香萦绕,令人窒息,他想要推开暮悬铃,暮悬铃却将他抱得更紧,一副瑟瑟发抖的样子,扒在他耳旁用只有两人能听到的声音道:"被识破就死定了。"

谢雪臣的挣扎顿时僵住。

高秋旻别过眼没有看床上两人,却早已拿出罗盘试探,确定床上二人只是普通人之后,她说了声抱歉,便带着三人匆匆离去。

"师姐,会不会是那只嗅宝鼠还有其他妖怪同伴暗中救助?"

"你们三人四处搜寻一下,今天晚上轮流守夜,当心有妖精夜袭。"

听着脚步声渐渐远去,谢雪臣才推开了暮悬铃,俊脸上覆着一层寒霜。

"请自重。"谢雪臣几乎是咬牙切齿地说。

暮悬铃眼睛一转,含着笑低声道:"谢宗主,听说高秋旻与你有婚约?"

谢雪臣着实不想理她。

暮悬铃也不生气,坏坏笑道:"当着未婚妻的面与我同床共枕,刺不刺激?"

谢雪臣咬牙道:"她不是我的未婚妻!"

暮悬铃恍然道:"你这是怕我误会,所以跟我解释吗?"

谢雪臣深深吸了口气,克制自己胸腔之中喷薄欲出的怒火。

"谢宗主,你还是跟我双修吧,我比高秋旻美,还比她会疼人。"

谢雪臣长长吐了口气,一字一字咬牙道:"我从未见过你这般厚颜无耻之人。"

暮悬铃摇了摇头道:"谢宗主,你这话错了一半。"

谢雪臣冷冷看她。

暮悬铃认真道:"我不是人,但确实有些厚颜无耻。"

谢雪臣冷笑一声:"有些?"

第二章 半妖

　　暮悬铃虽然身在魔界多年，但对仙盟五派的大体情况也是了然于心。最初的仙盟不只有五派，而是由数百大小修道宗门组成。无数修士各自占据一块洞天福地，开宗立派，招纳修士，千年以降，小宗门或者后继无人，或者被大宗门吞并，最后留下来的便是五大宗门。西洲拥雪城，南部镜花谷，中洲碧霄宫，北域悬天寺，东海灵雎岛。

　　其实若是在十年前，仙盟应是七宗，另外两个宗门即蕴秀山庄和明月山庄。只是这两个宗门一个因继任庄主无法修道，功法后继无人，只得沦为世俗门派；一个惨遭灭门，唯一幸存的，便是这高秋旻，明月山庄的遗孤。

　　明月山庄在仙盟之中原是地位超然，只因山庄中供奉着一件鸿蒙至宝——混沌珠。

　　相传远古之初，天地混沌虚空一片，盘古手持开天斧破碎虚空，混沌之气分为清浊二气，自此上有神界，下有六道。然而混沌之力并未就此消亡，而是演化成两件宝物，一件飞上神界，为神界执掌，名为天命书。另一件下沉于地，为人族执掌，名为混沌珠。混沌珠在人界几番流转，最后落于明月山庄之手，明月山庄世世代代为护珠人，受混沌珠庇护。

传说混沌之力无视强弱法则,甚至可回溯时空,逆转因果,但从未有人使用过混沌珠,也没有人敢冒此危险去明月山庄夺宝。

然而,妖族和魔族却这么做了。

七年前,妖、魔二族联手,以极大的代价打开了万仙阵的结界,大祭司桑岐亲率大军夜袭明月山庄。一夜之间,明月山庄鸡犬不留,血流成河,混沌珠自此下落不明,据传落在了魔界,也有人偷偷在传,混沌珠在谢雪臣手中。

因为一个极大的巧合,明月山庄灭门之夜,谢雪臣路过此地,救下了高秋旻,自己却身受重伤,修为几乎尽毁。但不到一月,谢雪臣不但恢复了修为,更是从濒死之境参悟出了震古烁今的第一功法——玉阙经。下界充斥浊气,凡人修道不易,然而玉阙神功却有逆转阴阳之力,将浊气化为清气,修行之途便可一日千里。谢雪臣也因此成为人族有史以来最年轻的法相修士,一剑光寒,九州萧瑟。

明月山庄覆灭之后,高秋旻也被镜花谷谷主收为弟子,倾囊相授。二人不但有师徒之情,更有血缘之亲——镜花谷如今的谷主素凝真与高秋旻之母乃是双生姐妹。素凝真曾在仙盟之中表达过这么一个意思——为报谢宗主救命之恩,高秋旻愿以身相许。

谢雪臣没有回应,世人多以为他默许。

但暮悬铃此刻方才发现,谢雪臣根本不认识高秋旻。

谢雪臣是个醉心剑道、清心寡欲的剑修,除了剑,很少有什么事能入他的眼、触动他的心。

呵,但眼下暮悬铃算一个。

谢雪臣显然是被气得不轻,无论暮悬铃如何威逼利诱,他这次是坚定不肯妥协了。暮悬铃趴在床上,支着下巴打量谢雪臣。谢雪臣和衣盘坐一旁,闭目打坐,试图稳住道心。

暮悬铃懒懒地趴着,两只小脚支棱起来,俏皮地来回摆动,发出一阵一阵清脆的铃声。她口中轻轻哼着一首歌,听不清歌词,旋律却颇为轻快活泼。

"谢宗主的心跳有些乱呢。"暮悬铃眉眼弯弯,扬扬得意地说,"都是为我而乱的。"

谢雪臣不理她，心中默念玉阙经。

夜至三更，屋外一片静谧，屋中灯油燃尽，最后一点火光摇曳了两下，便不甘地熄灭了。

便在这时，房中忽然响起了极轻微的响动，只见黑暗之中，一个巴掌大的球状阴影动作极快地一闪而过，扑向了床榻上侧卧之人。看似沉睡的少女不紧不慢地翻了个身，恰好将那个阴影笼在了臂弯内。

"嗅宝鼠，你好不容易跑走了，又来做什么啊？"暮悬铃压低了声音，笑嘻嘻地问道。

那只嗅宝鼠显然有些傻，拿着圆圆短短的鼻子往暮悬铃身上拱，圆乎乎毛茸茸的身子像个毛球一样颤动。

"你嗅到我身上有宝贝了吗？"暮悬铃伸出食指戳了戳它肥肥圆圆的身子。

"姐姐……"嗅宝鼠忽然开口说了一句人话，奶声奶气的娃娃音，听起来就像个五六岁大的孩子。

暮悬铃吃了一惊，凑近它仔细端详，好奇问道："你会说话？"

嗅宝鼠点了点头，一双黑葡萄似的眼睛闪闪发亮："一……点点……"

暮悬铃恍然大悟道："你是半妖？你的父亲是人？"

嗅宝鼠又点了点头。

"难怪你先前不敢开口说话。"暮悬铃叹了口气，将它捧在掌心里，"要是被他们知道你是半妖，那你可没好果子吃。"

胆小的嗅宝鼠回想起那四个修士，又忍不住抖了一下。

如今下界人族强盛，妖族式微。有的妖族为了生存，只能向人族示弱，或者投靠仙门当个灵兽，或者去鉴妖司考个良妖证，让鉴妖司的修士在自己身上种下禁制，终生不得杀生吃荤，否则便会爆体而亡。有些不甘屈服的妖族便不会选这种路，它们游离于山野之间，躲在人烟稀少之处，潜心修炼。这些没有良妖证的妖怪也未必是个坏的，但人族修士有条不成文的规矩，遇到没有良妖证的妖怪，不论其善恶，杀之无罪。若是不杀，也可捕获炼化，驭为妖奴。

而半妖这种不人不妖的生物，地位则最为低下。半妖生来带有修为，但是既没有人族的神窍，也没有妖族的妖丹，无法修炼进阶，更不能繁衍子嗣。人族视其为本族的耻辱和需要纠正的错误，半妖只有一条路，就是当妖奴。

嗅宝鼠既然是半妖，那它的母亲定然是一个可以化形的鼠妖，父亲则是人族。

嗅宝鼠的直觉极其敏锐，它从暮悬铃身上感受到了宝物的气息，也感受到了让它觉得亲近的气息。

"你的父母呢？"暮悬铃低声问道。

嗅宝鼠的小爪子挠了挠暮悬铃的手，费力地组织语句："爹……走了……娘……在家……"

暮悬铃不确定"走了"是什么意思，恐怕嗅宝鼠这个小脑袋瓜也未必能明白。

"你要我送你回家吗？"

暮悬铃刚问完话，嗅宝鼠圆圆的眼睛眨了一下，顿时大颗大颗的泪珠成串落了下来。

"我……我的宝贝都……都没啦……"

"呃……"

暮悬铃掌心湿了一片，嗅宝鼠抽抽噎噎哭得好不凄惨，偏偏还要克制着哭声，委屈得像个丢了糖的三岁孩子。

"你该不会想让我帮你抢回来吧？"暮悬铃哭笑不得地说道。话音刚落，便觉眼前暗了一片，谢雪臣不知何时走到了床前，嗅宝鼠吓得"吱"的一声往前一蹿，两只爪子扒在暮悬铃领口上，耳朵又开始发亮了。

谢雪臣眼下虽法力尽失，但气势慑人，威压仍在。嗅宝鼠是天赋的直觉，从谢雪臣身上察觉到了剑修的锐气，远在先前四个修士之上，自然是吓得魂飞魄散了。

暮悬铃轻轻抚了抚它瑟瑟发抖的身子，笑道："你别害怕，他不会伤害你。"

谢雪臣居高临下，微微皱着眉头道："此妖兽以偷窃为生，虽不杀人，却也害人无数，当送鉴妖司查办。"

"我没偷东西……"嗅宝鼠带着哭腔弱弱辩解道，"都是爹爹留给我的……"

暮悬铃一手护着嗅宝鼠，一手撑着床板，似笑非笑地望着谢雪臣，轻声细语道："谢宗主别吓到它，它还是个孩子呢。这么小的嗅宝鼠，可没本事从别人身上偷东西。"

嗅宝鼠从暮悬铃的掌中探出小脑袋，眼眶湿润地说道："娘说，爹爹是世间

最有钱的修士，洞里的宝物，都是爹爹的。"

暮悬铃闻言微微一怔——世间最有钱的修士？

"你的父亲叫什么名字？"

嗅宝鼠愣愣地摇了摇头，说："我不知道，爹爹就是爹爹。"

"妖兽之言不可尽信。"谢雪臣冷冷说道。

世间最有钱的宗门便是碧霄宫，嗅宝鼠言下之意，它的父亲便是碧霄宫宫主，简直岂有此理！

嗅宝鼠委屈地缩了缩脖子，小声道："我把爹爹的宝物弄丢了……不敢回家……"

暮悬铃抚着嗅宝鼠柔软的绒毛，垂下眸子，静默了片刻，勾唇一笑："姐姐帮你抢回来！"

谢雪臣道："我会阻止你。"

暮悬铃撇了撇嘴："谢宗主，是高秋旻不讲道理，先抢了嗅宝鼠的宝物，我帮它抢回来，天经地义！"

谢雪臣瞥了嗅宝鼠一眼，冷冷道："它是妖。"

"妖怪就活该被人修抢劫了吗？"

谢雪臣眉心微蹙，摇了摇头："它不是良妖，按仙盟规矩，不杀便已是放过。"

暮悬铃冷哼了一声："谢宗主，你是人修，自然替人修说话；我是妖，便要帮妖出头！你自觉有理，我又何错之有？"

谢雪臣本就是少言寡语之人，比不上暮悬铃能说会道，当即被堵得哑口无言。

暮悬铃护着嗅宝鼠，身影如鬼魅一般绕过谢雪臣，一眨眼到了门口。

谢雪臣阻拦不及，只得转身跟上。

镜花谷的四名修士此夜轮流值守，此刻值守在屋顶上的是那两名男修。暮悬铃修习魔族功法，诡谲手段层出不穷，她轻轻跺了跺脚，脚踝上的玉白铃铛便发出幽魅的铃声，若有似无，如泣如诉。

谢雪臣心神随之一颤，但他修为高深，即便此刻不能驱使灵力，也不至于

受法器控制。但屋顶上的两人却不同，两人修为浅薄，根基不深，加上本就困倦，暮悬铃毫不费力就摄住两名修士的心神。两个人眼神发直，仿佛失了魂魄一般呆立不动，暮悬铃落在他们身前也丝毫未觉。

暮悬铃听从嗅宝鼠的指示，从两人身上各取下一件法器放入芥子袋中，便在这时，有利器破空之声传来，暮悬铃反应机敏，柔软的腰肢往后一折，躲过了当面一箭。然而那箭宛如有意识一般，掉转了方向又朝暮悬铃追来。

暮悬铃身姿轻盈，从屋顶上落了下来，恰好站在谢雪臣身旁。她转身面向暗箭，双手张开结印，一道暗紫色法阵自掌心浮现，犹如实质，暗箭直直没入法阵之中，消失不见。

屋顶之上，站着一个白衣曼妙的身影，双目冰冷地俯视着暮悬铃。

"你们两个果然有问题。"高秋旻冷冷说道，"魔族功法，你是半妖，还是魔？你身上丝毫没有妖魔之气外泄，一定有隐匿气息的法器。能瞒过我的查探，一定是高阶法器。"

旁边的圆脸女修唤醒两名男修的意识，得意道："这个魔修诡计多端，好在高师姐聪慧，一眼看穿了他们的异常。哼，夫妻同房，床底下却没有鞋子，分明是匆忙掩饰的。"

暮悬铃恍然大悟，懊恼道："都怪我没经验，下次一定注意上床先脱鞋。"

谢雪臣汗颜。

圆脸女修说话之时，高秋旻从袖中取出一道黄符，口中念出咒语，黄符无火自燃，化成六道火星，飞向六角，在暮悬铃脚下结成一道六芒法阵。

这是镜花谷的独门法阵——六芒摧花阵，随着阵法成形，空中浮现无数粉色花瓣，宛如下了一场花瓣雨一样曼妙梦幻，但暮悬铃却无心欣赏。法阵中的花瓣实则灵气所化，片片如利刃，布阵之人催动灵力，则万千花瓣便会化成杀器，将阵中人千刀万剐，下出一场阵中血花雨。

高秋旻冷然直视暮悬铃："老实交代你的身份，你偷袭我是受谁指使，有何目的？"

暮悬铃唇角噙着笑，只是这笑意未达眼底，她丝毫无惧地回视高秋旻，缓缓道："我啊，不过是一个路见不平、仗义相助的修士，看不惯你们四个修士欺负一个小娃娃。"

嗅宝鼠窝在暮悬铃肩头瑟瑟发抖，两只爪子扒着自己的脑袋不敢抬头，露出两只金光闪闪的圆耳朵。

暮悬铃抬起手挠了挠它的脑袋："胆小鬼，早知道把你丢出去好了。"

高秋旻也注意到了暮悬铃肩上的嗅宝鼠，冷笑道："原来是为了夺宝而来。我本想将这嗅宝鼠收为灵兽，既然它有主了，那我只能一并杀了。"

"若是你师父在此，我还敬她三分。你想杀我？"暮悬铃呵呵一笑，目光凛然，轻蔑道，"也配？"

高秋旻顿时心火一烧，秋水剑直指法阵，悬浮于空中的粉色花瓣轻轻一颤，随即杀气迸发，以旋涡状高速旋转，狂风暴雨一般扑向暮悬铃。

暮悬铃早有防备，在高秋旻举剑之时便咬破指尖，以血为咒，手指在空气中迅速地画出一个法阵。法阵发出猩红光芒，从一个巴掌大的圆逐渐扩大，最后将暮悬铃和谢雪臣二人笼罩其中。

娇嫩的花瓣一碰到血光，便立刻枯萎，化为灰烬，轻易在暮悬铃的法阵前败下阵来。

高秋旻大吃一惊，镜花谷此阵杀机极强，可列当世四大杀阵之一，她用此阵，从未失手，不料在暮悬铃面前如此不堪一击。

暮悬铃笑吟吟道："六芒摧花阵的强弱，取决于布阵之人的灵力，如果是素凝真布阵，自然可列当世四大杀阵，可若是你，就差远了。"

高秋旻自小被认定天资惊人，到了镜花谷也是众星捧月，从未有人如此对她说话，更何况是一个邪魔外道。就连谢雪臣这般第一剑修都被暮悬铃气得道心不稳了，何况是高秋旻，即便隔着面纱也能看出她脸色极其难看。

其余三名修士见形势不妙，立刻道："高师姐，这个魔修深不可测，恐怕是魔族探子，我们赶紧通知师门！"

这是给高秋旻台阶下，想要逃了。

暮悬铃冷笑一声，拳头一握，血芒魔阵顿时光芒大炽，将整个摧花阵吞没。暮悬铃身影一闪，如鬼魅一般逼近高秋旻四人。

高秋旻立刻转身飞下屋顶，带着三个同伴仓皇逃走。

暮悬铃几息之间便追上了对方，但没想到的是，谢雪臣竟不比她慢，一把泛着冷光的剑拦住了暮悬铃的去路，暮悬铃看出是先前男修落下的佩剑。

第二章　半妖

暮悬铃眼睛一眯，看向谢雪臣："你拦我？"

谢雪臣冷然道："我不会让你杀人。"

暮悬铃露出没有温度的笑容，她轻轻跺了跺脚，骨铃发出刺耳的铃声，宛如利箭破空的尖锐啸声。前方修为较低的三个修士顿时惨叫一声，捂着耳朵跪了下来。

高秋旻元神也受到震荡，脚步顿了顿，这一迟缓，便被暮悬铃追了上来。

暮悬铃一手扯下高秋旻的芥子袋收入怀中，如猫戏老鼠一般戏谑地盯着高秋旻，高秋旻此刻全然没有了高高在上的傲慢与淡然，双眸之中流露出对死亡的恐惧。

谢雪臣横剑站在高秋旻身前，挡住了暮悬铃伸向高秋旻的手。谢雪臣虽然无法驱使灵力，但他的剑法依然是举世无双的精绝，剑气交织成密不透风的网，不慎划过暮悬铃的脸畔，所幸她躲得快，却也被割断了一缕头发。

暮悬铃惊怒地看向谢雪臣："你竟然以血为剑！"

谢雪臣不知何时割破了手，一把下等法器，因为沾染了法相修士的血，顿时染上了金光，让妖魔难以靠近，便是暮悬铃也要退避三舍。

然而以血为剑，对谢雪臣本就重伤的身体是雪上加霜，他本就没有血色的薄唇，此时更加苍白了几分。

谢雪臣看着她，淡淡道："你以血为阵护妖，我以血为剑护人，你我殊途，却各有需要保护之人。"

"你没有灵力，纵然祭出血剑，我也有一百种方式可以轻易地打败你。"暮悬铃直勾勾地盯着谢雪臣，忽地扁了扁嘴，觉得心里难受极了，委屈地喃喃道，"你不过仗着我喜欢你，不忍心伤了你。"

谢雪臣一怔。

自相识以来，暮悬铃对他说了不下百次的喜欢，只有这一刻，谢雪臣忽地有些动摇了。

他从未信过暮悬铃看似轻浮随意的喜欢，妖精狡猾，魔族重欲，怎会知道何为情爱？

谢雪臣醉心剑道，清心寡欲，他也不知，只是觉得不该如此。

法力尽失，仍出手相抗，不过是因为他坚守自己的道，为护人族，舍生忘

死罢了。他做不到亲眼看到人族修士惨死妖魔之手而无动于衷，若是因此触怒暮悬铃，被她斩杀，他自己也是无怨无悔。

只是碰触到暮悬铃眼中的委屈时，他有了一瞬的动摇与迷茫，竟怀疑她是真的对他有了一丝感情。

可他很快便又否定了自己荒唐的猜想。

因为暮悬铃杀过来了。

她从芥子袋中抽出一把法器长剑，银光闪过，剑芒刺向谢雪臣。

谢雪臣乃当世第一剑道高手，一眼便看出了暮悬铃剑法中无数的破绽，但他还是凝神以对，毕竟对方奇诡手段层出不穷，防不胜防。暮悬铃气息远强过谢雪臣，若真要使出神通，不消片刻便能打败谢雪臣，但她似乎并无此意，出剑全无章法，泄愤似的和谢雪臣缠斗在一块。

高秋旻看了一眼谢雪臣的背影，明白这是人族剑修，她模模糊糊觉得这个背影有些眼熟，却又想不起来在哪里见过，那张脸长得属实太过普通，他一转过身，她就已经忘了对方长什么样。

另外三个修士此时缓了过来，见高秋旻有些发怔，他们急忙拉住她的手臂压低声音道："师姐，我们快跑！"

"可那个人……"高秋旻犹豫了一下。对方挺身而出，难道自己见死不救？

那个剑修不知何故没有灵力，绝对不是魔修的对手。听那对话，好像那个魔修对剑修有意？

"师姐，我们在这里也救不了人。那个人既然敢对魔修出手，定然是有几分把握，我们还是赶快回师门通报吧！"

高秋旻闻言狠了狠心肠，也不再耽搁了，当即和三个同门飞速离去。

暮悬铃根本没有去追的兴致，那几个人是死是活她也不在乎，她只是觉得自己满腹的委屈和愤怒，一通发泄之后，终于回过神，撤了剑。

谢雪臣踉跄两步，半跪在地，唇角溢出一丝鲜血。

暮悬铃见状急忙上前，想要查探谢雪臣的情况，然而她刚走一步，便发现状况有异。

眼前迷迷蒙蒙的，仿佛突然之间降下了大雾，让人什么都看不清、看不透。

暮悬铃静了下来，也冷了下来。

"血剑是假，迷阵才是真。"她深吸了口气，轻笑了一声，垂下长睫掩住眸中的苦涩，"你假借与我周旋，其实以血为引，布下迷阵。法相修士的血本就是至纯的灵物，你想必是将血画在石头上然后抛出，逐步形成这个迷阵。"

迷雾外传来谢雪臣有些虚弱而清冷的声音："这个阵法，名为玲珑枷，并不伤人，只能困住你十二个时辰。"

谢雪臣在阵法之外，可以清晰地看到暮悬铃面上的神情。然而她却看不见谢雪臣，甚至无法分清声音传来的方向，眼神有些迷茫无措。

"你完全可以布一个杀阵杀了我。"暮悬铃有些黯然地说道。

谢雪臣老实道："杀阵需要的灵力太多，我不足以支撑。"

暮悬铃讥讽地笑了笑："那倒是我运气好了。"

谢雪臣沉默了片刻，又问道："你方才为何用剑？剑法并非你所长，若是用魔功……"

"那你便死了。"暮悬铃打断了他的话，意兴阑珊道，"你受伤那么重，又没有灵力护体，挡不住我的魔功。"

谢雪臣心口轻轻一震，黑白分明的凤眸中掠过一丝异色，有种陌生的情绪自心尖扫过，快得让他来不及回味和思量。

"姐姐，我们出不去了吗？"嗅宝鼠抬起脑袋，鼻子朝四周嗅了嗅，有些诧异地瞪大了圆溜溜的眼睛。它的嗅觉和视觉都是极强的，寻常法阵和禁制都阻绝不了它的感知，但此刻在玲珑枷中，它的五感仿佛都钝化了，沉浸在浓稠的水中，听不清，闻不到。

"没用的。"暮悬铃轻轻摇头，"法阵有四象之力，分为守、困、杀、奇。一个法阵四象越全，则单象之力越弱。如六芒摧花阵全力以杀，反而易破。而玲珑枷乃当世第一困阵，因为它只有困敌之力，反而更加难破。"

暮悬铃深吸一口气，凝神运功，魔气溢散，向四周迸射而出，却没入白雾之中，仿佛一拳打在了棉花上。

不按照玲珑枷的破阵方式去破，便只能被它困在阵中十二个时辰。

世人只知道谢雪臣剑法天下无双，以为他不会用阵法，其实，只是没必要。他精通阵法，然而世上诸多困难，一剑可破，又何必那么麻烦去布阵。

暮悬铃也忘了，所以着了此道。

"谢雪臣!"暮悬铃烦躁地喊了一声,却没有等到回应。

嗅宝鼠用鼻尖拱了拱暮悬铃,奶声奶气道:"姐姐,哥哥好像走了。"

"走那么快做什么!"暮悬铃气恼地跺了跺脚,"我……我还有很重要的事情没告诉他呢……"

她沮丧地叹了口气,缓缓蹲了下去,双手抱膝,双目无神地盯着自己的脚尖。千丝履无色无形,无垢无味,却可变幻成一切鞋履的模样,在魔界的时候,她常常赤足示人,到了人界,便变幻成一双小巧的绣花鞋。

高秋旻说床底下没有鞋,哼,她的鞋子是高阶法器,才不需要脱呢。

那个女人又笨又坏,谢雪臣还帮她,不就是因为她是个人吗?

暮悬铃有些委屈地抱了抱自己——我也想当个人啊……

谢雪臣走出许久,才想明白一件事。

他又欠了暮悬铃一条命。

第一次,是她把他从熔渊救出。第二次,是方才的不杀之恩。

但她是半妖,修炼魔功,正邪不两立,他所能想到的报恩方式,也不过就是不杀她罢了。

谢雪臣轻轻叹息,他没意识到,这是他二十几年来第一次叹息。

他遇到了生平第一件无法一剑解决的难题。

策马向反方向疾行许久之后,天便亮了。谢雪臣找了个驿站,让坐骑休息了一会儿,便又继续上路。

驿站的人说有看到镜花谷的修士急匆匆策马经过,谢雪臣料想那四人是要径直回镜花谷报信,十二个时辰之内应该不会折返,不禁暗自松了口气。

他的目的是以最快的速度赶回拥雪城,若日夜兼程,四日之内可至,有暮悬铃的鬼影簪,也无须担心行迹泄露。

思及此,谢雪臣忍不住有些发怔。

清晨的阳光和煦地落在面上,谢雪臣微微仰起头,忽然想到了一件事。

修炼魔功的半妖,在烈日灼射下,会有烈火焚身之痛……

静谧的森林里,带着一丝凉意的晨曦轻轻落在大地上。

林中空地上有一个鼓鼓的黑色布包，忽地发出轻轻的颤动。

"阿宝，你娘怎么去了这么久啊？"暮悬铃嘟囔了一声。

两个时辰前，有一只成年嗅宝鼠跑来和她怀里这只母女相认了。小嗅宝鼠叫阿宝，大嗅宝鼠叫秀秀。

阿宝不怎么聪明，显然是受母亲的影响。修炼了五百年的秀秀化成人形，是一个可爱得近乎憨厚的少女。她焦急地在玲珑枷外跑来跑去，想救自己的孩子却束手无策。

暮悬铃看了一眼她笨笨的样子，叹了口气说："没办法，玲珑枷是六十四卦组成，一共一千六百多万种走法，除了布阵之人，大概只有精通八卦而且绝顶聪明的修士才能找出破解之法。"

暮悬铃满打满算才修炼了七年，尚没有学过这些在师父看来不重要的东西。

秀秀听了却眼睛一亮，说她知道附近有一个绝顶聪明的人，要去把那人请来，说完便头也不回地跑了。

暮悬铃等了两个时辰，等到天都亮了，也没等到秀秀把人带回来。

她越想越觉得不妙，以秀秀那不聪明的样子，估计看谁都是聪明绝顶吧。

她预先从芥子袋中拿出了黑色斗篷，虽然不能完全阻隔日光，但多少能减轻些日照时的疼痛。幸运的是她如今身处林中，多少有些树荫遮蔽，不然晒一整天，她恐怕不死也去了半条命。

唉，谢雪臣好狠的心啊！

暮悬铃心酸地蹲在地上画圈圈。

"南公子，就是这里！"

迷雾中传来秀秀的声音，暮悬铃闻言一惊，下意识便抬起了头，又想起自己看不到法阵外的人。

只听到一个清朗而温和的男子声音远远传来。

"嗯？玲珑枷？"

那声音低而不沉，如山涧清泉，如春风化雨，有种奇异的力量，仿佛能抚平一切焦躁与不安，只听那个声音，便让人联想到那一定是一个极俊秀温雅的公子，未语先笑，脉脉含情。

暮悬铃怔了一下才回过神，脱口而出道："你竟一眼就看出这是玲珑枷？"

秀秀真的带了一个厉害人物来。

暮悬铃后怕地想——幸亏自己的法器够强，不然被对方看出自己是半妖魔物，岂不是成了瓮中之鳖？

那男子温声道："天下第一困阵，玲珑枷，困而不伤，是仁慈之阵。"

暮悬铃撇了撇嘴，心道，把我困在这里烤肉呢，算什么仁慈。

男子似乎是查看了四周，片刻后又道："布阵之物是染血的石头，这血液隐有金光，对方应是位法相修士。法相修士若要杀人，何必用阵；若要布阵，何必用血？可见这位修士的状况极糟，只能以下下之策对敌。秀秀，你要救的这位姑娘恐怕并不简单。"

暮悬铃背脊发麻，对方三言两语说中了事实，究竟是什么人？

秀秀急切道："南公子，你就帮帮我吧，阿宝也被困在阵里呢！"

阿宝也大声附和道："是啊是啊，南公子救救阿宝吧。"

那公子轻笑道："玲珑枷纵然不破，十二个时辰后也会自行解开，这么急着破阵，嗯……难道是魔物惧怕烈日骄阳？"

暮悬铃呼吸一室，极强的危机感让她瞬间抽出防身法器，摆出了防御姿态。

"姑娘不必紧张。"公子温声道，"在下并无恶意。"

暮悬铃自是不信。

"阿宝的直觉异常敏锐，若是身染杀生因果的极恶之魔，它便不会主动亲近你。"南公子徐徐道，"此时已经辰时三刻，你受晨曦照射，却没有面露痛苦，想必并非魔族，而是修炼了魔功的半妖。"

暮悬铃自诩隐藏极好，没想到在对方面前竟然全无秘密，果然如秀秀所言，此人是绝顶聪明之人。

"你愿意助我破阵？"暮悬铃不怀疑对方有破阵之力了。

"既然是阿宝的朋友，在下自然愿意。"南公子顿了顿，"若是姑娘信得过再下。"

暮悬铃垂眸想了想，道："我信你。"

南公子似乎笑了一声，道："玲珑枷以八卦为根基，每走一步，脚下便会形成一个新的八卦图，只有连续走对八次，此阵才会解开。若是走错一步，则要从头来过。"

"姑娘，你先起身，往东南方向走一步，就是你的左前方。"

暮悬铃根据南公子所言，向左前方踏出一步，随即便见身旁迷雾涌动，脚下之地化为太极阴阳鱼。

"接下来，走乾步。"

暮悬铃往乾卦迈出一步，便见脚下阵型再度发生了异变，乾卦化为太极鱼，周围出现了新的八卦。

"这是走对了？"暮悬铃问道。

南公子道："无论走错还是走对，阵法都是如此变化，无法排除错误的走法，此阵才称无解。"

暮悬铃吸了口气，眯了眯眼："你觉得自己能破？"

"何不试试？"南公子笑了笑，"反正姑娘你困着也是困着，闲着也是闲着。"

暮悬铃一口气顿时堵在喉间。

"走兑卦。"

暮悬铃重重地在兑卦上跺了一步。

南公子笑了一声，又道："巽卦。"

暮悬铃不再和对方说话，低着头按照南公子的指示一步步走着。

"最后一步，坎卦。"

暮悬铃眉梢一挑，心道你这么自信八步就对了，然而脚步一落，眼前迷雾顿时消失无踪。

站在面前的，是一个温润俊秀、清雅出尘的年轻公子。他展开手中折扇，帮暮悬铃挡住了一丝阳光，含着笑温声道："姑娘似乎疑惑，我为何能一次破阵？"

暮悬铃忽地意识到两人距离有些近，她后退了一步，与对方拉开了距离，警惕地打量身前男子。

那人看起来二十出头，修长挺拔，模样甚是清俊，一双眼睛明润舒朗，含着和煦的笑意。他逆着光沐浴在晨曦之中，即便是厌憎阳光之人，也忍不住心生温暖亲近之意。

皎若明月，艳如芝兰。

暮悬铃有些恍神，须臾才回道："你究竟是什么人？"

他不但一次未错便破了阵，而且十分自信，仿佛他便是布阵之人。

男子微微颔首，微笑道："蕴秀山庄，南胥月。"

暮悬铃震惊过后，便是恍然。

难怪……难怪他如此自信！

这玲珑枷，原就是他所创。

蕴秀山庄庄主，南胥月。

即便是在魔界，她也听过他的名字。

听说他聪明绝顶，世无其二。

听说他医术精绝，世称药王。

听说他清秀俊美，貌若神人。

所有人提到他都会赞叹不已，然后一声叹息。

因为他天生十窍，天资之强，与谢雪臣难分伯仲。

然而如今，他成了一个废人、一个瘸子。

仙盟本有七大宗门，除了现存的五大宗门，还有被灭门的明月山庄，以及蕴秀山庄。

蕴秀山庄的上一代庄主是当时赫赫有名的战神南无咎。南无咎以杀立道，一生斩妖除魔无数，天下人人敬仰。然而蕴秀山庄值得骄傲的不只战神南无咎，还有被称为神童的南胥月。

人族天生七窍，三岁炼体，七岁开阴阳二窍。阳窍位于头顶百会穴，阴窍位于肚脐。阴阳二窍打开后，锻体至十岁，方可参加各大宗门的选拔，尝试开启神窍。世间能开启九窍者，十万中存一。能开启神窍者，百万中存一。这世间最强的资质，便是天生十窍，被誉为神人转世。

而数百年以来，只有两人如此：一个是谢雪臣，另一个便是南胥月。

南胥月自小聪慧过人，过目不忘，无论学什么，都只需一遍。当时的蕴秀山庄在七大宗门中尚且处于末流，但所有人都认为，南胥月是蕴秀山庄崛起的希望。

只可惜，南胥月十岁那年，南无咎因树敌过多，被妖魔报复，掳走南胥月。十岁的南胥月受尽折磨，终于被南无咎救回。只可惜救回了一条命，却彻底成

为一个废人。魔族以极其阴毒的手法毁了南胥月的阴阳二窍和神窍，又用魔族之锁链拴其右脚，令其三窍再也无法复原，连右脚因为魔气腐蚀也难以再生。

三窍被毁，人人艳羡的天之骄子一夜之间成为天下人同情的可怜人，南无咎为此发狂白头，然而终究无济于事。数年后，南无咎病死，年少稚嫩的南胥月独力撑起蕴秀山庄。听说他依旧是那个聪慧无比的少年，精通医术、阵法、机关，乃至经商、音律、数算，蕴秀山庄并未因此衰退，反而强过以往。只是一个无法修道的庄主所带领的宗门，是不可能立于仙盟之内的。因此如今的蕴秀山庄虽然势力不俗，却也只是世俗第一大门派，而不算在仙盟五派之内。

暮悬铃自然是听过南无咎和南胥月的事，蕴秀山庄离此地确也不远，然而她没想到，被妖魔所害的南胥月，会愿意帮助妖魔。

"南公子，久仰大名。"暮悬铃往后又退了一步，拢了拢身上的黑袍。她也不知道为什么自己要忌惮一个凡人，南胥月名声虽大，终究只是一个不能修道的普通人，对她不可能有什么威胁的。

南胥月自然是意识到了暮悬铃对他的戒备有增无减，他不以为意地笑了笑，看向暮悬铃肩头的阿宝。

"阿宝，过来。"

他伸出手，阿宝"咻"一下跳到了他的掌心。

秀秀赶紧凑上来，焦急道："南公子，阿宝没事吧？"

"受了点惊吓而已。"南胥月将阿宝送还给秀秀，又看向暮悬铃，"不知姑娘如何称呼？"

暮悬铃眼神闪烁，道："我姓暮。"

南胥月问道："水木湛清华？"

暮悬铃顿了顿，才道："朝暮最相思。"

"天涯明月新，朝暮最相思。"南胥月的声音温润轻缓，这首诗由他念来，最是动听，却又平添几分轻愁。

"极少听过这个姓氏的人，想必是自己取的姓了。"南胥月道。

她不知父母，名字都是师父取的。世人恐怕不知，但眼前这个人肯定知道，悬铃，是魔界的一种树，这种树通体乌黑，坚硬如铁，却会开出最白嫩的花。悬铃花花瓣皎洁，看似柔嫩，却质如玉石，形如铃铛，悬于枝头，微风过处，

便会发出清脆铃声。悬铃之声有勾魂摄魄之妙用，经常被用来炼制法器，暮悬铃脚踝上的骨铃法器便是以悬铃花炼制而成。

"暮姑娘，日照渐强，你可要找个地方躲躲？"南胥月问道。

"不了，我还要赶路。"暮悬铃摇了摇头，她披着黑袍躲在树荫下，灼痛已经缓解许多了。她看向阿宝，把从高秋旻身上抢回来的芥子袋扔了过去，被秀秀接住了。

"阿宝，这是你的宝物，姐姐要走啦。"

阿宝趴在秀秀肩上，又黑又圆的眼睛有些不舍地望着暮悬铃。

"姐姐，你要去找哥哥吗？"

暮悬铃沉默了片刻，点了点头。

秀秀攥了攥芥子袋，忽地鼓起勇气道："暮……暮姑娘，能让阿宝跟着你吗？"

暮悬铃诧异地看着秀秀："跟着我？为什么？"

秀秀道："你们可知道，世间万物，皆有宝气？一般人只能看到灵力，但我们嗅宝鼠却能看到宝气，越是厉害的宝物，发出的宝气便越强。这也是为何法阵能阻绝灵力波动，却无法阻隔我们对宝气的感知。"秀秀说着有些不好意思地红了脸，"我看到暮姑娘身上有很强的宝气……想必身上有非常多的宝物。"

暮悬铃哑然失笑。

秀秀又道："我们想要提升修为，便只有吸取宝气。我手上这些宝物都是阿宝的爹爹留给我的，宝气早已被吸食一空，不过对你们来说却没有影响。所以……所以……我把这些宝物都给你，你能不能让阿宝在你的宝物里修炼？"

暮悬铃这才明白她打的什么主意，哭笑不得道："可以倒是可以，只是你舍得母女分离吗？而且阿宝是半妖，没有妖丹，它再如何修行，也无法化为人形。"

秀秀黯然道："我知道，可是我希望阿宝能多学点本事，以后好保护自己。"

阿宝抬起头，不解地看向秀秀。

"娘亲，你要赶我走吗？"

秀秀摸了摸阿宝的脑袋，柔声道："阿宝，你跟着这个姐姐吧，她看起来比娘亲厉害多了，也能带着你修炼。娘亲还有事呢……"

阿宝忽然聪明了一回,她问道:"娘亲是要去找爹爹吗?"

秀秀点点头,哀伤道:"他走了三年了,不知道会不会出事,我得去找他。"

暮悬铃闻言心中一动,问道:"阿宝的爹爹叫什么名字?"

秀秀道:"他叫傅沧璃。"

暮悬铃想起,之前阿宝说过她的爹爹是世间最有钱的修士,如今仙盟之中最富有的便是坐拥数条矿脉的碧霄宫,而碧霄宫宫主,便是姓傅。

暮悬铃看向南胥月,南胥月仿佛看穿了她的怀疑,微笑道:"如今碧霄宫里,并没有这个名字的弟子。"

"也可能是化名,干坏事,哪能用真名。"暮悬铃嘀咕了一声。

南胥月笑了笑,看向秀秀,温声道:"秀秀,你是珍稀异兽,不要去碧霄宫冒险。傅沧璃这个人,我会帮你打听,你还是在这里等着,万一他回来找你们,却找不到人,岂不是错过了?"

秀秀似乎对南胥月十分信赖,她本就有些迷糊,听南胥月如此温柔劝说,立时便连连点头,全盘听了进去。

"南公子说得有道理,那我便在这里等他,还要麻烦你帮我打听了。"

"举手之劳。"南胥月颔首笑道。

"阿宝,你愿意和姐姐一起走吗?"秀秀问阿宝。

阿宝犹豫了片刻,终于点了点头。

她不知道为什么,自己会那么喜欢暮悬铃,她总觉得暮姐姐身上有非常吸引她的气息,让她舍不得离开。虽然她也舍不得娘亲,但是娘亲让她跟着姐姐,她就听娘亲的话。

阿宝又从秀秀身上蹿到了暮悬铃肩头,任由暮悬铃挠了挠她软乎的身子。

暮悬铃戴上兜帽,看向南胥月,微笑道:"多谢南公子相救之恩,他日若有机会,一定回报。"

南胥月含笑点点头:"暮姑娘保重。"

暮悬铃道别完,便迫不及待地消失在了阴影里。

南胥月静立片刻,而后徐徐转身离去。他走得不快,让人极难察觉到他是个瘸子。

林中的风送来他宛如叹息的吟诵——

"与君初相识，犹如故人归。天涯明月新，朝暮最相思……"

暮悬铃早在谢雪臣身上做了标记，玲珑枷破阵后，她立刻便感应到了谢雪臣的方位，正是往拥雪城而去的方向。

她的身影隐没在阴影里，飞速向着谢雪臣的方向飞奔而去。

"姐姐，那个哥哥好坏，你是要报仇吗？"怀里的阿宝问道。

暮悬铃咬牙切齿道："以前太惯着他了，等我追上他，一定把他这样这样、那样那样！"

阿宝茫然道："是哪样啊？"

"小孩子不要问这么多。"暮悬铃弹了一下她的脑门，她发出"吱"的一声，缩回了怀里。

良久，她又听到暮悬铃说："其实谢雪臣也不是坏啦……毕竟我是半妖魔体，和他正邪有别，又老是对他动手动脚，他这么刚正死板的人，一时之间肯定接受不了。"

阿宝心想，这感觉好熟悉啊，就好像娘亲每次都埋怨爹爹一去不回，之后又辩解爹爹恐怕是遇上了什么麻烦……

暮悬铃倒也不全是为谢雪臣辩解，她心里虽然委屈，却也理解谢雪臣的做法。他们天然就是对立的双方，并非救他一次就能抵消。更何况，她也确实骗了谢雪臣许多事。

暮悬铃感应着谢雪臣的方位，忽然感到有些不对劲。

她对自己的速度心中有数，谢雪臣若是向拥雪城而去，想要追上他应该还要一天，但是两人的距离却在以不正常的速度缩短，那只有一个可能，就是谢雪臣正在朝这个方向行进。

为何？

暮悬铃心中一惊——难道谢雪臣行踪败露，遭到追杀？

她不再多想，提起所有力气全速前进。

几刻钟后，她的视线内出现了熟悉的身影。

谢雪臣策马疾驰，冷峻的面容上带着几难察觉的焦虑。暮悬铃身影一闪，落在谢雪臣前方。

谢雪臣看到暮悬铃忽然现身，惊愕地勒住了疾行的骏马。暮悬铃看向谢雪臣身后，却没有看到预想中的追兵。两人同时脱口而出："你没事？"

暮悬铃眨了眨眼，有些迷惑地看着谢雪臣。

谢雪臣皱了下眉头，攥紧了缰绳。

暮悬铃看了看谢雪臣身后，又看向谢雪臣清俊的面容，后者因为一路疾行，苍白的脸上浮现出淡淡红晕。

忽然，暮悬铃唇角勾了起来，一双桃花眼骤然发亮，像一滴水落入湖中，圈圈涟漪在眼底荡开，映亮本就明艳无双的面容。紫色的身影飞扑向谢雪臣，用力过猛，竟直接将谢雪臣从马上推了下来，两人双双倒在了地上。暮悬铃骑坐在谢雪臣身上，笑得灿烂明媚："谢雪臣，你这么快跑回来，是不是怕我晒伤了！"

谢雪臣将她滑落肩头的兜帽拉了起来，盖住她的脑袋，清冷的声音透露出明显的僵硬和尴尬："你……怎么从玲珑枷里出来的？"

他没有否认——暮悬铃美滋滋地想。

她眉开眼笑，容光焕发，拉着谢雪臣的手，欢快地道："我就知道你舍不得我！"

谢雪臣深吸了口气，抽了几下，没能挣脱暮悬铃的手。他支起身体从地上坐了起来，空着的另一只手扯住了暮悬铃的后领，将她从自己怀里扒了下来。

谢雪臣暗自叹气，他感觉暮悬铃更黏人了。回想起之前暮悬铃委屈的眼眸，再看她现在眉开眼笑的样子，谢雪臣忽地有些不解："你为何如此开心？"

暮悬铃抱着谢雪臣的手臂，仰起脸看他："啊？你回来救我了啊，我当然很开心。"

谢雪臣皱了下眉头："是我将你困住的。"

"我知道啊。"暮悬铃皱了下眉头，随即又笑嘻嘻道，"我本来是有点怪你，可是你回来了啊。"

谢雪臣难以言述自己心中陌生的情绪，这与自己道心相违逆的举动让他烦躁且不安。他是仙道宗主，人族至尊，本该以除魔卫道为己任，对邪魔外道杀无赦。他的道心如此，剑心亦是如此。然而稳如泰山的道心动摇了，一往无前的剑心亦犹豫不前了。

一路疾驰，他在纷杂的思绪中为自己的行为找到了看似合理的解释。

是的，他回来救她，亦是道之所存，义之所在。暮悬铃救他脱身，有恩在先，对阵之时，又处处留手。若非如此，自己哪能轻易布阵困住她？她虽是半妖魔体，学的魔族功法，却从未对自己下过杀手，反而处处留情。若是自己忘恩负义，岂非连妖魔都不如？

谢雪臣终于在心里说服了自己，稳住了将崩欲倾的道心。

他微微垂眸，正对上暮悬铃明亮而欢喜的双眸，她摇着他的手臂乖巧地轻声说道："我很好很好哄的，真的，只要你就对我好一点点……"

谢雪臣呼吸一紧。

在他不知道的地方，道心悄然撕开了一丝裂缝。

修道界有句传说，妖精、魔族、女人，是这世间最麻烦之事。

现如今有个集麻烦之大成的人物出现了——暮悬铃，半妖、魔体、女人。

以血布阵，与暮悬铃激战一场，本就重伤未愈的谢雪臣情况更糟糕了。暮悬铃同样损耗不小，谢雪臣发现她的脸色显露出一丝苍白，哪怕她满面笑容，也难掩虚弱之色。

两人在附近的城镇找了家客栈下榻，趁着夜色，暮悬铃外出买了些换洗的衣物。这一回，她没有布下禁制防着谢雪臣逃走。谢雪臣没再想着摆脱暮悬铃，因为她毫不避讳地说，她在他身上做了标记，能够感应到他的方向和距离。

暮悬铃从高秋旻的芥子袋里找到了不少银钱和灵丹，帮谢雪臣买了些合身的衣物，又暗自打听了一下仙盟的消息。

果然，谢雪臣失踪的事尚未流传出来。

暮悬铃回到客栈时，谢雪臣刚刚吐纳完，服用下镜花谷的灵丹后，他的脸上恢复了少许气色。暮悬铃将买回的长衫递给他，笑着道："可要我吩咐小二给谢宗主安排沐浴？"

谢雪臣接过衣服，淡淡扫了她一眼，道："法相尊体，乃无垢之躯。"

言下之意，便是不需要沐浴。

但是衣服破了还是要换的。

修道真是好啊，不但不食五谷杂粮，不染世间尘埃，甚至连爱恨情仇也可

第二章　半妖

一并勾销了。

暮悬铃支着下巴，看着屏风上瘦削修长的投影，在看与不看之间摇摆了一下，那边便已经换好了。

算了，反正又不是没看过——暮悬铃有些遗憾地想。

谢雪臣走到桌边坐下，便听到暮悬铃说："谢宗主，看你今日方向是要往拥雪城去？"

谢雪臣点了点头。

暮悬铃轻叹一声："若我是你，在法力恢复之前绝对不会回仙盟。"

"我入阵之前已有部署，入阵七日未归，仙盟五老定会入阵查探，发现我与魔族激战过的痕迹。"谢雪臣道，"想必此刻，仙盟已经暗中派人出来查探我的下落了。"

"谢宗主，你就没想过吗，为何魔族会知道你在何日何时入阵，竟然能提前设下陷阱？"暮悬铃难得地露出了严肃认真的神情。

谢雪臣眉眼低垂，烛光在他眼下投下淡淡阴影。

"仙盟之内，有魔族奸细。"清冷的声音缓缓说道。

数千年前，人族仙盟竭尽全力，在魔界与人界的关隘之处，即两界山，设下万仙封印，挡住了魔族侵略人族的脚步。但是这封印受魔气侵蚀，每六十年便要修补加固一次。历来负责护阵的都是仙盟宗主。谢雪臣数年前继任仙盟宗主之位，到如今恰逢封印加固之年，他只身入阵修补阵法缺损之处，却遭到了魔族大军的埋伏。

万仙阵阵型复杂，环环相扣，补阵之人须在阵眼之中唤出法相，以元神沟通整座大阵，才能知道何处有缺损需要修补。因此补阵的只能有一人，也必须是当世修为最强的几人之一。补阵之时，补阵之人外防空虚，最怕被人乘虚而入。但是万仙阵乃人族修士结下的神圣大阵，魔族若在其中，如受酷刑，避之不及。因此哪怕魔族知道这一年是补阵之年，却无法确定补阵人会在哪一天、哪一个时辰入阵，也无法精确地设下埋伏。

但是这一次，他们设下埋伏的时机，却是那样刚好……

谢雪臣在阵中看到魔尊之时，便明白了一切。

"原来你明白。"暮悬铃舒了口气，"好啦，是你自己说的，可不是我告密

的了。"

谢雪臣扬起眉，黑白分明的凤眸凝视着暮悬铃。

"所以，你故意带我偏离前往仙盟五派的路线，你知道，魔族会派出追兵，在半道拦截。"

暮悬铃咬了咬唇，无奈地点了点头。

"我的师父是魔族大祭司桑岐，想来你对他是了解的。师父善于卜卦，只要有他人贴身之物，便可轻易算出那人所在之地，误差不超过方圆十里。因此很快便会有魔族追兵找到青山集，并以青山集为起点，向五大宗门的方向一路搜索。如今你重伤未愈，神窍被封，如果被魔族发现，后果不堪设想。"

"避开人群，便不易被魔族察觉。"

"可即便你回到拥雪城，也并非绝对安全！"暮悬铃急道，"能知道你入阵部署的，必然是仙盟中地位颇高之人，你法力尽失，若遇上那人恐怕几无胜算！他定会将你置于死地！"

"所以呢？"谢雪臣微微蹙眉，"贪生怕死，便驻足不前，并非剑修之道。"

谢雪臣认真道："剑修之道，是虽千万人吾往矣。"

暮悬铃怔怔望着谢雪臣，在他眼中看不到一丝惧色，那双凤眸便如他的剑一般，锐不可当，锋芒如炬。

暮悬铃想起诛神宫外，他展开天地法相，那一刻气吞山河、乾坤撼动，钧天剑一出，日月无光。

若非道心如此，剑心如此，又何以有今日被称为天下第一人的谢雪臣？

暮悬铃支着下巴，灵动而聪慧的双眸一眨不眨地看着谢雪臣，芙蓉面上缓缓绽开笑颜。

谢雪臣感受到她突如其来的情绪变化，那双水眸赤裸而火热地表露出她的仰慕与爱恋。

"你……怎么了？"谢雪臣有些不解，更有些不自在。

暮悬铃笑着道："我觉得我眼光真好，没有喜欢错人。"

谢雪臣这回倒是明白了，暮悬铃又"犯病"了。

她双手支着下巴，眉眼弯弯地望着谢雪臣："虽然我希望你能暂避锋芒，保全自己，可是你这么说，我却觉得，这才是真正的谢雪臣。"

"你要去拥雪城，我便陪你去！"暮悬铃掷地有声道。

谢雪臣愕然，微蹙眉心，道："你是半妖，且修炼了魔功，虽然身上有遮掩气息的法器，但拥雪城并非其他地方，修道强者不在少数，恐怕会被人看穿你的伪装。"

暮悬铃笑眯眯道："你果然关心我！"

谢雪臣被堵了一句，顿了顿，语气加重了几分："半妖魔体，仙盟之人立杀无赦！"

"可你没有杀我！"暮悬铃仍是一脸无忧无虑的样子。

谢雪臣颇有些无力，扶了扶额，深吸了口气，方道："你何必如此。"

"我喜欢，我愿意！"暮悬铃眼神热烈而坚定，"虽然知道你不愿意，但我还是要强迫你，没办法，修炼魔功，便是要从心所欲，正如你要坚守你的道心，我也要遵从我的本心。"

谢雪臣被暮悬铃理直气壮的歪理邪说震住了，一时之间竟无法反驳，只能拂袖道："荒谬，岂能一概而论。"

暮悬铃已然习惯了他的疾言厉色，如此这般不痛不痒的呵斥更是不放在心上，她笑道："若我不修炼魔功，是不是就可以陪在你身边了？"

谢雪臣愣了一下。

暮悬铃又道："魔族修炼魔功，便如你们人族修炼一般。只是人族吸收天地之间的灵气，而魔族吸收魔气。人界没有魔气，魔族便会吸食活人血肉，吞噬心魔，以此修炼，因此才会被人族修士斩杀。"

谢雪臣神色凝重地点了点头，认同暮悬铃所言。

"我是半妖，没有妖丹，没有神窍，灵气无法入体，却能吸收魔气修炼，但是，我也可以散功。"暮悬铃目光灼灼地盯着谢雪臣，"我散去魔功，便只是一个普通半妖。"

她虽修炼魔功，却是魔族地位尊贵的圣女，若是散了魔功，便只是人界地位最卑微低贱的半妖，甚至还会因此遭到魔族的追杀。半妖在人界受尽歧视，若非逃亡野外苟存性命，便只能沦为妖奴，永世不得翻身。更何况，魔体散功，痛不欲生，如生撕血肉，万蚁噬心。

"为何……"谢雪臣委实难以理解暮悬铃的想法。

"如果我只是个半妖，没有了自保之力，你会护着我吗？"那双眼睛眨巴眨巴，水汪汪的，仿佛会说话似的，可怜兮兮地望着谢雪臣。

若如她所言，她未杀过人命，且又对他有救命之恩，那他……他应是要护着她的。

这个念头在谢雪臣心上极快地闪过，却没有从口中说出。

暮悬铃没有等到答案，有些急切地开口想说什么，却忽地脸色一白，瞳孔涣散，身体从椅子上滑落。谢雪臣来不及思考，便已来到她身旁，接住了暮悬铃倒下的身躯。

便在此时，四周骤然暗了下去。

谢雪臣只手抱着暮悬铃，戒备地环视四周。

黑暗浓稠得像墨汁一般，将一切紧紧包裹，令人窒息，即便是法相之躯的目窍，也无法看穿这片黑暗。谢雪臣同样看不见怀中的暮悬铃，但能感受到对方微弱的鼻息和胸腔的跳动。

谢雪臣立刻意识到，这是魔族的手段，自己被拉入了另一片空间之中。

"谢宗主，我的心脏好疼啊。"怀里传来暮悬铃说话的声音，痛楚而虚弱。

一只柔软而微凉的手握住了他的手腕："你帮我看看……"

她拉着他的手往自己胸口处去。

谢雪臣看不见，却能清晰地感受到手腕上滑腻的触感，他任由对方牵着他的手拉向自己，却在即将碰触到胸口时，易掌为爪，攻向对方头颅！

那人发出"咦"的一声，怀中触感顿时消失，空荡荡的，什么也没有剩下。

不远处，一个似男似女、雌雄莫辨的声音笑着说道："果然瞒不过仙盟宗主，天下第一剑修。"

谢雪臣看向声音来源，那声音忽近忽远、忽左忽右。

"我模仿圣女不像吗？"那个声音又变成了暮悬铃的嗓音，有些委屈地说，"还是谢宗主根本就不喜欢人家？"

谢雪臣皱了皱眉头，道："魔族没有心脏，为何你会有心跳声？"

这世间每个人的心跳声都不一样，他的听觉何其敏锐，又与暮悬铃相处多日，自然对她的心跳十分熟悉。方才接住暮悬铃之时，他可以肯定那还是她本

人,那个魔物不知用什么手段将自己和暮悬铃对调,他一听到心跳声骤然变化,便知道其中有诈。

黑暗中的魔物以男声回答道:"既然是谢宗主问的,那我就好心回答你。"说完又化为阴柔女声,"自然是杀了人,剖出来啦!哈哈哈哈哈!还热乎着呢!"

谢雪臣的眼眸一冷,剑意自然勃发而出。

"好惊人的剑意。"魔物似乎被谢雪臣镇住,过了片刻才道,"不过不能使用灵力,你再强也逃不出我的贪欲牢笼!哈哈哈哈……谢宗主,你就在死前好好体验一下世间极乐吧!"

魔物的声音渐渐远去,浓稠的黑暗仿佛被水稀释开了,缓缓退去,逐渐有了光线照射进来。

谢雪臣凝眸看向光照来处,愕然发现,自己竟在拥雪城中。

暮悬铃闭目许久,平息了胸腔之中的疼痛,才缓缓睁开眼睛。

站在自己面前的,是一个相貌妖冶无比的男人,他左脸上刺了一朵艳丽的海棠,嘴唇又薄又红,微微上翘,眼波流转,风情万种。若说他是男子,又太过妩媚多情;若说他是女子,却又四肢修长,高大精壮。

"欲魔?"暮悬铃凝神一看,又道,"不,你是欲魔的投影。"

魔界有三魔神,分别是欲魔、战魔、痴魔。欲魔,是世间所有欲望滋生的魔物,人族对名、对利、对色各有所贪,但凡有了贪念,便会催生心魔。欲魔虽没有战魔善战,却极其难缠,因为欲魔从不亲自出手,他会让对手沉溺于自己的欲望之中,灵魂堕入深渊,于极乐中死亡。

人最难战胜的,便是自己的欲望。

欲魔妖娆妩媚,亦男亦女,可幻化出任何面貌,与本人几无二致,只有一点,魔族没有血肉心脏。因此为了模仿暮悬铃,他挖了一颗人心。

他扔掉了手中已停止跳动的人心,扭着胯妖娆地来到暮悬铃跟前,不怀好意地望着对方:"圣女殿下,方才你与谢雪臣的对话,我可是听到了哦。"

暮悬铃头都懒得抬,淡淡"哼"了一声:"所以呢?"

"嗯……你要是讨好我,与我双修,我便不向魔尊禀告此事。"欲魔贪婪地凑近暮悬铃,"否则让魔尊知道你叛变,那你就只能进熔渊了。"

欲魔身上传来甜腻的脂粉味，然而过重的香味也无法掩盖其下的腥臭。暮悬铃嫌恶地往后退了退，说："你去告诉魔尊吧，反正魔尊早就知道了。"

欲魔愕然，狐疑道："你这话是什么意思？"

暮悬铃鄙夷地看了他一眼："所以说，你们这些魔族真的是没有脑子。"

魔族没有脑子，是一句很客观的实话，他们本就只是一团魔气。因此欲魔没有生气，他只是有些怀疑暮悬铃先前那句话。

"你快说，魔尊是怎么知道你叛变的？"

暮悬铃懒懒道："你以为谢雪臣是如何逃出熔渊的，自然是有人相助。"

欲魔眼睛一转："是你助他？"

"倒也不是十分笨。"暮悬铃看了他一眼。

欲魔不禁有些得意，又有些疑惑："你哪有本事解开魔尊的禁制？"

魔尊将谢雪臣囚禁于熔渊之时，下了十八重禁制，别说是暮悬铃了，就算是大祭司也没这本事打开。

"我解不开，是谢雪臣自己解开的。而我，只是给了他一粒可以恢复功力的丹药。"暮悬铃道。

这话逻辑便通了。

暮悬铃又道："你说这么珍贵的丹药，我如何能有？"

欲魔犹豫着说道："是……魔尊给你的？"

暮悬铃点了点头。

"是魔尊授意我放走谢雪臣的，这样一来，我对谢雪臣便有了救命之恩，以他们自诩正道人士的为人，是不会对救命恩人下杀手的。"

才怪，差点被谢雪臣杀了呢——暮悬铃心虚地想。

欲魔倒觉得暮悬铃说得极有道理，下意识地跟着点头。

"你猜猜，魔尊为什么要我放了他？"暮悬铃斜睨欲魔。

欲魔只道这是暮悬铃在考验他的智慧，沉思片刻后，道："魔尊想打听出玉阙神功的功法，怕谢雪臣真的死在熔渊？"

暮悬铃微笑着点头："不错。如果能问出玉阙神功，我们魔族便能吸收灵气，在人界也能生存下来。"

"那你方才还说要为了他散功……"欲魔仍是有些狐疑。

暮悬铃嗤笑一声："我散了功，弱小无助，不是正好有借口让他教我玉阙神功吗？"

欲魔瞪大了眼睛，佩服地看着暮悬铃，叹道："妖族果然狡猾……"

原来魔尊是这个打算啊，魔尊就是魔尊，比他们普通魔族有智慧多了。

欲魔一边感慨一边仍有些困惑，问道："可是魔尊命令我等围捕谢雪臣。"

"做戏做全套，否则怎么取信谢雪臣！他可不是无脑的低等魔族。"暮悬铃冷然道，"既然你来了，便先困住谢雪臣吧，危急关头，我自会出手救他。如此一来，他便又欠了我一条命。"

欲魔恭恭敬敬道："我都听殿下安排。殿下，如今谢雪臣正被我困在贪欲牢笼之中，你可想看看，谢雪臣的贪欲是什么？"

暮悬铃心中一动。

世人的贪欲，逃不过荣华富贵、美色美食，天下第一剑修的贪欲，又会是什么？

第三章 慈悲

拥雪城，位于西洲边陲，群山之巅，苦寒之地。

这里四季飘雪，终年无春。

一个四五岁大的孩童身影站在堆满积雪的松树下，稚童举着一把比他身高还长的剑努力地挥着，每一剑挥出，便是一道凌厉剑气，他面前雪地早已被剑气犁出千沟万壑，露出坚实的地面。

人族之躯，最是脆弱单薄，唯有开启阴阳二窍，体魄方能达到巅峰，而开了神窍，才算正式踏上修道之路。

千千万万的凡人，终其一生庸庸碌碌，能修道者，不足百万分之一。

而有的人，一生下来，便注定该立于巅峰。

第一万道剑气挥出，男孩放下了剑，吐出的气化成白烟。他的脸小小的，腮帮子还有些鼓鼓的婴儿肥，五官虽稚嫩，凤眸却已显雏形。

拥雪城以剑法闻名于世，世人皆道，天下剑修出拥雪，然而只有拥雪城的人知道，在这片寂寥苦寒之地，他们除了剑法，什么也没有。

你只能紧紧握住你唯一拥有的剑——谢道承如是说。

四岁的谢雪臣足够聪慧，他天生十窍，所有的东西都是一教即会，甚至无

师自通，可唯有剑道，父亲说，只能自己去感悟，去立心。

　　所有的剑修，都得从日复一日的挥剑中感悟到自己的道心和剑心。道心，是修行的根基，是修行的目的；剑心，是对剑道的了悟。有的人剑道如水，看似柔和而波涛暗涌，有的人剑道如虹，疾如闪电怒如雷霆。

　　谢雪臣，你的剑道是什么？

　　每天挥完一万次剑，孩子便会站在雪中思索这个问题。

　　看着苍茫的雪山，浩渺的天际，四岁的孩子思考着人世间至难之题。

　　"喵呜……"远远地传来一声低低的猫叫声，打断了孩子的思索。

　　凤眸眨了眨，望向猫叫声传来的方向。

　　高高的树枝上，有一团雪白的身影动了一下，又发出一声低低的叫声："喵呜……"

　　"雪猫？"谢雪臣缓缓走到树下，好奇地仰起头，看向树梢上的小猫。

　　雪猫是拥雪城特有的妖兽，它们有长而蓬松的毛发，生活在冰天雪地之中，借着冰雪的颜色掩藏自己的踪迹。这只雪猫看起来年纪很小，一双湖水蓝的眼睛怯怯地往下看，它伸了伸爪子，又缩了回来。

　　谢雪臣发现，树下本是一片厚软的雪地，可被他的剑气扫光了，露出了坚硬的岩石，还有或深或浅的剑痕。雪猫应是调皮跳到树上，睡了一觉醒来才发现站得太高了，下面没有积雪垫着，它不敢跳下来，生怕摔伤。

　　谢雪臣犹豫片刻，放下剑，足尖一点，运气飞上了雪猫附近的一根树枝。

　　积雪被抖落了少许，发出簌簌的声音。

　　雪猫受到惊吓，四肢扒着粗壮的树枝，朝谢雪臣发出色厉内荏的吼声。

　　"喵呜，喵呜！"

　　"我是来抱你下去的。"谢雪臣轻声细语地说。

　　大概是孩子的眉眼十分温软，清亮的凤眸中带着和善的笑意，白白胖胖的小手朝猫儿张开，没有一丝方才挥剑时的锐气。猫儿犹豫片刻，在树枝上一踩，往他怀里飞扑而来。

　　谢雪臣抱住了雪猫，随即从树枝上飞落下来。

　　他轻轻抚摸雪猫蓬松柔软的毛发，猫儿也抬起头，歪着脑袋看他，"喵呜，喵呜"叫了几声，伸出小舌头舔了舔他的指尖。

谢雪臣忍不住笑了，黑白分明的凤眸亮晶晶的，他捏了捏雪猫粉嫩的肉垫，用稚气的声音问道："你是雪猫，我是雪臣，我们是不是很有缘？"

仿佛是在附和他，猫儿叫了一声。

"你的家在这附近吗？"

谢雪臣刚问完，雪猫便从他怀中挣脱，跳到了地上，往前小跑了几步，又回头看他，仿佛是在等他追上。

谢雪臣领会到雪猫的意思，立刻跟了上去。

一猫一人在山上飞奔着，很快来到了一个洞穴口。

雪猫钻进了狭窄的洞穴里，谢雪臣进不去，只能在外面等着。片刻后，雪白的身影钻了出来，猫儿口中衔着一条银色的鱼，放在谢雪臣面前。

谢雪臣讶然，问道："送给我的吗？"

"喵呜……"

万物有灵，何况妖兽。

谢雪臣欣喜而郑重地收起银鱼。银鱼并非活物，而是灵气充沛之地灵气化为实质的产物。这东西极为珍贵，不易获得，是雪猫最喜欢的食物。

雪猫年纪很小，它只能以这种朴素的方式表达自己的喜欢与感激，送给朋友自己最珍视的宝贝。

谢雪臣心想，这是他长这么大，收到的第一件礼物！

虽然父亲送给他剑谱和宝剑，但这条银鱼对他的意义不一样，这是他的朋友送给他的心意！

谢雪臣与雪猫玩了一会儿，见天色快黑了，想起剑还落在问雪崖，急忙跑了回去。

一个高大的身影站在树下，手中握着被谢雪臣落下的长剑。谢雪臣的脚步慢了下来，走到男人身后，低声喊了一声："父亲。"

谢道承侧眼看向自己最为看重的小儿子。

谢道承，拥雪城城主，他的资质一般，两百岁方才步入法相之境，而谢雪臣，便是他成为法相尊者之后与妻子生下的孩子。

他的一生有十几个孩子，但他的眼中，唯有一个。天生十窍，亘古罕见，这个孩子生来不凡，是拥雪城的希望，也是划破剑道长夜的启明星。

然而现在，他竟然把自己的剑扔在这里！剑，是剑修的命！

谢道承克制心中怒火，冷冷问道："你去哪里了？"

谢雪臣不会说谎，哪怕他知道说出实话，会被父亲责罚。

"我……我救了一只雪猫，它送给我一条银鱼。"他小心翼翼地从怀里取出银鱼，捧在掌心。

"救了雪猫，为何要跟着它离开问雪崖？"谢道承问。

谢雪臣不知该如何回答，只是当猫儿蓝色的眼睛看向他的时候，他便忍不住跟了上去。

谢道承见谢雪臣没有回答，也不再问，因为他自己心里有了答案。

他转身离去，只留下一句话："剑修，无论何时，都不能扔下自己的剑！"

谢雪臣没有被父亲责罚，出乎意料，然而他没有多想，只是松了口气。

第二天，同样的时间，他又来到此处，开始日复一日的练剑。

雪猫又来了，它晃了晃蓬松的大尾巴，朝谢雪臣喵喵叫。

"喵喵，我要练剑了，练完了再陪你玩。"谢雪臣道。

猫儿很懂事，它能听懂人话，乖乖地蹲在一旁看谢雪臣练剑。天空又下起了雪，它欢快地跳来跳去，扑着空中飞舞的雪花。

谢雪臣发现，雪猫的动作疾如闪电，竟和剑意有几分相似，他不知不觉模仿着雪猫的动作挥剑，剑气肃杀之中，又多了几分灵动。

"一万剑！"

谢雪臣长舒一口气，完成了今日的功课，随即笑着向雪猫跑去。

"喵喵，我今天的剑气好像有了新的变化……"他像对着一个朋友那样，向雪猫倾诉自己心中所想。

雪猫耳尖动了动，露出倾听的模样。

谢雪臣以为，自己能和雪猫成为朋友，然而之后，它却再也没有来过。他有些失落，甚至跑去雪猫的洞穴外唤它，却没有得到回应，不知道雪猫去了哪里。

直到一个月后，他如同往日一般到问雪崖练剑时，发生了意外。

他遭到了一只成年雪猫的袭击。

成年雪猫攻击十分凌厉，它左耳缺了一块，眼中迸射出强烈的恨意。谢雪臣艰难地抵挡雪猫不要命似的攻击，雪猫想不到一个四岁的小孩竟有如此剑法，惊怒不已，吐出了妖丹，拼着玉石俱焚的危险，自爆妖丹攻击谢雪臣。

却在此时，横空飞来极其霸道的一剑，破开妖丹，重伤雪猫。

雪猫吐出一大口鲜血，含恨瞪着来人，失去妖丹的它难以为继，抽搐着倒在了血泊之中。

谢道承没有看一眼雪猫，他确认谢雪臣只受了皮外伤，才微微点头道："你的剑法又有进益，灵动许多。"

谢雪臣关心的却不是这件事，他看了看气息断绝的雪猫，恍惚片刻，才用虚弱的声音问道："父亲，它……它为何要杀我？"

谢道承道："嗯？大概是因为我杀了它的孩子。"

谢雪臣瞳孔一缩，心脏猛地紧了一下，颤声道："喵喵……"

"不过这只母猫跑得快，只伤了一耳。它知道敌不过我，便来向你寻仇。"谢道承以轻描淡写的语气道。

忽然，他发现了谢雪臣的异常。

稚子红了眼眶，强忍着在眼眶里打滚的泪水。

"为……为什么呢？"

谢道承面色一寒，声音低沉下来："你这是什么表情？"

谢雪臣一惊，热泪便滚落脸庞。父亲的威压让他颤抖，但是他强忍着屈膝的恐惧，仰起小脸看向谢道承："父亲，雪猫虽是妖兽，但并不害人。您……您为什么杀它？"

那是他的新朋友，父亲明明知道的。

不……正是因为他知道……

谢雪臣忽然觉得呼吸困难，仿佛被人狠狠攥住了心脏。

"雪臣，我的话，你难道忘了吗？"谢道承冷冷道，"修道者，不能有情，当以身奉道。"

"不，我不懂……"泪水打湿了浓密的睫毛，模糊了视线，"母亲说，修道者，当以苍生为己念，以济世为己任，为何不能有情？"

谢道承仿佛忽然想起来，这个孩子才四岁，他再聪慧，终究未经历过人世间的险恶与艰难。

"济世救人，以苍生为念，这是你的道心吗？"谢道承难以察觉地叹息了一声，"若是如此，你更要断情绝爱，你若是有了偏爱，那如何以大爱去包容众生？若有一日，你面临抉择，一个是至爱之人，另一边是天下苍生，你能舍弃至爱来救苍生吗？"

谢雪臣稚嫩的脸庞上浮现出懵懂与迷茫的神情，他依然不明白。

"为什么……只能选其一呢？"

谢道承蹲下来，与他平视，郑重说道："雪臣，你生而不凡，终将立于人界之巅，乃至三界之巅，到那一日，天下苍生的命运皆系于你一念之间，情爱只会成为你的软肋，也会陷天下苍生于危难之中。你要记住今天的教训，记住父亲的话。"

谢雪臣似懂非懂地点了点头，良久，问道："如果，我只是普通人呢？"

因为不凡，所以不该有情。

那普通人，就能有情了吗？

谢道承没想到他会这么说，眼睛骤然化为寒冰。

"那你该死。"

四岁的谢雪臣从父亲身上领悟到了何为无情。

他有十八个孩子，也只有一个孩子。如果他不是谢雪臣，他便什么都不是。

谢雪臣立的道心，是苍生为念。

所以他的剑心，便是一往无前，舍生忘死。

他不偏爱世间一人一物，包括自己。

欲魔摸着下巴，喃喃道："好奇怪，谢雪臣的贪欲牢笼，怎么与旁人不一样？"

暮悬铃看着雪地里的稚童，缓缓道："因为他早已无贪无欲。"

一个连命都不要的人，还有什么贪念呢？

剑道，他已至巅峰；名利，他视如浮云；情爱……

在他四岁之时，便已被扼杀在那片雪地里了。

"无贪无欲？"欲魔愣了一下，觉得不可能，但摆在眼前的已是事实。

贪欲牢笼能挖掘出人心底最强的欲念，在牢笼之中，所有的欲念都能得到满足，让人沉迷其中，自愿成为囚徒。若是没有贪欲，这便不是牢笼了，那人便可来去自如。

欲魔大觉不妙，刚想和暮悬铃商量怎么对付谢雪臣，忽然感觉身上一痛。紫色的藤条不知何时爬上他的身体，将他紧紧束缚住，却在此时才突然现形。

欲魔认出这是暮悬铃的审判妖藤，顿时脸色唰地变得惨白。

暮悬铃身为魔族圣女，掌管魔界刑罚，所有触犯律条的魔族都会被这妖藤绞杀，化成魔丹，供魔界贵族食用。魔族修炼功法，乃是采补之道，可以吸取魔气炼化，也可以直接吸食其他魔族身上的气息，后者甚至更加轻松方便。魔族之所以如此惧怕暮悬铃，正是因为死在审判妖藤下的魔族太多了。这条大祭司亲手炼制的法器，专门克制魔族，恐怕除了魔尊没有人能逃脱。

然而这是欲魔的领域，他本是有机会防备，让暮悬铃没有机会出手的。

"圣女，你这是做什么？"欲魔恐惧地问道。

"所以说，魔族就是没有脑子。"暮悬铃笑了一下，"这么明显的事，还需要问吗？"

"你要杀我？"欲魔惊惶地摇头，"我们演一场戏给谢雪臣看就好了，没必要杀我吧！而且，你如果杀了我，我的本体会感知到的！"

"那有什么关系。"暮悬铃收紧了妖藤，欲魔发出惨叫，身上阵阵黑气涌出，"反正，你的本体也不知道是我杀的，还是谢雪臣杀的。"

欲魔猛然发现，自己上当了！暮悬铃和他说了这么久，就是让他放下防备！

"你果然背叛了魔族！你刚才那些话都是骗我的！"

欲魔的身体在不断缩小，很快便缩成了一个黑乎乎的丹药。

丹药飞入暮悬铃手中，幻境登时破碎。

——这么笨，不骗你骗谁。

暮悬铃撇了撇嘴。

房间和之前一样，似乎没有任何变化，连蜡烛也未曾少过一分。

谢雪臣静静站在一旁，看向暮悬铃手中的魔丹。

"方才出手的，是三魔神之一的欲魔。"谢雪臣肯定道。

　　他仿佛做了一场清醒的梦，麻木地经历着一切，宛如一个旁观者。正是如此，他猜出了来者的身份。

　　在万仙阵中，他与欲魔打过照面，那家伙太弱，被他一剑打成重伤，倒是战魔可以挡住他几剑。

　　"欲魔伤得不轻，正在闭关，这只是他的投影，但也有他本体实力的三分之一。他现在被我绞杀了，本体会受创更重。欲魔只能感知到投影的死亡，却不知道这里发生了什么事。"所以方才她那些话也不怕被魔族听到。

　　暮悬铃说着摊开手，将魔丹送到谢雪臣面前："这是欲魔化成的魔丹。"

　　谢雪臣看向暮悬铃，嘴唇微微一动，似乎有些犹豫，但最终还是说了出来："服用魔丹，应该可以缓解你因魔气溢散引起的痛苦。"

　　暮悬铃眨了眨眼，好奇道："你不会生气吗？"

　　谢雪臣不知道自己该不该生气，魔族相食，在人族看来是残忍邪恶之举，但若不相食，她便只能生生忍受魔气溢散的痛苦。

　　谢雪臣没有回答，暮悬铃也没有逼问，她将魔丹收入芥子袋中，笑着道："我不吃这个，又臭又腥。"

　　"欲魔一死，魔界立刻就会知道我们的行踪，我们不能在这里逗留了，又要连夜赶路了。"

　　暮悬铃拉着谢雪臣的袖子，推开窗户，两人直接从窗户跃下，骑上马连夜离开。

　　暮悬铃和谢雪臣两人一骑，她缩在谢雪臣怀里，用兜帽罩住自己的脑袋，掩住苍白的脸色。

　　"我想到一个方法，可以以最快的速度回到拥雪城。"谢雪臣忽然说。

　　"什么方法，我这么聪明都没想到？"暮悬铃嘀咕了一句。

　　谢雪臣经常被她的话堵得不知如何接下去，顿了一顿，才道："蕴秀山庄，有传送法阵。"

　　暮悬铃眼前忽然浮现出那个俊秀温雅的身影，还有他挡在自己头上的折扇。

　　对了，南胥月是世间最擅长布阵之人。阵法分守、困、攻、奇四种，传送法阵属于奇阵。听说南胥月因为不能修道，为了自保，也为了守卫山庄，便研

究了非常多的法阵。不只是传送法阵，甚至还有疗伤法阵、炼器法阵、传音法阵……

不过传送法阵损耗极大，若非特殊情况，不轻易开放。

以谢雪臣的身份地位，想来南胥月是不会拒绝的。

暮悬铃想到那公子温和的笑脸，又觉得无论是谁向他请求，他大概都不会拒绝，只是很少人敢这么做而已。

骏马飞驰，夜风飒飒拂过脸庞，谢雪臣见暮悬铃沉默了许久，以为她睡着了，却忽然听到她开口道："谢雪臣，你喜欢猫吗？"

谢雪臣登时明白，她也在贪欲牢笼中看到了自己的经历。

他并没有觉得尴尬或者难堪，正如自己回溯那一幕时，心情也没有丝毫的波动。

谢雪臣觉得自己不喜欢猫了。

可是有人握住他的手，轻轻发出一声："喵呜……"

谢雪臣喉头一紧，不自觉攥紧了缰绳。

他仿佛又听到了雪从枝头落下的声音，轻轻拂过心尖。

只听暮悬铃怀里传来一个弱弱的声音。

"我不喜欢猫。"嗅宝鼠阿宝闷闷不乐地说。

谢雪臣：显而易见。

暮悬铃：谁管你啊！

蕴秀山庄的大门在半夜被人敲开。

半夜拜访，定是不速之客，庄里的护卫们紧张地盯着眼前二人。这些护卫中不乏修士，但没有一个超过金丹期，因此并不能看穿暮悬铃和谢雪臣的伪装。他们只知道面前二人不是修士，却隐隐觉得来者不善。

"立刻禀告庄主！"

护卫首领话音刚落，便听到身后不远处传来熟悉而温和的声音："我已经知道了。"

众人一惊，围成铁桶的护卫们齐齐转过身，向着来人低头行礼，从神情与动作便能看出他们对这位庄主发自内心的尊敬与爱戴。

"参见庄主！"

人群从中分开，穿着素色云衫的公子自月下徐徐走来，他走得不快，普通人或许很难察觉，但在五感敏锐的修士眼中，很明显可以看出，他不良于行。但纵然如此，公子的仪态也丝毫无损，依旧从容优雅。

"今夜无眠，夜观星象，便知有贵客临门。"南胥月朝谢雪臣点了点头，含笑道，"许久不见。"又对暮悬铃道，"我们又碰面了。"

暮悬铃微微有些诧异，他能认出自己倒是情理之中，两回相见，她都戴着掩饰真容的法器，但他不是修士，又如何能看穿谢雪臣的面容？

"这两位都是我的朋友，你们无须戒备。"

南胥月对护卫这么一说，紧张的气氛顿时消解。众人有序散去，南胥月对谢雪臣和暮悬铃做了个请的手势。

"谢兄，还请入内一叙。"

南胥月称呼谢雪臣为"谢兄"，似乎两人关系匪浅？

暮悬铃暗自寻思着，和谢雪臣一起跟着南胥月往山庄内走去。

山庄内景致甚是幽雅清净，假山错落，繁花盛开，隐隐能听到水流潺潺之声，绕过假山，便看到一池夜莲。如此世外桃源，悄无声息地抚平了客人心中的焦躁与不安，山水使人怡然惬意。

甚至不会在意主人的步行略微缓慢。

南胥月将二人引入池中水榭。水榭四面听风，中留一桌，有棋有茶，有琴有花，空间不大，却是雅致清静。

"这里有法阵掩护，便是魔神亲至，也无法探听一二。"

南胥月请二人坐下，便从木盒中取出茶叶，倒入烧开的水，茶叶的清香顿时被热气蒸腾而起，溢散在空中，让人精神为之一振。

"谢兄，看样子你在魔界伤得不轻。"南胥月为两人倒了八分满的茶，明润的双眸含笑看向谢雪臣，"可是这位暮姑娘救了你？"

谢雪臣举杯饮茶，淡淡道："你聪明绝顶，自然一切了然于心。"

暮悬铃有些怀疑地盯着南胥月："你怎么会知道？"

南胥月道："玲珑枷上的血迹。"

暮悬铃仍是不解："玲珑枷上的血迹，确实可以看出是法相修士的血，但何

以认定是谢雪臣?"

谢雪臣看了南胥月一眼:"原来是你为她解开了玲珑枷。"

南胥月笑道:"我虽不能看血识人,但看符印识人,却还是有些把握的。谢兄的笔迹,在下甚是熟悉。"

暮悬铃看向谢雪臣,谢雪臣道:"玲珑枷便是他教于我。"

暮悬铃意识到,这两人的关系恐怕不只是认识而已。这么私密的事……师父恐怕也不知道……

南胥月似乎是看出来暮悬铃的好奇,耐心解释道:"数年前,家父不幸辞世,谢兄前来吊唁,小住半月,我二人相谈甚欢。方才谢兄说玲珑枷是在下教于他,实在是谦虚了。若非谢兄点拨,此阵亦难成形。"

暮悬铃对"相谈甚欢"四字表示怀疑,谢雪臣少言寡语,恐怕都是南胥月在说吧。不过谢雪臣如此冷情之人,竟能与南胥月坐而论道,长达半月,可见南胥月不但知识渊博,还极会投人所好。

"听说蕴秀山庄如今已经属于世俗势力,不在仙盟之中,不过消息却极是灵通。谢宗主遭魔族围攻之事,仙盟之中知道的人也寥寥无几,不知道南公子从何得知?"暮悬铃试探着问道。

南胥月似乎并不在意暮悬铃隐隐的敌意与怀疑,他笑容温煦,温声道:"蕴秀山庄虽被仙盟除名,但家父在世时广交好友,与仙盟五派都还有些交情在,想要找旧日友人问些无关机密的事,倒也不难。昨日在玲珑枷上看到谢兄的笔迹,在下心中有所怀疑,便向谢兄传音,却没有得到回应,又向其他宗门稍加打听,便知道五大宗门的长老、掌门皆不在门中,而拥雪城戒备森严,想来定是谢兄出事,玲珑枷的布阵之人确是谢兄无疑。

"谢兄一剑破万法,若非万不得已,不会损害自身,以法相灵血布阵,恐怕是身受重伤,或者神窍被封。在下观星望气,见两界山魔气涌动,远胜往常,便怀疑谢兄出事与魔界有关,而暮姑娘或许是为追杀谢兄而来,担心自己误放暮姑娘,会给谢兄带来灾祸,因此方才正欲推演谢兄所在,却算出今夜有两位贵客临门。"南胥月说到此处,顿了一顿,目光在谢雪臣和暮悬铃之间游移,轻笑道,"谢兄向来疾恶如仇,对魔族斩尽杀绝,却对暮姑娘格外亲切,若非救命之恩,在下也想不出其他缘故了。"

暮悬铃也没想到，玲珑枷上的血符咒，竟能让南胥月将一切推演得如亲眼所见一般，佩服之余，更有些忌惮。

她原来觉得自己聪明，都是被魔族那些蠢货给衬托出来的，在真正的聪明人面前，不值一提。

不过他说话也挺好听的，谢雪臣对自己就是特殊对待，格外亲切——暮悬铃有些甜地想。

谢雪臣与南胥月相识虽只有半月，但早已见识过此人的不凡，因此对南胥月能推演一切毫无意外。

谢雪臣稍长南胥月一岁，两人都是天生十窍，自然难免被世人拿来比较，然而在十岁之后，南胥月三窍被毁，这世间便只剩谢雪臣一人了。

南无咎仙逝是在六年前，那时南胥月十八岁。法相尊者通常有千年之寿，子嗣更是繁多，但南无咎一生好战，不好女色，子嗣极少，又陆陆续续夭折了一些，最后接过重担的，是被称为废人的南胥月。

一身缟素的南胥月便跪在灵堂之侧，少年清瘦俊秀的面容带着大悲之后的哀愁，双目因泪水洗过而更显得清明。他沉稳而周到地安排了南无咎的身后事，用单薄的双肩撑起蕴秀山庄的运转。仙盟中其他掌门、长老皆前往吊唁，背后皆是叹息，蕴秀山庄走向末路，已是无法挽回之事。当年惊艳天下的孩子，被修道界寄予厚望的南胥月，如今不过是一个废人而已。

而十九岁的谢雪臣静静立于一旁，如巍峨雪峰，高山仰止，又如绝世神兵，锋芒夺目。

这对比，属实更让人替那个少年可惜。

谢雪臣看了一眼南胥月，他莫名能感觉到，被所有人同情的那个少年，并不觉得自己需要同情。他虽看似青涩，却有超乎成年人的成熟稳重；他虽看似单薄，精神力量却异常强大。

同为天生十窍者，他知道天生十窍与后天开窍有何不同，他们看到的世界，本就与旁人不一样。

或许是出于对对方的敬重，在南胥月向他问候时，他没有拒人于千里之外。与南胥月交谈之后，他为对方的博学感到惊讶，然而对方只是笑着说："在下不

过是因为不能修道，而把时间花费在了风花雪月、奇技淫巧之上。谢兄若是有心，自会做得更好。"

谢雪臣道："你虽不能修道，但也能借助灵物布阵，以此自保伤敌。"

因为谢雪臣这话，两人开始钻研法阵，半月时间，竟想出了数十种法阵。

南胥月有些欢喜地说："谢兄对在下没有心生怜悯，在下很是高兴。"

谢雪臣道："你何须怜悯？"

南胥月笑道："以前也有个人这么说。我生来便得到了太多，纵然失去了一些，也仍是强过世间亿万人，我凭什么自怜，他人又凭什么怜我？"

他并不觉得自己悲惨，走得慢些，不过多看片刻这世间的风景罢了。

"南胥月，我要回拥雪城，借你传送法阵一用。"谢雪臣开门见山地说道。

"好，只是催动此阵需要两个时辰，你们一路奔波，不如先在庄中休息片刻。"南胥月也很干脆地答应了，只是顿了顿，又问道："谢兄，暮姑娘是半妖魔体，她若一同前往拥雪城，恐怕凶多吉少。"

暮悬铃一把攥住谢雪臣的手，坚定道："我要去。"

谢雪臣想起她那番散功之言，明白她去意坚决，自己竟不由自主开始考虑如何帮她掩护。

南胥月目光落在两人手上，眼中掠过一丝异色。

"暮姑娘若是担心魔气泄露，在下有一法。"南胥月道，"可将法阵镌刻于随身之物，借助法阵之力，掩盖气息。"

暮悬铃道："我亦略懂一些法阵。"在南胥月面前，她可不能说自己精通了，"这一路便是用这种方法避过魔族耳目。"

南胥月微微颔首："谢兄的发簪，暮姑娘的指环，确实都是极佳的法器，只是要瞒过法相尊者的耳目，却不容易。"

南胥月一眼看穿两人的伪装法器，暮悬铃不禁有些惴惴。他虽然不能修道，但天生十窍的神人，目力太过惊人了，心细如发，目光如炬。

"在下近年闲来无事，钻研法阵，略有心得，有一法阵，或能遮蔽法相尊者的耳目。"

暮悬铃闻言两眼发亮，忙道："真的吗？你能教我吗？"

如此重要的法阵，按说是不能传于魔族的，否则魔族掌握了这种法阵，便可以悄无声息潜入人界，危害人间了。但这两人，也是一个敢要，一个敢给。南胥月含笑道："自然是可以，在下没有法力，还需要姑娘自行镌刻。"

无论是人族的法力，还是魔族的魔气、妖族的妖力，都可以成为催动法阵的力量，这也是为何半妖桑岐能够成为法阵大师。暮悬铃得桑岐亲传，对法阵的理解远在他人之上，南胥月所授法阵极为繁杂，但暮悬铃聪慧过人，只一遍便丝毫不差地记了下来。

南胥月叹息道："姑娘聪慧，在下佩服，只可惜姑娘身为半妖，修行艰难，否则成就可比谢兄。"

"南公子过誉了。"暮悬铃笑着摆了摆手，"谢宗主专注于一道，才可至巅峰；心怀天下苍生，才得万人敬仰。而我不过有一点小聪明，胸无大志，只想和喜欢的人在一起罢了。"

暮悬铃目光流转，落在谢雪臣身上。

她向来如此，热烈而赤诚，不怕人知，只怕人不知。

南胥月看得分明，也不说破，他笑着问道："暮姑娘可自选贴身饰物用以镌刻法阵，若姑娘没有合适的宝物，在下倒是有不少珍藏。"

"不敢再劳烦南公子了。"暮悬铃婉拒道，"阿宝那儿有不少灵力充沛的宝物，我已经有了心仪之选。"

暮悬铃说着从芥子袋中取出一个镶金玉镯，那玉镯通体翠绿欲滴，只可惜却是断开了，然而它最珍贵之处，便是断开之后用金子修补起来，修补之人应是法相尊者，这件世俗宝物因此有了灵力，翠绿之色生机盎然。

暮悬铃摘下掩饰气息和容貌的指环法器，魔气与妖气登时溢散而出。然而南胥月乃凡人之躯，看不见魔气和妖气，他能看到的，只是暮悬铃的真容。

欲魔说，那是三界都少有的美貌，他看遍了好色之人的心魔，也找不出这么美的一张脸。

南胥月微微有些失神，暮悬铃敏锐地捕捉到了他的异常。若是惊艳于美色，那倒不叫异常，他的异常在于，那种情绪叫惊讶。

暮悬铃眼波盈盈，疑惑地看向南胥月："南公子看到我，似乎是有些惊讶？"

南胥月没有避嫌，他仔细端详了暮悬铃片刻，才轻轻摇头道："方才乍一看

姑娘真容，有些像在下一位故人。"

"哦？"暮悬铃笑了一下，"我倒是有些好奇是什么人，或者是不是人。"

南胥月展开折扇，掩住唇畔那抹兴味盎然的笑意。

"细看之下却不像，应是在下看岔了，还请姑娘见谅。在下先行一步，准备布阵之事，两位若是觉得乏了，可在水榭西边的厢房休息。"

南胥月说罢便离开了此处。

暮悬铃看着南胥月的背影消失在转角处，才对谢雪臣道："他没说实话。谢宗主，人族也有我这般美貌的人吗？"

谢雪臣目不斜视，饮了口茶淡淡道："色相皆虚妄，百年一枯骨。"

是谢雪臣会说的话。

暮悬铃笑道："想必谢宗主眼里，人与人之间唯有善恶、强弱的区别。你知道在我眼里，人与人有什么区别吗？"

谢雪臣微微侧目，清冷的凤眸倒映出暮悬铃骤然靠近的面容。她探过身子，在他耳边压低了声音轻轻道："除了谢雪臣，都是其他人。"

两人离得太近，温热的呼吸带着幽香拂过面颊，一个转头便是亲吻的距离。

然而她很快便抽身离去，唇角噙着抹得逞的坏笑，装作认真的模样在手镯上镌刻法阵。

谢雪臣收回目光，无意识地摩挲着瓷白的茶杯，开始认真思索一件事。

他活了二十五年，很少有问题能难住他，他苦苦思索、上下求解的问题，只有三个。

第一个问题，是何为道心。

第二个问题，是何为剑心。

第三个问题，是暮悬铃为何执着于他。

天亮不久，南胥月便遣人来请谢雪臣和暮悬铃，说是法阵已经布好。暮悬铃也早已刻好了手镯戴在手上，这个法阵不能掩盖她的容貌，却能完全遮蔽魔气和妖气。少了魔气和妖气的影响，她身上似乎也少了一股魅惑之感，却更显明艳灵动，光彩照人。

"谢兄，暮姑娘，法阵已布好，随时都能催动。"南胥月向两人微笑颔首。

"有劳了。"谢雪臣郑重道谢。

南胥月不着痕迹地侧身,避开了谢雪臣的谢礼,笑道:"只是在下还有个不情之请。"

暮悬铃挑了下眉梢,道:"你要和我们一起去拥雪城?"

南胥月看向谢雪臣:"不知谢兄是否欢迎?"

谢雪臣有些不赞同地皱了皱眉:"其中或有凶险之处。"

"正是因为如此,在下才会有此请求。"南胥月道,"谢兄担心仙盟之中或有奸细,而在下便想助谢兄一臂之力,找出当中的奸细。"

以南胥月的智谋,确有说出这句话的底气。

"谢兄不过是担心我没有修为在身,遇事难以自保。"南胥月轻轻一笑,俊雅的面容上流露出几分自信,"若无准备,我也不敢请缨。并非在下自夸,即便遇上法相尊者,在下也能以法阵周旋一二。"

谢雪臣略一思忖,便也点头同意了。

"既然如此,你便与我们同行吧。"

南胥月欣然道:"好。你们先入阵中,我会令人催动法阵,灵力喷薄而出,大约二十息后,我们便会到达拥雪城。"

拥雪城坐落于西洲苦寒之地,群山之巅,这里云淡天青,天空清澈如洗,仿佛触手可及。

目之所及,都是皑皑白雪,房屋皆以黑色岩石堆砌而成,错落点缀在雪白的画卷之上。拥雪城的居民也比其他地方的人显得更加高大健壮,往来之人都身穿御寒貂裘,宛如猛兽一般气势惊人。

在这样的环境下,暮悬铃披着厚厚的裘衣戴着兜帽,也不会显得突兀了,而她正好以此遮蔽日照。

因为护城结界的阻拦,南胥月的法阵只能将三人送到城门外。谢雪臣三人入城时,守城修士一眼便认出了谢雪臣的身份,顿时脸色一正,带着敬仰与激动,微微颤抖着大声道:"参见宗主!"

谢雪臣遭魔族袭击仍是个在少数人中流传的机密,他的归来也没有引起普通人太大的骚动。谢雪臣扫了周围一眼,见拥雪城中秩序井然,心中稍安。

守城修士的声音不小，招来了不少关注，城中百姓或畏惧或敬仰地远远站着，向谢雪臣行礼。

谢雪臣是拥雪城之主，也是他们的守护神，即便不是修道界的人，也知道他们的城主是多么了不起的人，不但魔族闻风丧胆，就连仙盟五派都对他服服帖帖。不过谢雪臣极少在城中露面，不少人也是此时才知道自家城主的长相，他们被谢雪臣神人般俊美的容貌晃了眼，随即又被他身上的凛然肃杀之气吓得低下了头，脑海中却不禁反复回想——城主果然该是这副模样。

谢雪臣对他人的目光十分漠然，他让暮悬铃和南胥月慢行，自己则先一步回到了城主府。城中消息传得飞快，谢雪臣刚到大门口，便看到数丈宽的厚重石门缓缓打开，纷乱的脚步声涌了出来。

"宗主，竟真的是宗主回来了！"

首先迎上来的，是拥雪城的长老，紧随其后的，便是其他四大宗门的掌门和长老。

谢雪臣的目光自这些人面上扫过，清晰地记下了每个人面上的神情、眼中的闪烁。

"诸位，"谢雪臣缓缓开口，周围嘈杂的声音戛然而止，"几日来有劳诸位掌门、长老担忧了，个中之事，还请入内再议。"

仙盟五派，地位最尊的当数宗主谢雪臣，谢雪臣之下，便是五派门主，然而实际上，门主常劳心于门派事务，疏于修炼，反而并非宗门中最强之人，宗门之中最强的，乃各大长老。每个宗门都有各自的长老会，而公认最强的长老，才能与自家门主一同参与仙盟众议。这五位长老被称为仙盟五老，谢雪臣入万仙阵前，便是将自己的安排交代给仙盟五老与五大门主得知。谢雪臣在阵中出现变故，仙盟五老与各门主也以最快的速度来到拥雪城议事。

"宗主入阵七日后，到了约定时辰没有出阵，我等便知有异，立刻入阵查探，在阵眼发现了激烈的打斗痕迹，怀疑是中了魔族的圈套，因此连日来安排门派心腹，在两界山万仙阵附近搜索，也派人试图潜入魔界，但魔界守卫森严，至今尚未成功。"

说话的是碧霄宫宫主傅渊停。傅渊停看似四十出头，相貌儒雅英俊，为人

长袖善舞，实际年龄已有一百多岁，只是法相尊者有驻颜之术，有的人注重外貌，即便七八百岁也可以如二八少女，有的人不注重皮囊，仍以七八十岁的模样显露人前。

比如悬天寺的行者。

悬天寺的修士被称为行者，他们自开九窍便开始苦行之路，一边修身，一边修心神，元神之力格外浑厚精纯，然而看上去却其貌不扬，他们大多身披灰色麻衣，剃光头，形容枯瘦。

这次谢雪臣出事，悬天寺掌门一念尊者与仙盟五老的法鉴尊者双双赶来。法鉴尊者年过五百，看似垂垂老矣，在仙盟之中却是极其德高望重的存在，他与谢雪臣相似，都是醉心修道之人，两百年前便将掌门之位传给弟子。在座众人议论纷纷，他却是垂目不语，仿佛入定一般。

一念尊者面含慈悲，微笑道："谢宗主平安归来便好，不知那日万仙阵中，到底发生了什么事？"

众人皆凝眸看向谢雪臣。

"魔尊率手下于万仙阵中布下天罗地网，我重伤被擒，于熔渊受刑七日，三日前才侥幸逃出。"谢雪臣语气淡淡，将极度凶险之事轻描淡写。

"熔渊！"众人闻言露出惊异之色，"熔渊乃大恐怖之地，传闻下埋堕神尸骨，凶戾无比，就连魔尊自己都不敢久留。"

谢雪臣能在熔渊受刑七日不死，这件事比魔族在万仙阵伏击谢雪臣还让人觉得不敢置信。

但没有人会觉得谢雪臣在说谎，或许是因为谢雪臣身上显示过太多神迹了，以至于他们觉得若是谢雪臣，便什么事都有可能。

"在万仙阵设下埋伏的，除了魔尊，还有三魔神与大祭司，不过他们如今都被我重伤，正在闭关养伤。魔界看似戒备森严，实则内里空虚。"谢雪臣道。

谢雪臣一句话一个惊雷，众人震惊过后，竟有些麻木。

一人一剑，几乎把魔界给荡平了，自己却毫发无伤地从魔界离开——魔尊是真的想埋伏谢雪臣，还是纯粹给谢雪臣练剑？

镜花谷谷主素凝真唇角抿成一道略显刻薄的冷笑："宗主杀得好！"

所有人都能听出素凝真话里咬牙切齿的恨意。素凝真其实生得清丽素雅，

看上去三十左右的年纪，然而谷中弟子多对她十分畏惧，此人性格偏激，喜怒无常，对魔族，尤其是半妖，有异乎寻常的痛恨，她眉眼凌厉，双颊瘦削，因为不苟言笑更显得有几分刻薄狠厉。

素凝真向谢雪臣拱了拱手，行礼道："我有一件事向宗主汇报，此事或与魔界异动有关。昨日我接到门中弟子传音，说在骁城外遇到一个魔族女子，功法奇诡而高强，在魔族地位定然不低。宗主曾经身入魔族，可曾与此人交过手？"

谢雪臣立刻意识到，素凝真口中所指，便是暮悬铃，而报信的自然是高秋旻了。

他淡淡道："未曾。"

一个声音哈哈大笑，众人转头看去，便见一身落拓青衫的修士没个坐相地瘫在椅子上，手拎着酒葫芦懒洋洋道："就镜花谷弟子那三脚猫的功夫，看谁不是功法高强？看到只猫都当成虎了。"

"何羡我！"素凝真暴怒而起，手中拂尘向对方挥去，看似细柔的银色丝线顿时化成尖锐凌厉的钢针，挟雷霆之势攻向何羡我面门。

何羡我冷笑一声，口中美酒往前一喷，磅礴的灵气化为无形之墙，两股灵力在半空碰撞，迸射出的气息吹翻了茶杯花瓶。

"大道慈悲！"一个声音如洪钟一般响彻空中，将两股胶着的灵力镇压了下来。

素凝真心下一惊，撤回了攻势，朝出声之人颔首道："法鉴尊者，何羡我侮辱我镜花谷，我不得不出手。"

同为法相，法鉴尊者比何羡我多了几百年的修为，更何况对方是当世大德之人，何羡我也不得不给对方几分尊重。他放下酒壶，微笑道："法鉴尊者既然发话，我便不多说什么大实话了。"

素凝真没有出手，但青筋暴起的手背表明了她的怒火。

何羡我是灵睢岛岛主，灵睢岛与镜花谷本是没什么瓜葛的两个宗门，毕竟灵睢岛远在东海之外。但是与其他宗门不同，灵睢岛是所有宗门里最擅长豢养灵兽的，岛上人与妖和平共处，因此便有不少人族与妖族结为连理，生下半妖。素凝真认为此举有违天道，与鉴妖司的规矩不符，数次向仙盟谏言，要求灵睢岛改风易俗。

灵睢岛岛主何羡我本就是个不守规矩的闲散修士，他生得一副风流俊美的相貌，却时常半醉半醒，落拓不羁，丝毫没有一门之主的模样。素凝真十分憎恶其为人处世，几次仙盟众议，便对他横眉冷眼、夹枪带棒，何羡我听了半耳朵，呵呵一笑，道："关你屁事！"

素凝真身为一门之主，何曾受过如此大辱，自此梁子便结下了。但真正让两人交恶的，是一名镜花谷弟子与灵睢岛的狐妖相恋，素凝真以狐妖没有良妖证为借口，亲手杀了那名狐妖，又将弟子逐出镜花谷。何羡我向来懒散没脾气的人，第一次发了脾气，与素凝真打了一架，素凝真不敌，退守镜花谷，何羡我又烧了镜花谷十亩药田，从此两派势如水火、不共戴天。

能压得住这两人的，也就只有谢雪臣和法鉴尊者了。

法鉴尊者没有看向暗中交锋的两人，而是将目光投向了高座之上的谢雪臣，缓缓道："宗主的神窍，可是有了损伤？"

众人闻言震惊，纷纷转头看向谢雪臣。

法鉴尊者道："老夫无意窥探宗主，只是方才老夫以醍醐希声喝止两位门主，灵力激荡，神窍自然会被激发护体之能，然而宗主身上却没有灵力波动。"

众人屏息看着谢雪臣，后者端坐于上，面容平静而淡漠，眉心一点朱红为他英俊的面容平添三分神性，凤眸将众人的神情与心思收入眼中，片刻后才听他用平缓无波的语气说道："我以独门功法恢复实力，离开熔渊，代价是十日之内，神窍封闭。"

以牺牲来日换取一时之功，这种功法并不稀奇，因此众人立刻便接受了这个解释，甚至觉得更合理了。

没错，就算是谢雪臣，也不可能毫发无伤地走出魔界才对。

"宗主还有多久能恢复神窍之力？"法鉴尊者问道。

谢雪臣回道："七日。这七日之内，还要劳烦诸位继续留在拥雪城。"

众人面面相觑。谢雪臣虽然暂时失了灵力，但也不至于要其他四个门派保护吧？

谢雪臣看出众人的疑虑，缓缓道："七日之内，还请诸位找出，藏在你们之中的魔族奸细。"

又是一道平地惊雷。

谢雪臣没有理会自己投下的这颗石子惊起了多少浪花，他听着所有人的心跳，没有放过一丝异常。

法相尊者，能够感知到别人的窥探，因此他若不明说，不会有人敢窥探他的气息，也不会有人知道他神窍被封，法力尽失。但是何羡我激怒素凝真，两人动手，法鉴镇压，灵力荡开，波及满堂，这种时候，谢雪臣的异常便落入旁人眼中了。

是故意挑起战火的何羡我，还是率先出手的素凝真，抑或是震慑满座的法鉴尊者？

暮悬铃和南胥月并肩走在拥雪城的大街上，一个是面容绝美的少女，一个是俊秀清雅的公子，两个人的相貌气质都与拥雪城的人截然不同，引得路人频频侧目。

路上的积雪显然每日都有人清扫，并不影响行人走路。暮悬铃走了几步，便回过头来等南胥月。南胥月面含微笑，不徐不疾，胜似闲庭信步。

南胥月道："暮姑娘不必等我，沿着这条路直走便是城主府了。"

"我倒也不急，我就是想看看你急不急。"暮悬铃有些不怀好意地看着他。

南胥月忍不住轻笑一声："暮姑娘都不急，在下又何必着急？更何况在下便是着急，也走不快，只好委屈姑娘迁就我这个瘸子了。"

暮悬铃见南胥月这么说，倒是有些不好意思了，好像自己欺负了他似的，她笑道："你虽然走得不快，脑子却转得比别人快，怎么不见你迁就我们这些脑子不灵光的？"

南胥月失笑道："难为暮姑娘能将安慰人的话说得蛮不讲理。"

"我才没有安慰你，你堂堂蕴秀山庄庄主，天下第一聪明人，我佩服还来不及，哪有那资格安慰你。"暮悬铃戏谑道，"更何况，你并不需要这种廉价的安慰和同情，而他们只是想从这种施舍的同情中获得优越感和自以为是的善良。"

南胥月细细看了暮悬铃一眼，微笑道："暮姑娘虽然是半妖，看人却是十分透彻。在下有一个冒昧的问题想向姑娘求教。"

暮悬铃道："但说无妨。"

"你靠近谢兄,究竟有什么企图?"南胥月明润而智慧的双眸紧紧盯着暮悬铃,没放过她眼底的任何一丝波动。

暮悬铃想也不想地答道:"自然是因为我喜欢他。"

"哦?"南胥月意味深长道,"那姑娘可知道,谢兄与镜花谷的高秋旻有口头婚约。"

无论是明月山庄的出身,还是镜花谷谷主高徒,高秋旻的身份都与谢雪臣十分般配,更何况,高秋旻天资绝佳,天生九窍,也属不凡。七年前谢雪臣舍命救过高秋旻,高秋旻便对谢雪臣情根深种。谢雪臣如此年轻,便已经是法相之尊,法相有千年之寿,很少有修士能独自一人守过一千春秋,终归还是要寻找一个或者几个道侣。

暮悬铃却不以为然,摆了摆手道:"谢雪臣又不喜欢她。"

南胥月笑道:"姑娘很自信,谢兄会喜欢你?"

暮悬铃想了想,认真道:"如果为难的话,他可以不用喜欢我,他愿意守着苍生,我守着他便好了。"

暮悬铃的话让南胥月微微失神,因为他能感受到,她说的是真心话。

不求同等回报的付出吗?

折扇掩住了南胥月的心思,谁也猜不透他在想什么。

忽然一阵尖啸声打破了街道上的宁静,一道金光落在城主府门前。

暮悬铃和南胥月看向门前的身影,只看穿着,便知道是镜花谷的女修。

"我是镜花谷的高秋旻,有急事见我师父!"高秋旻急切的声音传来。

南胥月和暮悬铃对视一眼,悄然走上前。

"宗主正在召开仙盟众议,闲杂人等不许入内。"守门修士一脸刚正地说道。

高秋旻闻言露出喜色:"宗主回来了?"

这次她带着三个师弟、师妹前往两界山,表面上是为了寻找妖兽,实际上是奉了师父素凝真的指示,搜寻谢雪臣的下落。半道捉到了嗅宝鼠属于意外,而之后被半妖魔女攻击,她隐隐觉得可能和谢雪臣失踪有关,立刻用传音法阵告知了师父,自己则提前一步御剑到拥雪城与师父会合。

没想到,谢雪臣竟然回来了!

"蕴秀山庄庄主南胥月,求见谢宗主。"

温润的声音自身后响起，高秋旻这才回过神来，转头看向站在自己后侧的两人。

一个是清俊无双的公子，一个是姝容惊世的少女。

高秋旻的目光却没有在公子身上停留，她直勾勾看着暮悬铃，瞳孔中流露出震惊与骇然。

暮悬铃亦直直盯着高秋旻。今日的高秋旻面上没有戴薄纱，她清清楚楚地看到了对方的容貌。

清丽绝伦的一张脸，人间难见的花容月貌，只是……太像了一点……

暮悬铃和高秋旻的脸，有五分相似。

暮悬铃忽然想起南胥月说过，她长得像一位故人，难道那位故人就是高秋旻？

高秋旻的心情非常复杂，不只是复杂，更是难堪。她清楚地意识到，自己和暮悬铃相貌上的相似之处，或许有五分的相似，而那另外五分的差异，便是暮悬铃胜她之处。她向来对自己的容貌引以为傲，外出之时，甚至担心自己的美貌引来过多关注而选择薄纱遮面，然而当站在暮悬铃面前，她忽然觉得自己的遮掩只是个笑话，仿佛敝帚自珍一般。

守门修士一时之间也看花了眼，片刻后才回过神来，向南胥月鞠了一躬，恭敬道："南庄主还请稍等，待府内结界撤了再请您入内。这位是……"

守门修士看了暮悬铃一眼。

暮悬铃微微一笑："我是南庄主的表妹，铃儿。"

南胥月含笑颔首，认可了她的身份。

这是他们之前便约定好了，借南胥月掩护暮悬铃的身份，将谢雪臣与暮悬铃的关系剥离开，否则仙盟的内奸很容易猜到谢雪臣身边的女人是谁。

说话间，府内的结界已经解开，守门修士打开门，将三人迎了进去。

高秋旻如芒在背，不由得加快了脚步，眼见有人影从院内走来，她立刻加快脚步跑过去，当先一人便是面含怒色的素凝真。

"师父！"高秋旻仿佛找到靠山一般，心里的石头一轻。

素凝真见是高秋旻，面上怒色也淡了一些，温声问道："你没有受伤吧？"

高秋旻摇了摇头,道:"所幸有一个男子出手拦住了那个魔女,我和师弟、师妹们都没什么大碍。"她顿了顿,又忍不住往素凝真身后望去,试探着问道,"师父,我听说谢宗主回来了,他……他没事吧?"

"嗯,他没事。"

谢雪臣神窍被封是机密,绝对不能外泄,即便是最心爱的徒弟,素凝真也不能让她知道。

说话间其他人也陆续走了出来,只是不见谢雪臣的身影,高秋旻不禁有些失落,而素凝真将这些都看在眼里,心里暗暗叹息。

几位掌门走到院中,一眼便看到了南胥月。几年前南无咎离世,他们都见过南胥月,对他印象极深,因此一眼便认出来了。少年经过几年历练,便如打磨过的璞玉一样,越发温润深沉了。

只可惜啊……

众人心里叹息一声,笑着向南胥月走去。

"傅宫主、素谷主、何岛主、法鉴尊者,许久不见,别来安康?"南胥月含笑行礼。论年纪、论资历,他是晚辈,理应先行礼。

"南庄主别来无恙。"众人回礼完,目光便落在了南胥月身后的女子身上,都是微微一怔。

他们当中数人都活了几百年,见过各种绝色,也看淡了皮相,倒不至于为一个女子的美貌倾倒,只是惊讶于南胥月身后的女子,竟然和素凝真的徒弟高秋旻有几分相似,不,应该说,明艳更胜高秋旻。初见高秋旻,便觉得此女之美是世上难寻,但当两人一对比,便会觉得高秋旻的美如此单薄苍白,远不如另一个姑娘来得生动活泼,仿佛她只是站在那里,周围的一切便都有了生命和颜色。

"这是在下的表妹,铃儿。铃儿对修道之事十分好奇,听闻在下要来拥雪城拜访谢宗主,便求着我带她来。"南胥月故作苦笑,叹息道,"在下很难不答应。"

众人露出了悟的微笑。

只有素凝真和高秋旻笑不出来。

"谢宗主应该还在正气厅,你们既要找宗主叙旧,我们便不打扰了。"傅

渊停善意地给他们指了路，几位掌门便回了各自的住所。

南胥月领着暮悬铃走进正气厅，谢雪臣果然还在厅中。南胥月和暮悬铃一眼便看到了厅中的狼藉，南胥月诧异道："方才这里发生了打斗？"

谢雪臣道："何羡我激怒素凝真，二人相斗，被法鉴尊者以醍醐希声镇压。"

暮悬铃一惊，立刻道："那他们便知道你法力尽失了。"

南胥月微微皱眉："你怀疑这三人中有人是奸细，故意以此试探是否受伤？"

"有可能，却未必。"谢雪臣道，"我告诉他们，魔界此时内防空虚，而我的神窍还有七日才会恢复，恢复之后，便会攻打魔界，而在此之前，必须找出内奸。"

南胥月道："那名内奸便会通风报信，想办法在七日内下手，让你无法开启战事。"

暮悬铃转了转眼睛，目光流转，意味深长一笑："但谢宗主其实还有四日便能恢复。"

南胥月道："然而四大掌门、仙盟五老紧紧盯着，四日之内，那人恐怕很难找到机会下手。"

暮悬铃道："四日之后，等着他的便是无人能敌的谢宗主。"

南胥月忽然叹了口气："我以前以为，谢兄是一个不会说谎的人。"

暮悬铃道："因为这世上没有谢雪臣一剑解决不了的事，有的话，就两剑。"

南胥月恍然大悟："原来在下之所以多思多虑，只是因为自己太弱了。"

暮悬铃跟着叹了口气："我又何尝不是呢。"

谢雪臣只说了两个字："聒噪。"

谢雪臣从未骗过人，也从未被人骗过，但自从被暮悬铃骗了太多次后，他忽然觉得，骗骗别人也不是不可以。

这大概就是近魔者黑。

叹息……

拥雪城昼短夜长，对暮悬铃来说，最是舒适不过。在人均金丹的城主府，暮悬铃和南胥月两个表面上看起来最弱小的普通人被安置在了离吹雪楼最近的厢房。

暮悬铃自然是不会安分待在屋里，天越黑她越兴奋，熟门熟路地便摸去了吹雪楼。

吹雪楼是谢雪臣的居所，院中布置分外简洁明了，只有一片开阔无比的练剑场地，连花草都无一棵——正如它的主人一般。

暮悬铃走进吹雪楼的时候，谢雪臣在练剑。正是满月之夜，拥雪城看到的月亮似乎比其他地方都要大得多，清冷而明亮的月辉洒落一地，被积雪映得满园亮堂。圆月之下，仙人衣袂翻飞，身若游龙，剑气纵横，势如长虹，令观者不自觉屏息凝视，胸腔激荡。

谢雪臣的本命之剑为钧天剑，钧天剑并无实体，传闻是开天斧的罡气所化，在谢雪臣感悟玉阙经后，钧天剑气认其为主。钧天剑之强横，举世无双，但也有弊端，便是无法驱动灵力就无法驭使它。谢雪臣只能从珍藏剑器中另外挑了一把。

"此剑名为春生，剑身如冰片一般薄，挥剑之时，如春生之初，冰剑消融，有形剑化为无形剑。"

说话的却是站在角落里观剑的南胥月。他虽不懂剑道，却对天下神兵了如指掌。

暮悬铃见谢雪臣收剑入鞘，她回过神来，上前两步道："春生虽好，却不适合你，春生则雪消，剑意多了几分优柔，少了你本来的肃杀决绝之势。"

暮悬铃一言切中要害，谢雪臣有些诧异地看向她："你也懂剑道？"

"我不懂剑道。"暮悬铃嫣然一笑，"但我懂你。"

旁边传来南胥月一声低笑，暮悬铃扭头望去，见南胥月又展开折扇半掩笑容。

"拥雪城冰天雪地，你还需要打着扇子，是风不够大，还是雪不够冷？"暮悬铃调侃道。

南胥月道："铃儿有所不知，这是在下的兵器，名为'折风'。"

两人对外以兄妹相称，便是私底下南胥月也唤她一声铃儿。

南胥月虽然不能修道，但还是学了些拳脚功夫，又自己打造了一把法器，在上面镌刻了法阵，虽然无法和真正的强者对抗，但普通金丹修士没有防备地对上他，难免要吃上一些苦头，甚至败在折风之下。

暮悬铃道："真不愧是南公子的兵器，果然一如其人，十分风雅。"

南胥月笑道："既然铃儿这么了解谢兄，不如帮谢兄挑一把适合他的剑？"

暮悬铃抬起头，目光灼灼地望着谢雪臣："可以吗？"

谢雪臣轻轻点头。

暮悬铃欢喜地迈着碎步跑到兵栏之前欣赏谢雪臣的珍藏。这些大多是谢雪臣小时候用过的剑，自从他得了钧天剑，便再没有用过这些剑器，但还是珍重地放置于兵栏之上，若得空闲，便会细细擦拭。

暮悬铃的目光落在最左侧的那把短剑之上，那把剑她见过，在谢雪臣的幻境里，四岁的他举着比自己还高的剑，日复一日地挥出一万剑。她的手无意识地抚上了冰凉的剑身，剑身如镜，倒映出她略微失神的面容。

"谢宗主。"有女子说话的声音从背后传来，暮悬铃猛地回过神，转头向后看去。

本是面含微笑的女子看到暮悬铃时，笑容顿时僵在了脸上。

高秋旻没想到，南胥月的表妹会在此处，而且还碰了谢雪臣的剑。所有的剑修都视剑如伴侣，绝不会让他人轻碰，这个女人不过刚刚认识谢雪臣，为什么会被允许碰他的佩剑？

高秋旻按捺下心中惊疑，面上立刻收拾了情绪，朝南胥月颔首问好："见过南庄主。"又向暮悬铃点了点头，"铃姑娘也在呢。"

南胥月眼中掠过一丝兴味，温煦有礼地回了高秋旻的问候。暮悬铃甜甜一笑，道："这位是镜花谷的高姐姐吧，这么晚还有要事禀告宗主吗？"

高秋旻冷冷地想：你也知道这么晚了。

"我们修士结成金丹之后，身体便和凡人不一样了，白昼黑夜，于我们而言并无区别。倒是铃儿姑娘凡人之躯，还需要多休息才是。"

高秋旻：你这个凡人少来掺和我们修道界的事！

暮悬铃一派天真烂漫，微笑道："多谢高姐姐关心了，我只顾着和谢宗主谈论剑道，竟然忘了时间。"

"看不出铃儿姑娘也是剑道高手呢。"高秋旻根本不信谢雪臣会和一个凡俗女子谈论剑道，她又懂什么？

"谢宗主面前我怎么敢自称高手呢。"暮悬铃笑眯眯道，"不过听他指点，

真是受益匪浅呢。"

"正巧我来找谢宗主，也是有剑道上的疑问想向宗主请教。"高秋旻踩着梯子就往上爬，目光羞中含涩，望着谢雪臣，"不知道谢宗主有没有时间？"

谢雪臣淡淡道："镜花谷的功法过于阴柔，并不适合用剑。"

高秋旻当然知道不适合，但她仍是苦学剑道，就是为了和谢雪臣能搭上话，投其所好。

高秋旻柔声道："我也知道，只是我喜欢剑道，谷中无人能教我。我想宗主是天下第一剑修，难得有机会见你一面，若能得宗主指点一二，秋旻当不胜感激。"

暮悬铃道："天色不早了呢，表哥，我们还是回去吧，不要打扰谢宗主休息了。"

南胥月有些诧异地挑了下眉，不仅是因为暮悬铃叫了他一声表哥，更是因为两女激战正酣，暮悬铃居然要让出阵地。

高秋旻也感到意外，但随即喜上心头，只道是暮悬铃自知卑微，知难而退了。

暮悬铃幽幽叹了口气，道："听说谢宗主与魔族大战一场，又连日赶路回来，纵然是法相之尊，定然也十分疲惫了。今日又召开仙盟众议，来了那么多人让你决断城中事务。唉……那些人怎么这样，不让宗主多休息一下，不像我，只会心疼宗主。"

高秋旻闻言，脸色陡然有些扭曲，不由得在心里暗骂一句。

南胥月心想：折扇真是好用，不然此时我定然笑出了声。

谢雪臣心想：她为什么心疼我？

暮悬铃话说到这个份儿上，高秋旻也只有勉强挤出一个笑脸，对谢雪臣道："既然如此，我便不敢打扰宗主休息了。"

暮悬铃和南胥月走出吹雪楼，高秋旻后脚也跟了出来，两女目光一碰，很快便又分开，冷漠地各走一方。

南胥月笑道："你剑法不错。"

暮悬铃咬牙道："对什么人用什么法。"

谢雪臣正擦拭剑器，远远便听到了细碎的脚步声，他无须回头便知道来者是谁。他立起长剑，剑面上映出站在自己身后的娇小身影，她微微低着头，额前碎发遮住了神情，不知道在想些什么，脚步声沉重而迟缓下来，停在他身后三步处，忽然便不动了。

这倒不像她了——谢雪臣想。

然而会这样想的谢雪臣，也变得不像他自己了。

谢雪臣转过身来，见暮悬铃站在雪地里，月光映着她的素净小脸，若有光晕，皎洁无瑕，向来灵动狡黠的双眸不知何故沉默而幽深了起来。

"怎么了？"谢雪臣问道。

他的声音不自觉地放轻了几分，带上了自己也未察觉到的小心。

暮悬铃眨了下眼，眼中薄雾骤然散去，仿佛方才的伤感只是他一时眼花。

"刚才被闲杂人等打岔了，我才想起来，还有一件事没做。"暮悬铃说着走向谢雪臣，站到了他身旁，目光看向兵栏，"我刚刚看到了一把剑。"

谢雪臣以为她看到了幻境中的剑，但暮悬铃的手却伸向了另一把。那把剑看似古朴而沉重，剑身上刻有法阵铭文，然而剑身上布满密密麻麻的裂纹，显然曾经经历过非常激烈的战斗，受过极大的创伤，以至于灵气尽散，难以修复。

"这把剑名为万仞。"谢雪臣看暮悬铃想要举起剑，却有些吃力，便上前一步，帮她握住了剑柄，"此剑重三百六十斤，乃天外陨铁锻打三十年而成，天阶法器，强横无比。"

万仞，是他成年后父亲赠予他的重剑，也曾经是他最为倚重的朋友。

"但它还是碎了。"暮悬铃轻轻叹息，抚过剑身上的裂纹，"你一定经历过一场极其惨烈的战斗。"

谢雪臣沉默片刻，才缓缓开口道："七年前，妖魔盟军血洗明月山庄，我碰巧经过。"

"都说是你救了高秋旻，甚至因此身受重伤。"暮悬铃抬起头看他。

谢雪臣微微蹙眉，道："我不记得了。"

"不记得了？"暮悬铃眼波微动。

"素凝真得到高秋旻传音求救，赶到明月山庄之时，我已重伤昏迷，命悬一线，而万仞尽碎。她将我送回拥雪城，留下了九转造化金丹，说是报答对高

秋旻的救命之恩。我服下金丹，昏迷半月方才苏醒，只是明月山庄发生过什么事，我却丝毫不记得，都是听他人所言。"

明月山庄与其他宗门的关系相对疏离，只与镜花谷多了一层渊源。明月山庄庄主高凤栩的第一任妻子素凝曦，便是如今的谷主素凝真的双生姐姐。只是素凝曦红颜薄命，分娩之时出了意外，香消玉殒。按说当时她也是金丹修士，不该如此轻易死于难产，但传言高秋旻诞生之时天生异象，灵力激荡，恐怕素凝曦便是因此才丹毁人亡。素凝真与素凝曦姊妹情深，姐姐过世后，便对高秋旻关爱有加，高秋旻家破人亡，便拜入素凝真门下，她天资不俗，天生九窍，三岁时便开了神窍，二十岁之前就结成了金丹，元婴法相亦是指日可待。修道界中，高秋旻的仰慕者不计其数，甚至有一些是地位超然的法相尊者，但人人都知道，她心里眼里只有谢雪臣。

暮悬铃心里有些酸溜溜的，她依然对那日林中谢雪臣维护高秋旻耿耿于怀。哪怕知道谢雪臣对高秋旻并无男女之情，但对修道者来说，双修未必需要感情，很多修士选择伴侣，甚至只看修为，因为两位法相尊者生下的孩子，必定资质远强于常人。

暮悬铃是半妖，半妖是不能生育繁衍的，而谢雪臣是十窍神人，不知道有多少女修想要和他生孩子……

"哼！"暮悬铃生气地跺了下脚，"你不许和别人生孩子！"

谢雪臣：哪里来的孩子？

他有些跟不上暮悬铃的思路，更加不理解对方突如其来的嗔怒，刚刚……不是还说心疼他？

果然修炼魔功容易走火入魔，喜怒无常。

"你都已经救过她了，她还想对你图谋不轨，简直是得寸进尺。"暮悬铃愤愤不平道。

谢雪臣疑惑而迟疑地问了一句："她……是谁？"

图谋不轨、得寸进尺的，不是只有眼前这个半妖吗？

"自然是高秋旻！"暮悬铃毫不掩饰自己的敌意，完全不在乎在心上人面前流露出善妒霸道的一面有何不妥，"一口一个谢宗主的，叫得真亲热。"

谢雪臣正色道："我乃仙盟宗主，天下人都这么叫我，便是魔尊当面，也要

叫我一声谢宗主。"

他想，也只有暮悬铃，会当面连名带姓叫他了。

"你还帮她说话！"暮悬铃酸楚又气愤道，"你是不是觉得她长得好看？他们都说，高秋旻和我生得很像。"

谢雪臣疑惑地皱起眉头，很快便道："不像。"

他看人从不看表象，而是观其气，察其色，听其心跳，闻其呼吸。皮囊都是极易伪装的虚假表象，唯有气色与心跳呼吸，才是每个人独一无二的特征。

高秋旻与暮悬铃，在他眼里便是截然不同的两个人，根本没有可比之处。

初初接触之时，他对暮悬铃的身份心存忌惮，只看到了她身上的妖气与魔气，但几日下来，便发觉她气息澄澈无浊，是心怀坦荡赤诚之人才会有的气象。他也渐渐对她放下了偏见，甚至多了一些自己都不明白的纵容。

然而暮悬铃确如她所言，是很好哄的，只是"不像"二字，便让她转嗔为喜，露出笑容。

"那你以后不能认错人了。"暮悬铃认真道。

月光在她眼底流转，熠熠生辉，月色与雪色，都比不上她三分绝色。

怎么会认错呢？

谢雪臣轻轻点头，道："好。"

暮悬铃弯了弯眉眼，忽地踮起脚尖，仰起脸在谢雪臣唇畔落下一吻。鼻尖闻到他身上传来的雪松香，清冽而干净，和他本人一样。看似外表冷峻，其实内心和嘴唇一样柔软。

谢雪臣心口仿佛被轻轻撞了一下，垂眸，看到她浓密的睫毛上不知何时沾染了一瓣雪花，很快便被升起的热度融化，化成了点点湿意晕开在眼底。

她的吻像雪花拂过唇瓣，柔软而轻盈，点到即止。

桃花眼里盈满了笑意，胭脂色的唇瓣微微翘起，暮悬铃露出得逞的坏笑："我是克制不了自己的欲望的，想亲你的时候就会亲哦。"

谢雪臣微抿唇角，声音有丝沙哑，道："不许有下次了。"

听了谢雪臣的话，暮悬铃非但没有生气，反而笑意更深，目光闪烁。

"谢雪臣……"她含着笑意轻声说道，"可你方才……明明躲得开的。"

第四章 有罪

因为疑似魔族奸细的存在，拥雪城沉浸在极端诡异而压抑的气氛之中。

众人都认为，奸细必然在仙盟五老与五大掌门之中，排除谢雪臣本人，便只有九人。每个人心里都有怀疑的对象，但个个都是身份地位超然的尊者，没有人会将自己的怀疑说出口。

碧霄宫宫主傅渊停与灵睢岛岛主何羡我饭后闲聊，状若无意地提起正气厅上的交手："当时似乎是镜花谷谷主先出手，挑起了这场争端，难道说是她在故意试探宗主的伤势？"

何羡我拎着不离身的酒壶，扫了傅渊停一眼，似笑非笑道："傅宫主何以这般认为？素凝真之所以出手，可以说是我出言相激，你怎么不怀疑是我？"

傅渊停有些尴尬地笑了笑，道："何岛主素来与世无争，灵睢岛又远在海外，与魔族少有纠葛，想来不会是奸细。"

"哈哈哈哈哈……"何羡我大笑道，"素凝真恐怕不这么认为，她可是觉得灵睢岛与妖族为伍，最是可疑。倒是镜花谷对妖魔恨之入骨，勾结妖魔的可能性不大，因此傅宫主会怀疑她，何某倒是十分意外。"

"都说何岛主与素谷主势如水火，看来传言不实。"一个稍显尖锐的女声

从外间传来。

傅渊停立刻堆着笑站了起来，温声道："夫人，你怎么来了？"

来者段霄蓉，是个相貌十分艳丽的女修，一身华贵长裙，珠光宝气，她眉眼之间难掩倨傲之色，虽然生得貌美，却让人不敢直视，而傅渊停显然也对她礼让三分。

何羡我自然也知道段霄蓉的跋扈之名，只听她说话便觉得刺耳。然而傅渊停怕她，何羡我却是不怕。他仰起头懒懒地喝了口酒，连眼皮都没抬，便淡淡笑着说道："在下只是对事不对人，以素凝真的性情和脑子，都不至于干出勾结魔族之事。"

段霄蓉最是看不惯何羡我这瞧不起人的样子，艳丽的眉眼含着三分冷意，居高临下打量何羡我，冷冷道："何岛主智慧过人，心里想必是有个人选的。"

何羡我不以为意道："智慧过人不敢当，在下不过一介海外散修，侥幸入了仙盟，对仙盟众人了解不深，不及傅宫主和段长老深谋远虑，这等要事，还是交给你们吧。"

何羡我喝得微醺，踉跄着站了起来，随意地朝两人拱了拱手，便摇摇晃晃地走了出去。

段霄蓉面色阴沉地盯着何羡我的背影，等何羡我的气息远去后，才对傅渊停道："这个人着实令人讨厌。"

整个仙盟之中，也只有谢雪臣和法鉴尊者能让他正眼看人，其他人在他眼里就和草芥一样，不值一提。

"我方才试探过他，倒没想到他如此信任素凝真。"傅渊停有些意外。

"他若顺势推到素凝真身上，他是奸细的可能性便更大了。"所有人里，段霄蓉最怀疑的便是何羡我，但她不可能当面问何羡我是不是奸细，便想以联合构陷他人的方式来试探何羡我，没想到何羡我根本不上钩。

是被他看穿了，还是确实不是他？

暮悬铃远远看着傅渊停和段霄蓉走过，扭头对南胥月道："难以置信，堂堂碧霄宫宫主，居然惧内如虎，我听说，他只有一个儿子。"

这在修道界不能说罕见，应该说绝无仅有，因为法相尊者寿命悠长，几百

年的岁月里,生十几个都是正常,便如谢雪臣,在家中排行第十八。听说南胥月也有不少兄弟。

南胥月轻摇折扇,微微笑道:"傅渊停只有一个儿子,段霄蓉却有三个儿子,傅渊停是段霄蓉的第二个道侣。"

"段霄蓉比傅渊停年长一百多岁,她在金丹境时便有过道侣,生下两个孩子,资质却是不佳。后来她的道侣死在魔族之手,她修成法相之境后,继任碧霄宫宫主之位,当时傅渊停是碧霄宫的弟子之一。"南胥月道。

这种风流韵事,桑岐自然不会和暮悬铃多说,她今日才从南胥月口中知道详情,听得津津有味。

"那这傅渊停还要称段霄蓉一声师尊吧。"

南胥月摇了摇头,道:"傅渊停另有师尊,不过段霄蓉也确实指点过傅渊停修行。傅渊停英俊风流,天资不俗,在段霄蓉的帮助下进阶法相,数年之后二人便结为道侣,段霄蓉也将碧霄宫宫主之位传于他。虽同为法相之境,段霄蓉的修为却比傅渊停强上许多,位列仙盟五老之一。"

暮悬铃恍然大悟道:"难怪傅渊停对段霄蓉这般恭敬,却不知他们的儿子资质如何?"

一般父母皆为法相,则子嗣的资质至少也是中上之选。南胥月听暮悬铃一问,神情却有些古怪,似乎是哭笑不得。

"他啊……却不太好评价。"南胥月轻笑叹气,"不过他也有个天下第一的名头。"

暮悬铃好奇问道:"天下第一什么?"

南胥月还未回答,便听到远远传来一声带着欣喜的呼唤:"南胥月!"

暮悬铃循声望去,远远便看到一个珠光宝气的身影朝这边飞来,转眼间便到了跟前。暮悬铃微微有些失神,被对方身上浓郁的法器光晕晃得有些看不清对方的脸,只闻到一阵特殊的香气扑面而来。

"南胥月,我今日才听说你也来了拥雪城,你怎么不来找我?莫不是怕我抢了你的风头?不过这拥雪城实在乏味得很,到处白茫茫的,地方穷,美人也没见到一个,最美的那个还下落不明……哎,你身旁这位美人倒是面生。"

那人叽里呱啦说了一堆,才注意到坐在南胥月身旁的暮悬铃,目光顿时有

些发直。

"铃儿，这便是碧霄宫宫主之子，傅澜生。"南胥月为两人引见道，"这是我的远房表妹，铃儿。"

暮悬铃终于看清了傅澜生的长相，他长得……一点也不像个修士。他模样看起来二十出头，面容甚是俊朗，唇红齿白，星目湛亮有神，看人之时满目柔情，一派风流公子的气象。但最吸引人的，倒不是他的长相，而是他的穿着，从头到脚，无一不是天阶法器，天材地宝，宝物灵力充盈，散出淡淡光晕，将他包裹其中。这样一个人走在街上，大概人人都想上去抢他，但也只敢想想——能这么穿的人，若不是自己极有本事，便是靠山极有本事。

而暮悬铃之所以觉得他不像修士，是因为举凡修士，身上多少有点遗世独立的气质，尤其是谢雪臣，更是清冷出尘，宛如神人。但这个青年风流倜傥，珠光宝气，倒像是不知人间疾苦的纨绔公子。

暮悬铃在打量傅澜生的时候，傅澜生也在看她，他脱口而出道："我方才还以为是高修士在此呢。"

一句话失去了暮悬铃的好感。

"不过你比高修士还要美上七分！"

一句话又拉回暮悬铃的好感。

"这位傅公子也是个修士吗？"暮悬铃微笑着问道。

傅澜生抢答道："是啊，我可是金丹境了，铃儿姑娘若是遇上什么麻烦，大可找我帮忙，我与南胥月可是生死之交，他的表妹便是我的表妹。"

暮悬铃瞥了南胥月一眼，后者以扇掩面，苦笑了一下。

傅澜生光说还不够，又从芥子袋中掏了一把，随手取出几样天阶法器捧到暮悬铃面前："初次见面，我也没准备什么礼物，这是我前些日子搜罗来的法器，都是适合女子用的，你看看喜不喜欢。"

暮悬铃愕然看着面前流光溢彩的法器，有些不明白这位少宫主的路数了，天阶法器难道不是修士们趋之若鹜的宝物吗？就这么随意地掏一堆出来送人？

南胥月笑道："碧霄宫富甲天下，这位傅少宫主可是天下第一有钱人，这些对他来说不算什么，既然他想送你，你便收下吧。"

暮悬铃还在犹豫呢，她的芥子袋便动了一下，一个毛茸茸的脑袋探了出

来，随即一道身影闪过，落在了傅澜生的掌心。扒在那些法器上用鼻子拱了拱，阿宝抬起头来，两只圆溜溜的黑眼睛眨巴了两下，眼眶便湿润了，泪水打着转儿，阿宝对着目瞪口呆的傅澜生喊了一声："爹！"

暮悬铃一把抓起阿宝塞进袖子里，尴尬笑道："这是我的灵兽。"

傅澜生看着暮悬铃鼓鼓的袖子，若有所思道："什么灵兽的叫声是'爹'？"

暮悬铃没敢用力，怕抓伤了阿宝，没想到又被阿宝从掌心溜了出来，它手脚敏捷地蹿来蹿去，最后落在傅澜生的肩头，眼泪汪汪地看着傅澜生，奶声奶气地问道："你是我爹吗？"

这回实在掩饰不过去了……

暮悬铃讪笑道："它的爹走丢了……"

傅澜生和阿宝鼻对鼻眼对眼，看了片刻后才道："我觉得……我是个人这件事，应该长得挺明显的吧。"

他虽然风流，但就算有个孩子，也该是个人吧。

阿宝认真地说："我娘亲说，爹爹是天下最有钱的修士。"

暮悬铃忽然想起南胥月先前没说完的话——傅澜生的"天下第一"，竟然真的天下第一有钱……

傅澜生也很认真地说："我的钱也是爹爹和娘给的，这么说来，天下最有钱的修士，该是我爹爹。"

阿宝恍然大悟点点头，又歪了歪脑袋，认真地喊了一声："哥哥？"

暮悬铃黑着脸再次把阿宝抓了回来。

太丢脸了……

这孩子疯了！

"哈哈哈哈！"傅澜生大笑起来，乐不可支，前俯后仰，"叫我哥哥的人多了，数你这声最好听，来，哥哥送你一些见面礼！"

说着又掏出几件法宝来。

暮悬铃尴尬地赔着笑，想把阿宝摁进芥子袋里。

"让少宫主见笑了，我这灵兽年纪小不懂事，还请您别见怪。"

"不怪不怪，这小东西真是有趣，它爹爹叫什么名字，等我回宫去帮它打听一下。"傅澜生笑呵呵道。

"它叫阿宝，听说它爹爹叫傅沧璃。"暮悬铃说道。

傅澜生若有所思地摸了摸下巴："傅沧璃……这名字是有点像我们傅家的人，但也说不定是个化名，总之我会帮你留意的。"

南胥月借口与傅澜生叙旧，将傅澜生引走，暮悬铃才点了点芥子袋，教训阿宝道："以后千万不要随便跑出来，这里太多强者了，万一被发现就不好了。而且之前抓你的那个高秋旻也在，她要是看到你，我的身份就败露了。"

阿宝躲在芥子袋里听训，惭愧地点点头，两只爪子交握在胸前，摆出忏悔认错的态度："阿宝知道错啦。"

高秋旻看到暮悬铃的第一眼，就有一种强烈的不安涌上心头，但她很快便安慰自己，这不过是凡人，修士眼中，凡人寿不过八十，与蝼蚁无异。她生得再美又如何，容颜易老，转眼就成一抔黄土，与自己根本不能相提并论。

但她安慰不了自己。

高秋旻冷冷地看着凉亭里暮悬铃的身影，隔着数丈远，她也能清晰地看到对方精致无瑕的容颜。那双桃花眼仿佛揉碎了星辰，凝成粼粼波光，脉脉含情，唇瓣不点而朱，饱满而鲜艳，惹人遐想。明明是近乎妖娆妩媚的长相，却装出一副天真烂漫、楚楚可怜的模样，骗得过那些男人，却骗不过她。

高秋旻想到昨夜在吹雪楼，暮悬铃对她夹枪带棒的讽刺，心火便忍不住越烧越旺。

高秋旻缓缓走向凉亭，暮悬铃听到脚步声靠近，转过头来，展颜一笑："高姐姐，这么巧在这里碰到你。"

高秋旻冷若冰霜，目光扫过四周，最后落在暮悬铃身上。

"方才我感觉到这里有妖气一闪而过，便赶过来查看。"高秋旻紧紧盯着暮悬铃，"你一直在这里，有发现什么异常吗？"

暮悬铃歪了歪脑袋，露出迷茫的表情："什么妖气啊，我感觉不到。"

"你是凡人，自然察觉不到。"高秋旻眼神中流露出一丝倨傲。

"可是其他尊者也没有察觉啊，若是有的话，他们不也该过来看看吗？"暮悬铃不解地问道。

高秋旻略一迟疑，片刻才道："那丝妖气微乎其微，转瞬即逝，尊者们另有

要事，想来不会留意这些细微之处。"

"看来高姐姐比尊者们更细心呢。"暮悬铃似笑非笑道，她轻轻瞥了高秋旻一眼，便从石凳上起身，"可是我肉眼凡胎，实在没看到什么异常呢，不如高姐姐你过来仔细看看？"

暮悬铃说着便要从高秋旻身旁走过，然而高秋旻却忽然伸手抓住了她的手臂。

"等等，你不能走。"高秋旻侧过脸，审视着暮悬铃，"你没有看到异常，或许异常是在你身上呢？"

暮悬铃眉心微蹙，柔弱委屈地说道："高姐姐，你抓疼我了。"

高秋旻没有松手，暮悬铃越是如此惺惺作态，她便越怀疑对方。眼下两人离得极近，她确实没有从她身上感应到妖气或者魔气，但她也不想轻易放过她。

"你的芥子袋让我检查一下。"高秋旻道，"我这也是为了你好，万一有妖物藏在你身上会对你不利。"

暮悬铃垂下眸子，沉默了许久，才抬起盈着泪意的双眼，泫然欲泣道："高姐姐，我知道你讨厌我。"

"什么？"高秋旻愣了一下。

"我知道你喜欢谢宗主，想亲近他，昨日是我妨碍了你，实在对不住。"暮悬铃幽幽叹气。

高秋旻板着脸，冷声道："你到底想说什么？"

暮悬铃道："你不过是看我不顺眼，找个借口想让我难堪罢了。姑娘家的芥子袋，放的都是私密之物，怎么能随便让人看呢？"

"你胡说什么！"高秋旻私心里确实有针对暮悬铃的意思，却不想暮悬铃当面戳穿，她更是恼羞成怒，"你遮遮掩掩，难道芥子袋里真有不可告人之物？"

暮悬铃道："拥雪城这么多尊者在，偏偏只你说我这里有妖气，一来便要搜我身，难道不是你公报私仇？"

高秋旻气急道："我和你有什么私仇？"

暮悬铃眼波微闪，道："你嫉妒谢宗主亲近我。"

"你！"

暮悬铃轻轻一笑："可是我也没办法，谢宗主不喜欢你，你就是杀了我，也

得不到他的心。"

高秋旻怒火上涌，一时控制不住自己，推开了暮悬铃："你胡说八道！"

暮悬铃被高秋旻推得踉跄一下，向后退了一步，在台阶上一脚踩空，整个人往凉亭外跌了出去，倒在坚硬的地板上，她发出一声痛呼。

"啊！"暮悬铃眼泪汪汪地抬起头，幽怨地看向高秋旻，"高姐姐，你为什么这么对我？"

"我……"高秋旻瞪大了眼，她根本没怎么用力，不明白对方怎么就摔了那么远出去。

一个高大的身影忽然出现在暮悬铃身旁，慑人的气息带着极强的压迫感，让人忍不住心生怯意，不敢直视。

"谢宗主……"高秋旻喃喃念了一句。然而来者并没有看她，他的目光落在暮悬铃身上，屈膝半跪在她身旁，将滑落肩头的兜帽轻轻拾起戴好，挡住正午灼热的阳光。

高秋旻猛地一震，不敢置信地看着眼前一幕，仿佛一把冰锥刺入心尖，疼痛，并且心寒。

她一直知道他是个冷漠的人，从没想过，他也能对一个人如此体贴。

暮悬铃含着泪，一副我见犹怜的柔弱模样，带着哭腔道："谢宗主，你不要怪高姐姐，她不是故意的，她只是忘了我不是修士，身体娇弱，这才出手重了些。"

谢雪臣低着头打量暮悬铃。

有些费解。

高秋旻急忙辩解道："不是的，我没有用力推她！"

暮悬铃咬了咬下唇，红着眼眶道："都是我的错……"

谢雪臣缓缓直起身，他有些看不明白暮悬铃在演什么戏。

暮悬铃一把扯住他的袖子，委屈地看着谢雪臣的眼睛："我脚扭伤了。"

谢雪臣这次明白她的意思了，她用口型无声地说：抱我！

谢雪臣静静看着她，片刻后，再次俯下身，左手自暮悬铃膝弯穿过，将人打横抱起。

暮悬铃双手攀着谢雪臣的肩膀，向高秋旻露出一个得意的笑容，然后将脸

埋在谢雪臣胸口。

——今天日头有点大，刚才晒到脸了，有点痛……

谢雪臣抱着暮悬铃，一路旁若无人地穿过庭园回廊，将她送回厢房，这才将人放下。

"刚才是什么意思？"谢雪臣看着一脸轻松、蹦蹦跳跳的暮悬铃，问道。

"刚才阿宝跑了出来，差点被高秋旻发现，她非要检查我的芥子袋，我只好出此下策，转移她的注意力。"暮悬铃一脸无奈道，"我也是牺牲自己保护阿宝，哦对了，还有保护你。你想啊，要是她发现阿宝的存在，很快就会联想到那日遇到的人是我们，然后就会想起你法力尽失被我压在床上肆意轻薄之事……那你堂堂谢宗主，岂不是颜面尽失？"

法相尊者十窍敏锐，感应范围甚至可达百丈，但同样也能察觉到这个范围内别人的窥伺，因此修道界高层有个规矩，多名法相尊者在场时，应互相闭塞视听，以示友好，若有人率先窥伺他人，则被认为心怀敌意。因此眼下拥雪城虽然齐聚法相，但为避免引起误会，彼此之间都自觉闭上七窍感知之力，此时若有人窥伺他人，则会大大增加其内奸的嫌疑。

高秋旻只是区区金丹修士，并不知道法相之间默认的规则，能察觉到阿宝妖气的，除了近在咫尺的傅澜生，便只有不远处的高秋旻。

暮悬铃也没想到真的如此不幸运，好在她很快将阿宝收进了芥子袋中，隔绝了气息，高秋旻虽然对她有怀疑，却怎么也想不到嗅宝鼠身上去。

谢雪臣对暮悬铃那番话也只信了一半，掩护嗅宝鼠是真，但后面演得就有些过了。

"高秋旻修为在你之下，你是自己从台阶上摔下来的。"谢雪臣冷酷地揭露事实。

暮悬铃无辜道："我眼下的身份是个柔弱不能修道的凡人，她推我，我总不能反抗嘛，否则便露馅了。"

谢雪臣问道："装作扭伤脚，又是什么理由？"

暮悬铃笑吟吟道："还能有什么理由，就想让你抱我嘛。"

谢雪臣：实话。

莫名地，这句话他信了。

"顺便气气她。"暮悬铃坏笑道。

谢雪臣板着脸道："下次……"

暮悬铃摆摆手，抢过话道："下次不许了，我知道啦！"

看着暮悬铃因被烈日晒过而有些发白的脸，谢雪臣心想，下次不要往日头下去了。

高秋旻面若寒霜地回到厢房，她死死压抑着胸腔之中燃烧的怒火，身在拥雪城，她不能也不敢发泄出来。

"秋旻！"一声熟悉的厉喝让高秋旻浑身一僵，她顿住了脚步，有些怯怯地看向坐在一旁的素凝真。

素凝真抚养高秋旻多年，对高秋旻的性情了若指掌，一眼便看出了高秋旻的不对劲。她厉声道："为师是否和你说过，修道之人最忌心浮气躁、喜怒外放？"

高秋旻抿了抿嘴，垂下眼掩饰心中的不忿，低声道："弟子知错了。"

素凝真自然知道她这句知错言不由衷，有些恨铁不成钢，皱起眉头审视高秋旻。

"你天生九窍，资质虽不及谢宗主，但也远在常人之上，为何修炼多年，才刚刚突破金丹，你可曾反省过？你身负重振明月山庄的重任，怎可如此不思进取、放纵懈怠！"

高秋旻脸色发白，不敢反驳。

素凝真见她额上渗出冷汗，也知道自己话说得重了，看着高秋旻，她便想到不幸早逝的孪生姐姐，一颗心就硬不起来。她几难察觉地叹了口气，语气也缓和下来，问道："你方才怒气冲冲进来，可是发生了什么事？"

高秋旻迟疑了片刻，才答道："方才弟子在园中察觉到一丝妖气一闪而过，想要过去查探，却看到南庄主的表妹独自一人在园中。"

素凝真眉头紧锁，脑海中浮现出那张让人一见难忘的绝美容颜。

"弟子担心有妖物暗算她，便让她交出芥子袋查探一下，不承想她竟在谢宗主面前冤枉弟子出手伤她！"高秋旻愤愤不平道。

素凝真淡淡扫了高秋旻一眼，无意戳穿她那点嫉妒之心。

"昨天入夜之后，你离开了厢房，想必也是去找谢宗主了？"

高秋旻闻言脸上一红，缓缓点了点头，道："弟子是去了，只是……南庄主和铃姑娘也在，弟子便又回来了。"

素凝真心头掠过一丝疑惑——谢宗主并非贪恋美色之人，但对铃姑娘似乎另眼相待。

"师父，并非弟子心存嫉妒，只是……弟子总觉得那个铃姑娘有些古怪。"高秋旻迟疑着说道，"弟子总觉得她……似曾相识。"

她一开始以为，是因为对方和自己长相相似，才会有似曾相识之感，但反复思忖，却好像又不是。

"秋旻，她只是一个凡人女子，你不必放太多心思在她身上。"素凝真淡淡道，"不能修道，便是蝼蚁，纵然她有倾国倾城之貌，纵然谢宗主对她有心有情，但凡人寿命不过短短八十年，美人花期更加短暂，她能有几时得意？不过是一晌之欢罢了。你应该把心思放在修炼上，早日步入法相之境，便能千年不老。更何况谢宗主如此年轻便问道巅峰，睥睨六合，岂会是耽于情爱之人，他需要的道侣是同样境界和心胸的女子。"

高秋旻被素凝真一指点，心中郁愤顿时消解许多。没错，流水不争先，争的是滔滔不绝，她和谢宗主才是一个世界的人，而凡人寿命短暂，不过是昙花一现罢了。

见高秋旻眼神亮了起来，素凝真又道："不过你也得弄清楚一件事，修道之人不能陷于爱恨情仇，否则就算是法相之尊，也会死于妖魔之手。"

高秋旻忍不住嘀咕道："师父你不也恨极了妖魔……"

"那是因为我与它们有不共戴天之仇！"素凝真骤然提高了嗓音，把高秋旻吓了一跳。她怔怔地看着素凝真眼中的血丝、额角的青筋，惊吓之余不自觉地后退了一步。

"师父……"

素凝真深深吸了口气，平抑住自己的心魔，片刻后冷冷说道："魔族之中有三魔神，实力与法相尊者不相上下，手段更是阴险鬼魅，它们最擅长操控人心，勾动心魔，你若有贪嗔痴念，便可能沦为它们的傀儡。"

"但是谢宗主一人便可重创三魔神，还有魔尊。"高秋旻忍不住流露出仰慕之色。

"那是因为它们在万仙阵中设伏，万仙阵本就对魔族压制极大，它们能发挥出的实力不足原来一半。"素凝真解释道，"不过，谢宗主能力压魔尊和三魔神，还有一个很重要的原因，便是他没有心魔，没有贪嗔痴之念。秋旻，这才是你需要修炼的地方。"

高秋旻毕恭毕敬道："是，弟子明白了。"

素凝真从高秋旻身上移开眼，暗自思忖五大仙门之中，究竟是谁当了奸细，难道是谁动了心魔，被魔族控制了？

"魔，是一种非常难杀死的邪物。"说话的是一个须发皆白却面色红润的老者，他身披灰色麻衣，笑容慈祥，令人心生亲近。"它们是人心中的恶念所生，凝聚于一处，便有了实体，但它们无血无肉、没有弱点，即便被打得烟消云散，最终也会回到虚空海，只需花上一些时间，便会重新凝聚成形。"

"一念尊者，如你这么说，魔族是杀不尽的了？"南胥月不自觉蹙起眉心。

"数千年前的修道者便有感于此，才布下万仙阵封印魔界。万仙阵专门克制魔族，魔气越强，受到的压制便越大，因此高阶魔族难以出阵，反而是一些灵智低下的魔兵可以从中逃出。我们悬天寺行者行走天下，除魔卫道，便是清扫这些魔兵。虽然魔族斩杀不尽，但归于虚空之后，重新凝练需要数年乃至数百年时间，这便是我们为人界百姓换来的安宁。只要有所为，便有所益。"

南胥月肃然起敬，对一念尊者行了个礼："尊者高义。"

一念尊者微笑还礼："有几分力，便行几分事。当年南老庄主在世时，杀魔无数，造福万民，如今南庄主亦是经营有方，不堕令尊威名。"

"听闻仙盟有意攻打魔界，若有用得上蕴秀山庄的地方，还请直言相告，蕴秀山庄义不容辞。"南胥月道。

一念尊者道："南庄主有此心，实属难得。不过要攻打魔界，亦非易事。通过万仙阵后，还有魔界布下的三百防御大阵，形如银梭，纵横交错，步步杀机，称为梭罗魔阵，对人族克制极强。"

南胥月若有所思道："万仙阵专克魔族，梭罗魔阵专克人族，那妖族岂非能来去自如？"

一念尊者点了点头："不错，这两个阵法对妖族的克制是最小的，妖族可以

第四章　有罪

以微小的代价往返于两界,这也是为何人族和魔族都在争取妖族的助力。如今仙盟之中多有妖族客卿,鉴妖司在册良妖过万,对妖族来说,人界才是他们的宜居之地。但是对半妖来说,他们无法汲取灵力修行,只能吸收魔气,因此绝大多数半妖最终选择进入魔界,投靠大祭司桑岐,与魔族结盟。魔族灵智低下,有半妖之助,便如虎添翼,对我人族威胁更大了。"一念尊者说着叹了口气,"七年前,明月山庄便是被桑岐带着妖魔大军血洗满门。低阶魔族本不足为惧,因为它们没有灵智,容易对付,但若它们有了一个主脑指使,便会成为防不胜防的杀器。"

"听说大祭司桑岐多智之妖,手段层出不穷,万仙阵设伏,便是出自他之手。"南胥月问道,"尊者可曾与桑岐交过手?"

一念尊者摇了摇头:"桑岐深居简出,坐镇幕后,很少有人知道他真正实力如何,倒是谢宗主不久前才在万仙阵中与之交手,应该对他有所了解。"

暮悬铃懒洋洋地趴在榻上,双手支着下巴看向前方的谢雪臣。

谢雪臣刚刚结束每日的剑道修行,气息依旧匀长平稳。虽然神窍尚未恢复,但身上的伤已以极快的速度好转,只留下浅浅的伤疤,想必不日便可痊愈。他回到拥雪城中便无一刻休息,不是在吐纳修行,便是在部署进攻魔界之事,此刻刚回到屋中,便又收到几封急件,通报两界山万仙阵附近的异动。

暮悬铃一双乌溜溜的眼睛从上到下地扫视谢雪臣,灼热的视线仿佛从里到外将人看了个通透,最后落在谢雪臣的薄唇之上。

她好像什么都没做,又好像什么都做了。

"谢雪臣,你觉得我师父的实力如何?"暮悬铃强迫自己转移注意力,不要沦为欲望的奴隶。

谢雪臣暗自松了口气,正色道:"那日阵中,桑岐并未发挥全部实力。"

暮悬铃目光微闪,思索道:"他果然有所保留……"

"果然?"谢雪臣留意到她话中的异常,问道,"你也察觉到什么了吗?"

暮悬铃苦恼地捂着脸蛋,皱着秀眉道:"我对魔族没有感情,可以毫不犹豫地出卖他们,但是师父……"

谢雪臣移开眼,道:"我明白你的为难,你若不想说,我不会逼你。"

说到底，桑岐才是她的师父，是关系更加亲密的人，他们之间有师徒之情。

暮悬铃没有注意到谢雪臣情绪中的异常，她回想起了桑岐那双冰冷的银瞳，一种恐惧掠过心头，让她不寒而栗。哪怕相处多年，受他悉心教导，暮悬铃依然明白，自己与他只有师徒之名，没有师徒之情。

谢雪臣的无情，是不偏爱一人的大爱，而桑岐的无情，是对这世间一切毫无眷恋，甚至满怀仇恨。

"我不了解师父，除了教我功课，他从来不会和我多说什么。"暮悬铃眼神微微闪烁，"他从万仙阵回来便闭关养伤了，但我感觉，他受伤并不重。"

谢雪臣点了点头，道："万仙阵对他的克制不大，魔尊与三魔神全力以赴，而他只是从旁掠阵。"

谢雪臣隐有所感，若桑岐出全力，自己恐难幸免。

"师父想什么，没有人能猜到。"暮悬铃皱着眉头，"但我总觉得事情没有那么简单，你还有两日才会恢复法力，这段时间一定要多加小心。"

"在拥雪城中，想伤我没有那么容易。"谢雪臣淡然道。

暮悬铃道："那个奸细还没有出手呢。"

谢雪臣看了眼天色，道："快了。"

桑岐费心布局，到底图谋什么，或许很快便可见真章。

空旷的诛神宫，森绿色的火焰照不亮空殿中任何一个角落，冰冷而宽广的王座上，一个身披黑袍的高大男人静坐其上。

"参见大祭司！"两名魔神以手抚胸，低头行礼。

桑岐冰冷的银瞳扫过下面两个魔神，淡淡道："欲魔呢？"

"欲魔一个投影被毁，受伤不轻，还在闭关。"战魔说道。他青面獠牙，金角赤目，形如恶鬼，身长九尺，让人望而生畏。

"不自量力。"桑岐闭了闭眼，"谢雪臣乃人族第一剑修，哪怕受伤，也不是他一个分身投影所能对付，他查探到对方的下落，应该第一时间上报，而不是贪功冒进。"

"欲魔最蠢最弱，偏偏他自己还不承认。"痴魔"嘿嘿"一笑。和战魔的个头比起来，痴魔便如侏儒一般，他只有人类七八岁孩童大小，脸庞圆圆，五

官看似稚子，面上却又有皱纹，头上绑了一个冲天辫，看起来十分可笑。

"魔尊出关之前，你们一切听我指挥。"桑岐道。

战魔和痴魔同时俯首答道："遵命。"

"仙盟中的棋子已经找到了打通万仙阵的通道，但这个通道只有十息便会关闭，你们出去之后，无论成功与否，都无须再回魔界。"

二魔一怔，问道："那我们去哪儿？"

桑岐勾了勾唇，笑容冰冷而残酷："给人界添点乐子，岂不快哉？"

二魔很快便领悟到了桑岐的意思——他们可以在人界为所欲为，闹他个天翻地覆！

和欲魔那个家伙不一样，他们可是本体降临，本体降临，寻常法相可杀不死他们！

"哈哈哈哈哈！"战魔大笑，整座宫殿都震动起来，"我已经迫不及待了！"

"不过在此之前，你们务必按我的指令行事。"桑岐轻轻抬手，两个传音法螺飞向二魔，"这两个法螺上有传音法阵，该如何做，我会一步步指示。"

痴魔问道："大祭司，你不和我们一起去？"

桑岐低低一笑，银瞳之中掠过异光："我另有安排。"

越是临近谢雪臣恢复之日，暮悬铃便越发觉得烦躁，总觉得有一场暴风雨正在酝酿之中。

晨间又有急报，说是万仙阵突然出现了一次不寻常的魔气波动，但是很快便消失，收到信报的诸位掌门立刻聚集到正气厅召开众议。

暮悬铃寻思着南胥月以智谋见长，便想找他聊聊，看看他对这场战事有何想法。

"万仙阵错过了六十年布阵之期，此时正是力量最弱之时，魔族必定会趁此机会入侵人界，若是等到人族修士集结完毕，谢宗主实力完全恢复，他们的胜算便极小了。"南胥月徐徐道，"所以他们这几日内必有行动。"

"如今拥雪城防卫森严，多位法相坐镇，你若是桑岐，会想出什么办法来破坏这次仙盟的行动？"暮悬铃问道。

南胥月失笑道："这在下便猜不出来了，毕竟魔族和妖族的手段神鬼莫测，

能人所不能。"

暮悬铃深以为然。

"那咱们这几日四处查探，你看出来哪个是奸细了吗？"暮悬铃又问道。

"嗯……"南胥月摇了摇折扇，微笑道，"没看出来。"

暮悬铃瞪了他一眼。

南胥月笑道："只是我想，奸细……也未必只有一个啊。"

暮悬铃一怔。

暮悬铃正思索南胥月这话中的含义，便被一阵急促的脚步声打断了思路。

"南胥月，铃儿姑娘！"傅澜生兴冲冲地走了过来，"原来你们在这里啊，我找了你们半天！"

傅澜生所过之处，连空气都是香喷喷的，这个天下第一有钱人，改变了世人对铜臭的看法。

"傅少宫主找我们，想必不是什么重要的事。"南胥月戏谑道。

傅澜生斜了他一眼，没个坐相地往凳子上一靠，半个身子压在了南胥月身上。

"南庄主这话说的，好像我就没有正经事似的。"

南胥月含笑道："傅少宫主的正经事，在旁人看来都不太正经。"

"唉，世与我而相违……"傅澜生摇头叹气，又道，"该说你懂我，还是说你不懂我？"

"我倒宁愿自己不那么懂你，免得脏了自己的心。"南胥月认真道。

傅澜生朝南胥月拱了拱手，一脸敬佩道："骂我的人那么多，就数你说得最好听。你也教我骂人之道，下次与我爹顶嘴时便不会被他禁言了。"

南胥月长叹一口气："傅兄，你何苦为难一个瘸子。"

"我不为难你，你也别叫我傅兄，我喜欢别人叫我哥哥。"

"噗！"暮悬铃不禁失笑。

傅澜生扭头看暮悬铃，一脸欣赏道："铃儿姑娘，你笑起来真好看，我好像闻到了拥雪城春天的气息。"

南胥月拿折扇敲了敲傅澜生的脑袋，道："收收你四处留情的坏习惯吧。"

不是暮悬铃乱怀疑，傅澜生这风流公子浪荡不羁的性子，怎么看都像是会

骗秀秀的人……

但是南胥月和傅澜生好像十分熟悉，若傅澜生便是傅沧璃，想必他是不会瞒着秀秀的。

"爱美之心，人皆有之，而我只是不吝赞美。"傅澜生正色辩解道，"难道你觉得铃儿姑娘不美吗？"

"唉……"南胥月沉重地叹了口气，"所以，傅少宫主找了我们许久，是为了什么'正经事'？"

南胥月在"正经事"三字上加重了语气，强迫傅澜生把话题转到正途上，否则这人能侃一天。

傅澜生一拍脑袋："哦对了，我差点忘了，都怪铃儿姑娘太美了！"

暮悬铃与南胥月二人无言以对。

"我把碧霄宫内外弟子一共三千人的名单都列了出来，排除掉女修和十岁以下的童子，还剩下两千人，名字和年龄都记录在册，确实没有一个叫傅沧璃的。不过可以让阿宝拿回去看看，我也不知道它多多大年纪什么模样，如果有画像那就更好找了。"

傅澜生说话间从芥子袋里取出了厚厚一本名册，把暮悬铃和南胥月都吓了一跳。

暮悬铃愣了愣，才回过神来道："这实在太麻烦你了……"

"不麻烦。"傅澜生咧嘴一笑，露出整齐洁白的牙齿，"我只是吩咐一句，做事的是别人。"

还真是意外地老实呢……

暮悬铃有些明白为什么傅澜生能处处留情了，就他这出身、这长相、这做人的气度，不只是女人会喜欢他，就算是男人也很难不把他当兄弟。

比如南胥月，让南胥月骂人，就和让谢雪臣夸人一样难，南胥月居然会当面骂傅澜生，可见傅澜生混得多成功。

暮悬铃将名册收入芥子袋中，朝傅澜生行了个礼，微笑道："我代阿宝谢过少宫主了。"

"不必客气，我说过了，南胥月的表妹就是我的表妹。"傅澜生笑吟吟道，"你还没叫我哥哥呢。"

这个人也太死皮赖脸了……

暮悬铃装作没听到，躲到南胥月身后求救。

南胥月自然要挺身而出了。

"傅兄，时近晌午，若无其他事，不如先去膳堂用饭？"南胥月微笑道。

"好啊，我听说今日猎了只獐子，拥雪城这地儿虽然穷，但灵气充沛，兽类肉质绝佳。"傅澜生一路侃侃而谈，从拥雪城的美味，到灵雎岛的珍宝，从碧霄宫的玉石，到镜花谷的灵草，他的见识也是另一种渊博，他大概是天底下最懂得享受的修士。

暮悬铃有些好奇地问了一句："傅少宫主四海游玩，享尽天下福，可修为丝毫没落下，真令人惊叹。"

傅澜生话头一顿，有些尴尬地摸了摸鼻尖，道："这个说来话长……好吧，其实也不长，碧霄宫有一门独门功法，为秋水功。秋水之至，百川灌河，秋水功是一种替人作嫁衣的功法，修炼此功，几乎不能凝成金丹，但却能将己身灵力灌注于他人神窍之中，令他人速成金丹。"

"怎么会有这么奇怪的功法……"暮悬铃说得十分含蓄，这种功法不只是奇怪，简直是阴毒，完全的损己利人，正常人根本不会想练这种邪门功法。

傅澜生道："你心里一定在想，脑子坏了才会练这种损己利人的功法。"

暮悬铃尴尬笑笑。

"你想得倒也没错，这门功法，原是一个邪修所创，他抓来低阶修士，逼迫他们修炼此功，而后强行吸取他们的灵力增强自身修为，被吸取灵力者，神窍会崩毁。这个邪修后来被碧霄宫剿灭，功法也被碧霄宫收缴。不过后来一位先辈改良了此功法，使修炼此功者可随心所欲让渡自身修为，若修为散尽，神窍也不会崩毁，甚至可以重新修炼其他功法。"

暮悬铃认真倾听，却还是有些不明白："虽说不会死，却也没什么好处，为什么会有人修习秋水功？"

傅澜生摊了摊手，道："为了钱。"

"什么？"暮悬铃一怔。

南胥月微笑解释道："所以我说，普通人很难理解天下第一有钱人的想法，碧霄宫让一群修士修炼秋水功，待功法有成，便将修为让渡于少宫主，从而得

到一笔让他们一生享用不尽的财富。"

暮悬铃瞠目结舌地看向南胥月，觉得南胥月仿佛在说一个笑话："我非但不理解天下第一有钱人的想法，也不理解那些修士的想法。"

南胥月道："你如今在这拥雪城中，放眼所及好像遍地是法相，最低也是金丹，就算我这个瘸子，也曾是个天生十窍的强者，然而芸芸众生，能修道者不足百万之一，而修士之中，多少人终其一生都不能结成金丹。修炼秋水功，不过是难于结丹罢了，却能得到一笔让全家三代衣食无忧的财富，这对普通人来说，便已足够了。"

暮悬铃默然，沉思片刻，承认南胥月说的是事实。达则兼济天下不过是少数强者才配拥有的鸿鹄之志，对普通人来说，能独善其身，能安置家人，便已经心满意足了。

"这得请多少人修炼秋水功？"暮悬铃问傅澜生。

傅澜生略一思索，道："大概一千多个吧，真正练得不错的，也只有一二百人。"

暮悬铃又沉默了。

"这得多少钱……"

南胥月轻笑一声，揶揄道："你知道碧霄宫多有钱吗？"

对修士来说，清贫是常态，因为只要有了钱，他们一定会去换更高阶的功法，千载难得的天材地宝、神兵利器，金丹之上的修士，便很少用银钱来计算一样物品的价值，更多是以物易物、各取所需。

"天下财富为一石，碧霄宫独占八斗。"南胥月唏嘘道，"世人称，碧霄宫财高八斗。"

这意味着，他怎么花钱，都比不上他赚钱的速度快。

暮悬铃仔细看着傅澜生，感叹道："感觉傅少宫主又英俊了几分呢。"

真不愧是初见面就能掏出一堆天阶法宝相赠的人，是自己眼皮子浅，格局小了，没想到有钱人的修炼方式这么与众不同，人家说拥雪城穷，是极有底气的……

傅澜生哈哈一笑，随意道："富有只是我所有优点里最微不足道的一个。"

暮悬铃："您说什么都对！"

暮悬铃觉得，傅澜生应该这样自我介绍，我姓傅，富甲天下的富。

三人正说笑间，暮悬铃忽然感受到了一阵不寻常的灵力波动，她猛然顿住了脚步，面色凝重地看向东南方向。傅澜生与暮悬铃几乎同时察觉到异常，他笑容一凛，当即向着异常之处飞奔而去，暮悬铃紧随其后。

两人真实实力相当，速度也不相上下，几乎同时抵达灵力波动之处。

"是法阵波动。"傅澜生皱起眉头，玩世不恭的脸上难得露出认真严肃的神情，"拥雪城内怎么有人敢私开法阵？"

"从这里过去是仙盟五老的住所。"暮悬铃道。

方才那阵波动转瞬即逝，如今已经找不到任何踪迹。

暮悬铃忽然眼睛一亮，一拍芥子袋，放出了阿宝。小阿宝一下蹿到暮悬铃肩膀上，圆圆的耳朵立了起来。

"阿宝，你能感应到这里刚刚出现过的宝气吗？"

阿宝用鼻子用力嗅了嗅，又黑又圆的眼睛凝神看去，严肃地点点头，道："宝气离开原处就散得很快，往那个方向去了！"

"好阿宝！"暮悬铃拍了一下它的小脑袋，和傅澜生一起往阿宝所指的方向奔去。

两人如迅影一般在院落间腾挪，很快便追上了前方两个鬼祟的身影。

"你们两个，站住！"傅澜生开口喝道。

那两个身影一顿，非但没有站住，反而跑得更快了。

傅澜生随手便掏出一把法器掷出，暮悬铃定睛一看，好家伙，一出手就是金光闪闪的天阶法器缚神锁，据说是元婴都无法挣脱、法相也能困住三息的超强力法器，寻常人都是用在生死关头的，他就跟扔石头一样随便丢。

但是有钱就是无所不能，缚神锁一出，立刻就捆住了其中一个，但另一个显然速度更快，趁着同伴被缚住的时机，一个闪身便脱离了两人视线。暮悬铃寻思自己有阿宝追踪，便继续跟了上去，留傅澜生解决身后那个。

在阿宝的指引下，暮悬铃很快重新追上了前面那人。眼看距离拉近，她二话不说甩出了审判妖藤，妖藤伸展出两丈长，如一条紫色长蛇向那人扑去。那人似乎对这紫藤十分忌惮，动作敏锐地避开了紫藤的攻击，但却让暮悬铃得到了近身的机会。

暮悬铃十指化为骨刃，动作疾如闪电，身法鬼魅，那人被暮悬铃缠住，一时无法脱身。但暮悬铃也是勉力强撑。此时日正当午，而她的兜帽已在追逐中落下，现在与对方缠斗，更是加速了魔气溢散，每一丝魔气的溢散都如同一根丝线在生扯着她的骨肉经脉，让她有如身受极刑，苦不堪言。

　　暮悬铃咬破下唇，一口鲜血喷在对方脸上，以精血为引施展咒术，然而那人似乎早有防备，偏头躲开了大部分喷向自己的鲜血，在暮悬铃腰间一踹，暮悬铃一阵剧痛，眼前一黑，便被那人脱身逃走。

　　暮悬铃收回紫藤，脸色阵阵发白，她急忙戴上兜帽想找个阴凉之处躲避日晒，却在此时，又碰到了一个不速之客。

　　"又是你！"高秋旻冷然立于暮悬铃身后，"果然是你身上有妖气，你到底是什么人？"

　　在暮悬铃与那神秘人缠斗之时，阿宝早已躲了起来，因此高秋旻并没有看到阿宝，她只是感受到熟悉的妖气才追查至此，却又看到了最让她生厌的暮悬铃。

　　如果第一次是巧合、是错觉，那么第二次就绝对不是了。

　　高秋旻坚信，暮悬铃身上一定藏着不为人知的秘密，即便她不是妖，身上也一定藏着与妖族有关的东西。

　　高秋旻向暮悬铃亮出春生剑，剑尖指向暮悬铃鼻尖："交出芥子袋，让我查探！"

　　暮悬铃几乎控制不住魔气反噬，她面色不善地瞪着高秋旻，厉喝一声："滚开！"

　　她的手微微颤抖，紧紧抓着自己的斗篷，明明是温暖的阳光，却让她有如火烤一般煎熬。

　　高秋旻见暮悬铃脸色苍白，唇角带血，冷笑道："谢宗主不在这里，你又装模作样给谁看！"

　　暮悬铃耳畔一阵嗡鸣声，高秋旻说什么她听不清楚，胸中暴戾之气几乎难以抑制，她深深吸了一口气，一手拨开高秋旻的春生剑，径自向前走去。

　　高秋旻一怔，随即大怒，伸手抓向暮悬铃的肩膀，暮悬铃肩膀一沉，躲开了她的手，但高秋旻穷追不舍，步步紧逼。暮悬铃魔气凝于掌心，一掌拍向高

秋旻面门，却在看清对方的脸后，又生生止住。

然而高秋旻却没有停住，她趁着暮悬铃失神之际，一掌拍中暮悬铃的胸口，将暮悬铃震飞在地，兜帽也随之落下。

高秋旻有些意外暮悬铃身手不凡，但没有感应到对方身上有灵力波动，便只当她是会些功夫的凡人。对待凡人，她也不屑于使用灵力，见暮悬铃被自己打飞后便倒地不起，她冷笑一声道："方才那一掌我并没有用多大力气，你何必在这里装腔作势。"

暮悬铃一阵晕眩，已经完全听不清高秋旻所言了，依稀看到眼前出现了一个高大的身影，带着一丝沁凉的寒意，她迷迷糊糊地抬起眼，却也看不清对方的模样。

"谢宗主。"高秋旻神色紧张地看着突然出现的谢雪臣，急忙解释道，"我方才没有用力打她，是她自己倒下的。"

谢雪臣淡淡道："我知道了。"

高秋旻微微一怔——他知道了？

素凝真倏然落于高秋旻身前，道："秋旻不会无故出手，她说从这位姑娘身上感应到妖气。谢宗主，你怎么说？"

谢雪臣道："两位是拥雪城的客人，铃儿亦然，我不会因为一人之言，而让另一人难堪。她说没有，便没有。"

素凝真面色冷沉下来，冷冷笑道："好，既然谢宗主这么说了，我们也无话可说。秋旻，我们走。"

素凝真带着高秋旻愤然离去。

"谢……雪臣……"

身后传来虚弱的声音，谢雪臣双手负于身后，他忍着不回头看她，同样的恶作剧，一次两次便罢了，第三次……她又何苦伤害自己来戏弄他人？

他说过，不许再有下次，她还是没听进去。

谢雪臣眉头微皱，终究是头也不回地离开了。

暮悬铃伏在雪地上，瞳孔逐渐涣散，模糊的视线中是谢雪臣远去的背影。她脑中剧痛，几乎难以思考——他为什么走了？他为什么不看看她？他为什么不抱抱她？

强烈的委屈涌上心头，几乎盖过了心尖上的绞痛。

她无力地张了张嘴。

——谢雪臣，我疼……

谢雪臣一路心神恍惚地往回走，脑中挥之不去的都是暮悬铃的面容，便遇到了傅澜生和南胥月。

傅澜生的缚神锁捆着一个意识全无的人，两人正一脸严肃地讨论什么，见谢雪臣走来，立刻迎了上去。

"谢宗主，拥雪城中恐有异变。"傅澜生肃然道，"方才我们在仙盟五老的住所外察觉到法阵波动，有人进来了。"

谢雪臣回过神来，说道："拥雪城有结界防护，单向法阵不能入内，须得是从城内先向外开启双向法阵，外面的人才能进来，你们可看到启动法阵之人？"

傅澜生摇了摇头，道："我们赶到之时，这里并没有人。"

南胥月道："并非所有法阵都需要即时启动，只要备齐法阵所需的材料，也可延时启动。"

南胥月言下之意，便是当时不在现场的任何人都有这个嫌疑，包括正在正气厅开仙盟众议的五老与掌门。

傅澜生又道："当时是我和铃儿姑娘率先赶到此处，她有一只嗅宝鼠，能感应到宝气波动，我们便跟着嗅宝鼠的指引，找到了嫌疑人。"傅澜生说着用脚尖点了点脚下之人，"我用缚神锁捆住了此人，但这人一问三不知，看着倒不太像是装的，不知道是不是抓错人了，可要是抓错人，他又跑个什么劲？"

傅澜生有些郁闷，又想起一事，和南胥月戏谑道："南胥月，你表妹深藏不露啊，居然能追得上我的速度。"

南胥月淡淡一笑。

傅澜生道："算了，每个人都有秘密，想必她也骗不过你这个聪明人。"

南胥月道："不知道铃儿有没有追上另一个神秘人？"

谢雪臣闻言顿觉有丝不对："另一个？"

傅澜生道："是啊，这人还有个同伙跑了，速度比这人还要快，铃儿姑娘有嗅宝鼠，就追了上去。"

谢雪臣脸色一变，另外两人还不明白发生了什么事，眼前已不见了谢雪臣的身影。

暮悬铃陷入了昏迷之中，四周是抹不开的漆黑，浓稠得令人窒息。她一开始有点害怕，后来又松了口气——太好了，昏迷了，就不疼了。

但是很快，她又有些迷茫——为什么会疼呢？

她的意识开始涣散，不知道今夕何夕，不知道自己是谁。

"悬铃，过来。"

她在黑暗中听到了令自己战栗的声音。

"师父！"暮悬铃浑身一颤，整个人下意识地站了起来。

"该练功了。"桑岐的声音淡漠而无情。暮悬铃听到他的声音，就像被冰凌刺入骨髓一样，刺骨的寒意和疼痛让她四肢麻痹而僵硬起来。

她惧怕接近他，更怕逃离失败带来的惩罚。

她不知道该往哪儿走，在黑暗中摸索着往前，依稀看到了师父的背影，他隐没在黑袍之下，隐约可以看到几缕银发，散发出幽幽银光。

他朝暮悬铃伸出一只手，一只银色金属浇铸而成的手，上面镌刻着诡异的符文，有让人迷失心智的力量。

"师父。"暮悬铃战栗着跪了下来。

那只手按在她的头顶上，下一刻，汹涌的魔气注入她体内，在她经脉血肉之中肆虐，侵入她身体的每一寸，像一只只微小的毒虫噬咬着她的身体。

她疼得浑身颤抖，冷汗如雨。

"疼……"

头顶传来桑岐的声音："想要力量吗，想要复仇吗？"

暮悬铃咬破了嘴唇，没有回答，但她依然跪着，没有回答，便是回答。

"感受魔气，将它纳入体内。"

"不要排斥它，魔气是你力量的源泉。"

"人会背叛你，感情会背叛你，你能依靠的，只有力量。"

暮悬铃遵循师父的教导，她想将溢散的魔气收入体内，却感觉难度比以往强上无数倍，无论是魔气入体，还是魔气溢散，对半妖来说都是生不如死的

极刑。

"师父,为什么半妖的修行这么痛苦?"

"因为,我们生来有罪。"

第五章　心　魔

"暮姑娘战斗之时加速了魔气溢散，之后又受过几次外力打击，虽然不重，却让她无力再支撑心神收敛魔气。"南胥月看着躺在床上、脸色苍白如纸的暮悬铃，无力地说道，"我虽精通医术，对魔族功法却束手无策。"

谢雪臣面色冷凝，道："我知道了，你出去吧，我来想办法。"

暮悬铃是半妖魔体，这件事不能让其他人知道，南胥月可以信任，但是必须对傅澜生保密。南胥月明白谢雪臣的顾虑，他面色凝重地点了点头，悄然离开房间。

谢雪臣回到雪地之时，暮悬铃已经彻底失去意识，最惧怕阳光的她，那一刻整个人蜷缩了起来，似乎想将自己埋进雪里，甚至无力戴好落下的兜帽。谢雪臣急匆匆地将人抱在怀里，用自己的身体为她遮蔽光照，以最快的速度回到房间。暮悬铃的气息时缓时急，浑身轻轻抽搐着，似乎在忍受着极大的痛楚。

谢雪臣无法控制自己不去胡思乱想——那时候她是喊了他的名字的……

如果当时转身就好了。

如果当时没有离开就好了。

就算是她又骗了他一次，又恶作剧一次，也没什么大不了的。

诸如此类的念头在心头流转，他的心境向来澄澈明净，一如他的剑道简单明了，从未这么凌乱而复杂，彷徨、后悔、迷茫、疑惑……

就算她真的重伤死了又如何？

她不是你杀的，她只是个半妖魔女而已。

她……

"疼……"一丝极细微模糊的呻吟自暮悬铃口中溢出。

谢雪臣急忙俯身查看。

暮悬铃双目微微睁开，浓密卷翘的睫毛上沾染了泪意，她的瞳孔失去焦距，并没有看到眼前之人，意识仍在昏迷之中。

"铃……"谢雪臣轻轻喊了一声。

她大概没有听到，那双眼再度合上，气息更加微弱了。

谢雪臣喉头一紧，从暮悬铃的芥子袋中找到了一颗黑色的魔丹，那是蕴含了欲魔三分之一魔气的魔丹，只要服下这颗魔丹，她便能免受这般酷刑。

但是……

这有违他的道。

谢雪臣捏着魔丹，置于暮悬铃唇上，却犹豫着顿住了。暮悬铃本是娇艳饱满的唇瓣此时血色尽失，下唇被咬出了牙痕，就像枯萎的花瓣一样。

或者违背自己的道，或者看着她死。

谢雪臣闭了闭眼，在心中叹了口气，轻轻将魔丹推入柔软的双唇之间。

魔丹顿时化为庞大的魔气涌入暮悬铃体内，她的体内仿佛有一个旋涡疯狂地吸收着魔气，这是多年修炼的本能，也是垂死之人求生的欲望。谢雪臣来不及反应，指尖便被暮悬铃咬住，她无意识的吮咬无法伤害法相之躯，只给他带来一丝奇异的刺痛和麻痒，自指尖到心尖。

谢雪臣压抑住自己心头莫名的悸动，转过身快速地布下结界，他担心这里魔气异动会惊动其他人。

"呼……"一股灼热的气息喷洒在自己耳后，一双莹白纤细的手臂自他肩头绕过，紧紧缠住了他。

谢雪臣顿时僵住。

暮悬铃浑身烫得厉害，欲魔的魔气在体内乱窜，似乎想找一个出口，她既

舒服又难受，发出难耐的呻吟声。

"谢雪臣……"她紧紧抱着他，脑袋枕在他肩头蹭了蹭，用浓浓的鼻音说，"我疼……"

她头很疼，心口很疼，手脚也疼，哪里都疼。

谢雪臣长长舒了口气，拉下暮悬铃的手，面对她，见她脸上苍白褪去，却泛起了不正常的潮红，双眼泪意婆娑，媚态尽生，便猜测是欲魔的魔气之故。

"你哪里不舒服？"谢雪臣将她按回床上。

暮悬铃抬起蒙眬的泪眼，含着哭腔道："我身上疼。"

她说着便抬手要撕自己的衣服，似乎衣服贴在身上都让她觉得被刀割一样疼痛。

谢雪臣紧紧抓住她的手，按在身体两侧，沉声道："你运功吸收魔气，就不会疼了。"

但暮悬铃此刻哪里听得进去他说了什么，她只知道自己又疼又热、又麻又痒，像是中毒了。对，中毒了，她要解药，解药在哪儿呢？

她一抬眼便看到了自己的解药，是她朝思暮想的人啊！体内澎湃的魔气给了她力量，也侵蚀了她的意志，桃花眼中荡开情欲的旋涡，幽深而迷离。她猛然挣脱了谢雪臣的桎梏，趁其不备，攀上了他的肩膀，将人拉向自己。

她一口咬住了谢雪臣的嘴唇，贪婪地汲取他唇上的气息。

是解药的味道。

凉凉的，软软的，像雪花一样，化在口中，是甜甜的。

她还想要更多解药，想得眼睛都红了，双手并用撕开了繁复的白衣，摸到了温热而光滑的肌理，有一种沁凉的气息能浇灭她心头的火，她喘息着带着哭腔唤着心头那个名字："谢雪臣，谢雪臣，谢雪臣……"

谢雪臣用手撑着自己的身体，身下不安扭动的娇躯滚烫无比，足以融化拥雪城千年不化的雪。她的唇毫无章法地在他唇上、面上游移着，留下细碎的吻，想要和他贴得更近，更加密不可分。

谢雪臣的手握住她圆润的肩头，动作轻柔，那双执剑不败的手第一次显露出犹豫的轻颤。掌心的肌肤柔滑细腻，因他的抚触而轻轻战栗。

谢雪臣忽然想起她窃喜地说出的那句话——你明明躲得开的……

暮悬铃于昏沉之间听到了一声叹息，紧接着便是后颈上传来一阵麻意，让她再度陷入了昏迷之中。

谢雪臣神色复杂地看着昏睡过去的暮悬铃，她满脸通红，双唇红肿，胸膛剧烈地起伏着，身上的衣衫凌乱不堪。而自己恐怕比她更加不堪，衣服甚至已经被撕碎了。

他躲得开的，但是躲，不是剑修的心。

谢雪臣将暮悬铃抱回床上安置好，自芥子袋中取出一粒琉璃明心丹，这颗丹药是修士走火入魔之际自救的宝贵丹药，能克制心魔，恢复清明。

谢雪臣将丹药喂入暮悬铃口中，不久便见她呼吸趋于平缓，气息也逐渐稳定下来。

修炼魔功，对半妖来说并非正途，她承受得太多了。

谢雪臣为暮悬铃整理好凌乱的衣襟，盖上被子，等她气息彻底平稳了，才重新换上一套衣服走出房门。

南胥月正巧从外间进来，见谢雪臣出来，他快走了两步道："谢兄，我想或有一法可缓解她的疼痛。"

谢雪臣道："她此刻已经好了。"

南胥月微微一怔。

"你看着她，我先出去了。"

南胥月有些疑惑地看着谢雪臣离开的背影。

——他用什么方法治好了她？

——他为什么忽然换了衣服？

问雪崖，雪止初晴。

然而一阵剑舞，漫天又起风雪。

一个孤寂的身影在风雪中悄然静立，一把万仞剑斜插入岩石之中。

谢雪臣闭上眼睛，感受到细雪纷纷扬扬落在脸上，浇不灭心中热意。

二十一年前，他在问雪崖，问道，问剑，问心。

为苍生立命，效太上忘情。

他的剑，为何而鸣？

他的心，为何而动？

闭上眼，脑海中便只剩下一个声音。

有人在殷殷呼唤他的名字，千回百转，绕指柔情。

她是人，是妖，是魔，都不重要了。

他本不该如此轻易沦陷，可他难以自抑。他甚至想，并非她的有意引诱让自己步步深陷，而是自己，本就喜欢那样鲜活的生命。她和自己不一样，可以热烈而赤诚地说出自己的喜欢，眼里心里只有一个人，如果那人不是自己，或许自己也会心生羡慕……

而看到她陷入危险之时，他也失了自己的道。

铃……

谢雪臣微微睁开眼，看向远处连绵不断的巍峨雪山。

他忽然间明白了二十一年前父亲那番话的意思。

苍生与她，他只能选择其一。

只能选择将自己的性命给其中之一。

暮悬铃的意识始终在一片黑色的海域中沉浮，蒙眬间她感觉自己抓到了一只手，便像抓住了救命的浮板一样，不肯松开。过了不知多久，她终于有了力气掀开眼帘，浓密的睫毛轻轻扇动，眼前的景象由模糊到清晰。

天已经黑了，屋里却没有点亮烛火，门窗都关着，但仍有月辉透过窗棂的缝隙，幽幽映出房中的轮廓。

暮悬铃感觉到自己正抓着一只手，温凉而修长的触感，因为太久的抓握，掌心甚至有了微微的汗湿。那人坐在床前，月光勾勒出他模糊的轮廓，暮悬铃用沙哑的声音轻轻喊道："谢雪臣……"

那人微微一动，偏转过身看向她。

"暮姑娘，你醒了。"

暮悬铃一怔，手上便不自觉松开了。

"南公子。"

黑暗中，南胥月发出一声低笑，似乎有些无奈，又松了口气。

"是我，我过来探视你，你许是做了噩梦，抓紧了我的手不放，我便只好

坐下来陪着你,无意冒犯。"南胥月温声解释道。

"不,是我冒犯了……"暮悬铃哑声道。

南胥月身形移动,离开了床沿,缓缓走到桌边,吹燃火折子点亮了油灯,光线缓慢地在整间屋子里铺开,他又从桌上拿起了水壶,点燃一旁的小火炉,放在火炉上加热。暮悬铃身上没有力气,只能躺着看他清瘦而颀长的背影在桌前做着这些琐事。

"水凉了,我想还是先热一下再喝会更好。"那边传来南胥月温柔的声音。

暮悬铃有些失神,迟钝了片刻才回了一声:"好。"

她花了好一会儿才想起来发生了什么事,想起来她倒在雪地里,魔气溢散,痛不欲生,谢雪臣……

她脑海中又浮现出他离开的背影。

南胥月捧着温热的茶杯回到床前,轻声问道:"还有力气起来吗?"

暮悬铃有些虚弱地笑了笑:"我可以的。"

她撑着身体坐起来,后背垫着几个枕头,接过南胥月手中的杯子。杯子上有仿似人类的体温,刚刚好的温热,而递过来的那只手白皙修长,却有指痕般违和的红印,暮悬铃一看便知道是自己用力握住的痕迹,不禁有些愧疚和难为情。

她心虚地低下头,小口小口地喝着水,拥雪城的水自有他处没有的清甜,一点点沁润了双唇和喉咙,只是心上仍有些难以言喻的酸涩。

南胥月似乎是看出了她心中所想,忽然开口道:"是谢兄将你抱回来的。"

暮悬铃一怔,抬起眼看他。

烛光映亮了南胥月俊美清雅的面容,他似乎含着笑,只是一半在光里、一半在暗处。

"我也不知道他用什么方法解决了你的魔气溢散之痛,但眼下看来,你应该是无碍了。谢兄另有要事,让我留下来照看你。"

知道谢雪臣并没有真的弃自己而去,暮悬铃感觉自己的心口好像又暖和了起来,她低下头,唇角不自觉也扬起了一丝弧度。"我知道了。"她轻声说。

南胥月静静看着她微翘的唇角,还有眼底重新亮起的一点光,目光幽远而深邃。

"暮姑娘，你很喜欢谢兄。"他的语气十分地肯定。

暮悬铃没有否认，她点了点头。

"为什么？"他似乎有些困惑，也有些怀疑，"我确实曾经怀疑，你接近他另有目的，但呼吸和心跳不能作假，我想……谢兄也是因此相信你。"

天生十窍之人，确有超凡的感知之力，他能知道她的心跳为谁沉重，为谁欢跃。

暮悬铃抿着唇，无法回答南胥月这个问题。

南胥月凝视着她绝美的面容，仿佛透过那张脸，看到了另外一个人。

"或许，你在更早以前就认识他。"

暮悬铃呼吸一窒。

"你的呼吸告诉我答案了。"南胥月低笑一声，"我便想，为何你看他的眼神会有怀念和悲伤，而不仅仅是喜欢和仰慕，你的眼睛里藏着许多事，当局者迷，旁观者清。"

"南公子，你太聪明了。"暮悬铃合上眼，轻轻叹息，"我无所遁形。"

"他不记得了，你为何不告诉他？"南胥月问道。

"他不需要记得。"暮悬铃眼底的笑意缱绻而温柔，"是我欠了他的，我记得就好。"

"是吗？"南胥月的声音轻如叹息，"那我呢，你也记得吗？"

暮悬铃的笑意僵在眼底，她艰难地抬起头，看向南胥月。

南胥月的眼底含着淡淡笑意，却如同黑色的旋涡一样，将她一点点吸进去。

"你的心跳也告诉我答案了。"南胥月低笑道，"与君初相识，犹如故人归。天涯明月心，朝暮最相思。"

"你的模样虽然变了，我却仍从你身上感觉到了熟悉的气息。"他忽然伸手揉了揉她的发心，修长的手穿过细软柔滑的黑发，拂过她微微汗湿的鬓角，最后落在她的脸颊上，"只是那时候我不知道你的名字，却还记得，你的脚上也有一个铃环，你的脸上，有妖族的印记。"

南胥月拉近了两人的距离，淡淡的沉水香自他身上传来，将暮悬铃笼罩其中。

杯子不知何时从手中落下，水打湿了被褥，暮悬铃双手紧紧攥着身下的床

单，眸中闪过慌乱无措，心跳骤然乱了起来。

他……他真的认出她了！

感受到暮悬铃的紧张，南胥月笑着收回了手。

"你如果不想我说出去，我会为你保守秘密。"南胥月温声道。

暮悬铃诧异地看着他，轻声说道："谢谢……"

"不必说谢谢。"南胥月垂下眼，声音中有些低落和伤感，"你帮过我，但在你最需要的时候，我却没能在你身边。"

遇见她时，是他人生最黑暗的日子，他以为自己失去了一切，可是有个小姑娘趴在他的轮椅边，带着满身伤痕，却依然双眸明亮，她用欢快的语气说："南公子，你生来就拥有了一切，现在只是少了一点点而已，还是比很多人很多人都强啊，你不要难过了。"

他说："我的脚断了，再也不能和正常人一样行走了。"

她拉起打着补丁的裤管，露出细瘦的脚踝，上面紧紧地箍着一个暗红色铃环，似乎是被血浸染而红，铁圈几乎刻进了骨头里。

她说："南公子，我们都一样呢，我走路也很疼很疼，但久了好像也习惯了。"

他说他失去了所有的爱。

她撇了撇嘴说："也没有人爱我，可是我也不喜欢他们呢，我要把所有的喜欢留给自己。嗯……要不，我分一些给你吧，我可以喜欢你一点，但是你会讨厌我是个半妖吗？"

她高兴地说："南公子，你笑了，你笑起来真好看！"

南胥月想，原来这个世界上，还是有人可以给他一点喜欢的，只是一点，便让他觉得弥足珍贵。

他对父亲说："父亲……可以带走那个妖奴吗？"

南无咎不耐烦地甩开他的手，眉宇之间满是暴戾之色。

"不要和我说废话。"

南胥月终究没能带走她，等到很多年后，他有能力带走她时，她却已经不在了。

南胥月看着眼前换了面容却双眸依旧的暮悬铃，叹息着道："你还记得我，我已经很高兴了。"

只是那个曾经说要把所有的喜欢留给自己的小姑娘，把她的喜欢、她的命，都给了另一个人。被她握住手、坐在床沿的这几个时辰，他想了很久。他想，谢雪臣一定做了他做不到的事。

而他，根本什么都没做过。他只是在最痛苦的时候得到了她的救赎而已，又凭什么去向她要求更多。

所以在看到暮悬铃失落酸涩的神情时，他还是告诉了她真相，是谢雪臣将她从雪地里抱回来的。

她果然开心了起来，真是个简单的姑娘。

"南公子，你真好。"暮悬铃感激地说。

南胥月微笑道："所以你只有一点点的喜欢，是吗？"

她有些尴尬地笑了笑："可是南公子，你现在已经有了许多人的喜欢。"

但我只想要你的。

南胥月没有把这话说出来，他是善解人意的，不会让人为难，更不会让自己喜欢的人难堪。

所以他说："是，谢谢你曾经对我说的那些话。"

谢雪臣不知道是在逃避自己，还是在逃避暮悬铃，他没有回去看她，一夜未眠，第二天才从南胥月口中得知暮悬铃已经醒了，只是还有些虚弱，需要点时间恢复。

"那就好。"谢雪臣淡淡点了点头，又道，"我已召集仙盟众人至正气厅召开众议，你也一起来吧。"

南胥月微微错愕，道："我并非仙盟之人。"

"但你对法阵的见解远胜他人。"谢雪臣不容置疑地说，"走吧。"

见他已转身离开，南胥月便也提步跟上。

未到正气厅，两人便已远远听到了争吵。

"何岛主终日与妖物为伍，恐怕是忘了自己的身份吧。"素凝真冷声道，"我们之中最可能与魔族私通的，除了你，没有他人。"

"素谷主对人不对事，何某也无须与你讲道理。"何羡我冷笑一声，"你若能打得过我，便去拥雪城外打上一场；若是打不过我，便看看这厅中有几人站你？"

素凝真道："诸位可认同在下所言？"

傅渊停讪笑道："尚无证据，我们不能内讧伤了和气。"

素凝真道："宁可错杀，不能错放。何羡我投敌之心太强，对魔族之战，有害无益。"

何羡我："呵呵。"

谢雪臣在大战一触即发之时走进了大厅，一阵寒意自外间涌入，让空气为之一凝。

众人俯首道："谢宗主。"

谢雪臣目不斜视地越过众人，来到主位上，转身面对数位掌门、长老。

"魔族最希望看到的，便是修士动念，恶生心魔。"谢雪臣冷然扫过方才争吵的几人，"在座诸位，修行时间长于我，想必道理无须我多言。"

素凝真皱了下眉，俯首道："多谢宗主指点。"

谢雪臣不再看她，正色道："昨日傅澜生捉到的那个人，相信大家已经彻查过，只是个普通修士，他完全失去了记忆，不知道自己为何来到拥雪城，从种种现象来看，他应该是被心魔附体。"

傅渊停道："听犬子说，当时他还有一个同伙逃走了，所以至少有两个魔族潜入了拥雪城。"

魔族没有实体，但可以附体到他人身上，不过也有限制，附体之时一样会受到阳气的影响而魔气溢散，而且同一个人附体不能超过十二个时辰，否则那人便会魔气攻心而死亡。傅澜生以缚神锁捆住那人时，那人寄生的心魔早已先一步溜走，被留下的只是个一无所知的躯壳。

"你们勘察过现场，可有发现什么可疑之处？"谢雪臣问道。

众人皆是摇头。

谢雪臣又看向南胥月："今日我请南庄主来，便是因为他对法阵最为精通。南庄主，你可从布阵上看出了什么端倪？"

南胥月迟疑了片刻，犹豫着说道："布阵需要灵气充沛之物，以朱砂写下

阵符，按特定方位摆放，达成条件之后，法阵自然成形。双向传送法阵需要耗费极大灵力，此人用来布阵的却只是看似普通的灵石，阵符所用朱砂也随处可见，不过……"

"但说无妨。"谢雪臣示意他大胆直言。

"灵石上以朱砂写下阵符，字迹皆有相似的歪斜角度，若在下没有猜错，那人定是怕被人认出字迹，而故意用左手书写。"南胥月徐徐说道。

谢雪臣目光一凛："由此可见，那人的正手字迹，是我们认识的。"

正气厅中众人面面相觑，彼此之间互相怀疑。

南胥月从袖中取出一张黄符，上面用朱砂画出一个阵符，道："烦请诸位分别以左右手写下这个阵符。"

对修士来说，写符不难，而且法相之躯也非凡人，哪怕是从未用过左手之人，也能轻易用左手做事，双手力量与灵活度都相差不远，唯有字迹，是经年累月而成，左右手写字字迹必然差距极大。

厅上众人很快便写下阵符，比对过右手字迹，无一人相似，而比对左手字迹时，南胥月停了下来。

"这字迹，与法阵之上的一模一样。"南胥月扬起手中黄纸。

众人脸色一变："是谁的？"

南胥月的目光看向法鉴尊者。

"法鉴尊者，请问您有何解释？"

无论是谁，众人也不会如此惊讶，因为法鉴尊者是所有人中年龄最大、最德高望重的一位。但是素凝真很快便想起一件事，失声道："那天是法鉴尊者使出醍醐希声，试探出宗主神窍有异！"

一念尊者不敢置信地看着自己最尊重的长辈，双手合十，却微微颤抖："师叔，您为何……"

法鉴尊者枯瘦的脸上没有一丝多余的表情，双目如古井无波，他双手合十，缓缓道："法阵并非我所设。"

何羡我眉头微皱："这其中会不会有什么误会？"

素凝真与何羡我不对付，如今证据指向法鉴尊者，而她心中本就怀疑何羡我，见何羡我出声，她更是觉得这两人互相勾结，板上钉钉了。素凝真冷笑一

声，道："内奸放进两个魔族，说不定眼下正附身于我们之间，否则何岛主为何帮疑犯说话？"

何羡我脸色顿时难看起来，因为其他人看向他的眼神也带上了几分怀疑。

"素谷主毫无证据便肆意攀咬，难不成你自己心虚，想转移视线？"何羡我握紧了手中酒壶，发白的指节表露出他心中的愤怒。

素凝真道："昨日法阵出现之时，我门下弟子曾在那里感应到妖气闪过，拥雪城怎么会有妖气，除了与妖物形影不离的何岛主，还会有谁？"

高秋旻不是第一次说起妖气之事，此时有此言佐证，似乎更加坐实了何羡我的嫌疑。

何羡我冷冷盯着素凝真，忽然大笑出声，笑声却如利刃，尽显杀气与锋芒。

"哈哈哈哈……素谷主还真是一如既往血口喷人，是非不分，若仙盟之中尽是这等无知小人，那恕何某不奉陪了！"

何羡我说罢一拍桌子，借力向外飞去。素凝真一见，立时甩出拂世之尘，拦住何羡我去路。

"露出狐狸尾巴了，就想逃之夭夭吗！"素凝真法相之气尽开，拂世之尘化为钢针向何羡我袭去。

谢雪臣皱着眉头看向争斗起来的二人，此二人因弟子杀身之恨，积怨已久，素来不睦，但从未有一日如今天这般失控，竟然没有克制法相之气，不留余手地攻击对方。

傅渊停和段霄蓉对视一眼，神情严肃。法鉴尊者今日身份存疑，不宜出手主持公道，连同为悬天寺掌门的一念尊者也只能静立一旁，而宗主此刻尚未恢复法力，能阻止二人激战的，唯有碧霄宫了。

段霄蓉身形一闪，拦在了两人中间，她不敢托大，以法相之力护体生生接下两人一招，沉声道："两位道友，大敌当前，还请以大局为重，不要内讧。"

素凝真冷然道："正是因为大敌当前，攘外必先安内！"

论年纪和修为，段霄蓉皆在两人之上，平日里两人对她也是有几分恭敬，但今日撕破了脸，竟是不死不休的局面了。

傅渊停心中急躁之意越来越盛，他看了一眼闭目不语的法鉴尊者，又看了看面露愁容的一念尊者，只好转头向谢雪臣请示。

"谢宗主，还请你主持局面。"

谢雪臣由始至终都是冷眼旁观，他负手而立，明亮锐利的凤眸似乎在观察着什么，思索着什么，直到此时，方才出声："心魔大阵。"

傅渊停一怔："什么？"

谢雪臣道："那两个混入拥雪城的魔修，已在无人知觉的情况下，布下了心魔大阵，此刻正气厅中众人，皆在此阵之中。"

盛怒中的素凝真与何羡我双双一怔，身上杀气顿减三分。

修道之人杀魔无数，不会不知道心魔大阵。传说魔族皆有沟通他人心魔之力，一人心中杂念恶念越多，则心魔越强，也越容易被魔修入侵、附身，最终成为傀儡，乃至死亡。越强大的魔修，能沟通的心魔便越多，如此便可称为心魔大阵，魔修虽然不能同时附身每一个人，却能在不同人的心魔之间跳跃变幻，每个被他操控的心魔都会成为他的跳板，他也能拥有这些人的感知，而被操控者却对此一无所知。

"我们乃法相尊者，魔族怎么可能以心魔大阵操控我们？"素凝真怀疑道。

"因为来的也非寻常魔修。"谢雪臣冷然道，"恐怕是三魔神之一的痴魔本体亲临了。"

正气厅上一片寂静。

不知从何处传来若远若近的磔磔怪笑。

"谢宗主竟对我如此了解，真是荣幸之至啊！"

段霄蓉感觉到那个声音似乎是从自己左边近处传来，她心神一震，挥剑便往左刺去，目标正是素凝真胸口。素凝真反应极快，拂世之尘一卷，拦住了段霄蓉的剑势。

"段长老这是何意！"素凝真厉声质问。

"声音从你身上传出。"段霄蓉戒备地看着素凝真。

谢雪臣道："痴魔可在被他操控的心魔之中随意变换位置，却没有那么容易附身于法相身上，他的目的是干扰我们的判断。"

何羡我此刻也慢慢冷静下来，说道："所谓痴者，即念念不忘，执着难放。人心中若有不能放下之情感，惊忧怖、悔恨疑，只要放不下，皆可为痴。只要有一痴念，便会被痴魔所捕捉，痴念不断壮大，令人迷失心智，受其摆布。"

傅渊停立刻明白了痴魔的动机："他早已布好阵等我们入瓮，素谷主对何岛主的疑，何岛主对素谷主的恨，都是痴念，所以他们二人受痴魔操控最深。"

何羡我接着道："段长老此时心中已经有了惊。"

众人纷纷自我审视，心中可有痴念。

谢雪臣清冷的声音吸引了所有人的注意："从那张阵符开始，他就已经在我们所有人心中种下了疑。"

谢雪臣看向"南胥月"："我说得对吗？"

"南胥月"静静看着谢雪臣，俊秀温和的脸庞带着亲和的微笑，那双明润而深邃的眼眸却越发漆黑幽暗，令人不敢久视。

"谢宗主好眼力，从什么时候开始发现的？""南胥月"问道，"我哪里做得不对吗？"

谢雪臣几不可见地皱了下眉，道："我有必要告诉你吗？"

"南胥月"被无视了。

何羡我笑出了声："哈哈哈哈哈，魔族果然脑子有问题，哦不对，魔族的问题是没脑子。谢宗主会和我们细说，是让我们明白所处境况，如何应对。跟你解释？呵呵，难道让你下次知道怎么改进吗？"

痴魔心里也郁闷，他觉得自己藏得这么好都被发现了，谢雪臣应该多说几句炫耀一下的，但什么都不说，好像确实才是谢雪臣的脾性。

"南胥月"后退了两步，冷笑一声道："发现了又如何，你们不还是落入我的魔阵之中了？"

谢雪臣眉宇之间染上凝重之色。痴魔手段鬼祟，十分难缠，但和痴魔一起来的那个，恐怕更难对付。欲魔之前被暮悬铃伤了分身，那么痴魔的同伙，多半就是战魔。

战魔的实力仅次于魔尊，而那个神秘莫测的大祭司桑岐，谢雪臣甚至不知道对方真正的实力。以痴魔和战魔的智慧，断然想不出以阵符故布疑阵，在众人心中种下痴念结成心魔大阵的方法，背后定然有桑岐指点。

谢雪臣谨慎地抽出佩剑，"南胥月"看了一眼，笑道："不能唤出钧天，你果然神窍有损。"

"你在拖延时间。"谢雪臣一语道破了痴魔的盘算。

痴魔闻言脸色微变。

随着时间的推移，疑虑在众人心头难以遏制地潜滋暗长，他们心中痴念越重，痴魔的力量就会越强，仙盟众人互生疑心，无法协力合作，有如一盘散沙，这正是痴魔的目的。

"那又如何？"痴魔收敛了笑意，冷声道，"我如今附身在南胥月身上，你们不能动我。"

谢雪臣道："悬天寺的般若心经能驱除心魔，你却如此笃定我们不能奈你何，看来你的同伙确在悬天寺之中。"

痴魔闻言脸色更加难看了，仙盟众人同时将目光投向了法鉴尊者，忽然发现，法鉴尊者的双目不知何时染上了猩红之色，灰色麻衣无风自动，双袖鼓荡，骇人的气息如山洪一般向外汹涌而出，周围的桌椅登时被震得粉碎。

周围之人早已先一步腾挪移开，唯有一念尊者半步不退，被灵力击中胸口，喷出一口鲜血，口中却念念有词。只见他掌心发出淡金色光芒，如旭日之升，光芒越来越炽，射向法鉴尊者。

法鉴尊者猩红的双目被金光刺中，顿时流出血泪，他发出一声厉喝，澎湃的灵力再次袭向一念尊者，打断了他的念诵，一念尊者口吐鲜血向后飞去，重重砸在地上。

法鉴尊者流着血泪的双目睁开，气势节节攀升，如魔神降世，令人双股战战、闻风丧胆。作为有五百年修行的法相，法鉴尊者的实力远在在座众人之上，就连谢雪臣也没有把握能胜过他，而如今的法鉴尊者实力竟比之前还要强上三分，谢雪臣一颗心沉了下来。

"是战魔。"段霄蓉脸色一白，退到了傅渊停身旁，"战魔本身战力已在法相之上，现在是附身在法鉴尊者身上了吗？"

傅渊停暗中捏紧了拳头，强忍心中骇意。自踏入法相境后，他已许久未真正出手过了，但看着眼前气势惊人的法鉴尊者，他知道自己一点胜算都没有，但当他心中有了恐惧，即被痴魔捕捉到，那丝恐惧便会越来越强，而越是恐惧，他便越是怯战虚弱。

法鉴尊者一把扯断颈间珠串，八十一颗黑色珠子悬浮于空中，随即便急速

飞转起来，彼此之间相互碰撞，摩擦出细细火花，众人只看得见虚影，几乎捕捉不到珠子的去向。下一刻，不计其数的珠子向四面八方爆射开来。

所有人以灵力在身前撑开保护罩，但那珠子蕴含的力量竟如此恐怖，只是阻上一息，便震碎了屏障，击中数人腹部，随后又回到法鉴尊者身旁。

谢雪臣眼看一颗珠子向自己飞来，却在刹那之间，一只手抓住了自己的手腕，一道金光笼罩了自己，下一刻，眼前景象已换。

谢雪臣转过头，看向拉着自己的一念尊者。

"谢宗主，师叔入魔，我无力阻拦，你神窍尚未恢复，恐怕不是敌手，我只能先把你带离正气厅。"一念尊者说着咳出一丝血沫，面露悲痛愁容，"想不到悬天寺竟有此劫，师叔为何如此糊涂！"

"原来一念尊者也擅长传送法阵。"谢雪臣的声音一如既往地平静清冷，仿佛任何事情都无法让他惊讶恐惧。

一念尊者擦了擦嘴角鲜血，道："将法阵镌刻在法器之上，以灵力激发便可催动，但因为这只是简易的传送法阵，因此并不能将人带远。"

"我们仍在拥雪城。"谢雪臣感受到熟悉的温度和风中承载的气息，"你大费周章将我带来此处，想必是有些东西想让我看。"

一念尊者的目光渐渐冷沉下来："谢宗主似乎并不意外。"

"悬天寺在场的有两个人，我没有理由只怀疑法鉴尊者，而对你毫不怀疑。"谢雪臣淡淡道。

一念尊者笑了笑，忽地一掌拍向谢雪臣的胸口，谢雪臣举剑格挡，却没能挡住一念尊者全力一击，他身体被向后逼退数丈，脸色微变，一丝殷红溢出唇角。

一念尊者双手合十，慈眉善目，缓缓道："你果然神窍尚未恢复，那被你猜到，倒也无妨。"

雪下得有些急，厚厚的云层与风雪遮蔽了光照，山谷之中，阴气森森。

一个高大身影自风雪中而来，每一步都是地动山摇。

"所以我说，你太过谨慎了。"那个声音沙哑却又响亮，穿透了暴风雪的阻拦，"不过是一个废了的谢雪臣。"

一念尊者道:"毕竟是谢宗主,我要给予足够的尊重。"

谢雪臣握剑而立,颀长的身体立于风雪中,如一把出鞘的利剑。

"是你布下传送法阵,把痴魔和战魔带入拥雪城。"谢雪臣冷冷看着一念尊者,"布阵之人既然有心思用左手字掩饰真正的字迹,就不会想不到会被人发现,所以左手字被验证与阵符一致的人,反而不是真正的布阵之人。而与他朝夕相处百年的人,有意模仿他的左手字,却易如反掌。"

一念尊者微微颔首:"原来如此,谢宗主早就怀疑我了。"

"真正的南胥月,也不会想不到这一点。"谢雪臣又道,"但他没有说。"

一念尊者恍然大悟:"所以他也将自己暴露了。"

"既然战魔在这里,那么附身在法鉴尊者身上的,就是痴魔了。"谢雪臣看着走到一念尊者身旁的高大巨人,"真正的战魔,能力纯粹而强大,就是杀戮。"

战魔朝谢雪臣咧嘴一笑,露出锋利的獠牙,低沉的声音缓慢说道:"没能力一招杀敌,才会整那些虚头巴脑的玩意儿,这个道理,谢宗主最懂了。"

谢雪臣道:"以法鉴尊者的修为,痴魔想要成功附身,绝非一时半刻可以成功,所以,一念尊者应该昨晚就对法鉴尊者下手了。"

一念尊者没有否认,他面含微笑,颔首道:"昨夜与师叔论道,我与他道不同,他想灭我的道,动了杀念、悔念,但我早有准备,以法阵束缚住他,让痴魔偷袭,一点点控制住师叔的心魔,直到今晨,方才成功附身。"

"控制南胥月并不在你的计划之中,他只是个普通人。"谢雪臣道。

"不错,但是他踏入正气厅的那一瞬间,心魔大阵触动了。"一念尊者微微感慨,"南庄主光风霁月,却不想心思如此之重,他的痴念太重,以至于痴魔不由自主转移了目标,控制了南庄主。"

谢雪臣有些疑惑,南胥月的痴念是什么,但眼下并非细究的时机,他很快撇开这个念头。

"挑起仙盟众人心中的疑念,让仙盟化为散沙,附身法鉴尊者,挑起仙盟内乱,再将我调离旋涡中心,令战魔协助你杀我。"谢雪臣将桑岐的部署一一说出,"桑岐想将仙盟一网打尽。"

一念尊者道:"师叔是除谢宗主外的仙盟最强修士,其他人若不联合起来,

对上他毫无胜算。"

谢雪臣道："痴魔只是想让仙盟自相残杀，至于法鉴尊者是输是赢、是死是活，并不重要。"

"谢宗主是个明白人。"一念尊者微微一笑，"不过你不是不屑与敌人解释吗，为何要与我说这么多？"

谢雪臣缓缓松开了手中剑，长剑钉入岩石之中，纹丝不动。

"自然是因为，我也要拖延时间。"谢雪臣道。

一念尊者和战魔皆是一怔，只见三丈外的风雪中，谢雪臣所站之处，暴风雪忽然凝在了半空，仿佛时间瞬间停滞了，隔着鹅毛大雪，他们看到一张清俊冰冷的脸，一双明亮锐利的凤眸，他眉心的红光骤然一亮，下一刻，以他为中心的风雪呈旋涡状向外飞涌而出，强大的灵力波动让天地为之色变，一道堪比金乌夺目的强光穿破了风雪的笼罩，凌厉的剑气直冲云霄，势不可挡！

"钧天！"一念尊者脸色骤变，向后退了半步。

"他的神窍恢复了？"战魔回想起万仙阵中谢雪臣手执钧天，毁天灭地般的剑势，顿时心底虚了一下，但很快又激起了他更大的战意。

战魔是不会恐惧的，他只知道杀戮和战斗，而强者令他魔气沸腾，遇强更强！

战魔咧嘴大笑，自背后抽出两把战斧，眼中冒着嗜血的红光。

"真不愧是第一剑修的灵力，这样杀起来才痛快！"

一念尊者知道自己上当了，他向来慈眉善目的脸庞笼上了阴影："谢宗主没有那么好对付。"

"当初是受到万仙阵的压制，我才会败给他。现在的我比万仙阵之时强，而他……"战魔眯了眯眼，"看样子还没有完全恢复。"

风雪之中传出谢雪臣冰冷的声音："但杀你，绰绰有余。"

话音未落，钧天剑已到了眼前。

正气厅强烈的灵力波动令全城震动，无数修士赶来，看着半空之中色彩斑斓壮丽的灵力激荡，知道那是法相之间的战斗，根本没有他们插足的余地，只能有多远躲多远。

暮悬铃赶到正气厅时，现场已是一片废墟，她在废墟之中看到了昏迷的南胥月，急忙将人救醒。

南胥月没有受到什么外伤，痴魔附身法鉴尊者之后，便放弃了对他的控制。被魔神附体，哪怕仅仅是一时三刻，对普通人的身体损伤也是极大。南胥月脸色发白，四肢如灌了铅一般沉重，身上一片冰冷。他只记得自己跟着谢雪臣踏入正气厅，之后的事便全无记忆了。

"南公子，这里太危险了，我先带你离开。"

暮悬铃一看他的情形便知道是被魔族附体的症状，她用肩膀撑起南胥月的身子，搀扶着他远离战斗旋涡。南胥月半边身子压在暮悬铃身上，慢慢找回了一丝力气。

闻风而来的傅澜生看到暮悬铃正扶着脸色灰败的南胥月，登时吓了一跳，赶上前来帮忙。

"这是这么回事？"傅澜生接过了南胥月，扶着他的臂膀，"我父亲他们在围攻法鉴尊者，而谢宗主和一念尊者不知所终。"

南胥月略一思索，便道："我先前被魔族附体，记忆全失，不知道发生了什么事，但如今看来，一念尊者极有可能是魔族奸细，是他挟持了谢宗主离开。"

"那他就输定了。"暮悬铃淡淡一笑，"此时的谢雪臣，是天下无敌的谢宗主。"

那颗药是她喂下的，她最清楚药效结束的时间，谢雪臣亦然，所以他才会任由一念尊者带走自己，看看对方还有怎样的陷阱。

傅澜生神情紧张地看着高空中激斗的几人，其中有他的父母，但那个阶层的战斗不是他这种小金丹可以插手的，哪怕他有仙器无数，也无法左右这场战局。

暮悬铃对三魔神十分了解，一眼便看出了空中的局势，道："法鉴尊者被痴魔附身了，其他人也中了痴魔的心魔大阵。"

傅澜生对痴魔一无所知，疑惑地看向暮悬铃。

"痴魔的手段，是找出人心中的痴念，种下种子，痴念会随着时间推移而逐渐壮大，长叶开花，痴念越重，则开花越快。痴魔能从旁人的痴念中汲取力量，而一旦人心中痴念成熟，便随时可以被痴魔附身。"暮悬铃面色凝重，"所

以即便击败了被附身的法鉴尊者，痴魔也一样可以附身到其他人身上。"

傅澜生急道："那还有什么办法击败痴魔？"

法鉴尊者在多人围攻之下，此时已经身受重伤，落败是迟早的事，只是其他人也付出了不小的代价，身上都明显挂彩，气息弱了许多。暮悬铃眉头紧锁，思虑对策。

"有驱魔手段的，只有悬天寺的般若心经。般若心经可照心见性，恢复本我，消弭心魔的影响，令痴魔无处遁形。但是现在法鉴尊者受控，一念尊者又是奸细……"暮悬铃无奈道，"只有趁法鉴尊者落败，痴魔离开的时机将他捉住。但是那个时机转瞬即逝，极难成功。"

其实还有一个方法，就是她的审判妖藤，这件出自桑岐之手的神级法器，对魔族来说是命中克星，只要被妖藤束缚住，便极难脱身，即便是三魔神，也要被困上一时半刻，但强敌环伺之下，暴露出一息的弱点，就足以致命。

可是暮悬铃不能出手，一旦她出手了，她的身份也就暴露了。

法相之战已近尾声，拂世之尘卷住了法鉴尊者的躯体，一道金光穿胸而过，但是仅仅如此并不能杀死一个法相。法鉴尊者露出诡异的笑容，身前浮现出一颗金色珠子，滴溜溜转着，发出夺目的金光。

众人脸色一变，不知是谁喊了一句："不好，他要自爆金丹！"

法相金丹一旦自爆，半个拥雪城都会毁于一旦！

一念尊者面色灰败地看着眼前一幕。

他没有想到，战魔的落败会如此之快。钧天剑一气化万，一招玉阙天破驱散了漫天阴霾，生生把厚厚的云层撕开一个巨大的裂口，万千金色小剑金光浮动，气势如虹，将战魔碾成无数细小的尘埃。

谢雪臣伸出手，细碎的金光向他掌心涌去，重新凝成了金色长剑。

难怪他能以二十五岁的年纪坐稳仙盟宗主之位——一念尊者恍惚地想着。

几年前，仙盟易主，呼声最大的本是法鉴尊者，他品德受人敬仰，修为亦是深不可测，然而推举之日，他却主动退出了。他说，论道心之坚，他不如谢雪臣；论修为之强，他更不如。

一念尊者心里并不服，没有打过，师叔怎么能自认不如？谢雪臣才二十五

岁，晋升法相不过几年，纵然天生十窍，难道还比得过五百年法相吗？

"谢宗主道心无垢，剑心纯粹，而我已心有杂念，不配其位。"

法鉴尊者合上了智慧的眼。

一念尊者却不能甘心。

谢雪臣来到跟前，风眸清明而锐利，仿佛看穿了一念尊者所想。

一念尊者长长叹了口气，放弃了抵抗："谢宗主不杀我，是想让我为师叔驱除痴魔吧。"

"这是你最后的机会。"谢雪臣道。

谢雪臣抓住一念尊者的手臂，身影骤然消失于原地，御风飞往拥雪城的方向。

法相激战的灵力波动百里外便能感知到，谢雪臣目光一凛，速度再次提升，视线中出现了数道身影于空中对峙，忽然，一股庞大而恐怖的气息升起，仿佛酝酿着一场地动山摇。

谢雪臣松开了一念尊者，右手捏了个剑诀，钧天一起，化成漫天剑雨，飞流而下，铸成一个密不透风的牢笼，将那股暗金色的恐怖气息紧紧束缚住。

与此同时，一道紫色鞭影疾如闪电，缠上了半空中的灰色人影。

只听半空之中一声轰鸣，百里之内的所有人同时眼前一黑，昏迷倒地，有修为在身的亦不由自主跪倒在地，胸腔之中剧烈跳动，惊骇之情溢于言表。

——这是法相自爆之力！

但这并非完全的法相自爆之力，真正的自爆被谢雪臣穷尽灵力铸成的金色牢笼困住，钧天剑挡下了这一击七成的威力，而谢雪臣几乎是以自身承担下了所有。

他紧紧攥住发颤的拳头，咽下了喉中腥甜。

围攻法鉴尊者的诸位掌门早有防备，都未受到什么影响。段霄蓉看到谢雪臣归来，松了口气，立刻回头去找自己的儿子，却见他使用天阶防护法器张开了结界，应该没有受到自爆之力的影响，这才松了口气。

谢雪臣身形一闪，掠到法鉴尊者身旁，带着他落到了地面。他身上被一条紫色妖藤紧紧捆住，眼中流露出惊恐之意。

一念尊者来到两人身旁，其他人也都围了上来。

傅渊停率先开口道："恭迎宗主归位！"

方才若是法鉴尊者自爆成功，他们这些人几乎难以幸免，谢雪臣以一人之力挡下了所有，救了半城百姓，救了他们的性命，众人心里都是感激。

便是素凝真，面上也带了几分真诚的恭敬和惧怕，这是她第一次见到谢雪臣展现自己的实力。她忽然明白天生十窍是何等的妖孽天才，他才二十五岁，便有这样傲视众生的修为，再过百年，他又会成长成什么模样，难道法相之外，还有其他的境界吗？

谢雪臣淡淡地朝众人点了点头，便转头看向被痴魔附身的法相尊者，凤眸之中一片冰冷杀意："你竟敢引爆法鉴尊者的金丹。"

他已是用了最快的速度，却还是慢了一步。

痴魔用力地挣扎着，他心中惊惧不已，更是迷惑不解，为什么自己会被审判妖藤束缚住？圣女为什么出手帮人修？

众人也看到了他身上诡异的妖藤，像是有生命一样在他身上蠕动着，妖藤上有妖气和魔气，但没有人想到会是妖魔出手拦住了痴魔，还以为是谢雪臣或者一念尊者的手段。

谢雪臣对一念尊者道："用般若心经驱除痴魔。"

一念尊者颔首，双手合十，口中念念有词，便见双手掌心金光渐起，向法鉴尊者笼去。金光所及之处，便有淡淡黑烟升腾而起，痴魔发出痛苦的叫声，一个黑色影子浮现其上，想要离开法鉴尊者的躯体，却被紫藤束缚住，惨叫连连。紫藤便在这时轻轻一抖，松开了桎梏，消失不见。

一团金光化成锁链，将痴魔从法鉴尊者身上扯了出来，牢牢锁住。

法鉴尊者双目恢复了清明，气息却已十分微弱，他金丹已爆，如今也不过苟延残喘，如烛火之将灭。

一念尊者跪在法鉴尊者身前，叩了个头，将他轻轻扶起。

"师叔。"一念尊者见到法鉴尊者弥留之相，不禁露出悔恨痛苦之色。

法鉴尊者艰难地抬起枯瘦的手，落在一念尊者的肩上，苍老沙哑的声音缓缓说道："一念……我从未怀疑过你，因为你的气是干净的，这说明，你对自己所作所为问心无愧，你在践行自己的道心。"

"只是，你的路错了……"法鉴尊者无力地叹了口气，"幸有谢宗主在，你

尚未犯下……不可挽回之错……"

何羡我冷眼看着一念尊者，道："悬天寺历来扶危济困，受人敬仰，不知一念尊者为何入魔。"

一念尊者黯然道："因为我发现，魔是除不尽的。"

素凝真嗤之以鼻："这一点，每个人都知道。"

一念尊者道："魔是由人心而生，想要除魔，反而会生杀戮心魔，越杀越多。"

素凝真讽刺道："因为杀不尽，所以你就投靠了魔族？"

一念尊者没有在意素凝真的讽刺，他摇了摇头："我认为，想要真正驱逐魔族，唯有修禅，世间万法，唯有般若心经有驱魔之效，可见天降大任在我悬天寺。"

何羡我道："所以你勾结魔族，以为除掉谢宗主，便能自己当上宗主，扩张悬天寺的势力，让天下人都拜入悬天寺门下？"

一念尊者道："不，我想让师叔当宗主。"

何羡我道："他不愿意，你就让痴魔附身于他？"

傅渊停皱眉道："简直荒唐，恐怕先被痴魔控制的人，是你自己吧。"

一念尊者闻言一震，眼中恍惚："是我……先入了魔？"

他认为自己没错，只要天下人修禅向善，会般若心经，那天下自然也就没有魔了。只是要成就自己的道，总是需要一些牺牲的。法鉴师叔不愿承担起救世之责，那唯有自己一肩担起。

谢雪臣注视着一念尊者眼神的变化，知道他入魔已深。

"一念尊者说的话，有一些是对的。"谢雪臣道。

众人惊讶地看向他。

谢雪臣缓缓道："魔由心生，是人的影子，然而阴影之所以存在，是因为我们站在阳光之下。金乌东升西落则影长，烈日当空则影短。真正的除魔手段，不是杀魔，不是修禅，而是创建一个皇皇盛世。海晏河清，人人安居，心魔自无寄生之处。"

众人听罢谢雪臣所言，均是陷入沉思之中。

法鉴尊者含笑看着谢雪臣，颤声道："谢宗主的道，便是我穷尽五百年，方

才求得的正道。"

何羡我一声叹息:"可是谈何容易。"

"正道从来沧桑泥泞,践道者必踽踽而行。"法鉴尊者长叹息,双目逐渐浑浊,"这世间有谢宗主在,我便可安然离去。悬天寺犯下大过,但凭仙盟处置。我寺愿交出般若心经功法,无论是否入寺,都可无偿修习。"

"师叔……"一念尊者黯然垂泪,"弟子知错了。"

然而法鉴尊者再无法做出任何回应。

所有修士行礼默哀,送别一代贤达之士。

"嗬嗬嗬嗬……"被锁住的痴魔发出难听的笑声,素凝真脾气急躁,拂世之尘甩在了他脸上。

痴魔的脑袋被打得歪向另一边,又缓缓转了回来。

"你笑什么?"素凝真冷然道。

痴魔笑道:"我笑你们正道人士,虚情假意,表面上光风霁月,私底下藏污纳垢。"

"你胡说什么!"素凝真举起拂世之尘又要动手,却被何羡我拦了下来。

"对,别打我,打我显得你心虚。"痴魔怪笑道,"别人会说你要灭口。"

素凝真愤然收回拂尘:"这魔物最擅长玩弄人心,有什么好听的?"

痴魔那张古怪的脸上露出了兴奋的笑容:"反正落在你们手上,我也没准备活着离开了,但我还有一件事要说,你们之中,还有一个人私通魔族。"

众人神色一凛,厉声问道:"是谁!"

痴魔的目光在一张张脸上逡巡,最后落在谢雪臣面上。

"是你们尊敬的谢宗主。"痴魔说。

"果然是胡说八道。"傅渊停皱了皱眉头,"你们想离间仙盟内部。"

谢雪臣冷冷看着痴魔,痴魔被那双凤眸看着,不禁生出一股寒意,转过了头不敢直视他。

"我可没有说谎,刚才捆着我的,是我们魔族的法器,名为审判的妖藤,是我们大祭司炼制给圣女使用的独门法器,专门克制魔族。"痴魔道。

何羡我笑了一下:"好笑,你们大祭司为何炼制一样专门克制魔族的法器?"

痴魔竟从未想过这个问题，不禁愣了一下，支支吾吾道："因为是用来惩戒不听话的魔族……"

那些不听话的魔族，都被审判妖藤炼成了魔丹。

"之前谢宗主杀出魔界，便是挟持了圣女离开。"痴魔补充说道，"你们若是不信，可以自己问问谢宗主。"

所有的目光都聚集到了谢雪臣身上。

人群中的谢雪臣，一身白衣，显得傲岸却又寂寥。

"是。"他轻轻点头。

众人惊愕万分，痴魔得意笑道："我没骗人吧，你们宗主与我们魔族圣女私通，哈哈哈哈哈！"

谢雪臣缓缓移动脚步，一步一步来到痴魔面前，痴魔的笑声仿佛被一双手扼在了喉间，戛然而止，脸上的笑还未敛起便化成了惊惧，看上去古怪又可笑。

"这些话是桑岐教你说的吧。"谢雪臣冰冷的声音说道，"以魔族的脑子，说不出这些话。"

痴魔瞳孔一缩，手脚僵住。

那些话，确是桑岐用传音法螺教他的。

然而有一人反应更大，那人正是素凝真。她握着拂世之尘的手难以自已地轻颤起来，手背上青筋浮起，呼吸也急促了起来，她咬牙道："桑岐……"

谢雪臣扫了她一眼，只见素凝真迫近一步，逼问痴魔道："桑岐在哪里！"

痴魔道："大祭司自然是坐镇后方，他才不会来。"

素凝真冷笑道："那个无胆小人！你说的圣女是什么人？"

痴魔道："圣女是大祭司的亲传弟子，和大祭司一样是半妖魔体，呵呵呵，我们圣女美艳无双，想必谢宗主也难过美人关。"

素凝真猛然想起一人，那个和高秋旻有几分相似、姿容却堪称倾国的凡人女子。难怪高秋旻几次说从她身上感受到妖气，那人果真有古怪！但她没想到的是，这人的身份竟然是桑岐的弟子！

素凝真猛然放开六识七窍，感应到暮悬铃所在之处，下一刻，身影便消失在原处，向暮悬铃飞去。素凝真忽然出现在暮悬铃面前，暮悬铃在使出审判妖藤之时，便做好了被发现的心理准备，她急速后退，避开了素凝真的第一击。

素凝真随即甩开拂世之尘,攻向暮悬铃面门,然而拂尘却被一把剑挡住了去路,被无情地轰开。

素凝真双目泛起血丝,憎恨之情溢于言表,她看着拦在暮悬铃身前的谢雪臣,咬牙道:"谢宗主果然护着那个妖女。"

谢雪臣以钧天剑拦住了素凝真的去路。

"她刚刚以紫藤缚住痴魔,救了你们。"谢雪臣冷冷道,"若非如此,痴魔早已附身你们之上。"

素凝真对谢雪臣十分忌惮,她如今已经深刻意识到自己与对方的差距,但她仍然不能轻易放过桑岐的徒弟。

"半妖狡诈,魔族冷酷,谁知道他们是什么居心,假意救人,背后是否别有用心也未可知!"素凝真愤然道,"谢宗主身为仙盟之主,难道也会轻易被妖魔蒙蔽吗?"

赶来的众人见素凝真对谢雪臣出言不逊,不由得暗自皱眉。

高秋旻亦闻讯而来,听到了素凝真说的那番话,又看到了躲在谢雪臣身后的暮悬铃。

"师父,她果然是妖……"高秋旻含恨道,"我没有冤枉她!"

暮悬铃冷冷环视四周,她有些后悔刚才出手了,这些人是死是活关她什么事,她只是不想看这些废物给谢雪臣添麻烦。

暮悬铃摘下手腕上的玉镯法器,放弃了遮掩自己的气息,半妖的气与魔族的气立时暴露于众人眼前。

"痴魔说的是真的……"傅渊停眼神闪烁,心里开始打起了算盘,怎么做怎么说对碧霄宫最有利。

何羡我只是有些意外,他并不排斥半妖,更何况眼前这个少女虽有妖魔之气,却并不浑浊,应该不是穷凶极恶之魔。

对此反应最为激烈的,只有镜花谷。

素凝真态度坚决:"谢宗主,这个半妖是桑岐的弟子,应杀无赦!"

谢雪臣道:"她对我有救命之恩。"

素凝真道:"她施恩是假,接近你另有所图,绝对不能信她!"

谢雪臣道:"她从未杀过人。"

高秋旻摇了摇头，大声道："不，她想杀我！"她认出来了，她咬牙看着面前这个身影，"师父，在骁城想杀我的，就是眼前这个魔女，当时……"

高秋旻的话戛然而止。

当时有个男子持剑拦住了这个魔女，那个男人没有灵力，按说是拦不住的。

那个身影和眼前之人缓缓交叠，完全重合。

高秋旻的脸色逐渐发白，脑中闪过了许多画面。

——谢宗主是真的喜欢这个魔女。

——她当时不应该跑的。

素凝真此刻没有心情理会高秋旻的心思，她只需要知道一件事，暮悬铃有杀人之意。一个会杀人的半妖魔女，就必须得死！更何况她还是桑岐的弟子。

素凝真道："谢宗主，仙盟并非你一人之仙盟，若你一意孤行，那我只能请求召开众议，来决断这个妖女的生死了！"

傅渊停急忙出来打圆场，笑着道："不过是一个妖女，素谷主何必如此动怒？"

素凝真冷冷地瞪了他一眼："半妖邪恶，法鉴尊者被魔族设计而死，尸骨未寒，你们就为魔族圣女说话，难道不应该以她的命来抵法鉴尊者的命吗？"

段霄蓉见自己的丈夫被素凝真挤对，立刻站出来维护道："素谷主，话不是这么说，法鉴尊者之死，凶手另有其人，不是谁的命都能抵的。谢宗主说的也有道理，若这个妖女对宗主有救命之恩，我们也不能随意将她处死。而且眼下当务之急，是处置一念尊者与痴魔。"

素凝真此时已经稍稍平息了胸腔之中的怒火，冷静下来之后，她收回拂尘，冷然道："好，但是这个妖女不能轻易放过，应该禁锢其法力，囚于地牢之中。"

暮悬铃看向谢雪臣的背影，片刻后，谢雪臣轻轻点了点头。

回到房中，谢雪臣关上门的瞬间，便再难抑制胸腔之中沸腾的伤势，一口热血喷出，染红了半扇门板。

他扶着门半跪在地，脸色比雪更白。

法鉴尊者堪称第一法相，修为深厚无比，他的自爆之力，绝非如此轻松可

以挡下的，他以元神之力硬抗，又有钧天剑分担一半力量，若非如此，早已当场寂灭。

拦下素凝真那一击，已经是强弩之末了。若是素凝真不依不饶出手，他倒未必能真的拦住她，只能暂时委屈暮悬铃了。

谢雪臣艰难地回到床榻之上，运转玉阙经调理气息。

——正道从来沧桑泥泞，践道者必踽踽独行。

他早已知道自己的路，也早已准备踽踽一生。

谢雪臣合上双眼，长长舒了口气，默默做了一个决定。

一个可能改变三界的决定。

素凝真憎恶妖魔，众所周知，但高秋旻却是第一次看到她如此大动肝火，目眦欲裂，几乎无法收敛自己的灵力。高秋旻甚至怀疑，是痴魔仍在她心中作祟。

"师父，您还好吗？"高秋旻小心翼翼问道。

素凝真却似乎没有听到她的话，她沉浸在自己的情绪之中，眼白泛起血丝，抓着拂尘的手微微颤抖。

"杀了她……不，不能轻易杀了她，一定要让桑岐付出代价。"

高秋旻听到素凝真口中说出桑岐的名字，她知道桑岐是半妖之身，魔族的大祭司，这个半妖神秘而强大，是魔族真正的主事者，自她拜入素凝真门下，便深切体会到了素凝真对半妖的痛恶。

不，应该说是对桑岐的痛恶。任何关于桑岐的只言片语，都会激起她极大的反应，更别说是桑岐的弟子就站在面前了。

高秋旻厌恶甚至害怕暮悬铃的存在，却自问没有素凝真如此大的恨意，师父到底为什么这么恨桑岐？

"师父？"高秋旻轻轻唤了一声，上前扶住素凝真的胳膊，"您受伤不轻，还是先回床上打坐调息吧。"

素凝真这才醒过神来，偏过头看向高秋旻。

"秋旻，你把你之前遇到那个妖女的事再仔细说一遍，不可有任何遗漏！"素凝真厉声道。

高秋旻有些害怕素凝真此刻的模样，她咽了咽口水，强忍着声音中的颤意，缓缓道："那日弟子奉密令前往骁城附近搜查，无意中得到一只嗅宝鼠，结果却被人暗伤，让那只嗅宝鼠溜掉了。我和师弟、师妹在驿站的客房里看到有一对夫妻，我怀疑那二人故作伪装，不知对方底细，便没有当场拆穿，而是暗中布下六芒摧花阵。"

素凝真听了微微点头："你也算谨慎。"

高秋旻又道："到了半夜，那个妖女果然露出真面目，被我用六芒摧花阵困住，但没想到，她的实力实在太强，一招便破了摧花阵，想要杀我们。幸亏和她同行的那个男子出面拦住了她。"

"那个男子什么实力？"素凝真有些疑惑，"是人是妖还是魔？"

高秋旻犹豫了一下，还是老实相告："是人，但他没有灵力。"

"没有灵力的普通人不可能拦得住妖女。"素凝真话刚说完，自己便意识到了真相，脸色陡然沉了下来，"是谢宗主，他之前神窍被封，法力尽失。"

高秋旻默然垂头。原来谢宗主之前神窍被封，但这事是仙盟机密，师父也未曾告诉过她。若早知这一点，她便能更早猜出暮悬铃的身份。

"谢宗主法力尽失，也不可能是妖女的对手，除非是妖女手下留情。"素凝真眉头紧锁。

"师父，他们是一同上拥雪城的。"高秋旻想起那日在门口偶遇南胥月和暮悬铃，"南庄主也是知道的，他也在为那个妖女掩饰身份。"

"原来这就是谢宗主所说的救命之恩。"素凝真冷笑一声，"我明白了。"

高秋旻疑惑地看着素凝真："师父明白什么了？"

素凝真面带讥讽："半妖最会蛊惑人心，桑岐是想让这个妖女接近谢宗主，以此乱了他的修行。"

高秋旻却觉得这话有些漏洞："但谢宗主本就落入魔族之手，被困在熔渊之中，他又何必多此一举？"

"你懂什么！"素凝真打断她的话，"桑岐此人狡诈狠毒，以玩弄人心为乐。"素凝真咬牙切齿，激动之下一掌拍碎了桌子，吓得高秋旻退了半步。

"师父……"

"他是我们镜花谷的死敌，有不共戴天之仇！我不会放过他，也不会放过

那个妖女！"

高秋旻愕然看着素凝真，一个近乎荒谬的猜想掠过心头，然后脱口而出："师父，桑岐……骗过你吗？"

"胡说什么！"素凝真怒斥道，"他一个下贱半妖，也配染指镜花谷的人？"

"可你……"你的仇恨太过浓烈了。

素凝真咬牙道："你要恨他，你必须恨他，是他血洗明月山庄，也是他害死了你的母亲！"

高秋旻想起那个血流成河的夜晚，偌大山庄化为火海，到处都是妖魔的嘶吼和将死之人的悲鸣，她被人背着逃离山庄，有妖魔在身后穷追不舍，白衣少年从天而降，宛如神人一般，一剑诛邪。

她当然恨桑岐，但是那人太过神秘而强大，报仇，不是现在的她可以妄想的。

而且……

高秋旻有些疑惑，她的母亲，不是难产而死的吗？

第六章　钧天

　　暮悬铃、一念尊者和痴魔分别被关押于三处不同的牢房。拥雪城的地牢深入山体之中，不见天日，四壁坚硬，镌刻下重重符文，让妖魔都难以逃脱。

　　石室简单粗陋，除了一堆可以称为床铺的稻草，什么也没有。外面走廊的墙壁上挂着火把，火光只能照亮牢房一隅，暮悬铃抱着膝盖，整个人缩在阴影里。

　　昨日经过魔气溢散又魔气入体，她的身体其实十分虚弱，不过是强撑着罢了，眼下脑袋又开始钝痛起来，让她无法好好思考脱身的方法。

　　走廊上传来窸窣的声音，是鞋底摩擦过地面发出的响声，暮悬铃掀了掀沉重的眼皮，看到牢房外的地面上投射出一道被拉长了的身影。

　　很快，那道身影的主人站到了牢房之外。

　　是高秋旻。

　　高秋旻张开掌心，以灵力打开了法阵之锁，走进牢房之中。

　　暮悬铃重新闭上了眼，微蹙着眉头忍着太阳穴上突突的疼痛。

　　高秋旻以为这是暮悬铃故意无视自己，心中怒火陡增，她冷笑道："你几次三番陷害我，可曾想过有一天会沦为阶下囚？"

暮悬铃不想理会她,她背靠着墙壁坐着,屈起膝盖,在旁人看来有丝懒洋洋的惬意,似乎并不在乎自己的处境。

　　其实她也真不在乎,她在魔界七年不见天日,甚至是七年之前,她什么苦没吃过,这里的环境对她来说算是不错的了。

　　"听说你的名字是暮悬铃。"高秋旻逼近了一步,居高临下审视暮悬铃,"你是魔族大祭司桑岐的亲传弟子,想必非常了解他了。"

　　听到桑岐的名字,暮悬铃眉梢微微动了一下,她有些意外地抬起眼看高秋旻,缓缓说道:"忽然想起来,是他带兵灭了明月山庄。"

　　高秋旻呼吸急促起来:"那时你也在?"

　　暮悬铃歪了歪头,略一思索,露出一个含义不明的微笑:"我在。"

　　高秋旻抽出春生剑,冰冷锋利的剑尖直指暮悬铃:"那我更不能放过你了!"

　　"反正你本来就不打算放过我。"暮悬铃对眼前的威胁浑不在意,"不过你最好搞清楚一点,就算我要死,也轮不到你来行刑。"

　　高秋旻气得微微手抖:"师父说得没错,半妖都是下贱东西!"

　　"呵。"暮悬铃懒懒地翻了个白眼,"你们人修,向来不都是这么看我们的吗?能让大小姐纡尊降贵来看我这下贱东西,怕不只是为了羞辱我几句吧。"

　　高秋旻咬了咬唇,胸膛剧烈起伏,似乎仍在犹豫该不该开口。

　　暮悬铃本不想搭理她,但见她这模样,倒也有一丝好奇了。

　　"我问你……"高秋旻颤声道,"桑岐是如何害我母亲的?"

　　"什么?"暮悬铃皱了下眉头,"你母亲不是难产而死吗,和桑岐能有什么关系?"

　　高秋旻也知道这一点,当时她也问了素凝真,但是素凝真忽然脸色大变,将她赶出房门,不肯再多说一句。高秋旻满心疑窦,越想越怕,最后才想到来问暮悬铃。她以为暮悬铃是桑岐的弟子,说不定会知道当年之事。但听暮悬铃的回答,似乎也不清楚其中原委。

　　高秋旻自小时候起,便听身边人说,她出生之时天生异象,满室华光溢彩,令人无法睁眼,她母亲的身体承受不住祥瑞之兆,因而丧命。难道那并非祥瑞之兆,而是桑岐动了什么手脚,害死了她的母亲?他为什么要害死她的母亲?

　　高秋旻的双眼泄露了她心中的惊疑和恐惧,暮悬铃看得真切,道:"虽然不

知道素凝真和你说了什么，但就我所知，你出生的那一年，桑岐正在闭关之中，不太可能跑出去害死你母亲。"

"我凭什么相信你的话？"高秋旻瞪着她。

暮悬铃哂笑一声："你要是不信我的话，根本没必要跑来问我。二十年前我虽然还没被桑岐收养，但也从其他妖魔口中得知，当时桑岐身受重伤，断了一臂，闭关三年，重铸肉身，所以他绝对不可能到人界去。"

桑岐曾经断过一臂？

这个信息知道的人并不多。高秋旻眼神闪烁，有些信了暮悬铃所言。

暮悬铃抬手按了按钝痛的额角，叹道："高修士，你的话问完了吗，不要打扰我休息了。"

高秋旻对暮悬铃恨得牙痒痒，仙盟众人因桑岐的诡计而各有所伤，她倒好，一脸惬意地躲在这里休息，明明她也是罪魁祸首之一。

"你少得意了，你真以为谢宗主护得了你吗？"高秋旻语气森然，"桑岐令两大魔神重创仙盟，一念尊者已经将魔族的布置——交代，不久之后，仙盟就会起兵攻打两界山，清除魔族半妖，你是桑岐的弟子，拿你祭旗，最合适不过。"

"能不能护得住我，这话你得问谢宗主。"暮悬铃微微一笑，"我早把自己的命交给他了。"

暮悬铃的笑容刺痛了高秋旻的眼睛，更让她心口阵阵酸楚。七年前，谢雪臣舍命相救，她便认定了他。他天人之姿，举世无双，这世上唯有谢雪臣能入她的眼，也只有她能配得上谢雪臣。暮悬铃一个下贱半妖，凭什么近他的身，又凭什么入他的眼？

就凭她那张与自己几分相似的脸吗？

高秋旻攥紧了手中长剑，眼中燃起火光："我是不能杀了你，但若是在你脸上划上几刀呢？谁又会因为一个半妖毁容而说我半句？"

暮悬铃目光沉静地看着高秋旻，看着她举起了春生剑，剑身因灵力而发出幽幽绿光。

"我曾经也丑陋不堪。"暮悬铃平静的双眸映着绿光，"但他不曾嫌弃过我。"

高秋旻恨极了她这副波澜不兴的高深模样，像她这样下贱的半妖，就该沦为妖奴，受人驱策，跪地求饶！她若是求她放过，她或许下手还会轻一些！

高秋旻眼中闪过怨毒之意，春生剑照着暮悬铃面门劈下，暮悬铃双手双脚都被镌刻法阵的镣铐锁住，不能驱动灵力，更难以躲避，她抬起手臂挡住了春生剑，剑刃击中镣铐，发出铮鸣之声，剑气震碎了暮悬铃的袖子，在白皙的手臂上留下一道两寸长的伤口，鲜血顿时涌了出来。

暮悬铃整条手臂被震得发麻，她修习魔功多年，这点疼痛倒也不觉得如何，只是眉头微微一皱，然而高秋旻第二剑立刻变换方向劈来，暮悬铃就地一躺，堪堪躲过划在脸上的一剑，却被剑锋掠过颈间，留下一道血痕，若是深上三分，便会危及性命。

高秋旻此时已杀红了眼，忘了不能伤暮悬铃性命，下一剑便直指她心口而去。暮悬铃冷然看着当胸而来的春生剑，却在此时，一把折扇横飞出来，打偏了春生剑，剑尖直插入石板之上。

"高秋旻！"

折扇转了一圈，飞回主人手中，一个身影出现在牢房之外，正是南胥月。

南胥月脸上总是含着春风般的笑意，此刻却极少见地露出肃然冷意，对高秋旻直呼其名。

高秋旻握剑的手微微发麻，这时才回过神来，转过身看向南胥月，面上露出讥讽的笑意："嗯？又一个被妖女迷惑的男人？"

南胥月目光扫过暮悬铃血流如注的手臂和脖子，眼神暗了三分，他拖着不甚灵便的跛足走到她身旁蹲下，伸手点住几个穴道止血，一副旁若无人的模样。

高秋旻有些警惕地看着南胥月，她没想到，一个不能修行的废人，竟也有震退她的力量，那把名为"折风"的扇子，实在不能小觑。

不，应该是南胥月此人，不能小觑。

见暮悬铃身上的伤口渐渐止住了流血，南胥月才稍稍舒了口气，回头看向高秋旻。

"高修士，谢宗主有令，将暮姑娘暂时关押，在众议结果出来之前，任何人不得擅动私刑。"南胥月冷冷道，"你违背宗主之令，是镜花谷想叛出仙盟了吗？"

高秋旻冷哼一声："南庄主，蕴秀山庄早已被仙盟除名，这里还轮不到你来

发号施令。"

"早听闻高修士眼高于顶，谁也不放在眼里，不过你们明月山庄也与蕴秀山庄一样同被仙盟除名，明月山庄荡然无存，你又何来的底气在我面前摆谱？"南胥月淡淡一笑，笑意却未达眼底，"蕴秀山庄虽不在仙盟之中，却也不是一个小小金丹可以放肆的对象。"

高秋旻脸色微微发白，她知道南胥月说的是事实。蕴秀山庄的庄主虽然不能修行，但南胥月结交广阔，精通法阵医术，修行界不少人受他恩情，便是五大门主也要对他礼让三分。她一时气急对南胥月出言不敬，此时已经有些后悔了，却不愿在暮悬铃面前示弱。

高秋旻咬牙道："我便看在蕴秀山庄的面子上，不与这个妖女计较，南庄主也别忘了自己的身份，与妖魔为伍！"

高秋旻说罢转身快步离开。

暮悬铃听着她的脚步声，便知道她心慌气弱了，不禁调侃了一句："又狠又怂。"

南胥月偏过头看她毫无血色的脸，叹了口气道："对别人狠，总好过对自己狠。"

他说着从芥子袋中取出几个药瓶和白纱布，道："你肯定是说话不饶人，她本就恨你，经不起激，这才出手伤你，好在你两处伤口都未伤及要害，我帮你上点药，过些日子便看不到疤痕了，只是会有些痛。"

"应该不会比魔气入体和魔气溢散更痛吧。"暮悬铃开玩笑说了一句，南胥月轻轻倒了白色的粉末在她手臂的伤口上，她脸色顿时变了，咬住唇忍着没喊出声。

南胥月一手托着她的手臂，看似轻柔，却紧紧固定住不让她乱动，另一只手慢条斯理地倒着药，还悠悠解释道："这是生肌散，能加速伤口愈合，只是会又痛又痒，像虫蚁噬咬一般。"

暮悬铃眉头紧皱，虚弱着颤声道："不然别治了吧……伤疤是半妖的勋章……"

南胥月轻笑一声："哦？要不试试腐肌散，能让你的勋章更好看。"

暮悬铃苦着脸道："南公子你这么光风霁月、高洁如莲的人，怎么能有这么

第六章　钧天

邪恶的毒药。"

南胥月低头看着暮悬铃手臂上愈合中的伤口，缓缓道："那自然是因为我并非高洁如莲之人。"

暮悬铃并未将南胥月的话当真，她的注意力全在伤口之上，痛并不难受，难受的是痒，痒到了骨髓里，她忍不住想伸手去抓，却被南胥月眼明手快地抓住了手腕。

"再等二十息便好了。"南胥月温声道。

暮悬铃呜咽了一声，呼吸急促而紊乱，她听到南胥月轻柔的声音在耳边响起："二十，十九，十八……"

他的声音好像有魔力，让她的心稍稍平静下来，好不容易熬到了最后一声，伤口上的麻痒之意顿时尽数散去，她紧绷的神经也松弛了下来。南胥月又从一个小巧的药罐之中取出少许浅绿色的膏药，用指腹温热了化开，一股沁人心脾的药香顿时散开，他轻轻将药膏抹于伤处，阵阵凉意抚平了灼痛，让她不禁长长舒了口气。

南胥月最后用纱布将伤处仔细包扎好，才抬起头看向一脸轻松的暮悬铃，用温柔的语气说："还有颈上的伤。"

暮悬铃闻言躲开。

南胥月一把抓住暮悬铃的肩膀，无奈失笑道："你又能逃到哪儿去？"

暮悬铃泫然欲泣："你想必是有让人昏迷之后人事不知的药吧。"

生肌散简直是酷刑，痛好忍，痒才难忍！

南胥月笑道："颈上伤得不深，不需要用生肌散。"

暮悬铃这才松了口气，笑道："你早说嘛。"

暮悬铃坐在稻草垛上，撩起长发拨于一边，露出修长纤细如天鹅一般的脖颈，左侧有一道寸长的剑伤，先前流了不少血，领口周围都染上了鲜红之色。

南胥月眉头微蹙，小心翼翼地擦拭伤口处的血污，暮悬铃看着牢房外的幽幽火光，不知想到了什么，眼中缓缓荡开温柔之色。

她经常受伤，但从来都是自己舔舐伤口，就像那些独自生活在荒郊野岭的小兽，可是后来有一天，她遇到了一个白衣少年，少年也是这样用心地帮她擦拭伤口，轻柔地上药。

当时她竟生出了荒唐的想法——我若是天天受伤，他就会天天给我擦药了。

他听了，笑着揉了揉她的脑袋，说："我在你身边的每一天，都不会让你受伤。"

南胥月的指腹轻按在她颈间搏动之处，纤细而优美，脆弱而迷人。

"你又想起他了。"南胥月轻声道。

"又是我的心跳出卖了我。"暮悬铃弯了弯眉眼，没有否认。

南胥月幽深的目光落在她颈上，若有若无的鼻息撩过她耳畔，耳郭不自觉便泛起了浅浅的粉色，耳尖也不由自主地动了动，像只敏感的小兽一样。

听说，兽最是忠贞认主，反而是人心多变。

耳畔的痒意让暮悬铃忍不住抬手想挠，却又被南胥月制住了，他拉着她的手腕按在了身侧。

"刚刚包扎好，过两日再拆，这之前不要去挠。"南胥月叮嘱道。

暮悬铃讪讪放下手，道："我知道了。"

"下次忍着眼前亏，否则受伤的只会是自己。若是高秋旻失手杀了你，怎么办？"南胥月皱眉教训她。

暮悬铃狡黠一笑："不是有你在嘛。"

南胥月失笑摇头："若我挡不住她呢？"

"那我们只能一起死在她剑下了。"暮悬铃脱口而出。

南胥月微微一怔，却道："好。"

"不好不好。"暮悬铃急忙摆手道，"还是不要拖累你。"

"我并不在意。"南胥月认真道。

"我不愿意拖累你。"暮悬铃叹了口气，托着腮幽幽道，"我也不愿意在高秋旻面前认怂低头。"

"我明白。"南胥月的手微微抬起，似乎是想抚摸她的鬓发，却又放了下来，"你在她手下吃过不少苦头吧。"

长睫扇了扇，暮悬铃淡淡一笑，不愿回想不开心的往事。

"南公子，你见过谢雪臣了吗？"暮悬铃问道。

南胥月道："他闭门不出，应是在调息休养，我不便打扰。"

"他以元神承受了法相自爆之力，受伤恐怕不轻。"暮悬铃回想谢雪臣拦

下素凝真的那一剑，皱眉道，"钧天剑几乎被拂世之尘打碎，他当时已是强弩之末，不过硬撑着，若是素凝真不依不饶非要杀我，他……是拦不住的。"

南胥月眼波微动："所以，你不怨他将你关在这里。"

"他只是在拖延时间保护我。"暮悬铃眼中盈着浅笑，却又暗含悲伤，"南公子，我不懂人间情爱，你是世上第一聪明之人，我能不能问你一个问题？"

南胥月道："不敢当，但你若问，我必尽力回答。"

"很爱很爱一个人的话，应该怎么做呢？"暮悬铃脸上满是迷茫之色，"我原想陪在他左右，可是发现，他并不需要我的陪伴。我想以自己的性命护他周全，可如今……他也不需要我的保护，更不需要我的命。我也曾希望他能有一点点想起我、喜欢我，但现在我又犹豫了……我不愿意看到他因为喜欢我而为难。"

南胥月问道："为何如此想？"

暮悬铃将脑袋轻轻靠于石壁之上，目光恍惚，想起了细雪飘落之夜，她踮起脚尖吻在他唇上。她以为他会躲开，可他没有，虽然那人总是冷若冰霜、少言寡语，但她知道，他的心肠最是柔软温热。他……是有一点点喜欢她的，那曾是她梦寐以求的，而如今却又犹豫着不敢接受。

"我既怕他对我无情，弃我不顾，却也怕他因为护我，而与世为敌。"暮悬铃漂亮的眸子覆上了一层阴影，"南公子，若你是我，会怎么做呢？"

南胥月静静看着她精致柔美的面容，即便是在昏暗之中，也自有莹润的光彩，让人移不开眼。

"我带你离开，你可愿意？"南胥月问。

浓密的长睫掩住了眼帘。

南胥月淡淡一笑："你舍不得离开他。"

"世间情爱，不过是拿不起、放不下、忘不掉、舍不得，是虽千万人吾往矣，是明知不可为而为之，强者因此软弱，智者因此痴愚。"南胥月的声音在幽暗明昧之间回响，沉沉落在暮悬铃心上，犹如一声沉重的叹息，"留下来，你可能会死。他纵然是仙盟宗主，也不可能冒天下之大不韪保住你。"

暮悬铃沉默了许久，才说："南公子，于我而言，活着本就没什么意思。以前我活着，只是想为他复仇，后来知道他没有死，我又想和他在一起。如果真

没有两全之法，我便是死了也无妨。若是如此，我倒希望他不要有一丝喜欢我，这样我死的话，他也不会有一丝难过。"

身畔传来南胥月无奈苦涩的低笑，他温暖的掌心落在她的脑袋上，轻轻揉了揉："铃儿。"

暮悬铃还是第一次听到他在无人之时这样唤她的名字，她微微诧异地抬起头看他。

南胥月漆黑幽深的眼眸中隐隐有跃动的火光，清俊秀雅的面容带着丝悲伤的微笑。

"同样的错误，我不会犯第二次。"

他留下了一句让她不明所以的话，拖着迟缓而坚定的脚步离开。

南胥月的身影经过痴魔的牢前，这个魔物被无数的法阵困住，浑身动弹不得，除了嘴。

"南庄主，嘀嘀嘀嘀嘀……"痴魔发出怪笑，"我看过你的心魔。"

南胥月的脚步一顿，扭头看向黑暗里的魔物。

"你的心真苦啊，为什么你还笑得出来？"痴魔道，"人真是虚伪的动物。"

"你看过了那么多的人心，却什么都没有学会。"南胥月冷然道，"是因为魔物愚蠢，还是人心太复杂？"

"如果你不是个凡人，我真想附在你身上，体验下有脑子是什么感觉。"痴魔叹了口气，"只是你的痴念真强啊，有一瞬间我甚至觉得是你附在我身上了。"

痴魔疑惑地看着南胥月："我很好奇，你有那么深的悔念，是因为杀过的人，还是因为错过的人？"

但南胥月没有回答他，他的脚步已经渐渐走远。

南胥月做了一个梦，许久已经模糊的记忆，骤然清晰了起来，他甚至能一丝不差地回忆起小女孩脸上绮丽的妖纹。

南胥月想起来，第一次见到暮悬铃，是在自己的十一岁，那是自己人生中的至暗时刻，他以为自己失去了一切。南无咎在尝试了所有方法依然无法恢复

他的神窍之后，将目光投向了混沌珠。传说，混沌之力无视因果，有逆天改命之能。于是，他带着南胥月来到了明月山庄求借混沌珠。

南胥月并不抱任何期望，他静静地坐在轮椅上，接受着那些陌生面孔的打量，那些或悲悯同情或幸灾乐祸的目光早已无法在他心中激起波澜，但他仍不愿被人围观，于是他独自一人来到无人之处。

正是落英的季节，风中已带着一丝凉意，他独坐树下，任由落花撒落肩头与膝上。一个细瘦的身影从树梢落了下来，发出一声痛呼，惊扰了他的思绪。他缓缓转过头，看到一个衣衫褴褛的孩子，还有落在一旁的铁面具。

小孩看起来六七岁大，头发有些凌乱，穿着不合身的破衣烂衫，露出细细的手腕，还有苍白的肌肤上错落着的新旧伤痕。她皱着眉头抬起头，发现身旁还有人，着急忙慌地捡起铁面具罩在脸上，露出一双黑亮漂亮的眼睛。

"你……你是谁？"她动作极快，一下就躲到了树干后面，只探出一个小脑袋。

南胥月一眼便看出了她的身份。她的脸上有淡金色的妖纹，脚上束着锁灵环，这是妖奴的标志。几乎所有的宗门里都会有妖奴的存在，妖奴一般是犯了罪的恶妖，或者是生下来便被遗弃的半妖，他们生来骨骼强于凡人，最适合差遣来做一些苦活儿、重活儿，但又担心他们利用妖力作恶，主人家便会给他们戴上锁灵环，一旦他们驱动妖力，锁灵环便会缩紧，激发出灵刺扎入骨髓之中，令其痛不欲生。这个小妖奴或许是因为桀骜不驯，或许是因为无法很好地束缚自己的妖力，她的锁灵环紧紧地箍在脚踝上，一片血肉模糊。

小妖奴见南胥月没有回答，她仔细看了看，眨了下眼睛，恍然道："我听说，蕴秀山庄的庄主带着南公子来了，你便是南公子吧。"

南胥月没有理会她，他转过头，看向泛起微微涟漪的湖面。

有脚步声由远及近，小妖奴急忙躲了起来，低声说："南公子，你别说看见了我！"

来的是明月山庄的仆人，他们朝南胥月行了个礼，问南胥月有没有看到一个小妖奴，南胥月摇了摇头，那些人便又急急忙忙地走了。

见那些人走远了，小妖奴才松了口气，从草丛里钻了出来，头发上还沾着一片落叶。

"谢谢你，南公子。"小妖奴朝他咧嘴一笑，露出碎玉般的牙齿，"要是被他们抓到，又要罚我了。"

看得出来，她没少受罚。她的衣服不知道是从哪里找来的，上衣短了一截，露出一截细瘦的手腕，裤子却又明显太长，很容易会被绊倒。小妖奴的性子似乎十分活泼，南胥月没有应答，她也不觉尴尬，自顾自地说起话来。

"我是半年前被他们抓来的。"小妖奴在湖边的石头上坐了下来，叹了口气，"他们说我伤了人，是恶妖。不过我不是故意的，我只是想和他们一起玩，但是我有点控制不住自己的力气，那个哥哥说我长得丑，想推我，我挡了一下，他就自己飞出去了。"

小妖奴说着，不自在地按了一下自己脸上的铁面具："刚才我在树上睡着了，不小心掉下来，把面具摔掉了，没有吓到你吧。我不是故意的，我已经两天没睡了，他们给我太多活儿了，我实在做不完。"

南胥月目力极好，只是一瞥便记住了她脸上的纹路，是淡金色的妖纹，闪着细微的光芒，仿佛一条有生命的灵蛇，盘成了一朵花的模样，占据了半张脸。

"管家让我戴着面具，不许吓到别人。"小妖奴声音闷闷的，有些不开心，"他们说，我的父亲可能是树妖，或者是藤妖。我也不知道是什么，我从小就被扔掉了。"

很多人形半妖都是相似的命运，他们被人族母亲生下来，因为身上带着妖怪的特征，而被族人惊恐地遗弃，最后成为各个家族的妖奴，一生受尽奴役。

小妖奴双手撑着下巴，扁了扁小嘴："我听庄里的人说，母亲是最伟大的，她不会嫌弃自己的小孩长得丑——除非是个半妖。我娘应该也是被我的脸吓到了，才把我扔了。如果我长得像南公子一样好看，我娘也许会养着我呢。"

"我和你又有什么不同呢。"南胥月的声音稚嫩却又含着一丝沧桑。

小妖奴没想到南胥月会和她说话，她诧异地转过头看向南胥月，有些高兴又有些局促，她小心翼翼地靠近了一些，轻声道："你可是南公子啊，怎么会和我一样呢？"

就算是她，也知道蕴秀山庄的南公子天生十窍，超凡不俗。

"我三窍已毁，形同废人。"南胥月道。

"只是不能修道而已，又有什么要紧的？"小妖奴不解。

南胥月很难,也不想与她解释,不能修道,活着便没有意义。

小妖奴不明白南胥月的想法,但是看到了他的不快乐,她不知道该怎么安慰这个温柔好看的哥哥。在她遇到的所有人中,只有这个哥哥愿意这样心平气和地和她说话,所以她希望他不要这么难过。

她有些笨拙地开口说道:"南公子,你生来就拥有了一切,现在只是少了一点点而已,还是比很多很多人都强啊,你不要难过了。你看我,我什么都没有,却还是很开心地活着。"

南胥月淡淡开口:"正因为你生来一无所有,才不知道何为失去。而我曾经……"他闭上了眼,自嘲地勾了勾唇,"如今才明白,我也不曾真正拥有过什么,所谓亲情,也只是虚伪的假象。"

小妖奴愣愣地看着他,轻声问道:"你的爹娘也不喜欢你了吗?"

"我不能修道,脚也断了。"南胥月低头看着自己的膝盖,长衫盖住了他的残缺,但他知道残缺始终存在。

"我以为我的脚也快断了。"小妖奴拉起过长的裤管,露出鲜血淋漓的脚踝,"因为我总是控制不好自己的妖力,所以锁灵环勒得很紧很紧,走路的时候好疼,其他半妖说,以后就习惯了,我们半妖的骨头没那么容易断,走得慢一点就好了。"

南胥月的目光从她伤势狰狞的脚踝移到她面上,看到了一双澄澈乌黑的眼睛。

"走得慢一点就好了?"他低低地重复了一遍她的话。

"嗯。"她轻轻靠在他的轮椅上,两人之间的距离不知不觉拉近了,"我现在就慢慢地走,原来身边的景色很美呢,只是这样就经常来不及完成总管交代的任务,会挨打。"

"你不会难过吗?"他有些好奇,这个小妖奴遍体鳞伤,为什么还有一双干净明亮的眼睛?

"我也会难过啊……不过挨打挨饿我也都习惯了,以前不懂事,总想和他们一起玩,现在才知道,我是半妖,人是不会喜欢半妖的。"小妖奴垂下浓密的睫毛,掩住了自己的沮丧和难过。

片刻后,她抬起眼,乌黑的双眼流露出倔强和不屈,她撇了撇嘴道:"不喜

欢就不喜欢，可是我也不喜欢他们呢，我要把所有的喜欢留给自己。嗯……要不，我分一些给你吧，我可以喜欢你一点，但是你会讨厌我是个半妖吗？"

她的声音渐渐弱了下去，有些心虚地看着眼前的小公子，他长得秀美高贵，而她丑陋不堪，还是个卑贱的妖奴，一个妖奴的喜欢，谁会在意呢。

南胥月微低着头凝视她，黝黑的双眸中似乎有了一丝波光，他轻轻笑了一声，不知道是不是嘲笑她的不自量力。他忽然朝她伸出手，摘下了她发上的枯叶。

"啊。"小妖奴轻呼一声，有些难为情地红了脸，"谢……谢谢。"

南胥月没有回答，他两根手指夹着那片残缺半枯的树叶，若有所思地端详着。

小妖奴看了看那片叶子，又仰起头看南胥月清秀姣好的侧脸。

"南公子，就算不能修道，你还是可以做很多事的。"小妖奴认真地说，"就算所有人都不喜欢你，你也不可以讨厌自己。"

南胥月忽然偏过头看她："你叫什么名字？"

小妖奴一怔，说道："我没有名字，只有锁灵环上有一个数字，是零零，原先这个锁灵环的妖奴死了。"

"跟我走好不好？"南胥月问。

小妖奴眨了眨眼，有些不敢置信地问道："是去蕴秀山庄做妖奴吗？"

南胥月微笑道："你可以不做妖奴。"

她不懂，不做妖奴还可以做什么，但她想，跟着这个温柔的公子，总比待在明月山庄好，于是她眼睛亮亮地用力点头。

南胥月一直记得那个笑容，让那个萧瑟的季节陡然明媚起来，笼罩在他心头许久的阴霾也因此撕扯出了一片清朗。

他怀揣着期待问父亲，可不可以带走那个妖奴。

如果当时南无咎借到了混沌珠，如果当时他还是那个天生十窍、超凡不俗的南胥月，或许答案会不一样。

但当时，父亲只是极其不耐烦地一口回绝。

一个什么也不是的废人，连说话都没有资格。

南胥月黯然地低下了头，他不敢回头，害怕看到那双充满希冀的明亮眼眸

一点点地失去光芒。他始终记着她的话，哪怕他是一个废人，也能做成许多事，只有一件事，他想做，却已经来不及了。

明月山庄化为废墟，他再也找不回那个小妖奴了，在他心里，始终有一丝淡淡的遗憾和悔恨。

是什么时候，这一丝悔恨潜滋暗长，长成了遮天蔽日的大树？

南胥月的双眼缓缓睁开，漆黑的眼看着漆黑的夜，他从一场噩梦中醒来，跌入另一场宛如噩梦的现实之中。

他以为自己失而复得，原来，不过是再次失去。

法相一战，谢雪臣虽竭力拦下了法鉴尊者自爆，但拥雪城仍是受创不小，仙盟众人也花了三日调息休整，于第四日召开仙盟众议，商讨对痴魔、一念尊者和暮悬铃的处置方式。

对痴魔的处置没有任何异议，在发现问不出任何有价值的信息后，众人一致认为应将痴魔永久囚禁于拥雪城，因为纵然将它打得灰飞烟灭，它的魔气也会重归虚空海，百年之后重新凝结成形，再度诞生一尊魔神。

而一念尊者，在众人议会之时便传来消息，说他自绝于石室之中，留下了一个灌注他毕生修为的金丹。法相金丹，是极其强大的武器，他以这种方式来表达自己的歉意和愧疚。

于是争论的焦点，便只有对暮悬铃的处置了。

傅澜生来到正气厅外时，看到南胥月静静地站在一棵雪松之下，他身形颀长却稍显单薄，面容清俊又隐含一丝寂寥，明润的双眸恍惚地看向远方，思绪却不知落到了何处，任由树梢上的积雪落在了肩头也未曾察觉。

傅澜生暗自叹了口气，上前替他拨去肩上雪花，唤回了南胥月的思绪。

"南胥月，你可是在为铃儿姑娘担心？"傅澜生心情有些复杂，"其实我早察觉她身份有古怪，只是没想到，她竟然是魔族圣女、桑岐弟子。你……你之前知道吗？"

傅澜生不知道南胥月是也被蒙骗，还是有意替她隐瞒。

南胥月淡淡笑道："我自然是知道的。"

"那你为何？"傅澜生微微皱眉。

"我信她。"南胥月简简单单的三个字堵住了傅澜生的满腹疑问。

傅澜生一时竟找不到话来质问了。

南胥月从袖中取出一个芥子袋交到傅澜生手中，道："这是铃儿让我转交给你的。"

"这是什么？"傅澜生刚问了一句，便看到芥子袋被从里拉出了一个口子，冒出了一个圆圆的脑袋，还有两只半圆的金色耳朵，他惊讶喊道："阿宝？"

阿宝从芥子袋里钻了出来，趴在傅澜生掌心，乌黑的大眼睛水汪汪地含着泪，呜咽道："哥哥，姐姐会不会有事？"

南胥月在一旁解释道："那日铃儿被擒之际，偷偷将芥子袋扔给我，我去地牢见她，她让我把阿宝托付给你，来日你带它去碧霄宫找爹。"

傅澜生神情顿时有些古怪："她为什么不找你帮忙？"

南胥月瞥了他一眼，道："应该是信得过你。"

傅澜生一听，觉得暮悬铃看人的眼光还是挺准的。

其实暮悬铃是觉得，傅澜生身上宝物多，阿宝跟着他对修行有好处。而且傅沧璃的下落十有八九还得去碧霄宫找，找傅澜生帮忙是最妥当的。自然，傅澜生人品也是尚可信任，毕竟是南胥月认可的人。

傅澜生轻轻捏了捏阿宝的耳尖，道："你姐姐这回恐怕要遇到困难了。"见南胥月看向自己，傅澜生才叹气道，"前两日，我看到素凝真来找我父母，是为了处置暮悬铃之事。我不知道他们说了什么，但素凝真离去之时神情满意，应该是得到了我父母的承诺，一起对付暮悬铃。"

南胥月眉头紧锁，露出担忧之色。如今仙盟能表决者只剩下四家，镜花谷与碧霄宫达成同盟，灵雎岛更大可能是两不相帮，如此一来，谢雪臣便只能一人面对其他人的咄咄相逼。

此刻正气厅周围布下结界，没有人知道里面发生了什么，但这一场众议持续了近两个时辰方才结束，由此可见，过程并不友好。

南胥月在门外站了两个时辰，见正气厅的大门打开，他挪动双脚之时，才察觉到脚上的酸痛。

素凝真面上虽然带着一丝不满，但情绪十分稳定，可见结果虽然与她要求的不一致，却也相去不远。

高秋旻跑向了素凝真，急切询问对暮悬铃的处置。

素凝真道："宗主已经下令，散去妖女魔功，囚于拥雪城三百年。"

南胥月一颗心沉了下来，将目光投向谢雪臣，谢雪臣目光清冷如雪，点了一下头。

他是见过魔气溢散之痛的，而强行散功，更是痛上百倍，便如被人用钝刀锯碎全身筋骨，清醒着抽筋扒皮，万箭穿心。

而囚禁三百年，对半妖来说，便是囚禁至死。

素凝真不满道："其实以魔族圣女的身份，于阵前处决祭旗，最能壮大人族声威。"

何羡我皱眉道："这等行径与魔族何异？"

何羡我也觉得修炼魔功不可姑息，但阵前杀人泯灭人性，更何况暮悬铃于谢宗主有恩，于情于理，也不能如此残忍行事。两人在正气厅上堪堪又要打起来，但谢雪臣只释放了威压，便让两人镇定了下来。

谢雪臣最终同意了散功，却不同意处死暮悬铃，改为囚禁三百年，镜花谷和碧霄宫才勉强点头。

"谢宗主，既然命令已下，不如就今日行刑吧。"素凝真看了眼天色，正是日上三竿、雪止天晴的好天气。

南胥月上前一步，沉声道："谢宗主，她受伤未愈……"

谢雪臣攥了攥拳，淡淡道："把她带来吧。"

暮悬铃从地牢走出时，刺眼的阳光让她流出了眼泪，她低下头，泪水便淌过细细的下巴，落进颈间的纱布里。

暮悬铃闭着眼睛，由着守卫拉着镣铐，押着她从地牢走到正气厅，她闭着眼睛数，一共一千三百步，每一步都走得十分煎熬，当头的烈日犹如热油淋在头上，她掐着自己的掌心忍着焦灼和疼痛，指节泛白，掌心却渗出了鲜血。

暮悬铃感觉到许多双眼睛落在自己身上，怀疑的，怨毒的，担忧的，心疼的……

忽然，她的肩膀被人用力地按了一下，身子不由自主地跪倒在地。

她低着头，视线中出现了雪白的衣角，一股熟悉的微凉气息笼罩住了自己。

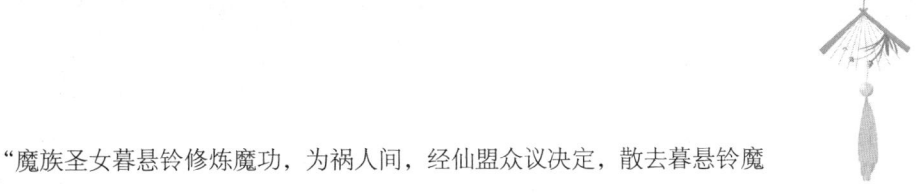

"魔族圣女暮悬铃修炼魔功，为祸人间，经仙盟众议决定，散去暮悬铃魔功，囚于拥雪城三百年。"

她听到头顶传来谢雪臣的声音，平静而清冷的声线中夹杂着一丝难以察觉的沙哑。

她仰起脸，微微睁开了一丝，谢雪臣的面容却有些模糊。

旁边传来素凝真尖锐的问话："妖女，你可还有话要说？"

暮悬铃微微蹙眉，有些发白的唇瓣轻启。

"有。"

众人屏息看向她。

暮悬铃努力想看清谢雪臣的模样，但正午的阳光刺得她眼眶发红，双眼酸涩发痛。

"谢雪臣……"她细声问道，"你的伤好了吗？"

谢雪臣广袖之下的双拳攥得指节发白，他强抑着颤意道："已经好了。"

暮悬铃微微一笑："那我就放心了。"

众人没想到她的问题竟是这个，错愕之下面面相觑。本该是残忍冷酷的行刑现场，竟莫名有一丝缱绻温情。素凝真和高秋旻脸色铁青地看着眼前一幕。

谢雪臣忽地半跪下来，与暮悬铃平视。

"铃儿，我亲自为你散功。"谢雪臣说道，"可能会很疼。"

暮悬铃终于看清他清俊的面容，在那双幽深的凤眸里倒映着憔悴的自己，她看着他，轻声笑道："我不怕疼。"

谢雪臣微凉的指尖碰到了她的脸颊，终于还是狠心收了回来，他自地上起来，后退三步，右手五指张开，一阵不寻常的灵力波动自掌心蔓延开来，仿佛有一场风暴正在掌心凝聚。周遭天地灵力皆往他掌心汹涌而去，雪白的衣袖鼓动飞扬，风雪骤起，修为低者不由自主后退数步避其锋芒，唯有南胥月寸步未退，紧紧盯着跪在地上的暮悬铃。

谢雪臣的右手如有千钧之重，缓缓地抬起手臂，那股磅礴的灵力随之牵引，当掌心对向暮悬铃时，卷着细雪的灵力顿时将她紧紧围住，单薄娇小的身体被风雪裹挟着浮起，淡紫色的衣裙被狂风激荡，肆意翻飞，犹如一只紫色蝴蝶于暴风中飘零。

暮悬铃的脸色陡然变得惨白，一滴滴冷汗顺着额角流下，谢雪臣的灵力像一把把钝刀切割着她的身体，细雪像盐一样撒在伤口之上，看不见的灵力丝线顺着毛孔钻入她的血肉骨骼之中，将这些年来她吸入体内的魔气一一拔除。

"啊啊啊啊——"

暮悬铃咬破了嘴唇，终于还是忍不住发出撕心裂肺的痛呼，一口热血喷洒而出，染红了身下的雪地。烈日之下，肉眼可见的魔气一丝丝地从她身上溢出，她被暴风雨一般强大的灵力冲刷着四肢百骸，仿佛凌迟一样千刀万剐，痛得她不自觉地抽搐起来。冷汗湿透了重衣，她仰起纤细的脖颈，颈上的白色纱布从风中飘落，伤口迸裂开来，细细的血丝顺着脖颈流下，她像一只折颈的仙鹤一般，脆弱而凄美，让人不忍直视，又移不开眼。

谢雪臣握剑的手从来坚定而果断，这一刻却轻轻颤抖。

只差一点点了……

他借由灵力感受到她体内魔气的波动，那些看不见的灵力丝线，是他触觉的延伸，他宛如亲眼看到了她的每一寸肌肤，抚遍了她皮下的每一寸骨骼，直到那些漆黑的魔气尽数从她体内拔除，他才颤抖着撤了掌心之力。

紫色的身影自空中翩然跌落，落进一个含着清冽雪香的怀抱之中。

暮悬铃已经失去了意识，脸上没有一丝血色，鼻息微弱得几乎难以察觉，只有抱着她的时候，才能感受到微弱的心跳。

"谢宗主。"素凝真忽然站了出来，冷声道，"魔功散尽，此时正是妖女心神最为薄弱之际，我认为应该对她问心！"

问心，是人族审讯手段，在犯人意识不清、意志薄弱之时，入侵其心，进行拷问，对方必然会说实话，但此法甚是阴毒，对受刑者可能造成无法逆转的精神损伤，重则终身昏迷，轻则沦为痴儿。

谢雪臣冷冷地扫了素凝真一眼。

"素谷主，暮悬铃散功囚禁，如今只是一个普通半妖，不再是魔族圣女，没有必要接受你的问心。"

谢雪臣身上传递而来的肃杀冷意让素凝真不禁背上一寒，她硬着头皮道："她一定知道桑岐的许多秘密，对我们此战获胜必有帮助！"

素凝真话音未落，一把金色光剑忽地来到她眼前，剑尖锐意尽开，直指她眉间。

是钧天！

素凝真不敢置信地看着眼前的钧天剑，堂堂仙盟宗主，居然为了一个半妖之女对她横剑相向！

谢雪臣紧紧抱着暮悬铃，凤眸环视一眼场上众人，颀长高大的背影渐行渐远。

"暮悬铃自今日起，便是拥雪城的人。"

众人看着那个白衣身影消失，威压陡然撤去，尽皆松了口气，但随即脸色又凝重了起来。

素凝真拂世之尘狠狠甩出，将一根石柱拦腰打断，轰然倒塌。

"谢宗主竟是此意。"素凝真铁青着脸道，"名为囚禁，实为保护，呵呵……拥雪城的囚徒，也能算是拥雪城的人吗？"

若是在这之前傅渊停还有什么疑惑，此刻便都看明白了。谢雪臣是不可能让人杀了暮悬铃的，无论是真的动了情，还是出于道义。他虽然不知道素凝真和桑岐有过什么过节儿，但素凝真对暮悬铃却是有非杀不可的恨意，暮悬铃散功之后对上素凝真毫无自保之力，谢雪臣也只能用这种方式保护她了。

"想不到，谢宗主也是一个有心之人。"傅澜生轻声感慨道，忽然发现身边空了一个位置，扭头看去，便只看到南胥月寂寥而单薄的背影，缓缓消失于风雪尽处。

谢雪臣将暮悬铃轻放于床榻之上，她身上早已被冷汗湿透，额前的碎发贴着苍白的脸颊，呼吸轻不可闻。谢雪臣坐在床沿上，右手掌心贴在暮悬铃小腹上，一股温热的灵力缓缓流入她的经络之中。

她本来修炼魔功，魔气与他的灵力相排斥，但如今魔功散去，他的灵力便能进入她的身体之中，温养千疮百孔的经络。

但是散功对身体损伤太大，他只能小心翼翼地把灵力分成千丝万缕，润物无声地修复她的创伤，这对任何人来说都不会是一件容易之事，需要将心神分成万千，捕捉每一缕丝线的变化。半个时辰后，谢雪臣便觉得灵力运行有阻滞之感，只好暂时先撤了灵力。

第六章　钧　天

暮悬铃的脸色苍白依旧，心跳似乎强了一些，但气息依然微弱，仍未完全脱离危险期。

谢雪臣见她浑身湿透，便施展净衣咒，清除了她身上的汗水和血污，目光又落在她颈间的伤痕上。

她的手臂上衣衫破碎，也有一处剑伤，但应该是用了灵药，已经愈合结痂，只留下一道淡粉色的伤痕。颈上的伤原本不深，没擦生肌散，反而在今日迸裂开来。

谢雪臣撩起她颈间的长发，取出一瓶药膏细致地涂抹伤处。指腹之下的肌肤苍白细嫩，越发衬得伤口狰狞恐怖。

他知道是谁伤了她，也知道是谁为她包扎过，她心里……真的没有一丝怨恨吗？

谢雪臣的目光落在她沉睡的面容上。

"你本不必随我进城。"谢雪臣无意识地说道，"那一日，也大可不必对付痴魔。"

他自然明白暮悬铃为什么这么做，天生十窍之人，听到的，看到的，比常人更多，所以他渐渐明白了，她看似玩笑的告白，藏的都是真心。

只是仍然不明白，这颗真心从何而起。

微凉的指尖轻轻抚触她精致的眉眼，谢雪臣垂下眼，低声道："原谅我无法回应你一片真心。"

他早已决定孑然一身，对她的一丝心动，也会扼杀于萌芽。

"但……我会尽我所能保护你。"这是一个法相尊者对着道心立下的誓言。

对半妖来说，散功有多凶险，从来没有人知道，因为不会有一个半妖自己散功，而被人修抓住的半妖，往往直接杀死，不会费尽心力给她散功，毕竟要把握好分寸散功而不致死，绝非一件容易之事。

暮悬铃散功之后便陷入了高热之中，她的身体一会儿如寒冰，一会儿如火烧，心跳时急时缓，甚至出现了呕血的症状。即便是谢雪臣为她散功之时耗尽心力，也无法控制散功后出现身体败坏之相。谢雪臣唯有寸步不离地守在床前，不间断地为她渡去灵力，在她体内搜寻那股横冲直撞的气。那股气甚是霸道，

就连谢雪臣也说不清来头，像是妖气，却比寻常妖气要强上许多，但碰上谢雪臣的灵力时，却又乖顺了起来，绵软地顺着谢雪臣的牵引，一步步地各归其位，导入经络之中。

谢雪臣全神贯注操控着灵力，每一次都直到力竭方才停歇片刻，但暮悬铃的身体状况仍不稳定，他只能打起精神继续照看她。暮悬铃始终处于昏迷之中，后来稍微稳定一些，却又开始出现呓语，嘴唇微动，断断续续地发出模糊难辨的音节，以谢雪臣的耳力也听不明白她在说什么，他担心她是哪里难受说不清楚，便俯下身去凑到她唇边倾听，却听她呢喃着，似乎在喊："哥哥……"

她还有一个哥哥吗？

谢雪臣有些疑惑，还未想明白，便看到暮悬铃微微睁开了迷离的眼。

"铃儿？"谢雪臣喊了一声。

暮悬铃不知是看到了他，还是看到了幻象，她红得病态的双唇微启，轻轻喊着："大哥哥，抱抱……"

谢雪臣愕然。

暮悬铃纤细柔软的双臂却已缠上了他的脖子，那双手没什么力气，软软地搭在他肩上，他却没办法狠心推开她，因为她颤抖着说："我冷。"

谢雪臣犹豫了一息，便伸手将她抱进怀里。他的手隔着薄薄的衣衫贴在她后背之上，灵力注入穴位之中，游遍四肢百骸。暮悬铃乖巧地贴在他怀里，脑袋枕在他颈间，轻缓的鼻息拂过他的喉结，嘴里无意识地念叨着："大哥哥不要走……"

谢雪臣心想，是把他认成谁了吗？

她总是喊他谢雪臣，从未叫过他大哥哥，她口中的大哥哥……是不是一个和他长相相似的人？

可能她对自己的感情，也是因为那个"大哥哥"。

谢雪臣强迫自己忽略掉心中的一丝烦闷，将注意力放在灵力之上。

暮悬铃这一世短短二十年，快乐的日子很少很少，认真算起来，便只有一日光阴。那一日的喜乐，却也不少，足够支撑她在魔界度过七载不见天日、痛不欲生的日子。

她在最难过的时候，便会回想那一天，反反复复地回味，像一颗含在口中七年的梅子，硬是要从中品出一丝甜味。

她第一次知道甜味，就是大哥哥给她买了一串冰糖葫芦。

很小的时候，她就看到别的小孩子在吃，他们吃糖葫芦的时候看起来很开心，她远远地看着，只知道里面包着的那个果子叫作山楂，她漫山遍野地找，终于找到了山楂树，兴奋地摘了一颗放进嘴里，又苦着脸吐了出来。

又酸又涩，一点都不好吃。

听她这么说，大哥哥忍不住笑了一下，只是不知为何，看起来有丝忧伤。他买下了所有的冰糖葫芦，看着她狼吞虎咽，顺着她的背说——

"铃儿，慢点。"

"你怎么知道我叫零零？"她抬起箍着锁灵环的脚踝，那锁灵环早已长进了肉里，但"零零"二字仍可分辨。

大哥哥在她身前半蹲下来，撩起她的裤管，露出细瘦的小腿，还有上面纵横交错的新伤旧患。她难堪地想收回脚，害怕被他看清丑陋的伤痕，赤足却被他握在了掌心。

他从芥子袋里取出药罐，小心翼翼地帮她擦药，那些药一看就十分名贵，因为刚擦上去，她的伤就不痛了，伤口以肉眼可见的速度愈合。

"大哥哥，这药太名贵了，不要给我擦了，我的伤过几天就好了，而且就算擦好了，过几天也会受伤的。"她咬着唇轻声说道。

大哥哥低着头，她看不到他脸上的表情，却莫名地感受到，他在为她心疼。

很奇妙的感觉——原来有人会心疼她。

那她天天受伤，就天天有人心疼了。

大哥哥轻轻地揉了揉她的脑袋，温声道："铃儿，我在你身边的每一天，都不会让你受伤。"

她故作恼怒地掩饰自己红了的脸蛋："你弄乱我的头发了！"

虽然它从来就没有整齐过，她笨手笨脚的，又经常要做很多粗活儿，头发总是简单地扎成两个发髻，松松垮垮的，有些凌乱。

大哥哥拆开了她凌乱的发髻，拿起一把梳子轻缓地帮她顺着毛躁的长发。

"我帮你梳头发，你乖乖坐好。"他站在她背后说。

她乖巧地坐端正了，嘴里咬着酸酸甜甜的糖葫芦，自生下来从未有一刻这么开心过。

她闻到自身后传来的香气，清洌淡雅，让她想到腊月的雪，还有雪地里的梅。

"大哥哥，你叫什么名字？"她好奇地问道。

身后的人忽然动作一顿，却半响没有回话。

她的心缓缓沉了下去，忽然觉得冰糖葫芦不甜了，又酸又涩——他不愿意告诉她名字，他是怕她缠着他吗？

其实她也没有那么想离开明月山庄，她是半妖，去哪里都是妖奴。她想起很多年前，有个长得很好看很温柔的公子说要带她走，她其实是有一丝丝期盼的，但最后他没有实现诺言，她好像也没有那么失望，因为这是一件再正常不过的事。只是一个妖奴而已，谁会真正放在心上呢，他能和气地听她说话，已经是很难得的好人了。

她无精打采地垂下脑袋，舌尖的酸意蔓延到了心尖。

忽然，有一双手从后面抱住了她，他的脑袋抵着她单薄瘦弱的后背，声音像是从骨骼血肉之间传递而来，闷闷地在胸腔里回响。

"铃儿，你要好好的。"

暮悬铃艰难地掀开眼皮，她闻到了让她眷恋心安的气息，将自己更深地埋进那个怀抱里。

一股温暖的气息在身体里游荡，温柔地将她包裹住，抚平了疼痛和灼热。

"大哥哥，你要好好的……"

所有人都知道，谢雪臣自抱了暮悬铃进房之后，便三天三夜不曾离开，有些人已经暗自思忖，难道拥雪城会多一个半妖之身的女主人？

堂堂仙盟宗主，竟然被一个半妖迷得神魂颠倒，传出去简直颜面扫地。

哪怕是离经叛道的何羡我，也会觉得仙盟宗主与前魔族圣女纠缠不休，有伤仙盟士气。

谢雪臣虽然没有出过房门，但外面的消息还是一一传到他耳中。两界山传

第六章 钧天

来一个重要讯息——魔族忽然召回了所有半妖和魔兵，门户全闭，不知道魔界发生了什么事。

谢雪臣走出房门，在正气厅重开众议。

"痴魔和战魔战败，魔界元气大伤，这应该是他们收兵的原因。"傅渊停分析道，"桑岐计谋失败，方寸大乱，正是我们出兵的好时机。"

素凝真也同意傅渊停所言，立即道："还请宗主下令，立刻出兵攻打两界山。"

何羡我倒谨慎一些："桑岐如此大张旗鼓，像是怕人不知，恐怕内里有诈。"

"不过是虚张声势。"素凝真嗤之以鼻，"灵眭岛若是怕了，便由我们镜花谷来打头阵。"

何羡我懒得与她争辩，冷冷移开了眼。

谢雪臣对桑岐亦十分忌惮，他始终觉得桑岐另有谋划，当日万仙阵埋伏他，用意也似乎有待推敲。但他对桑岐了解不多，这人似乎始终笼罩在一袭黑袍之下，让人看不清虚实，高深莫测。

"如今已有数千修士在两界山待命，贸然出击实为不智。"谢雪臣看向何羡我，"还是有劳灵眭岛的妖兵前往查探。"

妖兵中有不少虫兽，既可以躲避敌方耳目，又可以混入敌方阵营，用来查探消息刺探敌情，最合适不过。

何羡我见谢雪臣没有冲动冒进，也是暗自点头，恭敬领命。

素凝真微微皱眉，却也没有多说什么。

"如今拥雪城已无大事，诸位掌门可先回宗门处理事务，几位长老前往两界山待命。"谢雪臣下令道。

素凝真问道："宗主打算何时动身？"

谢雪臣道："待何岛主探回魔界敌情，再做进攻计划。"

谢雪臣三日三夜，几乎不眠不休地用灵力维持住暮悬铃的生机，旁人看他若无其事，但他知道自己已濒临极限，心神甚至恍惚了起来。

他需要休息打坐，但仍然担心暮悬铃的身体状况，从正气厅离开后，还是走向了暮悬铃的住所。

然而尚未踏入院落，他便听到了暮悬铃的声音，隔着疏落的雪松，他看到了站在园中的两个身影。

"我有七年，没有这样晒过太阳了，暖暖的，一点也不难受了。"暮悬铃的声音十分虚弱，却隐隐有丝欣喜。

站在她身旁的那人一袭青衫，如青松苍翠，颀长挺拔，他动作轻柔地为她披上了一件白色的裘衣，修长的十指灵活地将两根丝带系紧，温声道："你刚醒过来，身体还十分虚弱，应该多躺一会儿。"

"南公子，我刚才听说，你要回蕴秀山庄了。"暮悬铃仰起头看他。

俊秀的青年微微点头，含笑道："你愿意和我一起走吗？"

"仙盟不会放我走的，他们要将我囚禁在这里三百年。"暮悬铃道。

"只要你愿意，我便有办法。"南胥月声音温柔而坚定，让人不由自主地便信赖他，"铃儿，当年是我没有能力带你走，你有没有怨过我？"

暮悬铃轻轻摇了摇头："你当时那么和气地同我说话，我就很感激了，我只是个半妖，到哪里都只是妖奴，又有什么分别？"

南胥月幽深的双眸难掩悲伤，他忽然伸出手臂，将人拥入怀中。暮悬铃没有防备地扑进一个温柔而坚定的怀抱，待反应过来想要挣脱，却没有力气。

"不一样。"南胥月的动作克制而坚定，既怕伤了她而不敢用力，又怕她逃走而不能松手，"在蕴秀山庄，你不会是妖奴，你可以当蕴秀山庄的主人。"

暮悬铃的挣扎蓦然僵住，她有些怀疑自己听错了。

南胥月这话是什么意思？

她从未想过南胥月对自己会有别样情感，他虽然对自己总是温柔和气，但对其他人也是这样，他可以应秀秀之请半夜奔袭百里救人，也可以为谢雪臣不计代价布阵，他本就是一个让人如沐春风的谦谦君子，因此他的那些细致体贴，在暮悬铃看来，也只是对朋友的客气而已。

"我不明白……"她双手抵在他胸前，眼中露出迷茫和不解。

"我不需要你现在答复我，等你身体好一些，我再来看你。"南胥月轻轻抚过她细软的长发，松开了抱着她的双臂。

"谢兄，你方才都看到了。"南胥月走出院落，看到了不远处的谢雪臣。

第六章　钧天

暮悬铃魔功尽失，丧失了敏锐的感知能力，而他却早已察觉到谢雪臣的靠近。

　　谢雪臣近乎审视地看着南胥月，后者清俊的脸庞上一如既往地带着和煦如春风暖阳般的微笑，但漆黑的双眸却不见笑意。

　　"你和她原就相识。"谢雪臣道。

　　南胥月没有隐瞒，因为这本就是他要告诉谢雪臣的："是，十几年前，我就与她相识，只是后来失去了联系，我不知道她被桑岐收为弟子。"

　　谢雪臣想起南胥月曾入地牢探视过暮悬铃，他悉心为她包扎过的伤口，还有暮悬铃梦呓时喊的"大哥哥"……

　　难道她梦里喊的那个人，是南胥月？

　　南胥月徐徐走到谢雪臣身前，微笑道："谢兄，你心怀天下，断情绝爱，在你心里，她的分量微乎其微。她魔气溢散，倒于雪地之中，你头也不回地离开，是因为你觉得她身为妖魔，本性恶劣，你不信她。她背叛魔族，暴露身份，却被仙盟勒令散功，你大义为先，没有护她。你只想留着她一条命，但她被囚禁在拥雪城三百年，即便活着，又和死了有什么分别？"

　　南胥月向来温和有礼，谢雪臣从未见他如此失态，说出这般尖锐的言辞。字句诛心，切中要害。

　　但暮悬铃对他谢雪臣而言，真的只是微乎其微吗？

　　他心里清楚，早已比自己想象中的，要多上许多。

　　但谢雪臣没有纠正南胥月的措辞，因为他知道，无论他多么看重暮悬铃，最终的决定，也是将她从心上剥离。

　　"你是仙盟宗主，法相之尊，岁在千秋，而我只是一介凡夫，至多不过百年。"南胥月道，"我会用余生来守护她。

　　"——而你做不到。"

　　诛神宫。

　　桑岐坐于魔尊宝座之上，微闭着的眼忽然轻颤羽睫，银灰色的瞳孔异光流转，露出惊喜之色。

　　"嗯……成功了……"

欲魔恭恭敬敬地跪在下方，赔着笑问道："大祭司，可是有好消息？"

桑岐的笑冰冷而残忍，就像一只狼捉住了猎物，却不急于吃掉，而是慢条斯理地戏弄，从凌虐中得到快意和满足。

"该去接回圣女了。"桑岐说。

欲魔一怔，小心翼翼问道："可是痴魔不是说，圣女背叛魔族，投靠人族了？痴魔还说，圣女身上有我的魔气，我那个分身投影，恐怕就是被她炼成魔丹吃了。"

"那又如何？"桑岐无所谓地摆了摆手，"她只是一时糊涂，我才是她的师父，她总归是会回来的。"

"大祭司大人有大量。"欲魔虚伪地奉承道。

欲魔听说战魔被谢雪臣打得灰飞烟灭，痴魔被终身囚禁，不禁庆幸自己先前受了重伤不能出战。他本以为大祭司计谋受挫，会怒不可遏，但大祭司始终淡定自若，仿佛一切都在掌握之中。欲魔自知蠢笨，猜不出大祭司所想，但他明白一点，他们这些魔神都只是大祭司的棋子而已，折损了两个，对他来说都是无关痛痒。

虚空海每天都会有新的魔兵降世，战魔陨落，虚空海便多了一团更加凝实的魔气，过个百八十年，甚至不需要这么久，便会有一个新的战魔重生。

这就是魔族的永生。

第六章　钧　天

第七章 选择

仙盟众人在众议结束之后便各自前往应往之处，而谢雪臣也搬回了吹雪楼，一边调息恢复，一边处理拥雪城的重建之事和两界山的战报。

拥雪城的太阳落得早，谢雪臣自案牍间抬头时，才发现光线已然昏黄。有熟悉而陌生的脚步声踩过积雪的青石地面，朝着吹雪楼的方向走来。

熟悉，是因为他立刻便听出了来人是谁。

陌生，是因为她的步履比以往虚浮了许多，是重伤未愈之状。

谢雪臣还没想到如何面对她，那抹纤弱的身影便已来到了门前，与他四目相对。

暮悬铃面色比之前憔悴苍白了许多，双颊也清减了不少，倒显得那双桃花眼越发明亮。余晖给她柔和的轮廓绣上了一圈淡淡的金边，落在漆黑的眼底，又点燃了一簇小小的火花，带着一丝希冀与喜悦向他看来。

"谢雪臣。"暮悬铃轻轻唤了一声，眼中的火苗欢喜地跃动，她轻盈地跨过门槛，向他跑来。

谢雪臣刚刚起身，便被她扑进了怀里，她还和往常一样，喜欢往他身上扑，他微微张开双臂，将人接住，揽住了一怀清甜温软。

"我还担心你不在这里。"暮悬铃笑着说道，脸上看不出一丝被他散功后的埋怨与芥蒂。

谢雪臣低头看着她，清冷的声音问道："你找我？"

"我醒来之后就没有见过你，听说你正忙，便没有来打扰你，不过我听说，今天是你的生辰。"暮悬铃眨了眨眼，见谢雪臣神色冷淡，便笑道，"你难道忘了吗？"

谢雪臣道："倒也非重要之事。"

"对我来说就是很重要的事。"暮悬铃拉住了他的手，认真说道，"我也不知道自己什么时候生辰，有生辰可以庆祝是一件极重要的事。"

谢雪臣想起来，她是被人遗弃的半妖，许多半妖都不知道自己的生辰八字，甚至不知道自己几岁，有的半妖会挑一个自己喜欢的日子作为生辰。对他来说不重要的事，对她来说却是求而不得。

"我小时候见其他人族小孩庆生辰，家里人便会给他煮一碗长寿面，还会卧两个蛋，一个鸡蛋，一个鸭蛋。"暮悬铃面露向往，当时她远远地偷看，却能清晰地闻到那股诱人的食物香气。

谢雪臣道："我辟谷多年，你说的长寿面，我也许久未吃过了。"

先前他神窍被封，只能进食五谷，如今身体恢复，便只需要吐纳练功便可补充身体所需。寻常五谷对他来说并无裨益。

暮悬铃微微有些怅惘："我也许久未吃过了……"

或者说，她也吃过一次，还是在七年前。

谢雪臣心念一动，道："你想吃吗？"

暮悬铃下意识地点点头，下一刻便感觉到谢雪臣环抱住了自己的双肩，身体一轻，凌空而起，已在万丈高空之上。

高处不胜寒，凛冽的风刮过柔嫩的脸颊，便有些生疼，她只能紧紧抱着谢雪臣劲窄的腰身，将脸埋在他胸口。谢雪臣低头看了一眼，知道她如今魔功散尽，无力抵御朔雪罡风，便一手撑开结界，将九天罡风拦在结界之外。

周围陡然安静了下来。

暮悬铃试探着从谢雪臣怀里抬起头，一眼便看到了初升的圆月，于苍茫云海、雪山之巅徐徐升起，清辉皎洁，遍洒人间。

"真美……"暮悬铃叹息道。

金丹境御剑可飞行，法相却可御风而行，无须凭借，因此此刻暮悬铃整个人悬于空中，单薄的重量全靠着谢雪臣的右臂支撑。她从未在这么高的地方俯瞰人间，一开始有些害怕，但腰间的臂膀结实有力，让人安心，她很快便忘了心底的恐惧，沉浸于眼前的山川美景之中。

"谢雪臣，天下这么大，人这么渺小。"暮悬铃看着脚底下的万家灯火，忽然心生感慨。

是啊，天下这么大，人这么渺小……

她的无心之言，却戳中了他心上之痛，他微微低头，便看到她比月光皎洁三分的容颜，想要将她印在心里，又想用力抹去。

御风不久，两人便降落在一无人之处，但徐行几步，便看到了繁华热闹的街道。华灯初上，人流如织，两边开满了店铺，道旁还有摆摊卖艺的小贩，满满人间烟火气。

暮悬铃被道旁卖艺的年轻人吸引了目光，只见一个强壮魁梧的男子举着火把表演喷火，旁边一个瘦削的男子蒙住了双眼，对着绑了人的圆形靶子射飞刀，竟每刀都险险地避开要害，引起了围观者后怕的惊呼。

暮悬铃一眼便看出其中机关，嘟囔道："他骗人的，这个我也会。"

好在她说话声音小，未引人注意，否则便是砸人场子了。

谢雪臣揽过她的肩头，将人护在怀里，沉声道："这里人多，别乱跑。"

这是拥雪城最繁华的地方，碰上了月圆之夜，是赶集的日子，老老少少都出来凑热闹。谢雪臣仪表不凡，气势凛然，很快便引起了行人的注意，不知道是谁先喊了一声"城主"，紧接着众人便沸腾起来，"城主""宗主"地喊成了一片。谢雪臣朝众人点了点头，有些狼狈地拉着暮悬铃逃离热情的民众。

两人躲在无人的小巷里，暮悬铃抵在谢雪臣胸口低低笑出了声。

"是我忘了掩饰容貌。"谢雪臣尴尬地说着，抬手在两人面上轻轻一抹，一阵细微的灵力波动在面上荡开，法力高深者或可看穿这层灵力面纱的伪装，但普通民众不会察觉出异常。

谢雪臣握住暮悬铃的手腕，带着她重新回到了街道上，这一次便无人发现他们的身份了，纵然有人感觉这个白衣剑修气势卓然，回头多看几眼，也很难

发现端倪。

谢雪臣领着暮悬铃来到桥边的一家小面馆。面馆不大，只摆着四张桌子，此刻坐得满满的，谢雪臣点了两碗面，各自加了两个蛋，等了片刻才有坐下的地方。

"这家面馆有什么特殊的地方吗？"暮悬铃支着下巴问道。

"这个老板曾经是一个修士，后来被魔族重伤，修为尽毁，便在这里开了个面馆谋生。"谢雪臣道，"他的七窍仍是胜过常人不少，因此厨艺也甚是不错。"

暮悬铃听着谢雪臣的解释，目光早已溜到那个面馆老板身上了。让她惊讶的倒不是老板的身世，而是站在老板身旁的女子，她的双手齐齐断了，只用光秃秃的手腕帮忙端碗，却也十分灵活。

谢雪臣看到暮悬铃惊讶的目光，便压低了声音道："她是个半妖人狐，生来双手便是狐爪的模样。"

暮悬铃忽然就明白了："她为了和他在一起，害怕世人憎恨的目光，所以砍掉了自己的双手。"

谢雪臣用沉默回答了她。

暮悬铃低下头，夹起冒着热气的面条送入口中，热气蒸腾着熏了眼，模糊了视线。

"其实，这是我知道的唯一一家面馆。"谢雪臣尝了一口，他不知道合不合暮悬铃的口味，对他来说，食物已经没什么意义了，"那个半妖，原是拥雪城的妖奴。"

暮悬铃恍惚明白了什么，又好像什么也不明白。

她低着头闷声说："挺好吃的。"

她知道，有些半妖想要努力地当个人，他们会砍掉自己身上妖族的特征，有的是尾巴，有的是耳朵，有的是手。但无论怎么做，也很难掩盖身上的妖气。她没有从那个人狐身上感受到妖气，所以猜想，她是戴了遮掩气息的法器。

谢雪臣只吃了几口便放下了，他静静地看着暮悬铃吃完一整碗面，无人知他所想。

见暮悬铃放下了碗筷，谢雪臣才要召来老板结账，却忽地想起一件事，抬起的手僵在了半空。

第七章 选 择

暮悬铃看了看他的手,又看了看他微蹙的眉心,忍不住笑出了声,连心中那点阴霾也驱散了不少。

"谢宗主,你又忘记带银子了?"暮悬铃低声揶揄道。

老板见到抬起的手,已经走过来算钱了。

"客官您好,一共八文钱。"

暮悬铃"哧哧"笑着,拔下了一根发簪,对老板说道:"不好意思,出门急忘了带银子,这根发簪抵了面钱可行?"

老板讶然道:"这发簪可太贵重了,把我这面馆盘下都绰绰有余了。也就两碗面而已,不值什么钱,您二位吃着高兴,下回再来光顾就行了。"

暮悬铃笑道:"那这发簪便押在这儿吧,我改日再来赎回,我们谢哥哥吃饭怎么能赖账呢?"

谢雪臣眉眼微动,凝视暮悬铃,她浑然未觉,笑吟吟地放下发簪,便拉着谢雪臣跑了。

"哈哈哈……"暮悬铃笑道,"谢雪臣,今天你生辰,这顿饭便当我请了。"

谢雪臣望着她,轻声道:"应该我请客才是。"

"那今天便当是我的生辰吧,我请你,这样总可以了吧。"她眼波流转,熠熠生辉,令人移不开眼,"反正我也不知道是哪天生的,就和你同一天,可以吗?"

谢雪臣喉结微微滚动,不知心间蔓延开的酸疼从何而起,哑声道:"好。"

她笑着转过了身,裙摆扬起,撩过谢雪臣的衣角,口中轻哼着不成调的曲子。

谢雪臣缓缓跟了上去,看着她纤瘦单薄的背影。

"我忽然想起还有一件事没做。"暮悬铃忽地顿住了脚步,回头看谢雪臣,"我还没喝过酒呢,你喝过吗?"

谢雪臣摇了摇头。

"小时候听说,喝完酒会很快乐,所以很多人都爱喝,我一直好奇,后来遇到大哥哥,想让他带我喝,他说我年纪小,不能喝。"暮悬铃眼中流露出一丝怀念,"到了魔界之后,就更加没有机会了。谢雪臣……"她抬起眼,期盼地看着谢雪臣,"你那里有酒吗?"

谢雪臣原是不该答应她这个过分的要求的，她重伤未愈，不适合饮酒，但她眼中的期盼让他难以拒绝。

拥雪城自然是有数不清的好酒，哪怕他从来不喝，也能凭着嗅觉从酒窖中找出最好的酒来。

"你带我去问雪崖吧。"她想一出是一出，"我在幻境里看过，那是你练剑的地方对不对？"

于是谢雪臣便又抱着她来到了问雪崖。

一轮圆月悬于清朗的夜空，此夜无云，月明星稀，天空像是用雪团细细擦拭过了一样，干净而寥廓。

暮悬铃抱着酒坛，痴痴地看着问雪崖边的那雪松，它比幻境中看起来的更加粗壮。也对，毕竟过去二十一年了。但是她知道，这松软的雪地之下，有着深深浅浅的千沟万壑，她依稀看到了小小的谢雪臣，举着比自己更重更长的剑，日复一日地练剑，问心。他的剑道越来越精深，但那双眼也越来越冷清。

暮悬铃在魔界的时候，便时常听身旁的妖魔说起谢雪臣这个名字，说他天纵奇才，冷若冰霜，她从来没有想到，拥雪城的谢雪臣，会是当年那个温柔待她、拼死相护的神仙哥哥。他们有着一模一样的长相，却是截然不同的性情。

她甚至开始怀疑自己是不是真的曾经遇到过那样一个人，抑或是自己在痛苦之时做了一场梦，将梦境当成了真实？

琥珀色的酒液在白瓷碗中缓缓荡开，浓郁的酒香扑鼻而来。暮悬铃双手捧着酒碗，试探着轻轻抿了一口，感觉到一丝辣和甜。她皱起了眉头。

"好像不好喝。"暮悬铃嘟囔道。

谢雪臣轻轻晃动瓷碗，碗中亦有一轮明月，还有一双冰冷的凤眸。以他的修为，这世间没有酒能让他喝醉，如果喝不醉，那喝酒又有什么意义？

唯一的意义，大概就是陪着身边人共饮吧。

淡色的薄唇微张，凛冽香醇的酒液沾湿了双唇，谢雪臣微微蹙眉，品味口中滋味——确实说不上哪里好。

暮悬铃却不死心，小口小口地喝着酒，一边喝一边皱眉。"可能多喝点才能喝出滋味呢……"她咕哝道。

第七章 选 择

175

谢雪臣偏过头看她，只见微翘的双唇像是被露水打湿的花瓣，色泽与颜色都极为诱人，让他不由自主想起之前尝过的滋味，眼神便暗了几分。

小半碗酒很快便被她喝了个干净，白净的小脸也浮起了红晕，但眼睛却越发明亮，好像把月光都吸入了瞳孔之中，波光潋滟，熠熠生辉。

"好像有点品出味道了。"暮悬铃舔了舔唇角，眯了眯眼，向谢雪臣伸出手，"再给我倒点。"

谢雪臣按住了酒坛，声音有丝低沉暗哑："不许再喝了。"

暮悬铃伸手要抢，但哪里比得上剑神的手快，也不见他如何动作，酒坛子便收进了芥子袋里，暮悬铃只得扑了个空，又把目光投向谢雪臣尚存半碗的酒，眼里发出绿光。

谢雪臣一只手抵着她的肩膀，另一只手将碗举到唇边，仰起头一饮而尽，喉结滚动，一丝琥珀色的酒液顺着唇角溢出，淌过线条优美的下颌，沿着修长的脖颈没入衣襟之间。

暮悬铃呆呆看着，不自觉地吞了吞口水，有种扑上去喝掉的冲动。

谢雪臣放下酒碗，低头便看到了她的痴样，还以为她是贪那点杯中之物，不禁无奈失笑。只是他这人冷情，纵是笑也是淡得难以分辨，酒喝得猛了，一股热意自喉间涌上来，声音更是沙哑了几分："铃儿，坐好了。"

暮悬铃心底酥酥麻麻的，有些不甘不愿地放下了酒碗，挨着谢雪臣坐了下来。

谢雪臣感受到左臂上传递而来的温度与重量，微微一僵，却没有推开。

"唉……"暮悬铃将脑袋靠在谢雪臣的手臂上，轻轻叹了一声，千回百转，愁肠百结，"谢雪臣，你今天对我有些太好了。"

谢雪臣微微低头，看到她纤长浓密的睫毛，他恍惚想，这就是很好了吗？只是带她吃了一碗面，喝了半碗酒，她便心满意足？

她倒没骗他，她确实极好哄，一点点的温暖，便被人连哄带骗卖了。

而他伤过她的那些举动，她却全然没有放在心上。

思及此，谢雪臣的喉头便像哽住了一般，有些难以开口。

"身上还疼吗？"他轻声问道。

"没什么力气，但是不怎么疼了。"暮悬铃百无聊赖地抓起他的袖子，懒

懒地望着天上明月,"你对我这么好,是不是因为心存愧疚?"

暮悬铃等了一会儿,谢雪臣却没有回答,她又自言自语道:"你不必如此,我早就说过,只要能待在你身边,散功也无所谓。囚禁三百年,对我来说也不是惩罚,不过是换个地方当妖奴罢了。我现在已经能很好地控制妖力了,所以锁灵环也伤不到我。"她说着伸长脚丫,露出脚踝上的法器,那个催动法力时便会发出勾魂铃声的脚环。

"我原先也有一个锁灵环,留下的伤太深了,有一圈灵力留下的伤痕始终去不掉,桑岐就给我炼制了这个法器,挡住了那道伤疤。"她足尖轻轻一踢,脚环便掉了下来,白皙纤细的脚踝上露出了一圈黑褐色的伤疤,狰狞恐怖,可以想象她曾经有多疼。

"你可以给我戴一个好看一点的锁灵环吗?"暮悬铃仰起头看谢雪臣,明亮的双眸闪烁着期待与欢喜,"我会很乖的。"

谢雪臣忽然俯身抱住了她。

暮悬铃愣了一下,才伸出手回应他的怀抱,她枕在他心口处,欣喜又傲娇地说:"你没有喝醉,我也没有逼你,是你自己要抱我的哦。"

谢雪臣的身体有丝难以察觉的轻颤,像是有一把剑狠狠地在他心尖上来回锯着,逼着他舍弃最珍视的东西。

"铃儿……"他的声音仿佛在压抑着什么,低哑地响起,"你不必为奴。"

"嗯?"暮悬铃依偎在他怀里,闷声道,"那……你要把我关起来吗?像痴魔那样?"

"你去蕴秀山庄,南胥月会保护你。"谢雪臣说。

暮悬铃恍惚了许久,才听明白了谢雪臣的话,她双手撑在他胸前,推开他的怀抱,仰起头疑惑地看向谢雪臣:"什么意思?"

谢雪臣道:"你成为蕴秀山庄的女主人,仙盟也不会难为你。"

暮悬铃静静看着他的眼睛,许久之后,眼眶微微泛红,她笑了一下,声音却藏不住哽咽:"原来,这顿饭,这碗酒,是你给我送行的。"

她收回了手,环抱住自己,转头看向荒凉而绵延的雪山,没有再看谢雪臣。

"其实,我早就想过了。"她的声音有丝意兴阑珊,勾了勾唇角,也没有笑意,"你让我看那个人狐,就是想让我知道,半妖和人在一起,不会有好下

场吧。

"我早知道了啊，我又不在乎，不过是断了一双手，不过是散去一身魔功，我不是还活着嘛。

"但是我也知道，是我太自私了，只想着自己喜欢你，想和你在一起，没考虑过，你愿不愿意。

"我明明感觉到了，你是有一丝喜欢我的，至少，我亲你的时候，你不会躲开，甚至在刚才，你还主动抱了我。

"谢雪臣，我很好很好哄的，你只要有一丝丝喜欢我就够了，我就很幸福了。

"只是对你来说，那一丝丝的喜欢，还不够吧，不够让你决定留我在你身边，哪怕只是当一个小小的妖奴。

"唉……"

暮悬铃长长地叹了口气，眼中莹莹地闪着泪意，却倔强地没有流下。她伸出手去，捡回了脚环，仔仔细细地戴上了。

"谢雪臣，你还是把我关起来吧，反正仙盟判我囚禁三百年，我若是去了蕴秀山庄，你为难，南胥月也会为难。"暮悬铃自嘲地笑了笑，"你不必对我感到愧疚，因为一直以来，都是我欠你的，你不欠我什么。"

暮悬铃挣扎着从雪地上起来，脚下有些不稳，踉跄了两下，被谢雪臣扶住了。

暮悬铃轻轻推开他。

"还有一件事，我一直没告诉你，可能也是因为我刚刚才想明白。"暮悬铃冲他笑了笑，"我觉得，我好像认错人了，虽然你和他很像，但你不是他。

"谢宗主，抱歉，是我给你添麻烦了。"

她独自一个人向前走去，口中轻轻哼着不成调的曲子，没有回头看他一眼。

谢雪臣心想，暮悬铃可能真的认错人了，他不知道暮悬铃将他当成了谁，也许是她口中的那个"大哥哥"，但谢雪臣知道，自己绝不会是那个人。

如果暮悬铃能幡然醒悟，放下对他的执着，或许对两个人来说都是一件好事。

但是想到这个可能性，他的心里却没有松了一口气、放下一块石头的轻松。

反而有一丝说不清道不明的烦躁与酸疼。

暮悬铃回来之后径自去了地牢，关上牢门，便往草垛上躺去。她睁着双眼看着石壁，眼前浮现的，始终是七年前的画面。那个长得酷似谢雪臣的人是谁呢？

除了谢雪臣，还会是谁呢？

如果是当年的他，是不会把她推开的吧，他拼了性命来救她，怎么舍得不要她呢？

暮悬铃委屈地抱紧了自己，黯然闭上了眼。就这样吧，在这里待一辈子也好，反正这世间已经没有爱她至深的人了。

暮悬铃昏昏沉沉地睡着了，因为功力尽失，她没有听到身后传来细微的脚步声。

一个身影覆住了她蜷缩起来的瘦小身躯，温热的指尖揩去她睫毛上的泪花，几不可闻的叹息声压抑在喉间，那人帮她盖上了被子，终于惊醒了她。

暮悬铃揉了揉眼睛，看清了坐在身旁的人。

"南公子？"她用沙哑的声音唤道。

南胥月的指尖还残留着她睫毛上的湿意，他轻轻摩挲着指尖，温声道："这就是你的选择吗，宁可留在这里，做一个囚徒？"

暮悬铃有些愧疚地低下头："你不必为了救我而做出这么大的牺牲。"

"这不是牺牲。"南胥月认真道，"是求之不得。"

"南公子……"

"你可以叫我南胥月，或者直呼我的名字。"南胥月打断了她。

暮悬铃扇了扇睫毛，叹道："南胥月，我不明白你为什么要这么做。"

那一日他在园中抱住了她，说了那番话，她辗转反侧，左思右想，却也想不明白为什么。在她心目中，南胥月是一个极其温柔善良的世家公子，为了救人，舍弃了名声不要，倒也说得过去。只是她觉得，没有必要，也不愿意连累他。

南胥月苦笑道："你如果明白自己对谢雪臣的心意，那便该明白我对你同样如此。"

"这便是我不解之处。"暮悬铃蹙眉道，"我从未给过你什么，也没有对你

多好。"

在她心里，从始至终都只有一人，其他人，便是其他人。

她不忍心对南胥月说出这么残忍的话，但她的心跳如此决绝，让南胥月听得刺耳，却又分明。

"只是你自己不知道罢了。"南胥月眉眼间笼上了阴郁之色，让暮悬铃失了神。

"铃儿，当年与你初识，是我人生中最灰暗的时刻，是你让我走出了阴霾，才有今天的南胥月。"

暮悬铃看着南胥月认真的神色，可她甚至已经记不清当年自己说过什么，她只记得，南胥月当时很难过，她似乎说了些话安慰他。

"我告诉你一个秘密，你愿意听吗？"南胥月轻声问道。

暮悬铃迟疑了片刻，点了点头："好，我会保密。"

南胥月道："其实，我的神窍被毁，并非魔族所为。"

暮悬铃瞳孔一缩，心脏猛地震了一下，便听南胥月用淡漠的语气徐徐道："是我的母亲薛氏，勾结邪修，假装魔族，将我掳走。"

"薛氏，是我名义上的母亲，我的父亲南无咎，有五任妻子，薛氏是其中修为最高的一个，在我出生之前，她的儿子南星晔，是我父亲最出色的儿子，他十五岁便结成金丹，法相有望。"

暮悬铃几乎猜出了后来的剧情，果然，南胥月所说的，正是那俗世间屡见不鲜的事情。

"南星晔是我的兄长，本该是他继承蕴秀山庄，但我出世之后，父亲便将所有的宠爱和关心都给了我，所有人都知道，蕴秀山庄迟早也会是我的。"南胥月忽地低笑了一声，"其实我早就察觉到薛氏对我的恨意，但她应该知道，伤害我的代价，我以为，她会有所忌惮的。"

暮悬铃道："她勾结邪修之事，是你发现的吗？"

南胥月点了点头："她以为让人伪装仇家，便能瞒天过海，但我仍是找到了证据，把一切都告诉了父亲。勾结邪修的是她，但背后主使者，是南星晔。"

"那……你父亲秉公处理了吗？"暮悬铃轻声问道。

"秉公处理？"南胥月低低重复这四个字，微微蹙起眉头，"铃儿，你可知

道，何为公？"

暮悬铃想了想，道："善恶有报，便是公道吧。"

南胥月微微一笑，揉了揉她的脑袋："和十岁的我想的一样呢。"

暮悬铃有些发怔，心里有种不好的预感。

南胥月脑海中那一幕又清晰起来，他依稀听到了薛氏的哭喊，还有南星晔在求饶，怒不可遏的父亲高高地举起了铁掌，灵力蓄于掌心，要将两人拍死在掌下。

薛氏抱住了南无咎的大腿，哭喊着阻止他。

"她说，你要为了一个废子，而毁了一个金丹吗？"南胥月轻轻重复薛氏那歇斯底里的呐喊，当时的他，并不明白这句话的重量。

现在的暮悬铃也不明白，她漂亮的眼睛仿佛笼罩着一层迷雾。

"铃儿，那时我才明白，父亲的公道，便是力量。"南胥月的笑容有些忧伤，"我受过的伤，失去的一切，因为已经失去了，都不值一提。而我的兄长，他已是金丹，有望法相，我废了，他才是蕴秀山庄的希望。我的父亲，是不会为了一个废人，去毁掉蕴秀山庄的希望的。"

暮悬铃的心口一片冰冷，仿佛置身于冰天雪地之中，四肢犹如冻僵了一般难以动弹。

南胥月仍在笑着，只是那笑容并无一丝喜悦的成分。

"我曾以为，自己拥有一切，原来，不过是假象。我失去了力量，便连亲情也一并失去了。"南胥月微凉的指尖抚上暮悬铃的鬓发，他哀伤地说，"那一年，去明月山庄求借混沌珠，我遇到了你。是你告诉我，如果所有人都不喜欢你，你就把所有的喜欢留给自己。哪怕成了一个废人，我仍然能做到世上许多人都做不到的事。你不知道，自己的无心之语，却是我重生的希望。我是想带你走的，可是当时我只是一个废人，在我提出那个请求的时候，得到的只是父亲的不耐烦和厌恶。

"我想等有一天，我成为蕴秀山庄的庄主，便能名正言顺去要人了。可是还没等我坐上庄主之位，却传来明月山庄惨遭血洗、化为废墟的消息。我去看过，有的半妖死了，被烧成了灰烬，有的半妖被桑岐掳走，成了他的妖兵。我不知道你是死是活，再无从打听，只能将遗憾永远埋在心底。

"但现在，我有能力保护你了，你却不愿意了。"南胥月苦笑着叹息道，"铃儿，原是我先遇见你的。"

暮悬铃脑中一片混沌，南胥月的话让她久久回不过神。她心中既对南胥月的遭遇感到怜惜和愤怒，也对他的怅惘感到深深无奈。过去的，便都已经过去了，在她的心里已经装满了另一个人，无论那人是不是谢雪臣，但南胥月在她心里，只是朋友而已。

天涯明月新，朝暮最相思。原来每个人都各有所思，咫尺天涯。

暮悬铃不知该如何回应南胥月的温柔，她忽然明白了谢雪臣的无奈，原来他面对自己的时候，是这样为难和愧疚的心情。

正当暮悬铃要开口之际，忽然感觉到地牢一阵剧烈晃动，火光摇晃了起来。

"这是怎么回事？"暮悬铃扶着石壁，感受到掌心下的山体正处于巨颤之中。

难道是地震？但是拥雪城是有护山结界的，怎么会发生这么强的地震？

南胥月一把抓住了暮悬铃的手腕，急切道："先离开这儿！"

暮悬铃不由自主地被南胥月拉着往牢房外跑去，山体的震动让人不由自主地一阵晕眩，眼前的走廊似乎活了过来，周围的一切都陷入了扭曲之中。

一股熟悉的气息自上而下倾泻下来，将一切笼罩其中，暮悬铃如坠冰窟，四肢顿时僵住。

"是他……"她慢下了脚步，双目失神，喃喃自语，"他怎么来了？"

南胥月亦感受到那股慑人的气息，阴暗而庞大，沉沉地压在心上，让人难以自抑地陷入恐惧之中。他看到暮悬铃煞白的脸色，恍然明白了她在害怕什么。

"这股力量，是桑岐？"南胥月有些不敢置信，因为这股力量太庞大了，桑岐只是一个半妖，他以阴狠狡诈神秘为人所知，几乎没有人见过他亲自出手，但半妖修行潜力有限，他怎么可能会有这么强大的力量？

暮悬铃跟在桑岐身边七年，也从未见过桑岐出手，但是这股力量远远超出了她的想象。

桑岐为什么会来拥雪城，他想做什么？

难道是为她而来？

夜半的拥雪城一片静谧，一层无形的半圆结界笼罩住拥雪城，阻挡邪敌的

入侵。桑岐的力量和气息太强，刚一靠近便激发了护山结界的防御，结界散发出金白光芒，抵抗来自魔界的黑暗气息。

桑岐凌空御风，身披玄色斗篷，法力喷薄而出，银发无风自动，肆意飞扬。伸出斗篷外的右手呈现出银色的金属色泽，上面镌刻着密密麻麻的诡异符文。此刻那些符文仿佛有了生命，在他的手臂上游动了起来，紧接着便化成一只黑而细长的灵蛇飞了出来，磅礴的魔气翻涌着，黑色灵蛇在魔气之中迅速膨胀，很快便长到了数十丈之长，犹如一条墨色蛟龙，仰天长啸，引起一阵地动山摇。墨色蛟龙目露赤色凶光，俯身朝着拥雪城的结界撞去，金光结界顿时暗了一暗，整座山体随之晃动。

蛟龙发出疼痛的嘶吼，愤怒让它的力量更上一层，它扬起粗壮的脖子，一个摆头，更加用力地撞向结界。便在此时，一道锐利无比的剑气凭空出现，朝它两眼中心劈去，蛟龙躲闪不及，被剑气砍中眉心，一阵黑烟冒起，它在空中痛苦地翻滚嘶鸣。

金光回到主人手中，一袭白衣的剑修抬起冰冷的凤眸，看向百丈之外的敌人。

"谢宗主，多日不见。"桑岐阴冷低哑的声音远远传来，他的声音不大，却仿佛在耳边响起，似温柔的低喃，却又分明蕴含恶意与杀机。

谢雪臣广袖鼓荡，眉心朱砂微亮，宛如神人一般傲然而立，与玄袍祭司遥相对峙。

"万仙阵中，你显露出的实力不足此时万一。"谢雪臣冷冷看着桑岐，"不知大祭司至此有何贵干。"

桑岐勾起轻薄殷红的唇，笑道："自然是来接回我的爱徒。"

"那恐怕不能让你如愿了。"谢雪臣横剑于胸前，钧天剑发出夺目的光芒，照亮了一方天地，令魔气不敢逼近。

"谢宗主不必如此剑拔弩张，我对阁下并无恶意。"桑岐慢条斯理地说道，"难道小铃儿没有告诉你，是我让她救你出熔渊吗？"

谢雪臣心神一震，但随即收敛住，不去听桑岐迷惑人心的鬼话。

桑岐低低笑了起来："你是不信吧，小铃儿那颗半日芳华，还是我教她炼制的，天下间只此一颗。"

回应桑岐的，是钧天剑破碎灵霄的吞天一剑。

那一剑如旭日东升，让星月无光，魔蛟巨颤。

桑岐几乎抵挡不住这一剑，玄袍出现了一丝裂缝，唇角也溢出了鲜血，他面上露出了凝重之色。

谢雪臣的决心，比他想象的更坚定呢，他说的明明是实话，谢雪臣不信，他也没办法了。

他知道谢雪臣几日前受过重创，近日来灵力又日日耗竭，仍未恢复巅峰状态，但他在万仙阵中见过谢雪臣的剑法，一往无前，不留余地，爆发出来的力量远远超过人族的上限。

桑岐只是来接弟子的，可没打算与谢雪臣死斗。

银瞳中闪过异色，桑岐伸出另一只手，那是他的左手。一只修长而柔美的手，比女人的手更秀美，也更有力量，他五指张开，象牙色的指尖缓缓变得通红，一滴暗红色的鲜血自指尖浮出，悬于空中，五指在虚空之中画出一个神秘的符印，暗红色的鲜血扭曲着涌入符印之中，像一条红线在空中浮动，发出幽幽红光。

银瞳之中浮上血色，桑岐缓缓抬起手，那张红色的网霎时间疯狂地旋转起来，越来越大，巴掌大小的符印顷刻间便遮天蔽月，令拥雪城陷入黑暗之中。

谢雪臣立刻便感受到身边的灵力急速衰退，取而代之的是魔气在疯狂滋长，仿佛这里不是人间，而是魔界。

这就是半妖祭司的鬼蜮手段，将法阵结合魔气之后演变出万千变化，最强大的法阵之一——偷天换日。

这个法阵只能维持一刻钟，在这段时间内，法阵覆盖的范围，灵力不生，魔气四溢，谢雪臣的力量大打折扣，而魔蛟的力量却能增大一倍以上。魔气被魔蛟疯狂地吸入体内，眉心的剑伤很快便被抚平，魔蛟额上长出两个犄角，体形也增大不少，更加凝实凶悍，它目露凶光，嘶吼着朝谢雪臣飞去。

钧天剑以一化万，剑光交织成一道漫天巨网，拦住了魔蛟去向。魔蛟凶狠地在剑网之中挣扎，一口咬破剑网，继续向谢雪臣飞去，他一头撞向谢雪臣，却扑了个空，那只是一道残影。

真正的谢雪臣不知何时来到了它背上，他手执钧天剑，一剑向下刺穿它的

身体。然而这一剑却没有遇到任何阻力,谢雪臣立刻意识到这是陷阱,但魔蛟已然回首,一股黑色魔气向他喷去。

谢雪臣避过了绝大部分魔气,但仍是被沾染了一点,胸口之处呈现黑紫之色。

——这头魔蛟虚虚实实,可以随意转化,被它击中,便是实体,若是打它,便是虚体。

魔蛟想要打败谢雪臣,几乎不可能,但是谢雪臣想要解决这头魔兽,却也不是一剑可以办到的事。

谢雪臣的目光移向桑岐,猛然意识到不对劲,钧天剑气向桑岐劈去,桑岐不闪不避,任由剑气从胸腹之间穿过。

谢雪臣眼神沉了下来,这是魔气虚影。

桑岐只是用魔蛟拖延自己,他真正的目标,是暮悬铃。这是阴谋,也是阳谋,哪怕他看穿了桑岐的图谋,也不可能放着这头魔蛟不管,任由它危害拥雪城的百姓。

南胥月和暮悬铃从地牢出来,一眼便看到了远处半空之中的魔蛟,还有那道夺目的剑光。

"桑岐的魔蛟。"暮悬铃呼吸一窒,心口忽然一阵绞痛,浑身力气仿佛被抽空了,无力地软倒在地。

南胥月急忙扶住她,关切问道:"你怎么了?"

暮悬铃脸色发白,说不出话来。

南胥月看了一眼与魔蛟激战的谢雪臣,忽地俯下身去,将暮悬铃背在背上。

"南……"暮悬铃呼吸急促紊乱,叫不出南胥月的名字,她无力地伏在南胥月稍显单薄的背上,感受到他身上传来的温暖与坚定。

"我的房间有传送法阵,我先带你走。"南胥月说道。

他的脚上有旧伤,长衫之下半截义肢,平时走路总是徐缓,让人很难发现他的残疾。但此刻暮悬铃伏在他背上,他走得急切,便清晰地感受到他所经历过的坎坷。

暮悬铃的心口伴随着呼吸而阵阵绞痛,疼痛之余,还有一丝难以言喻的

心酸。

——你不必对我这么好的……

这一千多步，每一步都踩在她心上。

然而还没有等他们回到传送阵处，一个高大的身影便拦住了去路。

玄袍祭司面含微笑，站在不远处的梅花树下，拈花一笑，仿佛奔赴一场期待已久的约会。他低头轻嗅梅香，却用指腹轻轻捻碎了花瓣，微微上挑的银瞳斜睨驻足不前的二人，薄唇勾起一抹浅笑。

"小铃儿，该回去了。"

南胥月缓缓放下暮悬铃，打开了法器折风。

"我拦住他，你去法阵那里。"南胥月说。

桑岐轻蔑一笑："南庄主，就凭你，恐怕拦不住我。"

拥雪城的结界也拦不住他，只是他不愿意和谢雪臣正面交锋，便以魔蛟调虎离山，损失一点心头血，倒也无所谓。

暮悬铃的呼吸颤抖着，虚弱地开口道："师父，你别伤了他。"

桑岐微笑道："好，你乖乖过来。"

暮悬铃艰难地抬起脚，却被南胥月紧紧握住了手腕。他目光肃然，握着折风的手指节发白，却没有一丝颤抖，他坚定地举起法器，折扇唰地打开。

桑岐只看到折扇这面是一片竹林，画工栩栩如生，隐隐有穿林打叶声自扇面里传来，忽然，扇中竹叶真的动了起来，化成一片片青色利刃卷向桑岐。

桑岐有些诧异地挑了下眉，随手一挥，竹叶便化为青灰。

"不自量力。"桑岐轻哼一声，但随即便皱紧了眉头。

因为眼前两人已然消失。

折扇的另一面，是一片山河社稷。

暮悬铃没想到，南胥月的折扇之中竟另有乾坤，在桑岐挥袖之际，南胥月带着她进入了扇中世界。

这里一片祥和，鸟语花香，流水潺潺，宛如世外桃源。

南胥月轻轻喘息，道："这是蕴秀山庄祖上一位法相尊者开辟的小洞天，我以法阵将其入口连接于扇面之上，虽可暂时躲避桑岐，但非长久之计。我不知

道他实力深浅，若是有法相之力，他便能撕扯出空间缝隙进入此间。"

暮悬铃脸色煞白，道："他比我想象中的，更加可怕。这些年，他一直隐藏着真正的实力。"

"他故意引开谢雪臣，应该没有与之正面匹敌的实力。"南胥月面色凝重，低头思索，"我们只需要撑过一时半刻，谢雪臣杀了那头魔蛟，桑岐便会铩羽而归。"

"那头魔蛟不简单。"暮悬铃面露忧色，"那本是一头妖蛟王，被桑岐打败后，抽筋锁魂，炼成了法器，它虚实合一，极难对付，谢雪臣几日前才以元神承下法相自爆之力，如今实力恢复不足七成，我担心他再次受伤，桑岐会趁机出手。"

南胥月愣愣地看着她，忽然笑了出来。

暮悬铃讶然抬头，看着南胥月："你笑什么？"

南胥月无奈道："到了此刻，你仍是在为他担心。"

暮悬铃睫毛轻颤，垂下了眼，无言以对。

南胥月轻叹了口气，温声问道："你方才忽然脸色发白，是心口绞痛吗？"

暮悬铃点了点头，道："不知为何，忽然绞痛起来。"

原先她也曾心口绞痛，以为是魔气溢散的缘故，但如今已经散功，心口的绞痛非但没有平息，反而加剧了。

"我只担心，这与桑岐有关。"南胥月抚上她的手腕，细细查探脉象，却查不出究竟。

桑岐的手段令人难以猜测，南胥月对法阵的精通堪称人族第一，但桑岐对魔气的运用更是出神入化，这是南胥月作为一个凡人无论如何也难以碰触的领域。

"南胥月。"暮悬铃深吸了口气，认真地看着南胥月的眼睛，正色道，"如果他再追来，你就不要管我了，他来捉我，绝不会是为了杀我，我不会有事的。"

"别说傻话了。"南胥月轻叹道，"你魔功散尽，九死一生，被他捉回魔界，纵然不死，也是生不如死。"

"我早就习惯了，那是我的归宿，与你无关，不该拖累你的。"暮悬铃淡然一笑，"从魔界离开的这几天，我就像做了一个美梦，梦醒了，也该回到现

实了。"

南胥月想要说什么，却被暮悬铃打断了。

"我明白你的心意了，但是我不接受。"暮悬铃看着南胥月眼底的悲伤，忍着强烈的愧疚和心酸，说出真心话，"你是我珍视的朋友，我不愿意你为了我而受伤。"

"朋友……"南胥月明润幽深的双眸涌动着压抑的情感，"原来如此。"

"你能走出灰暗，是因为你自己，不是因为我的无心之语。"暮悬铃轻轻叹了口气，她不忍见南胥月受伤，不自觉地放柔了语气，"我不值得你那么喜欢。"

南胥月忽地低笑了一声，暮悬铃诧异地看向他俊秀的侧脸，只看到他唇角勾起一抹苦涩的弧度，似笑而非笑。

"铃儿，方才在地牢之中，我似乎有些话还没有说完。"南胥月忽然转移了话题，暮悬铃有些茫然地皱起眉头。

南胥月微微仰起头，双眸漆黑幽深，像没有星月的黑夜。

"你那时候说，你父亲放过了害你的罪魁祸首。"暮悬铃低声说。

南胥月笑了笑："倒也没有全部放过，至少，薛氏死了。"

"啊！"暮悬铃惊呼了一声，"是被你父亲杀了吗？"

南胥月说："她为南星晔顶罪，担下了所有罪名，在我面前自尽了。"

南胥月始终难以忘怀的，是薛氏临死时的眼睛，她是笑着的，她满意了，她的儿子能得到一切，而自己只是死了，那已经很值了。

"我本来是愤怒的，因为父亲的不公和偏袒，但是那一刻，我忽然只剩下羡慕了。"南胥月淡淡笑道，"有一个人那么爱他，甚至可以为了他欣然赴死。"

"而我这一世，都不会遇到这样的人。"

南胥月也是后来才明白，那一丝失去的悔恨，是何时成为他的心魔。

在看到暮悬铃对谢雪臣热烈真挚的喜欢、不求回报的付出时，他才明白，自己错过了什么。

他也觉得自己十分可悲可笑，他喜欢上的，是铃儿这个人，还是喜欢她对另一个人的深情与无悔？

这世间最聪明的人，也勘不破情关，他只能遵循自己的内心，在此刻紧紧

抓着她的手。

这一方天地陡然晃动起来，南胥月将暮悬铃护在身后，沉声道："他来了。"

天空撕裂出一个黑色的缺口，一只苍白的手自缺口中探出，魔气四溢，空间摇摇欲坠。

南胥月面色凝重，他知道自己无法再支撑这个空间，而时间才过去半刻钟。

空中的缺口豁然急速扩大，南胥月抓紧了暮悬铃的手，忽然整座空间如同碎掉的瓷器一般四分五裂，暮悬铃只觉身子一轻，和南胥月双双跌落在地。

他们仍在原处，而桑岐手中抓着一把揉碎的折扇。

"以一个凡人来说，你做得很不错了。"桑岐不吝啬夸奖，"所以我还是杀了你吧。"

暮悬铃瞳孔一缩，她看到桑岐指尖微动，身体便先意识一步推开了南胥月，挡在南胥月身前。一个黑色手掌拍在暮悬铃后背，哪怕桑岐临时卸去大半魔气，暮悬铃还是被击飞出去，猛地吐出一口鲜血。

"愚不可及。"桑岐皱了下眉，身形消失于原地，又出现在暮悬铃身旁，伸手捞起重伤的暮悬铃抱在怀中。

暮悬铃浑身剧痛，无力反抗，但仍残存着一丝意识，虚弱的声音断断续续道："桑岐……你杀了他，我……就自尽。"

"呵。"桑岐冷笑道，"为了一个不喜欢的人，也能做到如此？你的命就这么贱吗？抑或是，你真的不想活了？"

长睫无力地扇动，她没有回答桑岐的问话。

一股凌厉的剑意直追桑岐面门，桑岐神色一凛，消失于原地。

半身浴血的谢雪臣出现在桑岐面前，钧天剑剑气凌厉，丝毫不减。

竟然只用了半刻钟就解决了魔蛟——桑岐心中惊骇。

"谢宗主看来付出了不小的代价。"桑岐看到谢雪臣身上的血，若有所思，"嗯，为了赶来阻止我？"

谢雪臣没有和他废话，钧天剑再起，速度如此之快，发出锐利的尖啸声。桑岐银瞳眯起，魔气在身前结成盾牌，身形忽闪，已在十丈之外。

谢雪臣穷追不舍，脚下鲜血滴滴落入雪中，宛如红梅。

"谢宗主，现在你是强弩之末，真要打，你未必是我的对手。"桑岐的声

音远远传来,"为了暮悬铃,和我生死斗,值得吗?"

谢雪臣抿着唇不语。

那头魔蛟在法阵的加持之下,虚实相生,实在难以对付。谢雪臣担忧暮悬铃安危,想要速战速决,便只有一个办法,那就是拼尽全力,将整头魔蛟都纳入攻击范围之内。

找不到实处,就把全部当成实处来打。

玉阙天破阵催发到极致,他以身入阵,拼着两败俱伤,将魔蛟斩于剑下,立刻便赶到城内寻找暮悬铃。

但还是迟了一步,让桑岐劫走了暮悬铃。

"谢宗主。"桑岐的声音满怀恶意,"告诉你一件事,小铃儿是奉我之意接近你,目的是得到玉阙经,她从未真正喜欢过你。"

谢雪臣一剑破空,刺中了虚空之处,剑尖渗出了一丝血。

桑岐的身形显露出来,脸色发白,银瞳闪过异色:"你不信我说的?"

他非但不信,还趁机找出了他的所在。

谢雪臣鸦青色的长发因灵力激荡而飞舞,长剑金光落入凤眸之中,发出慑人的光彩。

却在这时,虚空之中打开了一个圆形的通道,其中隐约可见绯色之月,桑岐松了口气,后退一步,身形闪入通道之中。谢雪臣身形如电追上,不惜拼着重伤之躯身入魔界,然而一团黑影骤然出现,挡住了通道。

黑影化为人形,是一个似男似女的魔物,正是欲魔。

谢雪臣被阻上一息,便彻底跟丢了桑岐。

欲魔有些委屈和害怕地对上杀气腾腾的谢雪臣,整个魔都抖了起来。他垂涎谢雪臣的美色,尤其是白衣浴血的剑神,别有一番凄美壮烈的滋味。他吞了吞口水,又无法控制自己对力量的恐惧。

主惊忧怖的应该是痴魔,他是只会享受的欲魔,不该害怕的。

欲魔变幻出了暮悬铃的模样,笑道:"谢宗主……"

话音未落,便被钧天剑气打成了一道黑烟。

谢雪臣冷眼看着通道消失之处,撑着自己的一口气骤然消散,他身子一晃,从半空中跌落。钧天剑化成一片金光小舟,托着他落于雪地之上。

身下的雪缓缓染成了红色，一根白玉发簪自怀中落了出来。

他从面馆赎回发簪，微凉的玉簪被掌心焐热了，他想带回去还给她，却又私心地想留下来。

让铃儿留在拥雪城吧……

这个念头一次次地在脑海中回响。

但他还是留不住。

面对魔蛟时，他知道自己的选择，铃儿和拥雪城之间，他终究还是选择了后者。

暮悬铃于剧痛中苏醒，后背处有如火烧一般灼痛，连着心肺也阵阵刺痛，让她忍不住轻咳出声。

"醒了。"桑岐的声音由远及近，黑色的长袍出现在视线之中。

"如果我不是撤了力，你恐怕已经死了。"桑岐冷笑了一声，"怎么，你不是喜欢谢雪臣吗，难道又变心喜欢上那个瘸子了？"

暮悬铃抿着唇不说话。

她此刻正躺在桑岐的丹室之中，放眼所及，是各种丹药和法器，这是她过去七年里最熟悉的地方，桑岐在这里教会了她许多，也让她痛不欲生。每一次魔气灌体，都是一次酷刑。

桑岐在她身前半蹲了下来，捏着她细瘦的下巴强迫她抬起头来，银瞳中闪烁着恶劣的笑意："看样子吃了不少苦，这么辛苦练了七年魔功，却被谢雪臣打散了，我看你倒是乐意得很。"

暮悬铃垂下眼，不愿与他说话。

"孩子长大了，越来越叛逆了，师父说的话，也不听了。"桑岐手上加重了力道，暮悬铃白皙的脸颊上便留下了红色的指印，她微微皱起眉头。

"当初给你半日芳华的时候，我可跟你说过，接近谢雪臣，让他喜欢你，但你不许动心？"桑岐嗤笑道，"看你这不驯的神情，似乎对我很是不满。小铃儿，不管怎么说，当初也是我把你从明月山庄救出，还教了你一身本事。叫了七年师父，现在遇到喜欢的人了，就不认师父了吗？"

暮悬铃死死咬着牙关，忍着疼不吭声。

第七章 选 择

"现在连话也不愿意和师父说一句了啊。"桑岐"啧啧"摇头，松开了对她的桎梏，"我知道你心里恨我，这些年来，支撑你活下去的念头，让你撑过每一次魔功濯体之痛的力量，就是复仇。"桑岐勾唇一笑，"你一直想杀我。"

暮悬铃一惊，瞳孔收缩，僵硬地看着桑岐。

——他知道？

桑岐笑了，他缓缓直起身，修长的手按在暮悬铃脑袋上，居高临下地微笑道："我怎么可能不知道？你以为那么多的半妖，我为什么收你为徒，仅仅是因为你资质好吗？"

"为什么……"暮悬铃哑声问道。

"因为在你昏迷的时候，我对你搜神过。"桑岐残忍地笑了，他在她的神识中看到了她生命中最重要的那些画面，"我知道，你心里藏着一个人，那个人为了救你而死，我甚至知道，那个人是谢雪臣，但是，你好像不知道。"

"你知道……"暮悬铃浑身巨颤，眼泪夺眶而出，她愤恨地瞪着桑岐，"原来你什么都知道，可是为什么？"

"为什么瞒着你是吗？"桑岐笑道，"这个问题有点蠢，你自己想想，我又为什么要告诉你？"

桑岐一脸兴味盎然，面含笑意："这些年，你一直努力修炼，你想杀了我为谢雪臣报仇。而我，就喜欢看你努力的样子，恨是一种强大的能量，心中的恨越强，能发挥出的力量也就越强。"

暮悬铃无法理解桑岐的想法，他的心思太深了，他的恶意也太强了，他根本不是个人，也无法用人的心思去揣摩他的所作所为。

"你为什么给我半日芳华，让我救谢雪臣？"暮悬铃问道。

"我告诉过你，为了让你接近他，骗取玉阙经。"桑岐无奈地摇了摇头，"我说真话的时候，总是没有人相信。"

桑岐缓缓道："如果当日在熔渊能问出玉阙经，那谢雪臣死就死了吧，但是问不出来，我也只好出此下策。我心想，你们有一段前缘，你对他又有救命之恩，他们自诩正道人士，不会杀救命恩人，只要你跟在他身旁，套出玉阙经的机会应该是不小的。"

"我并不想要玉阙经，我只想陪在他身边。"暮悬铃忍着心口绞痛，冷冷

道,"让你失望了。"

桑岐忽然大笑了起来,暮悬铃错愕地看着失态的桑岐,他捂着额头,似乎听到了什么笑话,难以自抑地笑出了声,半晌才放下手,露出微红的眼角,看着暮悬铃的眼神有些古怪。

他一步一步走近,将暮悬铃逼到了角落,苍白柔美的手覆住她的眉心,一丝略显冰冷的体温让她轻轻一颤。

"你不明白吗?"桑岐轻轻叹息,"他打散了你的魔功,却把玉阙功传给了你,铃儿,他待你倒是极好啊。"

桑岐话音刚落,一股奇妙的灵力波动便在暮悬铃眉心荡开,就像一滴水滴入了湖泊,荡开了一圈又一圈的涟漪。

她的身体产生了奇妙的变化,眼前仿佛展现出一个新奇而陌生的空间,那里云雾飘荡,空旷寂寥,精纯的灵力充斥四周,随着她心念一动,那些灵力便向全身扩散开来,她仿佛沉浸在温暖的泉水之中,身上重新充满了力量。

这股力量……是谢雪臣的……

"原来这就是玉阙经的奥秘。"桑岐的银瞳迸射出慑人的亮光,他兴奋得微微颤抖,"我就知道,七年前他自毁神窍,怎么可能修为不降反增,原来玉阙经,可以重铸神窍!"

暮悬铃震惊地看着如痴如狂的桑岐,她睁大双眼,许久才明白,谢雪臣到底做了什么。

让一个半妖拥有神窍,这是足以改变三界格局的决定。半妖生来便有修为,但因为没有神窍和妖丹,注定无法更进一步修行,桑岐另辟蹊径,修炼魔功,却非正途。

暮悬铃攥着衣襟的手颤抖起来,眼中热泪滚落。

原来他给的喜欢,不是只有一点点……

他散去她的魔功,是想她免受魔气灌体的疼痛,也不用惧怕烈日灼烧,可以享受人世间的温暖。

他传给她玉阙经,是想她可以修道,不为长生,只为她能好好地活着……

可是他没有说,她不知道。

他的温柔,无人知晓。

暮悬铃颤抖着手，抚上眉心温暖之处："我之前……没有感受到它的存在。"

桑岐缓缓平复了情绪，噙着笑道："当时仙盟法相齐聚拥雪城，他大概是怕你拥有神窍之事被人察觉，才掩盖了神窍的存在。不过骗得了别人，却骗不了我。"

"你如何知道的？"这也是暮悬铃疑惑不解之处。

"你是否时常觉得心口绞痛？"桑岐从暮悬铃脸上得到了自己想要的神情，勾唇一笑，"因为我在你心上种下了一种咒，它有个好听的名字，叫作'灵犀'。"

"心有灵犀一点通。"桑岐缓缓念道，"因此，无论你在哪里，我都能感知到你的方位，你身体的变化，我也能随时知晓。你被散功，被开启神窍，我都比你更加清楚。铃儿，我既然早知道你心恋谢雪臣，又怎么可能不留后手？"

"所以你玩弄人心，布了那么多局，都是为了得到玉阙经。"暮悬铃轻咳几声，苦笑道，"现在你把我抓回来，也是同样的目的。"

"我必须这么做。"桑岐叹息道，"修炼魔功，虽然提升实力，但仍然无法改变半妖的宿命，我的寿命即将走到终点，但是开启神窍，我便能继续修行，突破千年之寿，甚至更长。"

"活那么久，又有什么意思……"暮悬铃不理解桑岐对长生的贪求。

"因为我还有很重要的事需要完成。"桑岐眼中浮现狠厉之色，他低头看向暮悬铃，虚情假意地揉了揉她的发心，"借助灵犀，我能从你身上领悟玉阙经，只是你难免受一点苦。铃儿，你终究还是我徒弟，虽然你恨我，但我也不会害你。"

暮悬铃冷笑一声。

桑岐伸出左手，掌心托着一个黑色瓷瓶，他眼神一动，瓷瓶的瓶盖便掉落下来。

暮悬铃警惕地盯着那个瓶子，哑声问道："这是什么？"

"这是让你忘了痛的药。"桑岐微微一笑，温声道，"是悬天寺的秘药，名为悟心。悬天寺的行者晋升法相，必须舍弃一切俗世情爱，断绝亲情，舍小爱，成就无疆大爱，喝下这种药，仍然记得俗世之事、身边之人，但是回想一切，却不再有爱恨情仇，心中再无波澜。此药极为难得，世间所剩无几，我二十年

前得了一瓶，重新炼制了这瓶药水，却和普通的悟心不一样，只要在其中加上一滴血，你便只会对这滴血的主人忘情绝爱。

"你所有的爱因谢雪臣而起，对师父的恨也是因他而起，只要忘了爱他，自然也不会恨我，你我师徒再无芥蒂，我才放心留你性命。"

暮悬铃惊愕颤抖地看着桑岐逼近，摇头道："不，我不喝……"

"我是为了你好。"桑岐温声安抚道，"铃儿，对人族动情，有害无益，人心最是多变，今日温言软语，明日便翻脸无情，师父是不忍心见你受伤。"

暮悬铃被逼到了角落，她双手紧紧捂着嘴，滚烫的眼泪滑落，打湿了手背。

"喝下之后，你对谢雪臣再无半点人世情爱，你只知道，你接近他，是奉师父之命，骗取玉阙经。"桑岐银瞳中的笑意冰冷而残忍，"他也会明白，自己被骗了，如果他由此生出心魔，倒是最好不过。"

暮悬铃泪流满面，用哀求的眼神看着桑岐。

"铃儿，你太软弱了。"桑岐的眼神缓缓变得冷酷，一股无形的力量拉开了暮悬铃的双手，将她的手牢牢固定在两侧，桑岐扼住了暮悬铃的下颌，逼迫她张开嘴。

鲜红如血的液体仿佛有了生命，从黑色的瓷瓶口爬了出来，悬浮于空中，缓缓流向暮悬铃口中。

她呜咽着奋力挣扎，却被桑岐狠狠压制住了，眼泪汹涌而出，无力阻挡冰凉的液体滑过喉咙，流入腹中。

很冰很凉，那股刺骨的凉意从腹部缓缓地扩散开来，几乎将她冻住了。

桑岐松开了对她的桎梏，暮悬铃浑身颤抖着伏在地上，干呕着，徒劳地想要吐出那些毒液。

"没用的，一旦入口，便没有挽回的余地了。"桑岐轻笑道。

暮悬铃捂着嘴，哽咽着，似哭似笑，似癫似狂，她缓缓抬起头，眼眶通红，感受到那丝凉意漫过心尖。

"桑岐，你爱过人吗？"她哑声问道。

桑岐的笑容渐渐敛去。

"她伤害了你是不是……二十年前，你断了一臂，是因为谁？"

"闭嘴！"桑岐冷声打断她，周身散发出恐怖的气息。

暮悬铃笑着，眼泪却夺眶而出："可是桑岐，你受过骗、受过伤，也仍然不愿意喝下悟心，为什么？"

"你不想忘了她给过你的那点温暖，哪怕可能是假的。"

暮悬铃说："我也不愿意！"

彻骨的寒意冻结了她的全身，她闭着眼，含着泪陷入了昏迷之中。

与他初识的点点滴滴，这七年来反复回味，她一天比一天想他，她也曾想过一了百了，身死道消，随他而去。但是半妖死后没有灵魂，碧落黄泉，她又上哪儿去找他？

为他复仇的信念，对他的思念，支撑着她在魔界度过生不如死的七年，直到与他重逢。

他忘了她，没关系，只要能看到他活着，她就很开心了。

她模糊的意识中隐约浮现谢雪臣的面容。

——魔族生性歹毒，妖族最会骗人。

——可是有一句话却是真的。

——哪一句？

——喜欢你的那一句。

谢雪臣……

我没有骗你……

撕心裂肺的疼痛蔓延开来，回忆那么鲜明，却又褪去了所有的色彩，被一层层地冰封起来，他在她的回忆里不再是特殊的存在，她再想起他，也不会有任何喜悦与疼痛。

——那我活着，还有什么意义……

她生来就没有意义。

自有记忆起，她便是游走于人世边缘的野兽，她动作灵敏，四肢强韧，耳聪目明，很小的时候便能轻易地捕猎到食物填饱肚子。她从附近的村落里偷偷拿走别人不要的破衣服遮蔽身体，学着人族用火煮食物，甚至也学会了说话。她喜欢躲在暗处看他们生活，人族比山野里的动物聪明多了。她还听说，学堂里的先生是最聪明的，于是每天早晨，她便会躲在学堂外的树上，晒着暖暖的

太阳,偷听先生讲课,散学后,她就兴味盎然地看人族的小孩玩闹。

她也想和他们一起玩,他们看起来很开心的样子。

那一天,她仔仔细细地洗过脸和手,把打满了补丁的衣服收拾得整整齐齐,想要和孩子们一起玩。她以为自己也是一个人族小孩,但是她的出现,让其他人受到了惊吓。他们对着她的脸指指点点,说她一定是长得太丑,才会被父母扔掉。她有些委屈地摸了摸自己的脸,脸上有金色的花纹,这是她和别人不同之处。一个高高壮壮的小哥哥过来推她,要把她赶走,她有点难过,只是轻轻拨开他的手,他不知怎的就飞了出去。其他孩子都吓坏了,他们尖叫着引来了大人,一个背着剑的中年人十分凶狠地拿绳子捆住了她,说她是半妖,作恶多端,伤害人命,要把她送去明月山庄。

从那以后,她便成了明月山庄的一名妖奴,戴在她脚上的锁灵环编号零零,她没有名字,零零便成了她的名字。

听说前一个零零也是个半妖,死的时候六十岁。半妖的身体强于凡人,往往也有两三百的寿数,但沦为妖奴之后,受锁灵环的影响,还有日夜不停的劳作,他们往往不到百岁便会身亡。

身边的妖奴大多长了一张麻木的脸,他们仿佛没有了意识,不愿意多说一句话,只是机械地履行总管的指令,以此来减少挨打,多换取一口粮食。

她当时年纪小,也许五六岁,也许七八岁,心里总还向往着山野之间自由自在的生活,她偷偷溜走了几回,但是因为锁灵环的束缚,离开明月山庄超过三十里,锁灵环便会生出灵刺,狠狠地扎进胫骨之中,让她鲜血淋漓,痛晕过去。

她被人抓了回来,被总管发配去做脏活儿累活儿,挑起重于自己几倍的担子,一步一步地走着,每一步都是一个血脚印。

"半妖力气就是大,当妖奴最合适了。"总管挥着鞭子跟人闲聊,"也得亏有我们明月山庄看着,不然这些半妖在外面游荡,可不知要有多少人受害。"

她撇了撇嘴,心想我又没有害人。

最多只是拿了一点他们不要的破衣服。

总管说,半妖有人身,长出兽形有碍观瞻,于是有些半妖被割了兽耳,被砍了尾巴。割掉兽耳的,便相当于聋了,砍了尾巴的,走路便也不稳。有次她

第七章 选 择

奉命喂马，被大小姐看到了她的脸，大小姐吓了一跳，嫌恶地一鞭子抽在她脸上，让她滚远点。总管赔笑道歉，打了她一顿，勒令她戴上铁面具，不许吓到人，若是让他看到面具掉下来，便把面具焊在她脸上。

她吓坏了，从此不敢在人前摘下面具。

她慢慢地学会了控制自己的妖力，不让锁灵环再刺进骨里，右脚疼得久了，好像也就麻木了，随着年纪一年年长大，她也逐渐习惯了那样的生活。

她想，自己大概会和上一个零零一样，在明月山庄浑浑噩噩地过上几十年，再也不想说上一句话，最后无声无息地死去。

直到六年后，她遇到了一个人。

她在风雪漫天时与他相遇，他问她冷不冷。

十几年来，第一次听到这样的问话。

她说，我是半妖，半妖是不会冷的。

他解开身上的裘衣披在她身上，用温暖的掌心包裹住她冻得通红的双手，他什么话都没有说，幽深的眼中蓄满了她看不懂的沉重。

回暖之时的刺痛与麻痒让她明白，半妖也是会冷的，只是没人在乎过、没人关心过。

他轻轻摘下她的面具，没有嫌弃她生得丑陋，覆着薄茧的指腹温柔地抚触她面上的妖纹，微笑着说，很美。

她顿时红了脸。

他听到她腹中饥肠辘辘的声音，她难堪地低下头，他却抱着她，御剑而起，让他伏在她怀里躲避霜雪，带着她到了附近的城镇，为她包下整座酒楼，让她吃了有生以来最为满足的一顿饭。

她咬着筷子，得寸进尺地试探道："听说酒是人间美味……"

他轻轻摇头，少年的声线有丝动人的沙哑，十分果断地拒绝了她无理的要求："你还小，不能喝。"

"好吧。"她乖觉地点点头，眼珠子骨碌碌转着，有些忐忑地问，"你为什么对我这么好啊？你……是不是想让我做什么事？"

他漂亮的凤眸中浮动着柔和而温暖的微光，温声道："我只是希望你开心。"

她狐疑地皱起眉头，一颗心悬了起来："难道你……是我失散多年的亲爹？"

少年愕然，随即在她额上轻轻弹了一下，哭笑不得道："你希望如此？"

她有些遗憾地垂下脑袋："如果是，倒也挺好。"

"为什么？"

"那样，你就会带我走了吧。"她眼中流露出一丝向往，"你把我扔下这么多年，总要补偿我的……吧？"

"呵……"少年低笑一声，纤长的睫毛掩住了眼底复杂的情绪，"那你想我怎么补偿你？"

"我想要穿漂亮的衣服，吃好吃的东西，住大大的房子，每天能睡两个时辰！"她一脸憧憬地说出自己对美好生活的幻想。

"好，我带你去。"他宠溺地揉了揉她的脑袋，"你现在吃饱了，我带你去买衣服，好不好？"

"好的，爹！"她甜甜地叫道。

少年失笑摇头，牵起她的手，认真道："不许喊我爹。"

"你又不告诉我你叫什么名字。"她不满地嘟囔一句，"那我叫你什么呀……"

"除了这个，别的都可以。"

"那……叫你大哥哥好吗？"

"……好。"

那是她这一生中最快乐的一天，他笑着任她闹，满足了她许许多多合理的不合理的要求。那样冷淡清俊的人，掌心却是如此温暖，他始终牵着她的手没有放开。他笨拙而耐心地帮她绾起细软的长发，心疼地为她擦拭身上的新伤旧患，他想用重剑万仞劈开锁灵环，却让她疼得浑身直颤。

"锁灵环寻常外力难以破坏……"他皱起眉头，"除非有法相之力，但我只是元婴。"

"算了，别勉强了。"她小脸煞白，右脚轻轻颤抖，"反正这么多年，我已经习惯了。"

他眼眸暗了下来，说："我去明月山庄，让他们放了你。"

"大哥哥，你到底是谁啊，他们会听你的话吗？"她好奇地问道。

她记得很多年前，蕴秀山庄的南公子也这么说过，但是最后也没带走她。

"大哥哥，没关系的，别勉强了。"她安慰地覆住他的手背，"虽然只有一

天，但我也很快乐了。"

虽然她有些担心，今天溜走一天，总管交代的任务都没做，明天又要受罚，但是有这样满满一天的快乐，就足以让她一辈子回味无穷了。

她还是有点遗憾，大哥哥不是她失散多年的亲爹。

"铃儿，我一定会带你走。"少年轻抚她的鬓发，怜惜地说，"以后……你要好好地活着。"

"我一直都好好的。"她笑嘻嘻地说。

"傻姑娘。"他看着她手背上的伤痕，有些悲伤地说。

他带着她回到了明月山庄，他让她躲起来，自己去见了庄主。她听话地躲起来了，但是总管还是跟着锁灵环的方向找到了她，他斥责她偷懒，还偷了小姐的衣服，抓着她去见大小姐。

大小姐看了她一眼，嫌恶地扭过头说："这不是我的衣服，也不知道是哪里偷来的，打五十鞭关起来吧，这几天庄上客人多，别叫人看了笑话。"

总管点头哈腰称是，便让人押着她下去受刑。

怕惊扰了客人，她被堵上了嘴，按在偏院里挨了五十鞭，身上渗出了无数血痕。

天暗了，她昏昏沉沉地想，是不是大哥哥走了？

四处忽然起了火光，有恐怖的嘶吼声，还有喊叫声响起。她费力地抬起眼看向外面，却眼前一黑，被人拎了起来，随后扔进了屋里。

一个苍老的声音说："这个妖奴和小姐身形差不多，给她换上小姐的衣服，我带着她引开追兵。"

"她身上有妖气。"总管说。

"我会遮掩妖气的。"

她意识模糊地想起，这是长老的声音。

她被人胡乱地穿上了小姐华丽的衣衫，被人扛在了肩上，感觉到风霜扑面而来，她被长老扛着逃离明月山庄。

那时她还不知道发生了什么事，微微睁开眼，看到身后有大片黑影追过来，长老边打边退，她身上痛得厉害，不一会儿便晕了过去。

再次醒来，已是在一片血泊之中。

她被一个人死死地护在怀里，鼻尖闻到了冰雪与梅的香气，一滴滴的温热落在额上，她恍惚地抬起头，看到了大哥哥清俊而苍白的脸。

"大哥哥……"她哑声喊道。

身旁是一片尸山血海，他紧紧抱着她细瘦的身体，呼吸越来越沉重，气息越来越微弱。听到她的呼唤，他低下头，朝她露出一个温和的笑容。

"铃儿，别害怕。"

他们被妖兵和魔兵包围了，长老已经死了，而大哥哥身上伤痕累累。

"我不是高家小姐，你们弄错了。"她冲着那些妖魔失声喊道。

但是那些杀红了眼的妖魔根本没有理会她的话。

"杀了那个剑修，他已经快不行了！"领头的妖魔咧开嘴，露出尖利的獠牙。

少年深吸了一口气，忽地抬起一只手，轻轻按在她的后脑勺，将她摁在怀中，温声说："铃儿，别看。"

她的眼前一片黑暗，只听到他胸腔内有力的搏动，还有一声压抑在喉间的闷哼。

一声轰鸣在身后炸开，她听到无数妖魔的惨叫，好像刚刚那个瞬间，太阳在身旁降临。

他胸腔内的搏动骤然慢了下来，喘息声越来越重，他无力地垂下了抱着她的手，她终于能够抬起头看他了。

万仞碎了一地，他的脸上没有一丝血色，眼中含着悲伤的笑意。

"铃儿，你快走……"热血从他唇角溢出，他艰难地说着，"桑岐很快会来……"

"大哥哥……"她颤抖着想擦掉他嘴角的鲜血，但是血越流越多，她害怕极了，从未有过地害怕，好像自己生命中最重要的东西，正在一点点被抽走。

"大哥哥，你怎么啦？你是不是很疼？"眼泪啪嗒啪嗒地掉了下来，她哽咽着抚摸他的脸，想把自己的温度给他，就像他给过她的那样。

"铃儿，听话，快走。"他想推开她，却没有力气，"我会没事的，仙盟的人很快会来，你走！"

他几乎用上了所有的力气吼她，但是她没有走，跪在他身旁手足无措地抱着他。

"大哥哥，我们一起走，你说好，要带我一起走的！"她忍不住哭了出来，几乎是吼着对他说，"你不能骗我！我不要自己一个人！"

"铃儿……"他嘴唇微张，无力地喊出她的名字，"你要好好的……"

"我不好，我一点都不好！"她哭着说，"我只是一个妖奴，除了你，没有人关心我，没有人爱我，你说带我走，我信了的！刚刚他们打我，我一点都不难过，我想大哥哥很快就会带我走了，以后每天都能和你在一起，只是想想，我也觉得很快乐。

"大哥哥，无论你去哪里，我都跟你一起去……"

天涯海角，碧落黄泉，我跟你一起去……

她力气很大，将他背在了背上，眼泪汹涌，看不清眼前的路，有温热的鲜血顺着她的颈间流过，背上那人的身体却越来越凉，像雪一样凉。她死死咬着自己的唇，不让自己哭出声来，却控制不住浑身颤抖。

"大哥哥……你别走……"她颤抖着喊他，可是没有得到回应。

她力气透支，踉跄着跌倒在雪地里，少年冰冷的身体跌落在旁，她急忙爬过去，紧紧抱着他，眼泪湿透了他的胸口。

"大哥哥，你醒醒……"她摸了摸他的脸，伏在他胸膛上，怎么都听不到一丝心跳。

他的十指僵硬冰冷，也无法温柔地握住她的手了。

她愣愣地跪在他身旁，风雪又凶又急，像是在为谁举办一场盛大的葬礼。

心脏猛地抽搐了一下，腥甜溢出了喉咙，落在他的胸口。她伸出手，想擦去他胸口的血迹，怕自己弄脏了他的身体，但是那鲜血逐渐渗透，怎样也擦不去了。

大雪一层层地覆盖住他的眉眼、他的身体，想要把他从她身边夺去。

"啊啊啊——"

她攥紧了他的手，发出痛苦的悲鸣，剧痛在心口爆炸开来，她感觉到有什么东西从身体中被抽出，她眼前一片模糊，只看到了一片白茫茫，还有星星点点的梅红。

好像又有妖魔追来了……

她跟跟跄跄地站了起来——不能让他们发现大哥哥的尸体，否则他们会作

践他的。

他冰雪一样高洁,梅花一样孤傲,不能让他受到侮辱。

她意识混沌地在雪地里跑着,想要引开那些人。

她的大哥哥永远留在了那片雪地之中。

不知过了多久,她重新睁开眼,便看到了一轮绯月。

"我们半妖,生来被人遗弃,没有生辰,没有姓名。"暮悬铃听到头顶传来桑岐说话的声音,抬起头,看到了比自己高大许多的黑袍祭司。

"我是被遗弃于歧路的扶桑之下,故自名桑岐。"桑岐看到了虚空海边的黑色魔树,淡淡道,"你是逢魔时刻的悬铃花,便叫暮悬铃吧。

"你自幼孤苦无依,在明月山庄受尽磋磨,今日我收你为徒,你要记得,你的仇人是那些残忍的人修,他们伤害你、作践你,总有一日,你要踩在他们头上,让他们称你为王!"

暮悬铃听到自己稚嫩的声音说:"也不是所有人修都这样……"

脑海中闪过一个白衣少年的背影。

"那又如何。"桑岐冷笑道,"也该让他们体会一下我们的痛苦了。"

那些珍藏在心底的记忆,一幕幕如走马灯流转而过,最终变得苍白,再激不起半点漪澜。

第七章 选 择

第八章 断 念

桑岐夜袭拥雪城，救走暮悬铃，重创谢雪臣，这个消息一夜之间传遍仙盟，世人皆惊。

众人前往拥雪城打听，却只得到谢雪臣闭关的消息。仙盟众人心知谢雪臣自万仙阵被俘，后来熔渊受刑七日，神窍刚刚恢复，便又拦下法鉴自爆，接连遭受重创，根本没有喘息之机，再遇上桑岐夜袭，恐怕更是雪上加霜。当夜不少人亲眼见到谢雪臣与一头魔蛟激战，浴血将其斩杀，后来又追击桑岐，耗尽心力，险些丧命。素凝真本想斥责谢雪臣不杀暮悬铃留下后患，但见其余诸人面色凝重，并无责备之意，况且谢雪臣属实付出良多，她孤立无援，便只能愤愤按下。

谢雪臣留下话，闭关一月，仙盟诸事由傅渊停暂理，众人皆无异议，只是进攻魔界之事便只能暂时停下。

傅澜生受不住阿宝的哀求，便去找傅渊停了解桑岐夜袭之事。

傅渊停坐在太师椅上，慢条斯理地品着千金一泡的灵源仙茶，似乎对仙盟之事并不着急。

"那夜动静闹得不小，桑岐派出了一条实力堪比法相的魔蛟进攻拥雪城结

界，把谢雪臣调虎离山，自己则用了秘法潜入拥雪城，救走魔族圣女。"傅渊停耐心地对自己的儿子解释道，"听说南庄主当时也在场，不过我们赶到拥雪城时，他已经回了蕴秀山庄。他一个凡夫俗子，虽然有点小聪明，但和桑歧这种手眼通天的半妖如何能比，他居然能死里逃生，倒是也有几分本事。"

傅澜生听说南胥月没事，作为他的好友，倒是替他松了口气，但傅澜生此行前来，是代阿宝问暮悬铃的状况的。

"父亲，那个魔族圣女被散了魔功，半妖祭司何必冒这么大危险把她救走？"傅澜生犹豫道，"两位实力超绝的修士对决，她夹在中间也是十分危险……谢宗主可曾说过她是死是活？"

傅渊停皱了皱眉头，扫了傅澜生一眼，不悦道："你关心这个做什么？难道你也看上那个妖女了？"

傅澜生立刻否认道："怎么可能，她可是南胥月的心上人，我怎么可能对朋友的心上人动歪心思。"

傅渊停听了这话似乎也没有多放心，眼神闪烁了一下，冷冷道："你多放些心思在修道上，你资质虽然比不上谢宗主天生十窍，但勤加修炼，百岁之前也是有望修成法相。你小时候贪玩，你母亲便也纵着你，秋水功虽有速成之效，但反而让你轻于修心，要知道，修道之士能走多远，最重要的便是道心是否坚定。"

傅澜生对修道向来不感兴趣，他为人风流，耽于享受，人生信条便是及时行乐，最受不了修道的枯燥乏味，听父亲又要说教，他便想着溜走了。

便在这时，段霄蓉走了进来。她眉眼艳丽雍容，气势凌人，唯有对傅澜生这个儿子格外溺爱纵容，远远听到傅渊停在训斥儿子，她便板着脸进来。

"澜生是我的儿子，他资质如何、道心如何，我难道不比你清楚？"段霄蓉皱眉冲着傅渊停说了一句，便又转过头对傅澜生温声道："澜生，这些日子仙盟事多，倒是母亲忽视了你的修行，可有遇到什么难处？"

傅澜生素来知道家里谁做主，立刻殷勤地给母亲斟上一杯茶，俊美的脸庞上挂着乖巧的笑容，道："没有。"

没有修行，自然就没有难处了。

段霄蓉对儿子的侍奉很是享受，满意地接过茶。

她之前也有两个孩子，不过生得早，当时她还未升法相，前夫资质也差，故此两个孩子资质也是一般，虽然开了神窍，但始终未能更进一步，早早便去世了。段霄蓉经历了两次丧子之痛，便不再草率选择道侣，而是等到自己修成法相，也寻找到合意的法相道侣，才生下傅澜生。

果然，傅澜生的资质极佳，她也对这个儿子百般宠爱，舍不得他受太多修行之累，否则也不会想出秋水功这种烧钱的修行之法。傅渊停对此并不赞同，但段霄蓉一意孤行，他虽名义上是碧霄宫宫主，但真正发话的，却还是段霄蓉。毕竟修道世界，实力为尊。

"你这个孩子向来是聪明懂事的，母亲也不为你多操心。"段霄蓉慈爱地看着傅澜生，又道，"你早晚是会修成法相的，这事并不急于求成，太着急了，反而失了平常心，我看你现在心态无欲无求，最是正好。"

傅渊停默默喝茶，不愿与道侣争辩。

"不过有件事，母亲还是得叮嘱你一番。"段霄蓉郑重道，"仙魔两道之战蓄势待发，这段时间，你就待在碧霄宫不要出战，免得遇到危险。"

傅澜生皱眉问道："既有战事发生，我身为少宫主，又岂能畏战退缩？"

"你现在只是一个金丹，轮不到你冲前面去逞英雄。"段霄蓉语重心长道，"晋升法相之前，千万得珍重自身，保全性命方是长久之道。你的战场在百年之后，你要知道，你的目标是未来的仙盟宗主。"

傅澜生心头一颤，有些不敢置信。他向来风流不羁，随心所欲，对力量没有欲望，对权力更没有渴求，竟不知道母亲对自己寄予如此厚望。

"谢宗主天人之姿，剑道之强，千年来无人能出其右，他如今才二十有五，宗主之位至少还得坐上几百年，而且，他还会越来越强。"傅澜生无奈道，"母亲，您未免太看得起儿子了。"

"呵。"段霄蓉捧着茶杯，唇角勾起一抹意味深长的笑意，"法相有千年之寿，但又有几人能活到千年？你看法鉴尊者，再看看一念尊者？真正寿终正寝的，少之又少。"

"母亲的意思是？"傅澜生心有所悟，但没有说出来。

段霄蓉道："谢宗主纵然再强，也只是个人，但凡是人，就会被杀死。你可曾见过他的剑道？他的剑道，天下缟素，我不独存，乃是玉石俱焚、不留后路的剑气，虽然一往无前，但是过刚易折，非长久之相。"

傅渊停也是微微点头，认同段霄蓉所说。仙盟之中，数碧霄宫立场最为中庸，碧霄宫之强，强在底蕴，他们最像俗世中的生意人，做的是和气的买卖，既能在素凝真面前卖好，交换利益，也不会得罪谢雪臣，端的是长袖善舞，左右逢源，对他们来说，仙盟如何，天下如何，并不重要，重要的是保全自身。

傅渊生活了二十八年，今日方觉自己懵懵懂懂，对这个世界知之其少。

"我看谢宗主对那个魔族圣女可能有点动了心思。"傅渊停神色晦暗难明，身为男人，他自觉能明白一个男人看一个女人的眼神，"这只怕会对仙魔之战有所影响。"

"只盼不要烧到我们碧霄宫就好。"段霄蓉皱了下眉头，又拍了拍傅渊生的肩膀，嘱咐道，"你啊，最是风流多情，可别被什么脏东西勾了心神。只有仙盟正统，法相之女，才配得上你。那个高秋旻倒是法相有望，来日还有可能继承镜花谷之位，你可以与她多亲近亲近。"

傅渊生下意识地往后一缩，敬谢不敏道："母亲不要开玩笑了，高秋旻一心都在谢宗主身上。"

"未来之事，犹未可知呢。"段霄蓉意味深长地笑了笑，又道，"听说你近日在宫中找人，要了弟子名册，可是又看中了哪位女弟子？"

傅渊生无奈道："母亲错怪我了，我是在找一个男子。"

段霄蓉皱了下眉头："你何时好龙阳了？"

傅渊生被噎了一下，俊脸掠过一丝尴尬，也不怪南胥月嫌弃他了，连他亲生母亲都嫌他风流。傅渊生干咳了两声，才道："是受人之托，寻找一个男修，名字叫傅沧璃。"

段霄蓉喃喃念了两遍这个名字，微微蹙眉道："似乎有些耳熟。"又抬头看了傅渊停一眼，"可是你们傅家的人？"

傅渊停笑道："我们傅家有几个人，你还不清楚吗？我看这未必是个真名。澜生的哪位朋友想找这人，若有那人的头发血肉或者生辰八字，倒是可以试一试。"

傅渊生支吾了两声，道："一个普通朋友，说了你们也不认识，我再打听打听吧。"

傅澜生逃出了房间，走出很远，阿宝才从袋子里钻了出来。

圆圆的耳朵动了动，小声问道："哥哥，什么叫龙阳啊？"

傅澜生皱眉低斥道："小孩子不要问这么多。"

阿宝有些委屈地低下头："姐姐说让我多听多看多学才会有长进。"

傅澜生忍不住微笑，却听阿宝又说："可是南公子说，跟着哥哥学不到有用的东西。"

傅澜生顿时拉下脸。

"但我还是喜欢跟着哥哥。"阿宝乖乖地说。

傅澜生顿时心软了："为什么啊？哥哥是不是有很多优点？"

阿宝眨了下乌黑圆溜的眼睛，天真问道："当然是因为你有钱啦，不然还有什么优点？"

傅澜生：也对。

阿宝："哥哥，你为什么忽然不高兴？"

傅澜生："你和外面那些人一样，都是图哥哥的钱。"

阿宝鼓了鼓腮帮子："你在外面还有别的嗅宝鼠吗？"

傅澜生："哈哈哈哈……没啦没啦，养你一只就够了！"

诛神宫的大门被缓缓推开，一个相貌妖冶、身材修长的男子缓缓走了进来，脚步声在空旷的大殿上回响。

原本昏暗的宫殿不知何时被摆上了造型各异的烛台，烛台上都被点燃了油灯，整座大殿顿时亮堂了起来。

魔尊宝座之上，一个紫衣少女半躺在华丽宽敞的软座上，一手枕着后脑，一手上下抛着一枚魔丹，双腿交叠，俏皮地一晃一晃，任由脚上的骨铃发出清脆悦耳的铃声。

听到脚步声靠近，她也没有扭头去看，兀自把玩着手中闪烁着漂亮光泽的魔丹。

"参见圣女。"欲魔带着讨好的微笑半跪下来。

"事情办好了吗？"暮悬铃冰冷的声音在大殿内回荡。

"回圣女，遇到了一点小困难。"欲魔的声音有些颤抖。

暮悬铃停下了手中的动作，一把握住魔丹，漂亮的桃花眼斜睨过去，欲魔便忍不住轻轻抖了一下。

他也不知道是哪里不一样了，总觉得这回暮悬铃回来之后，更强大了，也更冷漠了。以前她虽然下手也不留情，但眼里好像还有些人的温度，可现在有时候嘴边噙着笑，双眼却一丝光亮也没有，让人不寒而栗。

"真是没用的东西，没有脑子，连力量也越来越弱。"暮悬铃嫌弃地皱了皱眉，"原来的三魔神，只剩下你一个，哦不，你也只剩下三分之一了吧。"

三分之一被暮悬铃吞了，三分之一被谢雪臣打散了，如今的欲魔，实力只剩下三分之一，以前若还敢垂涎圣女，现在便只有跪地求饶的份了。

"师父原本说这事做得好，就将魔丹赏赐给你，让你恢复实力。"

欲魔听了这话，顿时贪婪地吞了吞口水。

"可若是做不好，就让你也变成魔丹。"

欲魔看着暮悬铃冰冷的笑脸，顿时整个魔僵住了，紧接着便是一顿求饶表忠心："圣女饶命啊！实在不是我办事不力，而是那些人修太强了！"

"弱者就会给自己的弱小找借口。"暮悬铃从宝座上缓缓走下来，像猫儿一样落地无声，唯有骨铃轻轻晃动，发出勾魂摄魄之效。

"是真的！那些人修背后有高手指点，对我们的魔兵围追堵截，我们的魔兵和妖兵被冲散了，落了网，就被他们分开擒杀了！"欲魔冷汗涔涔道。

大祭司闭关快一个月了，魔尊也一直没有出关，如今魔界所有事务，都交由圣女暂理。听说仙盟宗主谢雪臣也是重伤闭关不出，如今仙盟主事的是碧霄宫的人，自半个月前，人族修士便开始冲击两界山，双方互有死伤，但这两天人修忽然变强了，对妖兵魔兵进行了单方面的屠杀。欲魔不得已亲自出战，竟然也是铩羽而归。

暮悬铃眼波微动，若有所思道："难道是傅渊停亲自出阵了？"

欲魔有些羞愧，因为他甚至没看到对方主帅。

暮悬铃扫了他一眼，将魔丹抛给他："这个给你。"

欲魔大喜过望，万万没想到没立功还能有赏，立刻千恩万谢说了一堆奉承话。

暮悬铃淡淡道："战魔折损，痴魔被困，师父有意多栽培几个高阶魔修扶为

魔神,反正魔都一样没有脑子,用旧不用新,算你运气好。"

"圣女说得是,属下一定尽心竭力卖命!"欲魔紧紧攥着魔丹,笑得发自肺腑。

暮悬铃没有多看他一眼,她缓缓朝外走出,淡淡说道:"让我亲自会会那个高人吧。"

万仙阵错过补阵之机,阵法缺口越来越大,因此能越过万仙阵的魔兵也越来越多。为了防止半妖和魔族入侵人族,仙盟派了许多修士镇守两界山。这些妖兵魔兵进可攻退可守,打不过了就躲进梭罗魔阵之中,万仙阵拦不住他们进攻人界,而梭罗魔阵却能阻止人族修士进入魔界,因此这一场战役对人族修士来说十分被动。

除非打破梭罗魔阵,但这几乎需要集合所有法相之力才有可能做到,可是仙盟法相,心思相左,并不齐心。

如今镇守两界山的,主要还是拥雪城、镜花谷和碧霄宫的修士。

暮悬铃独坐高冈之上,远远眺望人修阵营,寻思着到底是哪一方派出了强者打破了战局平衡。她决定趁着夜色派出魔兵滋扰对方,暗中看看虚实。

魔界这边有妖军与魔军日夜分工,轮流滋扰,人族修士也只能分成两队轮流值守,提防魔军半夜偷袭。

子时一刻,几队低阶魔兵分别由各自的半妖兵长带领,悄无声息地潜入人修营地。魔兵不惧寻常刀剑,难以杀死,力量极大,金丹之下没有护体灵气,稍弱者甚至扛不住魔兵三拳。若遇上强敌,魔兵还会躲入阴影之中,只需要达成一定的条件,便可以附身于人修之上。暮悬铃对几个半妖兵长下令,此次出击绝对不能惊动人修,只要附身于人修之上,伺机打探敌情,看看是哪个仙门派出了强者。

低阶魔兵虽然灵智不足容易中计,但有个好处便是绝对服从命令,得了半妖兵长的指令,它们坚决不主动出击。此夜乌云蔽月,黯淡无光,正是适合魔族出兵的时机。在一片黑暗之中,魔兵如一滴滴墨水融入了阴影之中,悄无声息地潜入人修营地。

暮悬铃单足立于一棵千年巨树之尖,夜风吹拂她柔软的乌发,衣袂翻飞,

犹如一只漂亮的夜蝶。冰冷的眼眸微微眯起，百里之外的动静便宛如近在眼前。

只见三片分散的人修营地先后亮起了金光，照亮了黑夜一角，一阵似有还无的梵音吟唱幽幽响起，此起彼伏，神圣凛然。

"般若心经？"暮悬铃目光一凛，随即明白过来了。一念尊者临死之前将悬天寺独门功法交出，般若心经是对付魔族最有效的手段，本来被魔族附身的人修便只有死路一条，但般若心经是唯一有驱魔之能的玄妙功法，悬天寺正是因为这门功法而受世人敬仰尊崇，但如今仙盟让每个修士都修习此功，那对魔族来说便大大不利了。哪怕每个修士都只是修习了半月，功力尚浅，但耐不住人多，人人吟唱起来，魔族便无处遁形了。

暮悬铃闭上眼，微微仰起头，此时有风吹散了乌云，一片柔和的月光轻轻洒落，照亮了莹白绝美的脸庞，美如林中精灵、月下仙子。她深深吸了一口气，感觉到浸润了日月精华的灵力涌入神窍之中，令人身心舒坦。

修炼魔功者，多少会受到般若心经的影响，好在她如今魔功散去，谢雪臣又将本源功力注入她体内，为她开了神窍，她修行起来一日千里，如今已经隐隐摸到了法相境的门槛。只是突破法相境最难的便是立道心，有的人卡在门槛之上，数百年也不得其门。

"谢雪臣的灵力真是玄妙。"暮悬铃轻抚眉心，眼中波光潋滟，无情动人，"用来对付仙盟的人，便更妙了。"

她勾了勾唇角，稍一倾身，身形便已消失在原地。

人修营地之中，无数修士双手结印，吟诵般若心经，每个人掌心都发出温暖的金光，金光连成一片，彼此之间似乎隐隐有所联系，结成了一片诛魔大阵。

般若心经对魔族来说可谓是克星，但对其他族类却没有什么杀伤力。

暮悬铃如一只灵巧的猫，身姿轻盈地落在附近一棵树上，看到被般若心经困住的魔兵正动弹不得，发出痛苦的嚎叫，身上蒸腾出阵阵黑气。她一眼便看出这些人的站位绝非巧合，定是有高人安排，让他们互相配合，结成法阵互相照应。

有些法阵千变万化，多一个人有多一个人的结法，少一个人也有少一个人的补法。暮悬铃得桑岐教导多年，对法阵的造诣也是不俗，自然知道眼前这个

法阵少一两人并不会影响其效果，但真正破这种法阵并不难，只要全杀了就行了。

——二十四个金丹，必须在三息之内全部解决，否则便会落入阵中。

——还是有点难度。

她无声地笑了，素手摊开，一条紫色的藤蔓出现在掌心，乖巧地蹭了蹭她的五指，下一刻，便随着她的心意变幻形态，化为一根紫色长笛。

原先的法器审判妖藤被仙盟收走销毁，桑岐为她炼制了更合心意的法器，名为"断念"。断念已经有了一点灵智，被暮悬铃滴血认为本命法器之后展现出了更强的力量，不但可以变幻形态，还有护主的意识，再经过百年温养磨合，便能生出器灵。暮悬铃有断念在手，更是如虎添翼，震慑魔界。

她横笛于唇间，朱唇微启，与如此美好的画面不同的是，一阵尖锐的笛声冲霄而起，仿佛鬼哭狼嚎一般撕碎了梵音构成的金光法阵，修为较低的几名修士直接吐血跪地，受到力量反噬。其余金丹修士被这笛声中的磅礴灵力震得踉跄了一步，梵音法阵顿时中断。几个魔兵得了喘息之机，倏地消失，隐入阴影之中。

为首的金丹修士脸色发白，并非因为笛声中蕴含的力量过于雄浑磅礴，而是因为，他感受到那笛声中的灵力波动，非妖非魔，恐怕是人修中顶尖元婴的实力。

难道仙盟又出了叛徒？

"结成防御法阵！"那人厉喝一声，祭出本命法器，严阵以待。

这些修士来自各个宗门，但白衣剑修居多，是拥雪城的势力。十几把飞剑凌于空中，组成剑阵，蓄势待发，便见一道紫色藤蔓从树后蜿蜒而起，犹如灵蛇一般探出了脑袋，猛地朝剑阵俯冲而下，这一击竟隐含极其霸道的剑意，让为首的拥雪城剑修有一种莫名的熟悉之感。他错愕恍惚之间，还是下意识地举剑格挡，剑阵凝结在一起，便能激发出远胜于己身的防御之力。这能抵挡元婴全力一击的法阵，却被妖藤一击而出现了裂痕。

就在剑阵将破之际，一圈圈的绿色波光从地面荡开，磅礴的生机如第一场春雨后的大地，从土壤深处争先恐后地涌了出来，一股股厚德之力将修士们重重包围，凝成无形的盔甲，人修的力量陡然提升，剑阵重新凝实。

紫色藤蔓绕着剑阵飞快地旋转起来，越收越紧，想要攻破这剑阵的薄弱之处，遭到众修士的齐心抵抗。

而在不远处的一座营帐里，门帘被风掀起了一角。

一阵幽香伴着夜风飘了进来，来者显然无意隐藏自己的行踪，她如一阵风经过，轻盈地落于营帐中唯一的椅子上，靠着椅子施施然坐下，跷起腿含笑看向前面长衫玉立，如芝兰墨柳、清风明月的男人。

"我就知道是你，南公子。"

人族之中，法阵造诣出神入化的，除了南胥月，别无他想。

暮悬铃只手托腮，笑吟吟地看着面前俊秀的男子。看到梵音法阵之时，她脑海中便浮现了这个男人的面容，待绿色法阵再起，她便更加肯定了自己的猜测。

相较于她意料之中的重逢，南胥月看到她时，却是满脸的错愕与惊喜。

"铃儿，你没事？"他上前两步，来到她面前，明润的双眸里装满了她微笑的面容。

"我自然不会有事。"她屈起食指点了点自己的额角，微微蹙眉道，"可是南公子，你这么做，却让我很苦恼。"

"怎么了？"他有些不明所以。

暮悬铃幽幽一叹："我不想与你为敌，所以你还是撤了法阵吧。否则我要是硬破了阵，你也会受伤的。"

南胥月此时才发现，眼前的暮悬铃，似乎有些奇怪。

她虽然始终唇角微翘，面上含笑，眼中却一片漠然与冰冷，让人望而生畏。

"铃儿，你怎么了？"南胥月迟疑地伸出手，想要碰触她，"我是来救你的。"

暮悬铃偏了偏头，躲过了他伸来的手，唇角的弧度淡了几分："南公子，我何时需要人救了？你莫不是对我的身份有什么误会？我被困拥雪城，是师父带我回家的。"

"回……家？"南胥月以为自己听错了。

"我奉师父之命清除人修，你既非修士，我便可不与你为敌，但你如果一意孤行，要帮助人修，阻挠我，我也很难对你手下留情。"她的神色逐渐冷淡。

虽然南胥月照顾过她，但她也不可能罔顾师父之命，对他纵容过头。

南胥月终于确定了一点，暮悬铃变了。不知道是不是桑岐对她做了什么，过去的她更多地保留了人性中柔软而温暖的一面，而现在的她眼中没有丝毫温度。

南胥月拉住她纤细的手腕，沉声道："铃儿，跟我回蕴秀山庄。"

无论桑岐做了什么，他一定能想办法让铃儿回到以前的模样。

暮悬铃微蹙着眉头，看了一眼自己被握住的手腕，忽然想起一件事——他对她似乎是有些男女之情，虽然自己对他并无此意。

如果能把他拉拢过来，倒也不错——她心中思忖。

暮悬铃仰起小脸，冲着南胥月甜甜一笑，南胥月顿时有些恍惚，他被暮悬铃反手拉住，往前一扯，不由自主地向前扑去，他一手撑在椅背上，将暮悬铃圈在臂弯之间，便感觉到一只纤细的手臂勾住了自己的后颈，温软的指腹摩挲着自己后颈的肌肤，娇软的声音贴着耳畔响起。

"你跟我回魔界嘛。"

暮悬铃的声音伴随着骨铃的响声共振，在南胥月的心尖狠狠碾过，让他呼吸一窒，几乎便要下意识点头。

但他很快便恢复了清明，因为近在咫尺的那双桃花眼里，只有冰冷的算计，而她的心跳，也未曾有过一丝波澜。

他知道，她真正喜欢一个人时，眼里是有光的，而心跳便如小鹿乱撞。

心头那些旖旎，顿时被刺痛所覆盖，他攥紧了拳头，垂下眼眸，苦涩道："铃儿，你病了。"

暮悬铃秀眉一拧，恶声恶气道："你才有病！"

她没想到南胥月心智居然如此坚定清明，他不是喜欢她吗，怎么挡得住她的媚功和勾魂铃的法力？不上钩也就罢了，还骂人，谦谦君子，温润如玉，怎么能骂人呢！

是她不够美，还是他变心了？

师父说得没错，人心易变。

"你要是不跟我走，我就杀了你！"暮悬铃厉声威胁道，"你虽然不能修道，但若是站在人修这边，会给我们造成很大麻烦。看在咱们曾经的交情上，我最

后给你一次机会，你想清楚了再回答。"

她目光向外面瞟了一眼，冷笑道："我数十个数。"

"十，九，八……"她的手扼住了他修长的脖颈，感受到指腹下血管的波动。

她忽然想起，那日在拥雪城的地牢里，他给她擦药，他按着她的手，温柔地说，再过二十息便好了。

数数的声音，因为这忽然闪过脑海的画面而中断了一瞬。

"铃儿……"他的喉结在她掌心轻轻震动，她抬起眼，看到他眼中明暗交叠的光，既有悲伤又有贪恋，只是没有求生的渴望。他温热的指尖抚过她的眉眼，她眼中的冰冷有了一丝软化。

要不，我再多数十个数吧——她恍惚地想。

南胥月听到她心中的犹豫，心中一喜，似乎铃儿并没有全然忘情？

却在此刻，暮悬铃心念一颤，一股寒意爬上背脊，对危险的预警让她全身紧绷，越过南胥月的肩膀，她看到帐篷的门帘不知何时已被掀开，微颤的门帘之前，站着一个熟悉的白衣身影，如一片雪花无声降临，而寒意已铺天盖地涌来。

——谢雪臣！

暮悬铃瞳孔一缩，恐慌漫上心头，这是她绝对打不过的人！她不知道谢雪臣到此多久，他有意收敛气息，她便不可能察觉。漆黑的凤眸中涌动着莫名的情绪，目光沉沉扫过她与南胥月勾在一起的藕臂，暮悬铃下意识松开了攥着南胥月的手，在挟持南胥月和逃命之间选择了后者，她右掌向外伸出，想召回断念，却得不到回应。

——糟糕，肯定是被谢雪臣无声无息控制住了。

暮悬铃来不及去细思本该还在闭关中的谢雪臣为何突然出现，她心中只剩下一个念头——逃！

几乎是在推开南胥月的同时，她便闪身逃走，但谢雪臣比她反应更快一步，她转身之际，一道金光便倏然落于眼前，同一时刻，另外三面也被堵上了退路，她被囚于一道金色剑气围成的牢笼之中。

剑气锐意难当，只是轻轻扫过，便割下了她半副衣袖，衣袂缓缓飘落下来。

暮悬铃屏住呼吸，戒备地看着眼前步步逼近的男人，他身上隐隐带着冬雪与梅的凛冽清香，清俊孤傲，卓然超凡，尽管收敛了气息，还是让暮悬铃感受到他如今的强大，闭关一月，他非但恢复巅峰，实力恐怕还更胜从前。自己落在他手上，几乎没有逃生的希望。

"谢宗主。"暮悬铃嘴角弯了弯，神经如紧绷的弦，面上却露出妩媚动人的笑，"好久不见。"

谢雪臣目光沉沉地望着她，叫人猜不出他心中思量。

南胥月忽地拦在他身前。

"谢兄，桑岐不知道对铃儿做了什么，她有些异常，你不要伤到她。"

暮悬铃看了一眼南胥月的背影，应景地挤出了一点泪花，一双动人的桃花眼泪意婆娑，惹人怜爱，她泫然欲泣道："谢宗主，我也是被逼的，不是故意要伤害那些人修的。"

谢雪臣和南胥月双双皱眉，原因无他，在天生十窍者面前，心跳才是最诚实的语言，暮悬铃显然正在做戏。

"你让开，我不会伤他。"谢雪臣对南胥月淡淡道。

暮悬铃掩面而泣，看着谢雪臣走近，心中警铃大作，忐忑不安。

"铃儿，桑岐把你劫走之后，可曾伤害过你？"谢雪臣的声音无意识地软和了一些，像是怕吓着她。

暮悬铃嘤嘤哭泣道："他把我关了起来，给我下了毒，逼我杀了这些人修。"

才没有，师父教她修习之法，还给她炼制了新的法器，让她成为魔界一人之下的圣女。

谢雪臣眉峰微敛，心中更加沉重。

外面的人修因为暮悬铃之故尽皆受伤，于情于理，他都必须留下她，但他也不愿意让她再受伤害。

那一日，他因为选择救援拥雪城，与魔蛟激战，才会导致暮悬铃被桑岐先一步劫走，之后他灵力透支，重伤浴血，险些身死道消。闭关近一个月，一丝悔恨在心头扎了根，滋长着，侵蚀他的道心。

他在人族与铃儿之间做出了选择，哪怕他知道这个选择是对的，无愧于他的道心，却有愧于她。

他希望她安好，但今日看到她，他知道，她不好。

"谢宗主，你放过我吧，我下次不敢了。"暮悬铃楚楚可怜地发出哀求，"把钧天剑撤了好不好，剑气伤到我了。"

她说着抬起左手，被剑气割破的衣袖垂落下来，露出一截皓白细嫩的藕臂，只见滑腻如凝脂的肌肤上被剑气所伤，留下了一道刺目的红印，若非她躲得快，此刻已经见血了。见谢雪臣没有反应，她又把目光投向南胥月，柔弱无助地哽咽道："南胥月，我受伤了……"

南胥月心中一疼，转过身去看她，却被钧天牢笼挡住了，他看向谢雪臣冷若冰霜的面容，沉声道："谢宗主，放了她。"

南胥月心中对他有了意见，便会冷冷喊他谢宗主，他是决意为暮悬铃而与仙盟为敌了。

蕴秀山庄早已不在仙盟之中，南胥月素来不理会仙魔之争，此次却出人意料地前往两界山对付魔族，理由只有一个，便是为了暮悬铃。

那一夜，桑岐下了死手欲杀南胥月，是暮悬铃奋不顾身推开了他，自己受了那一掌，几滴温热的鲜血溅落在南胥月的脸上，烫到了心尖。

谢雪臣在南胥月的眼中看到了太深的执念，就像看到了自己。

凤眸微敛，自南胥月身上移开，看向暮悬铃手臂上那抹刺眼的红，下一刻，金光散去，回到他掌心之中。暮悬铃见状大喜，身影便向外面掠去，如一阵风似的消失了。谢雪臣速度更快，她刚出门口，便撞进谢雪臣坚实的胸膛之中，被他一只手臂困在怀里，熟悉清冽的气息顿时将她紧紧缠绕住。

暮悬铃奋力挣扎，但丝毫无法撼动腰上的手臂，她恼怒地踩了他一脚，这一脚对法相之躯来说不痛不痒，不过是她泄愤罢了。

"你放开！"暮悬铃气急败坏地推着他的胸口，但对方纹丝不动，"男女授受不亲，堂堂仙门宗主，要流氓吗？"

谢雪臣心道，和你做的那些扒衣强吻之事比起来，这已经很君子了。

用钧天剑困她怕伤了她，自己血肉之躯让她打几下，倒也无妨。

谢雪臣打定主意不能放暮悬铃离开，不知道桑岐到底动了什么手脚，但只要把她留在身边，便是最好的保护了。他的手臂紧紧箍着她纤细柔软的腰肢，任由她在怀里扑腾挣扎。

南胥月推门而出，看到的便是这一幕，他微微怔住，尚来不及说什么，便听谢雪臣道："营中修士被她所伤，那件法器已经被我收缴了，其他人只是陷入昏迷，没有生命危险，南庄主医术精湛，还劳烦多加照看。"

暮悬铃呼吸急促，气恼得小脸微红，眯着眼问道："不知道谢宗主打算如何处置我？祭旗吗？"

"不会。"谢雪臣顿了顿，道，"但我只能先将你囚禁于此。"

南胥月紧紧盯着谢雪臣，肃然道："谢宗主，可否由我来看着她？"

谢雪臣淡淡扫了他一眼，果断拒绝了他的要求。

"只怕南庄主心软，会私纵囚犯。"

暮悬铃冷笑了一声："难得谢宗主有自知之明，若论冷酷无情，谁又及得上你。"

谢雪臣微低下头，便看到怀中人漠然的双眼。他原以为，暮悬铃仍是埋怨他将她赶走，心中对他或者有怨，或者有恨，但贴在一起时，对方的心跳更加清晰地传递过来——她的心中十分平静淡漠，对他唯一的情绪，仅仅是戒备和忌惮。

无爱无恨，就像面对一个陌路人。

哪怕此刻她语出讥讽，也只是在冰冷地试探他的情绪。

谢雪臣按捺下心头的疑惑与烦闷，对南胥月道："我亲自监守，不会有闪失，也不会伤了她。魔界气息发生异变，明日其他宗门之人便会齐聚于此，共商大事。"

南胥月攥了攥拳头，只能点头接受谢雪臣所言，亲自去给暮悬铃惹下的烂摊子善后。

谢雪臣抱着人进了一座空营帐，随手便设下了结界，阻绝他人的探知。他刚一松手，暮悬铃便一个纵身溜到墙角，碰到了无形的结界又弹了回来。

她皱了下眉头，不甘愿地回过身面对谢雪臣。

"谢宗主到底想怎么样？"她认清形势，不做无谓的挣扎了，自己找了张椅子挑了个舒服的姿势坐下。

真是出师不利，怎么就偏偏遇上仙盟最硬的茬。暮悬铃眉头紧锁，暗恨自

己大意。

谢雪臣这厮，越来越狡猾，一定是故意说长了闭关期限，才会让敌人疏忽大意。

谢雪臣的身影缓缓靠近，来到她身前。暮悬铃呼吸一室，神经紧绷，见谢雪臣倾身过来，她下意识便伸手攻向对方颈间，却被谢雪臣轻描淡写地握住了手腕，动弹不得。谢雪臣微凉的指尖抵住了她的眉心，一股沁凉的灵力顺着肌肤贴合之处，缓缓涌入她的神窍之内。

她错愕地仰起头，一双漂亮的桃花眼茫然看着近在咫尺的俊美面容，脑中清明却又混沌——他在做什么？

谢雪臣清冷的声线莫名地有一丝柔和："你太急功近利了，修行不可急于求成，否则内息紊乱，会留后患。"

她的灵力本就与谢雪臣同出一源，因为没有丝毫阻滞，甚至十分亲热地欢迎他的入侵，任由他的灵力进入神窍，游遍四肢百骸，理顺她紊乱急躁的内息。

暮悬铃没有从谢雪臣的气息中感受到任何敌意，她也很清楚，谢雪臣是在帮她，所以她就更迷糊了。

"收敛心神，不要胡思乱想。"谢雪臣压低了声音道。

暮悬铃知道此事非同小可，立刻闭上眼睛，心神守一，跟着谢雪臣的灵力运转玉阙经。

谢雪臣低头看着她浓密卷翘的睫毛，伴随着呼吸而有蝶翼般的轻颤，看似是她，又不似她，那双眼睛看着他的时候，没有那么热烈温暖的情意了。

是他伤她太深了吗？

谢雪臣隐忍着一声叹息，认真地帮她理顺内息，半晌后，才撤回手，缓缓直起身子。

暮悬铃深呼吸着，感受体内灵力澎湃而温顺的涌动，谢雪臣确实是在帮她修炼，只是这样亲密的修行方式，任由对方的灵力入侵，就算是师徒道侣之间也极少这么做，更何况他们还是敌人。他出手太快，她猝不及防便被对方灵力侵入神窍，谢雪臣的力量远强于她，她不敢妄动，只能顺从，但谢雪臣刚一撤手，她的身形便向后掠去，与他离得远远的，提高了戒备。

然而她心知肚明，这样的防范并不能起到实质作用，对方碾压性的实力，

若真要对她不利，她束手无策。

"谢宗主究竟有什么目的，不妨直说。"暮悬铃冷然道，"威逼不成，便想利诱了吗？"

谢雪臣将暮悬铃的防备清晰地看在眼里，她像一只被入侵了领域的猫，冲着他虚张声势地亮出尖利的爪牙。谢雪臣没有再试图靠近，其实拉开这点距离，于他而言同样是触手可及。

"你不必防备，我不会伤你。"谢雪臣道。

暮悬铃微微眯了眯眼，审视谢雪臣的神情，但见这人的淡漠清冷一如既往，叫人猜不出心思，她不禁有些烦躁。

"哦？我倒不知道谢宗主是如此不计前嫌、宽宏大度之人。"暮悬铃语带讽刺，"难道时至今日，你还不明白，我只是奉师父之命接近你，虚情假意骗取你的信任？我的目的只有玉阙经。"

"是不是虚情假意，我自有判断，我看人只望气、听心——你与桑岐不同。"谢雪臣一双凤眸沉静地凝视暮悬铃，并没有轻易被她的话动摇心神。

暮悬铃嗤之以鼻，双手抱臂，语带挑衅地冲谢雪臣笑道："你们人族就是喜欢自欺欺人，老实说，你这人冷酷无情、少言寡语，不及南胥月温柔体贴、善解人意，你凭什么觉得我是真心喜欢你？方才要不是你打岔，说不定我就把他拐去魔界了。之前我赖在你身边不走，只是为了玉阙经，若早知道你把玉阙经传给我，我才不会想留在拥雪城当妖奴。"

因为暮悬铃提起，谢雪臣不免又回想起先前所见的那一幕。暮悬铃极其暧昧地揽着南胥月的脖子，眼中漫着薄雾，似妖精勾人。他知道南胥月对暮悬铃执念颇深，也愿意成其好，但亲眼见两人举止亲密，却仍是忍不住心口烦闷刺痛。

更让他难受的是，暮悬铃对南胥月仍有一丝情意，对自己却是全然冷漠，与之前判若两人，难道正如她所说，一开始的接近就是别有所图，她从来没有投入过真心？

不对。

他能真切地感受到她发自内心的热烈与赤诚，她的气干净纯粹，哪怕魔气灌体，也没有丝毫污浊邪恶，若在人修之中，这样的气代表着道心坚定，始终

如一。他会传功于她，不仅仅是因为自己那丝心动心软，也是因为相信她内心本善，不曾为恶。

若只是虚情假意地演戏，又怎会有如此澄澈炽热的气。

正因为谢雪臣看得分明，才知道那时的暮悬铃对他是一片真心，也知道现在的暮悬铃，没有说谎。

"谢宗主，我和师父是一样的人，我与你才不同。"暮悬铃冷冷道，"你怜爱众生，而我们半妖，不在你的众生之中。

"你的众生，是人族。人族对我不好，我不爱这众生，也不可能会爱你。"

人族对半妖素来恶劣，谢雪臣心知肚明。仙盟五大宗门，乃至其他修仙门派，但凡发现半妖，都会收为妖奴。半妖非人非妖，普通凡人害怕他们力量强大，而妖族又嫌弃他们无法修行，鉴妖司不将他们记录在册，最后便由各个宗门收为奴隶，统一管理。

哪怕是拥雪城，也豢养半妖为奴，谢雪臣俯瞰天下，自问无法照拂到每一个阴暗的角落，这世间有太多和暮悬铃一样为奴的半妖，在无声地死去，他又曾为他们做过什么？

暮悬铃的质问，让他无言以对。

"谢宗主是人族宗主，自然没有必要理会半妖的死活。"暮悬铃眼神淡漠，面带讥讽，"想来你也是忘了，我曾经是明月山庄的一名卑贱妖奴，若不是师父收我为徒，我可能早就死了。"

七年前桑岐血洗明月山庄，有些妖奴丧命，但还有一些半妖活了下来，被桑岐收编，成为魔界的一员，但只有暮悬铃一人被桑岐赐名，收为亲传弟子。

谢雪臣也是此刻才知道暮悬铃的过去，他之前看到她脚踝上锁灵环的伤疤，只知道她曾有沦为妖奴的经历，却不知道她出自明月山庄。如此一来，她对高秋旻的敌意和针对，便有了解释。想到她幼时可能曾经受过高秋旻的虐打，他不禁心口微微一疼，不由自主地往前挪动脚步。

"铃儿……"

他的动作引起暮悬铃的警惕，她下意识摆出防御的姿态，谢雪臣见状，便顿住了脚步。

"谢宗主何必惺惺作态故作怜惜，你之前不是以为我恋慕于你，还十分烦恼，想把我推给南胥月吗？"暮悬铃嗤笑一声，"现在我得偿所愿，也懒得再和你演戏，你也不用为此烦恼了。虽然说实话你可能不大愿意听，但反正明日仙盟齐聚，我也不得好死了，现在不说个痛快我怕没机会了。"

"你已经散去魔功，非魔界之人，我不会让仙盟众人伤你。"谢雪臣信誓旦旦道。

"可外面那些人都被我伤了啊。"暮悬铃冷冷一笑，"你如何给他们交代？"

谢雪臣抿唇不语。

"你做不到的。"暮悬铃漠然道，"你要真想救我，就现在放我走。"

"我不能放你走。"谢雪臣沉声道，"桑岐对你不怀好意。"

"那你对我就是好意了吗？"暮悬铃勾了勾唇角，忽地眼波流转，朝谢雪臣盈盈一笑，声音魅惑撩人，"难道你真的喜欢我了？你留下我，是想和我双修？"

谢雪臣微微愕然，却见暮悬铃欺身上前，一股幽香撞入怀中，左手食指勾住了他的腰轻轻扯动，右手勾住了他的后颈，艳色的唇几乎贴着他光洁的下颌，暧昧地呢喃道："我现在身上涌动的是和你出自本源的灵力，倒是可以双修了呢。你要真喜欢，我就把自己给你又何妨？反正你设了结界，其他人不会发现。"

谢雪臣忙按住她贴近自己的肩膀，将她推开了少许，声音中带着一丝不易察觉的紧张："你误会了。"

之前她也曾对他动手动脚，但在他看来，都是玩笑戏弄，只有雪夜中落在唇角的轻吻，方才让他真切感受到她近乎虔诚的、小心翼翼的恋慕。

而此刻她蓄意的引诱，却让他感受到她冰冷无情的算计，她没有丝毫动心动情，只是一个引人堕落的妖精，清醒地等敌人落网。

是的，她只是把他当成敌人在诱惑。

他却没有办法将她当成敌人防备。

"铃儿，你在这里好好休息。"谢雪臣摆脱了她的纠缠，转身朝外走去。

暮悬铃看着他的背影消失于帘后，眼神逐渐冷了下来。果然，要用这种方法才能逼走他。

她从怀中取出一张折成三角的黄符，轻轻一捏，黄符便燃烧成灰。

在谢雪臣的结界里，她无法向外传递消息，这是唯一的方法。

——师父，我遇到无法摆脱的困境了。

第二天天刚亮，得了消息的几位门主便飞至两界山会合，召开议事大会。

"星相异动，魔界发生巨变，虚空海有不寻常的气息涌动。"谢雪臣肃然道，"类似的异动，过去通常伴随两种现象，魔尊的降临与死亡。"

众人闻言，面面相觑，心中惊骇不已。

"难道魔界又有魔尊诞生？"傅渊停眉宇深锁，"谢宗主之前与魔尊一战，魔尊伤势如何？"

"魔尊虽然遭受重创，但并不致命。"谢雪臣道，"闭关一月，足以恢复。"

"如果魔尊没有死，那难道是有新的魔尊降生？"素凝真不敢置信，"从未听说过魔界同时诞生两位魔尊。"

"所有魔族都是诞生于虚空海，但也有强弱之分，听说魔尊最为特殊，生来灵智更高，而且往往会有前世记忆。"何羡我思忖道，"难道法相尊者陨落，心魔也会凝于虚空海？"

众人听到这话，不由自主便想到了一念尊者，他心魔太炽，难道是他的心魔催生了新魔尊？历来魔族最爱引高阶修士堕落入魔，因为越是强大的修士入魔，虚空海的魔气便会更加强盛，诞生出的魔尊也会更加强大。

"现在还无法断定，但这个异变恐怕对人族有害无益。"谢雪臣道，"不过魔尊受万仙阵所困，不能降临人界，暂时不足为虑，我真正担心的，是桑岐。他乃半妖之身，虽然修习魔功，但万仙阵对他削弱并不大，他可于两界来去自如。此人心思深沉，诡计多端，力量更是深不可测。我此次前来，便是想先诛桑岐，再补阵。"

其他人未曾亲眼见过桑岐的实力，但心里总觉得一个区区半妖，能厉害到哪里去，多少有些不以为然。

素凝真冷笑了一声，道："宗主对此半妖不必过分看重，他实力一般，又断了一臂，只是先前宗主受了重伤才让他逃脱罢了。"

谢雪臣凤眸微动，看向素凝真："素谷主曾与桑岐交过手？你知道他断过一臂？"

素凝真沉默片刻，点了点头道："二十多年前交过手，他与镜花谷为敌，被砍断了右臂。"

众人诧异地看向素凝真，他们只知道素凝真对半妖深恶痛绝，却没想到她之前就与桑岐有过一战，似乎还有其他内情，但素凝真显然不愿多说。

谢雪臣敛眸深思，道："那素谷主恐怕不知，桑岐重铸魔臂，实力远胜从前，只他炼化的一头魔蛟，实力便胜过寻常法相。"

让谢雪臣忌惮的不止于此，他隐隐有种不祥的预感，此次魔界异动，恐怕因桑岐而起。

自从那日桑岐把暮悬铃劫走之后，便沉寂一月未有动静，只让手下滋扰人界，并未引起各个宗门的注意，他按兵不动，必有更大图谋。

傅渊停道："如今魔界三魔神去了其二，魔尊闭关，桑岐不出，只派一些低阶魔军妖兵滋扰，也不知道打的什么算盘……听说昨夜又有魔兵袭营，但出手之人没有露面，实力远胜寻常妖军，不知谢宗主有没有发现对方身份？莫不是魔界又有了新的魔神？"

谢雪臣微微攥起拳头，沉声道："那人应只是试探，营中修士虽然受了伤，倒无人丧命。"

何羡我敏锐地察觉谢雪臣的回答有些不对劲，但没有心思去分析，因为突如其来的动静让所有人同时僵在原地。

一股浩瀚的气息如海啸一般狂涌而来，顷刻之间淹没了这片天地，明明还是青天白日，须臾之间便黯淡了下来，太阳像是被一层黑纱盖住了，失去了光和热。旷野忽然刮起了飓风，参天大树也被吹弯了腰，半人高的荒草匍匐于地，瑟瑟发抖。

营地之中所有修为低下者尽皆跪倒在地，被这股骇人的气息压得抬不起头，心惊胆战。

谢雪臣与其他三位门主同时掠出门外，张开防护结界，将整座营地笼罩其中，护住门下弟子。他们神色凝重而戒备地看向两界山方向——这股气怎会如何磅礴浩瀚，让人仿佛面对着无垠宇宙，心中生起恐惧与战栗、窒息与敬畏。

一个熟悉的黑色身影于半空缓缓浮现，玄色长袍绣着金线，翻飞的衣角似

有金龙游动，银色长发于风中飞扬，肆意而张狂。那人缓缓抬起头来，上挑的眼角微红，剑眉凌厉，薄唇如染血一般红得刺眼，更显得肌肤苍白不似活人。

半妖桑岐，但也不似半妖桑岐。他放任自己的力量倾泻而出，掺杂了魔气与妖气的雄浑灵力令大地为之震动。

所有人都被震住了，唯有被困于营帐中的暮悬铃欣喜地抬起头来，双目明亮有神："师父出关了！"

"桑岐……"素凝真握着拂世之尘的手微微颤抖，双目迸射出仇恨的光芒，这仇恨甚至压过了对力量的恐惧。

谢雪臣严阵以待，钧天剑列开剑阵，对准了桑岐。今日的桑岐，比夜袭之时更加深不可测，气息磅礴。一个半妖，怎么可能修成如此恐怖的力量？

桑岐的银瞳中流淌着异样的光芒，他向谢雪臣伸出左手，一股泰山压顶般的气息便当头罩下。谢雪臣神色一凛，神窍大开，墨发激荡，爆发出雄浑的灵力与之对抗。就在谢雪臣无暇分心之际，桑岐微微一笑，右手轻轻一招，只见一座营帐应声碎裂，一个紫色的身影自营帐中飞出，如一只紫蝶轻盈地飘落到桑岐身侧。

暮悬铃站到桑岐身侧，一脸敬畏地半跪在桑岐身前："恭喜师尊获得至高无上的力量！"

众人看到暮悬铃的身影在营地中出现，又被桑岐带走，面上皆露出愕然之色，齐齐看向前方谢雪臣的背影。

"看样子，仙盟的人似乎不知道为什么魔族圣女会在这里呢。"桑岐的银瞳似笑非笑地注视着谢雪臣，"谢宗主你没告诉他们吗？"

"谢宗主，这是怎么回事？"素凝真厉声问道，"不是说暮悬铃在拥雪城时便被桑岐劫走了吗？"

谢雪臣抿唇不语，冷冷看着桑岐。桑岐哈哈大笑道："谢宗主不敢说，那就让本座代为回答吧。自然是因为昨天夜里，我的好徒儿夜袭营地，被他擒住了。谢宗主旧情难忘，便想留下她，我这个当人师尊的，只好亲自来领人了。"

众人闻言，看着谢雪臣的眼神顿时有些古怪。

谢雪臣没有否认，那么桑岐说的话恐怕是真的。他们这些人曾经亲眼见过谢雪臣对暮悬铃的重视，那分明是有些情意的，至于多少，倒也说不清。

第八章　断　念

何羡我终于明白方才为何会觉得谢雪臣的回答有些古怪了。傅渊停问谢雪臣是否发现对方身份，谢雪臣并没有正面回答，话中甚至有解释维护的意思。

"谢宗主，那个半妖说的可是真的！"素凝真大皱眉头，质问谢雪臣，"早知妖女在手，我们便应该控制住，以此威胁桑岐！你方才为何不说？"

傅渊停轻轻一叹，道："谢宗主，此事便是你的不对了。"

桑岐咧了咧嘴，笑容中满怀恶意："本座倒是要感激谢宗主呢，难为人族中还有如此重情重义之人。铃儿，你说呢？"

桑岐说完，暮悬铃便领会了他的意思，她转过头看向谢雪臣，唇角噙笑，双眸冰冷："师尊所言极是，我还未感谢谢宗主将玉阙神功传给我呢！若非如此，我怎会有今日的修为？"

暮悬铃说罢，抬手抚上眉间，神窍全开，蕴含着谢雪臣朔雪罡风般的气息便喷涌而出。在场之人皆是修为高深的法相尊者，一眼便看出暮悬铃身上的灵力气息与谢雪臣几无二致，实力更是直逼法相境！

"谢宗主……"何羡我和傅渊停都愣住了，久久回不过神来，感觉自己像是在做梦一般，太可笑了，太荒谬了，堂堂仙盟宗主，居然将至高无上的神功传给了魔族圣女？而且更为可怕的是，半妖居然能开启神窍？

一时之间，竟不知道哪个消息更让人震撼了。

谢雪臣仰起头，看着桑岐身旁冷漠绝情的少女，她唇角微翘，冷笑着一手将他推落深渊。

"还有一事，谢宗主恐怕也不知道。"桑岐眯起银瞳，残忍的笑意浮上眼底，"铃儿将玉阙神功传给了我，我有今日的力量，也得益于谢宗主的无私与多情。哈哈哈哈……"

接连的噩耗让众人都麻木了——谢宗主将玉阙神功传给暮悬铃，桑岐又从暮悬铃处得到了神功？

如果说一念尊者通敌，那谢雪臣这么做又算什么？

"谢宗主，你应该给我们一个解释！"素凝真脸色发白，双目赤红，愤恨地盯着谢雪臣。

桑岐笑着道："谢宗主，他们等着你解释呢，看样子你也要众叛亲离了，若是仙盟没有容身之处，不妨投奔魔界，我们不嫌弃你是个人。"

第八章　断　念

暮悬铃道："师尊，您给我的断念，被谢宗主抢走了。"

桑岐皱了皱眉头，对谢雪臣道："谢宗主，铃儿不喜欢你碰她的东西，你还是还给她吧。"

桑岐说着，黑袍微动，一股雄浑的灵力冲着谢雪臣喷薄而出，钧天剑掠过一道金光，在身前挡住了桑岐的攻击。桑岐银瞳一眯，气息陡然拔高，施加在谢雪臣身上的压力顿时沉上一倍。谢雪臣凝神对抗，两人僵持不下，两股灵力碰撞，爆发出山呼海啸般的气势，便是旁观者也难以幸免。其余法相纷纷张开结界抵挡余波。

令他们惊骇的是，那股含着黑色魔气的灵力竟然隐隐占了上风，难道桑岐真的比谢雪臣还强了？可谢雪臣已经是人族第一剑修了！所有修士，当数剑修最锐不可当，谢雪臣的玉阙天破所向披靡，而桑岐却丝毫不惧……

他甚至还有余地，只见他伸出镌刻魔纹的右手，五指成爪，在虚空处一抓，谢雪臣的芥子袋便破碎了，一道紫色鞭影从中飞出，向暮悬铃飞去。

暮悬铃伸手接住断念，脸上露出笑容。

"多谢师尊！师尊，你如今吸收了魔尊的魔气，又开了神窍，能够吸收天地灵气，这谢雪臣也不是你的对手了。"暮悬铃笑吟吟道。

谢雪臣听到暮悬铃这话，陡然明白桑岐突然强大的秘密了。

"嗯，谢宗主好像现在才明白过来。"桑岐得意地笑了笑，他好整以暇地对谢雪臣施压，感受着自己身上源源不断的雄浑力量，"你们不是也曾疑惑过吗，为何本座要给铃儿炼制专门克制魔族的审判妖藤？自然是因为，本座要对付的，从来不只是人族。"

"修炼魔功，以魔气为食。"谢雪臣冷声道，"你万仙阵设伏，自己却隐藏实力，引魔尊与我生死相拼，坐收渔翁之利。"

"本座修炼已到了瓶颈，寻常魔气再难增进修为，只有炼化吞食魔尊，这世上能对付得了魔尊的剑，也只有谢宗主的钧天剑了。"桑岐笑道，"魔尊的魔气，谢宗主的神功，皆我所欲也。魔气易得，神功难得，本座也想不到，谢宗主宁死不屈，最后却败在美人计下，被魔族圣女所骗，将玉阙神功传于半妖。"

桑岐讥诮地看着谢雪臣："本座想看看，世人敬仰的谢宗主，一世英名丧尽，千夫所指，举世皆敌，是否会道心崩毁，散功入魔呢？哈哈哈哈……若真

如此，我们魔界，可就多了一员大将了！"

谢雪臣紧紧握着钧天剑，眉宇深锁。

桑岐的乐趣从来不是杀人，他最喜欢的，便是玩弄人心，看那些高高在上不可一世的人颜面扫地，堕落入魔。

暮悬铃不理解桑岐的乐趣，但对她来说，谢雪臣是死是活、是人是魔，与她没有一丝干系。她冷冷地扫过仙盟众人，连一个眼神也没有留给谢雪臣。

桑岐嗤着笑看了暮悬铃一眼——铃儿，你该感谢为师，没有爱，便不会再感觉到痛了。

素凝真看着半空中的玄袍祭司，难以抑制的恨意与恶念涌上心头。谢雪臣私通魔族的愤怒又算得上什么，只要杀了桑岐就行！

"谢宗主，我们齐心协力，杀了桑岐！"素凝真上前一步，"玉阙神功外泄又如何，只要他死了，一切都可一笔勾消。"

傅渊停和何羡我也神色凝重地点点头。虽然谢雪臣做出这种事令他们十分震惊，但当务之急不是算账，而是杀了桑岐。虽然眼前看来桑岐的实力略胜谢雪臣，但他们这边还有三名法相，不相信合他们四人之力拦不下桑岐。

素凝真话刚说完，傅渊停与何羡我便移开几步，形成相护策应的阵型。谢雪臣深吸一口气，眉间朱砂隐隐发出红光，神圣而绚丽。

——杀了桑岐，救下暮悬铃。

这是谢雪臣心中所想。

谢雪臣身上的气息节节攀升，不断突破，便在此时，剑神的天地法相凝于身后，那面目模糊的剑神虚影如雪山巍峨，气息浩瀚而冰冷，有睥睨八荒的霸道与傲然。

桑岐曾见过万仙阵中的谢雪臣，而此时的谢雪臣，修为更胜当时。他也不禁心生忌惮。

刚刚吞噬了魔尊的力量，又修成玉阙神功，他的力量看似雄浑，其实尚不凝实，比不上谢雪臣每天一万剑练出来的无双剑气，更何况那人又是不留余地地以死相拼……

桑岐本想引仙盟内讧，让谢雪臣众叛亲离，却没想到素凝真对他的恨意如

此之强，直接无视了谢雪臣对人族的背叛。

他冰冷的银瞳掠过素凝真那张略显刻薄的脸，本与素凝曦有八分相似的面容，现在看来是一点都不像了。

桑岐按捺下心中濒临失控的杀意，重新将目光投向谢雪臣。

"铃儿，你离远点。"

他们之间的战场，还不是目前的暮悬铃所能触及的。

暮悬铃听话地掠到远处，目光紧紧盯着场中变幻。

谢雪臣四人将桑岐包围其中，四名法相尊者纷纷使出全力，背后凝出天地法相。法相，是道心与本我的体现。谢雪臣的法相是一尊杀气凛冽的白衣剑神，气势荒凉浩渺。何羡我的法相是一只朱雀，映丽炫目。傅渊停的法相是一位手持玉瓶的女相男身神祇。素凝真的法相则是一尊六臂女修罗。

被四人包围的桑岐神色冷静，他缓缓抬起右臂，银色的光芒幽幽于臂上闪烁，一道由无数字符组成的银光自手臂上浮起，将他环绕起来，他的身躯逐渐变大，银瞳冰冷无情，俯瞰天下。

他没有法相，他就是法相。

他深深吸了一口气，霎时之间，天地灵气向他汹涌而去，隐隐形成了灵力旋涡，下一刻，灵力如雪崩一般向四周涌去，空间不堪其重，竟有塌陷扭曲之相！

谢雪臣一剑分天地，白衣剑神手持钩天，以一往无前的决绝破开汹涌的灵力浪潮，剑身金光乍现，迸射出烈日般的光辉，令人无法逼视。

法相与法相之间是有区别的，何羡我与傅渊停在伯仲之间，素凝真稍弱，唯有谢雪臣与桑岐势均力敌、旗鼓相当，每一次碰撞都爆发出摧枯拉朽的气势，天地为之震颤。

暮悬铃远远看着超凡之间的战斗，握着断念的手止不住轻轻颤抖。她深切地看到了自己与法相之间的差距，她还太弱了，就算是素凝真，也要强上自己一头。

体内属于谢雪臣的灵力仿佛受到了感召，呼应着半空之中的惊世之战，于她经脉血液中沸腾翻涌。暮悬铃的目光从桑岐身上移开，落在谢雪臣身上。他一袭白衣，眉眼清冷，目光坚毅，在桑岐的灵力威压之下淡定自若，宛如拥雪

城上万年不化的冰雪，静谧而苍茫。魔气遮天蔽日，然而他站在哪里，哪里便有了光。

很难将目光从他身上移开。

暮悬铃感受到自身的灵力似被他所吸引，她强迫自己闭上眼睛，远远逃离这片区域，她抓住自己微微颤抖的右手，试图平复呼吸。

三位门主之中唯有素凝真不顾一切地拼杀，何羡我相对谨慎，傅渊停则有意保存实力，人心不齐，轻易便被桑岐击破了阵型。素凝真唇角溢出鲜血，双目赤红，身后法相六臂舒展开来，六团金红光芒凝聚于掌心，竟是要与桑岐同归于尽的架势！

何羡我和傅渊停都是一惊，有心阻拦但已来不及。桑岐一双银瞳扫过素凝真，唇角勾起一抹冷笑："不自量力，就凭你也想伤了本座？"

玄色法袍鼓荡而起，魔纹右臂朝素凝真当头拍下，这一掌仿佛天塌一般将素凝真的法相笼罩住，以万钧之势落下。素凝真的法相只是挡住了一息，便彻底瓦解湮灭。素凝真猛吐鲜血，自半空坠落。忽然，一个少女身影向素凝真飞去，接住了素凝真下坠的身体。

暮悬铃眯了眯眼，恍然念道："高秋旻？"

便在此时，暮悬铃听到桑岐的传音——"铃儿，活捉素凝真！"

暮悬铃不知道桑岐为何有这个命令，但她立刻便向素凝真俯冲而去。

高秋旻察觉到暮悬铃的逼近，急忙举起春生剑格挡。暮悬铃抬起右手，断念一鞭下去，打在了春生剑上，这把天阶法器剑身巨震，高秋旻只觉整条手臂发麻，春生剑脱手而出，被暮悬铃长鞭卷起，握在手中。

"妖女，不许伤害我师父！"高秋旻憎恨地瞪着暮悬铃，她无比后悔，当时在拥雪城地牢没有一剑杀了她！

都怪多管闲事的南胥月！

暮悬铃冷冷看了她一眼，没有理会，她径自朝素凝真走去。素凝真法相遭到重创，素来一丝不苟的鬓发此刻凌乱狼狈，身上溅落星星点点的鲜血，她狠厉的目光瞪着暮悬铃，拂世之尘朝暮悬铃面门攻去。

暮悬铃甩开断念，与拂世之尘交缠到一起，绛紫与银白扭曲缠绕，难舍难分。

法相终究是法相，虽然重伤，却也不是轻易能奈何得了的。暮悬铃放下小觑之心，全神贯注对付素凝真。高秋旻见暮悬铃无暇他顾，趁机双手结印，一道灵力打向暮悬铃。

暮悬铃斜睨一眼，左手握着春生剑一挥，轻易粉碎了高秋旻的攻势。

"天生九窍，不过如此。"暮悬铃淡淡道，说着重新举起春生剑，一道更加凌厉的剑气朝着高秋旻脸上劈去，高秋旻大惊失色，就地一滚，鬓发顿时散开。

她避开了要害，但仍受剑气所伤，颈间一阵刺痛，温热的湿意蔓延开来。她脸色惨白地捂着自己的脖颈，然而血液还是从指缝间汹涌而出。

暮悬铃反手又是一剑，这一剑砍在了高秋旻左臂，几乎见骨。

"这是还你地牢那两剑的。"暮悬铃唇角微翘，"加了点利息。"

师父说得对，自己的仇，得自己报，哪有什么感同身受，那些说喜欢你的人，只见你伤好了，便忘了你曾经受过的痛。

她也会觉得委屈难过的。

"还有五十一鞭。"暮悬铃说。

"什么？！"高秋旻忍着剧痛，茫然又惧怕地看着眼前的暮悬铃。

暮悬铃绞紧了断念，看了一眼气息渐弱的素凝真，微笑道："你们对自己犯过的错，总是健忘得很。"

素凝真握着拂尘的手止不住地颤抖，她知道自己恐怕敌不过暮悬铃。

她厉喝一声："傅宫主、何岛主，还不快抓住这个妖女！"

傅渊停和何羡我本专注对付桑岐，此时听到素凝真的声音，猛地回过神来。傅渊停心中一喜，立时向暮悬铃冲去。暮悬铃见傅渊停来势汹汹，只能收回断念，转而对付傅渊停。

何羡我见对方只是一个未及法相的小半妖，不愿以多欺少，便没有随傅渊停而去。

傅渊停对付桑岐之时保存了实力，因此此时状态尚未受损，以他法相之力对付暮悬铃绰绰有余，但他的目的是活捉暮悬铃作为人质。傅渊停见暮悬铃的断念袭来，心中存了小觑之意，便徒手去接，想要抓住对方的法器，然而刚一碰触到断念，掌心便传来一阵锥心刺痛，他讶然缩手，避开了对方的攻势。

——断念之上,竟然有和谢雪臣的剑意极其相似的锐意。

傅渊停沉了脸色,不敢再轻视暮悬铃,他心里存了杀机,只要留一口气便行了。

傅渊停的灵力如有实质,让周遭的空气顿时变得黏稠而沉重,暮悬铃的漫天鞭影也不自觉地慢了下来,攻势稍缓,也变弱了。傅渊停缓缓举起掌,灵力蓄于掌心,随即挥手拍向暮悬铃。

暮悬铃撤回断念,在身前张开一张紫色盾牌,双手交叠于胸前,双眸似有流光闪动,睫毛轻颤,便见十指之间缓缓发出白光,有风雪肃杀之意、万物枯寂之感。光芒越来越炽,在紫色盾牌被击破的瞬间,白光自掌心激射而出,与傅渊停的掌力狠狠撞击,迸射出炫目的光彩。

暮悬铃身形疾退数十丈,脸色微微发白,气息不稳,却并未受到实质性的伤害。

傅渊停万万没想到,自己全力一掌,竟然叫暮悬铃给挡下了——玉阙经当真如此玄妙?

他虽然震惊,但也明白,这已经是暮悬铃的极限了,她不可能胜过法相。

傅渊停正欲追击,却忽觉一股庞大的灵力如飓风一般扫向自己,他回身抵挡,只见一道黑影从自己身前一闪而过,挡在了暮悬铃身前。

桑岐摆脱了谢雪臣的攻势,一掌拍飞了傅渊停,笑吟吟退到了一旁。

"今日真正见识了谢宗主的厉害,确实让人佩服。"桑岐微微笑道,"你我之战,不急于一时,我们来日方长。"

暮悬铃看着桑岐,关切问道:"师尊,你没事吧?"

"有事的恐怕是谢宗主。"桑岐看着面色冷淡的谢雪臣,得意笑道,"谢宗主,本座能有今日,还得多亏你慷慨以神功相赠,今日你是留不下我的,不如好好想想,该怎么同其他人解释吧。"

暮悬铃道:"师尊,徒儿没用,捉不了素凝真。"

"她有帮手,不怪你。"桑岐温声安慰,"铃儿,我们回去。"

"暮悬铃。"

转身之际,暮悬铃听到身后传来谢雪臣隐忍的轻唤。她脚步微顿,偏过头去看他。

第八章　断　念

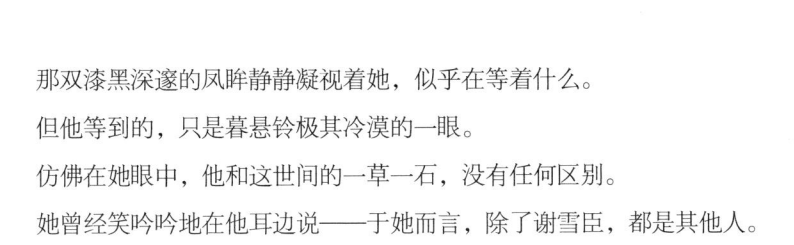

那双漆黑深邃的凤眸静静凝视着她，似乎在等着什么。

但他等到的，只是暮悬铃极其冷漠的一眼。

仿佛在她眼中，他和这世间的一草一石，没有任何区别。

她曾经笑吟吟地在他耳边说——于她而言，除了谢雪臣，都是其他人。

如今，于她而言，这世间再也没有独一无二的谢雪臣了。

诛神宫内，跪满了妖与魔，他们虔诚而狂热地匍匐于桑岐脚下，这位曾经身份卑下的半妖，成就了三界之内独一无二的奇迹。他是第一个以半妖之身引魔气灌体、自创魔功的奇才，他被魔族奉为大祭司，地位崇高，却仍不甘于此。他设计引谢雪臣与魔尊生死相拼，自己坐收渔利，吞噬了魔尊，拥有了魔尊强横无匹的魔气，成为魔界真正意义上的至尊。但还不够，他开辟神窍，吸纳天地灵气，令半妖的生命有了新的可能。拥有神窍的半妖，便无须再受修炼魔功之痛，也能与人族修士相匹敌。

桑岐坐于王座之上，支着下颌俯视朝拜的众妖，懒懒开口道："自今日起，本座便是魔界之尊、妖族之皇。"

"参见尊上！尊上睥睨八荒，唯我独尊！"整齐划一的声音在大殿内响起，余音不绝。

暮悬铃站于桑岐下首，她身份与旁人不同，身为桑岐最信重的亲传弟子、半妖圣女，她无须跪拜桑岐，更能号令妖魔两界。

桑岐刚出关，便感应到留给暮悬铃的符文被烧掉了，这是她遇到危险的信号。正好他融合了魔尊的魔气与神窍的灵力，想试试自己与谢雪臣的差距，一时冲动，便径自去了人族营地。上一次拥雪城交手，谢雪臣力竭倒下，但这次相遇，他似乎比万仙阵时还要强上许多，超乎了桑岐的想象，他险些便要折在那里。不过他走得果断，神窍之中灵力激荡，倒未受什么伤，反而给了他一番感悟，休息几日修为还能更加精进。

桑岐素来隐忍，这次低估对手，他便不会再犯同样的错误。

"师尊，我们接下来该如何部署？"暮悬铃问道。

"与人修之战，不必急于求成，你我需要时间巩固修为，妖军也需要时间吸纳更多妖兵。"桑岐屈起食指，轻叩下颌，"把消息放出去，本座已得玉阙神

功,半妖修习可开启神窍,任何妖族,只要效忠本座,都可得传授神功。"

如此一来,他麾下便不缺效力者了,不但是半妖,那些没有获得良妖证的妖族也会投奔他。与其在人族统治下忍辱偷生,何不大开杀戒,夺回这天下?

不过他却是隐瞒了真相,玉阙神功并非能轻易修习。他因为预先在暮悬铃心中植入灵犀蛊咒,能够感受到她体内的功法运转与灵力波动。暮悬铃喝下悟心水后,他从她心中取出灵犀,试图抽取她神窍之中的灵力,却未能如愿。她神窍之中流淌的是谢雪臣的灵力,那些灵力与他极为排斥,强行融合只怕有害无益。这些灵力与暮悬铃却无比契合,或许是因为两人之间的情感羁绊,也或许是因为暮悬铃散尽魔功,才不会抵触。但桑岐修习魔功太久,他甚至吞噬了魔尊的魔气,承受不起散功的后果。所以他虽然勉强修习了玉阙经,打开了神窍,但起点却不及暮悬铃高。她仅仅修习一月,便能接住法相全力一击了。

这让桑岐不禁十分眼热,但他既然不能得到暮悬铃的功力,便只能好好利用这个人。或许谢雪臣对她的看重,就是一步可以利用的棋……

桑岐若有所思地摸了摸下巴,目光落在暮悬铃面上。

"师尊,今日您与谢雪臣交手,明显您的灵力比他更加浑厚磅礴,为何不趁机杀了他?"暮悬铃问道。

"谢雪臣岂是那么容易杀死的?"桑岐含笑看了她一眼,心道果然是断情绝爱,对谢雪臣无半丝爱意了,"我的灵力混杂了魔尊的魔气,虽然强于他,但此人剑意宁为玉碎,锐不可当,想要杀了他,恐怕得付出极大代价。"

暮悬铃恍然点了点头:"师尊刚习得玉阙经,自会越来越强,交手的时间拖得越久,对师尊便越有利。"

"不错。"桑岐微笑颔首,"而且,杀人未必要自己动手,活着也未必比死了舒坦。谢雪臣因私废公,将人族神功外泄,就算我们不出手,仙盟之人也不会轻易放了他。仙盟人心不齐,如何与我们斗?"

与亲自杀人比起来,桑岐更喜欢的,显然是玩弄人心。

看那些道貌岸然的伪君子撕下伪善的面具,露出狰狞丑陋的真面目;看那白衣胜雪的世外剑神众叛亲离,腹背受敌,内外交困;看有情人反目成仇,不死不休……

第九章 悟 心

人族营地因法相一战而一片狼藉,所幸地处荒野,无人受伤。

素凝真调息许久才勉强恢复了些许体力,但身受重伤,绝非一时半会儿能够痊愈。高秋旻受了两处剑伤,虽然上药止血了,但失血不少,脸色极为难看。

"师父,那个妖女有点奇怪,我第一次看到她就觉得有些眼熟,方才听她说的那些话,好像和我有旧怨。"高秋旻轻声开口,担心触动颈上伤口不敢高声说话。

素凝真沉声道:"无论有没有旧怨,她是半妖,更是桑岐的弟子,与我们便有不共戴天之仇。之前在拥雪城若非谢宗主一力维护,早该杀了她以绝后患。"

高秋旻低下头,黯然低声道:"没想到……谢宗主竟将玉阙经传给了她,她是魔族圣女,是个半妖啊……谢宗主怎么可以这么做?"

高秋旻不愿意面对这个事实,谢雪臣对暮悬铃的情意恐怕比表面看到的还要深。

这也是素凝真最介怀之事,不只是因为暮悬铃习得玉阙经,更让人担忧的是桑岐也从中领悟到了神功。素凝真曾经见过桑岐的本事,料想他只是个半妖,又断了一臂,不可能强到哪里去,但如今看来,桑岐的恐怖远超想象,她竟连

对方一招都撑不住。桑岐那一掌拍下,甚至没有用上全力,她便有天塌地陷的绝望之感,若是用了全力,她当场便会被碾成血沫。

法相之间的差距实在太大了,她和傅渊停、何羡我加起来也不是桑岐的对手,如今能与桑岐一较高下的,唯有谢雪臣……

"素谷主,谢宗主有请。"营帐外传来一个声音。

素凝真缓缓站起身来,高秋旻立刻上前搀扶,道:"师父,我陪您去。"

"不必了,你有伤在身,好好调息。"素凝真顿了一下,又道,"收拾一下,通知其他弟子,待议事完,我们便回镜花谷。"

高秋旻脸色白了白,点头道:"弟子知道了。"

营帐中气氛凝重,傅渊停与何羡我皆是眉宇深锁,愁颜不展,见素凝真进来,他们抬起头相互见礼。

"素谷主伤势如何?"傅渊停关切地问了一句。

何羡我与素凝真向来不睦,便没有多言。

素凝真淡淡点头道:"有劳傅宫主关心,休息几日便好。"说着看向谢雪臣,眉眼凌厉起来:"谢宗主传我等至此,定是想好如何解释了吧。"

傅渊停与何羡我沉默不语,但流露出的情绪与素凝真并无二致,但傅渊停是个心思活络处事圆滑的,纵然心里有不满,也不愿意正面质问谢雪臣,正好有素凝真在此当前锋,他便乐得隔岸观火。

素凝真愤然冷笑,哑声道:"原先在拥雪城之时,我便对谢宗主说过,应该对妖女搜神问心。若听我之言,当时便能知道此妖女包藏祸心,何至于上当受骗?玉阙经是谢宗主独创功法,本来宗主要传功于谁,我们并无权置喙,但此功法干系重大,传于异族,便会给我人族招致祸患。"素凝真环视众人,冷然道,"今日你们也见到了,如今桑岐的实力有多惊人,便是我等联手,也拦不下他。"

傅渊停有些尴尬地摸了下鼻子,何羡我眉头微皱,道:"一个半妖,竟能修炼至此,实在难以想象。"

谢雪臣看向素凝真,淡淡道:"素谷主所言极是,此事皆因我而起,当按仙盟律令处置。"

傅渊停干咳两声，道："大敌当前，谢宗主是仙盟的主心骨，更是人族的倚仗。若无谢宗主在，我们谁能抵挡得了桑岐？当务之急，是对付魔族，我们切不可内讧，自乱阵脚。谢宗主纵然有过，也须等诛杀桑岐之后再论。"

何羡我冷眼看着傅渊停，沉默不语，心中冷笑。傅渊停拿着谢雪臣的错处，却要利用谢雪臣对付桑岐，待桑岐一死，便可以此为借口将谢雪臣赶下宗主之位，好个鸟尽弓藏。可傅渊停聪明，旁人也不是傻子。

谢雪臣将这些人的心思尽收眼底，并无一丝意外。人心本就如此，他早看破了一切，也未曾觉得失望。他所做的一切，只是在践行自己的道。

"我犯的错，我自会承担。桑岐之祸因我而起，待我诛杀桑岐，便辞去宗主之位，受万象雷劫之刑。"

三人惊愕地看着谢雪臣，万万没想到他会如此轻易说出退位之言，不禁沉默了下来。万象雷劫之刑，乃万仙阵中最为凶险的一个法阵，上引九天之雷，下接万象劫火，纵是法相尊者受此刑罚，也是九死一生。他已将生死置之度外，他们这番咄咄相逼便显得有些难堪可笑。

何羡我觉得有些过了，沉声道："宗主不必如此……"

"此事已议定，无须多言。"谢雪臣抬手打断了他，淡淡道，"接下来要商量的，才是当务之急。桑岐尚未熟悉玉阙经，今日出手不过是试探，短时间内应该不会与我正面为敌，但他也不会善罢甘休，恐怕会滋扰其余宗门，伺机拉拢妖族与其他半妖。"

傅渊停眼神一动，道："桑岐若想吸纳更多力量，恐怕会从各个门派手中解救妖奴。他能从这些妖奴中获得绝对的忠诚。"

何羡我忽地笑了一声，轻轻晃了晃酒葫芦，眼神晦暗莫名："我本就反对豢养妖奴，本来只是将犯了恶罪的妖族贬为妖奴，但据说有些门派不分是非黑白，但凡是妖或者半妖，皆用锁灵环将其困住，奴役他们。如此一来，便是将半妖和妖族赶到了我们的对立面。"

素凝真忍着怒气道："何岛主此言差矣，半妖和妖族与我人族本性不同，尤其是兽妖，生来就嗜血吃人，纵容他们，就是置自身于危险之中。"

何羡我嗤笑一声，似乎不屑与她争辩："若论妖奴多寡，当数碧霄宫最多吧。"

第九章 悟心

碧霄宫是五大宗门里财势最强修士最多的，自然妖奴也最多。碧霄宫有不少矿脉，挖矿之事又脏又累，且十分危险，因此多派遣妖奴从事。傅渊停对此事习以为常，倒也不觉得尴尬，他甚至面带嘚瑟地笑道："碧霄宫妖奴有近两千，但碧霄宫的内门修士不下三千、外门弟子数万，魔族妖魔大军不可能有这么多，桑岐恐怕还不敢来碧霄宫放肆。"

"若是桑岐亲至呢？"何羡我道。

傅渊停皱了下眉头，脸色有些难看："恐怕难以招架。"

哪怕他碧霄宫人多势众，但到了那个层面，人多也没有用，那是另一个阶层的实力碾压。桑岐如今吞噬了魔尊，拥有魔尊的全部功力，又习得玉阙神功，神窍开启，修为一日千里，寻常法相根本不是他的对手，元婴之下宛如土鸡瓦狗。碧霄宫法相尽出，纵然能胜了桑岐，但实力折损过重，与输了又有何异？

"事先我已经和南庄主商议过了，我会镇守两界山，而他会在此构建五个传送法阵，若是桑岐亲自攻打五大宗门，你们传讯于我，我会亲自诛杀他。"

谢雪臣驻守前线，可对魔界造成威慑。若是桑岐不出，五大宗门可自行解决；若是桑岐出手，则谢雪臣亲自出马，可保无忧。

"如此一来，我们便放心了，只是有劳宗主了。"三人面色轻松了不少，有些不好意思地向谢雪臣拱手道谢。

"理应如此。"谢雪臣神色淡然从容，自始至终，未曾流露过半分情绪。

无论是众人的攻讦还是道谢，对他而言，都如千里之外的风，未曾吹过心上。

待众事议定，散会之时，谢雪臣忽然开口，让素凝真留下。傅渊停与何羡我对视一眼，知趣地离开了营帐。

"素谷主，你与桑岐可曾有过渊源？"谢雪臣开口问道。

素凝真的呼吸明显乱了一瞬，面上神情僵硬起来，眼神闪烁，似乎犹豫该不该说。

"我支开其他人，便是顾虑镜花谷的颜面，但此事若可能危及仙盟，素谷主就不该隐瞒。"谢雪臣的声音凝重了几分，带着不容置疑的权威，让素凝真陡然感觉到压力。

"镜花谷与桑岐确有旧恨。"素凝真咬了咬牙，艰难道，"二十几年前，桑岐意图染指镜花谷的女修，被我师父撞破，设局埋伏他。不料桑岐狡猾，被砍断一臂后逃走了，自此在魔界，多年闭关不出。"

桑岐再次出现，便是明月山庄惨遭血洗之日。

"那个女修是谁？"谢雪臣问道。

素凝真别过脸，沉声道："她已经死了，谢宗主又何必多问。"

说罢扬长而去。

谢雪臣眼神微动，心中生出一个近乎荒谬的猜测，难道是……

月上中天，旷野之上轻风拂过，野花盛开之际，有幽香浮动。

谢雪臣负手而立，双目微合，眉心朱砂溢出光彩，神窍吞吐灵气恢复伤势。

"谢宗主。"南胥月的脚步声自身后传来，在一丈处停了下来。

谢雪臣早已察觉他的靠近，只是没有声张，他睁开眼，徐徐转过身来，朝南胥月微微颔首："南庄主，深夜还未休息？"

南胥月面上含着淡淡的笑意，只是双眸稍显清冷。

"准备布阵之事，方才想起一事，到营帐中找谢宗主，却没有看到人，便来这里瞧瞧。"南胥月挪动脚步，上前一步，"谢宗主，今日与桑岐交手，似乎受了伤？"

谢雪臣知道南胥月心思缜密细腻，瞒不过他，也没有打算隐瞒。

"桑岐的力量不容小觑，我确实受了点伤。"谢雪臣道，"不过无碍，调息片刻便好。"

"谢宗主屡次重伤，修为却越来越强，这大概就是玉阙经的玄妙之处吧。"南胥月眼神微动，心有所感，"不破不立，死而后生？"

谢雪臣点了点头："你虽不能修道，悟性却是无人能及。"

"谬赞了，谁敢在谢宗主面前自夸。"南胥月微微一笑，"桑岐今日退去，短期内应是不敢再战了。"

谢雪臣蹙眉，沉声道："他极能隐忍，拖得越久，便会越强，只怕到时候我也不是他的对手。"

没有人知道，一个同时修炼魔功和灵力的半妖，上限在哪里，他能强到什

么地步。"

南胥月品出了谢雪臣的言外之意:"谢宗主想逼他出手?"

"虽有此意,但并非易事,此人极擅长隐忍。"谢雪臣道,"南庄主,你非仙盟之人,此番愿意竭力相助,我感激不尽。"

南胥月沉默良久。

他手中仍是握着一柄折扇,折风被桑岐所破,他细细修补完善,原本雪白的扇面上有了星点残红——那是暮悬铃的血迹。

他本可以换一把法器,但他没有,折风本轻如无物,却因这几滴血,而有千钧之重。每个夜里他闭上眼,看到的都是暮悬铃推开他,受下那一掌的画面。温热的鲜血烫得他从梦中惊醒。

攥着折风的手不自觉地用力,修长的指节微微发白,南胥月微低着头,薄唇微翘,勾起一抹浅浅的弧度:"谢宗主,我来此,只为铃儿。"

谢雪臣微一错愕,点了点头道:"我明白。"

"我虽答应协助仙盟,但也有一个条件,绝对不能伤了她。"南胥月温柔的声音透着坚定与果决。

"我也明白。"谢雪臣低声道。

"仙盟五派对她恨之入骨,桑岐也不怀好意。"南胥月抬起头,直视谢雪臣,"我实言相告,相助仙盟,只是为了除去桑岐,而宗主是唯一有能力做到这件事的人。"

谢雪臣道:"我自会全力以赴。"

南胥月道:"但桑岐若死,她便没了倚仗。"

谢雪臣道:"我会成为她的倚仗。"

南胥月轻轻摇了摇头,唇角含笑:"不,你不会,也不能。你外泄神功,酿成大祸,仙盟早已背弃了你,他们不过是还想利用你对付桑岐。桑岐若死,旁人不说,傅渊停与素凝真便不会再买你面子。谢宗主你为人光明磊落,言出必行,到时候辞去宗主之位,身受万象雷劫,即便不死,又凭什么成为她的倚仗?"

南胥月看得透彻、想得明白,谢雪臣何尝不知道这一点,但他若不死,便能为她挡去那些恶意与杀意。

"而且，她恐怕也不愿意再倚仗你。"南胥月眼中掠过一丝轻嘲，"想必你也发现了，铃儿对你已经没了眷恋。"

她变得更强了，却也冷漠无情，全然不似过往。

南胥月道："我原以为她是失忆了，但她并没有，甚至还有些记仇。"南胥月说着微微失笑，又叹了口气，"高秋旻身上的两剑，便是证明。原来她心里是有些怨气的，不过无人替她抱屈，便是我，也只记得她的伤，却忘了她的痛。"

谢雪臣薄唇微动，凤眸闪过一丝黯然，却无言以对。

南胥月说得没错，他明知道她受了委屈，却从未想过替她报仇。他们是人族，总是下意识地站在人族的立场，维护人族的利益，而忘了她受过的委屈。

"这世上让人失去记忆的毒和药有不下二十种，让人忘情绝爱的也有三种，分别是无相丹、了尘散和悟心水。"南胥月娓娓说道，"服下无相丹者，看世人皆为无相，不辨彼此，无我无相。服下了尘散，则大彻大悟，无喜无悲，无欲无求。服下悟心水，仍记得世间人事，但心入空门，不再贪恋世间之情。"

"不是无相丹，也不像了尘散。"谢雪臣回想暮悬铃所为，道，"是悟心水？"

南胥月看了他一眼，道："我本也猜是如此，但喝了悟心水，对世间所有人都断情绝念，再无一丝爱恨，可她对高秋旻有恨，对我……仍有一丝情意。"

南胥月说得委婉，就是暮悬铃只对你谢雪臣无情无爱、无恨无仇。

谢雪臣也听得明白，就是暮悬铃只对你死心了。

"也许是魔族的手段。"谢雪臣说。

南胥月摇了摇扇子，微微笑道："也有一种可能，就是她单纯地想通了，弃我去者，昨日之日不可留。"

谢雪臣广袖之下的手缓缓攥紧。

南胥月微笑道："谢宗主似乎并不乐意，可她若真能放下对你的执念，于你于我，于她而言，都是一件好事。"

南胥月向来是个温润如玉、清风朗月般的公子，然而此时却露出了他尖锐的一面，哪怕他仍是面上含笑，却没有一丝暖意。

从一开始，他叫的就是谢宗主。

谢雪臣并不在意南胥月的敌意，他知道南胥月介意他伤了暮悬铃，但他做的任何事，都不是为天下人的眼光，只是为心中的道。

但他仍会在意暮悬铃的想法。

也许她真的放下了，但他似乎……并没有放下。

"所以，谢宗主，我愿成为她的倚仗。"南胥月微微笑道，"只是，你该放下了。"

两界山边缘的高冈之上，有一棵参天巨树，此时一根横生的粗壮树枝上，正坐着一个绛紫纱衣的少女。

暮悬铃每天都会在此修炼，魔界只有魔气没有灵力，想修炼玉阙经，最好的地方便是两界山附近的高山之上，灵力充沛之处。她每天都要在此修炼三四个时辰，之前可能过于急切，导致内息有些紊乱，但经过谢雪臣调理之后，此时再修行便觉得顺畅许多，进步比往日更快。

打坐修行两个时辰，她伸了个懒腰，换了个舒服的姿势躺在树枝上，双手交叠枕于脑后，仰起头从树叶的缝隙里看到明亮的圆月。

——月光冷冷的，有点像那个人。

不期然的，谢雪臣白衣翻飞的身影便撞入脑海中。

——他比师父还强，如果我继续修炼下去，能打赢他吗？

——他明知道我是敌人，为什么还要帮我调理内息？

——我骗了他，他不生气吗？

暮悬铃胡思乱想了一阵，有些烦恼地捏了捏眉心，闭上眼睛不去看月亮。便在这时，树下传来一声熟悉而柔和的低唤。

"铃儿。"

暮悬铃微微一怔，从树梢上探出头来往下看去，有些讶异地喊了一声："南胥月？"

她从枝头轻盈地跃了下来，落在他身前，微仰起头，看着面前低眸含笑的公子。

"你怎么找到这里的？"暮悬铃狐疑地看着他，又警惕地看了看四周，"你带人来抓我的？"

"不是，我自己一个人来的。"南胥月温声道，"我想你修炼玉阙经，必须在人界，两界山附近灵力充沛的地方不多，便过来碰碰运气。"

"虽然不多，也有十几处呢，你一个……不太方便吧。"暮悬铃声音顿了一下，把"瘸子"两个字吞入口中。

南胥月笑意更盛了——铃儿果然是在乎他的。

"想是我运气不错，第一处便找到了你。"南胥月也没有施苦肉计，实话实说道，"昨日我闻到你身上有扶桑花的香气，想必是经常在扶桑树上停留。两界山附近灵力充沛且有扶桑树的，便只有两处，而这一株扶桑树长得最高，在树梢处便可眺望人修营地。"

暮悬铃有一种被看穿的感觉，头皮微微发麻，沉默了半晌才道："真不愧是南胥月……你既然知道我在这里，为什么不告诉……其他人？仙盟不是想抓我吗？"

"我不是仙盟的人。"南胥月柔声道，"我来这里，只是想见你。"

暮悬铃仰头看着南胥月，漂亮的桃花眼波光微动，有丝触动，也有一丝困惑，她想说点什么，却哽在了喉头。

"那……"暮悬铃迟疑了一下，问道，"你决定好了，要跟我去魔界吗？"

暮悬铃的问话有些天真，南胥月不禁失笑，摇了摇头道："我是人族，不能在魔界生存。"

南胥月的温柔让暮悬铃不知不觉放下了戒备和敌意，她心里仍念着南胥月的好，拉拢他，既是为了桑岐，也是为了自己。

"师尊会有办法的。"暮悬铃眼睛转了转，"或许你能修炼玉阙经？"

南胥月心中柔软了几分，眼前的铃儿似乎并没有变，她对谢雪臣绝情，但对他一如既往。

"我不知道桑岐是用什么方法从你身上得到玉阙经的，但想修炼此功，绝非易事。"南胥月轻轻叹了口气，"铃儿，我来找你，是想告诉你，桑岐对你绝非好意，你要多加提防。"

暮悬铃闻言皱了下眉头，与南胥月拉开了些许距离："南公子，师尊待我如何，我心里有数，无须你多言。"

南胥月见她骤然防备，只能按捺下劝告，改口道："仙盟见识过桑岐的力量，对他有所防备，他们认定桑岐会进攻五大宗门，掳走妖奴，拉拢妖族，如今已经调了精锐回宗门。桑岐若令你袭击五大宗门，你可千万小心。"

暮悬铃心头沉了沉，因为桑岐确有此意，仙盟若是加强了防御，那他们想要行动，便会难上许多。

"那谢雪臣呢？"暮悬铃问道。

南胥月眼神微动，却没有流露出异常："他会驻守两界山，但他身上有五个传送法阵。他的目标只有一个，就是桑岐，若是桑岐出现在五大宗门，他便会立刻出现，诛杀桑岐。"

暮悬铃见识过谢雪臣的实力，桑岐也说过，谢雪臣似乎仍未尽全力，他若全力出手，桑岐也没有战胜的把握，甚至可能连打开传送法阵逃生的时机都不会有。

暮悬铃有些烦恼地皱起眉头，半晌才想起来南胥月还站在自己身前。他见她陷入沉思，也没有出声打扰，只是静静地站在一旁，用柔和的目光凝视她。暮悬铃感受到他的善意，神色也不禁软和了几分，低声道："我明白了……不过，你到底站在哪边？"

南胥月温声道："我只是希望你能平安。"

他是为她而来，只为护她无虞。他既可以协助仙盟对付桑岐，也要从仙盟手中护下暮悬铃。暮悬铃现在对桑岐满怀信任，他若说桑岐坏话，她自然听不进去。既然如此，他便不多说，默默去做便是了。

暮悬铃能感受到南胥月的心意，她眨了下眼，有些不知该如何回应对方的善意，双手背在身后，局促地捏着自己的指尖。

"那……你自己也要小心。"她不自在地关心了一句。

南胥月从袖中取出一个小巧的玉坠，通体莹白温润，看着便甚是贵重，他上前一步，双手环过暮悬铃颈间，低头便闻到她的发香，他忍着抱住她的冲动，只是仔细地为她系好红色的带子。

南胥月突然的靠近让暮悬铃下意识便绷直了身子，她在推开与接受之间迟疑了片刻，南胥月便已经松手退开了。

暮悬铃抬手握住小巧的玉坠，触手微凉，但很快便有了一丝暖意，白玉之中隐隐有光芒浮动，似乎是一个个阵符在飞转。玉坠背面，是一个浅浅的古体字——月。

"这是我炼制的法器，镌刻无数防御法阵，若遇到危险，捏碎法器，便是

玉阙天破，也可挡住一击。"南胥月的声音温柔而坚定，透露出对炼器的自信。

玉阙天破乃是世间已知最霸道的攻击，能抵御一击，便已经是堪称神品的防御法器了。

暮悬铃受伤之后，南胥月便潜心炼制了护身法器，只希望能以自己的方式保护她。

"谢谢。"暮悬铃知道这份礼物的贵重，她握了握掌心的暖玉，郑重地说道。

南胥月微笑凝眸，看着她莹白如玉的小脸，现在这样，便已很好了，她没有拒绝他的示好与亲近……

第九章 悟心

暮悬铃走进丹室之时，桑岐并没有察觉。他斜倚在榻上，玄色长袍倾落在地上，手中握着一把长剑，不知在想些什么。

暮悬铃恍然发觉，那是高秋旻的春生剑。那把剑被暮悬铃夺走后她随手放进了芥子袋，之后便扔在卧室之中，不知何时落到了桑岐手中。

"师尊。"暮悬铃唤了一声，见桑岐偏过头来，她才缓缓上前。

桑岐银瞳微微一闪，春生剑便消失不见了，他声音有些冷淡的倦意，问道："何事？"

"方才我去两界山修炼，遇到了南胥月，他告诉我一些事情。"暮悬铃把从南胥月处听到的消息如实告知桑岐。

"哦？"桑岐有些惊讶地挑了下眉梢，狭长的银瞳染上极淡的笑意，"想不到南胥月对你倒是有心。"

暮悬铃斟酌道："他算是我的朋友。"

"只怕他想的不只这些。"桑岐高深莫测地笑了笑，"南胥月此人虽不能修道，但法阵与炼器都堪称举世无双，城府颇深，不可小觑。他既然如此看重你，那倒有可利用之处。"

"师尊，可否不伤他性命？"暮悬铃微蹙着眉，低声道。

桑岐瞟了她一眼，看到了她脖子上的玉坠，了然地轻笑一声，自榻上下来，徐徐走到一旁，说道："既是你的朋友，我便留他一命。"

他炼制过的悟心水，加了谢雪臣的血，暮悬铃便只对谢雪臣一人忘情，而南胥月在她心里虽然只是君子之交、朋友之谊，但还是留下了痕迹。南胥月虽

有些手段，但桑岐还未将他放在眼里，可以利用，但不值得提防。

暮悬铃听桑岐这么说，心里也稍稍松了口气，语气轻快了一些："师尊，五大宗门对你十分忌惮，他们认定只有谢雪臣才能挡住你。"

桑岐冷笑道："错了，铃儿你把人性想得太过美好，他们不过是舍不得自己的人送死，想让谢雪臣出来卖命而已。"

暮悬铃愣了一下："是这样吗？"

"五大宗门各怀私心。灵雎岛远在海外，独善其身，最不愿意掺和仙盟之事。悬天寺群龙无首，恐怕还有人埋怨仙盟杀了他们的门主和大长老，如今为新的门主之位而乱成一团。拥雪城地处苦寒西洲之地，人烟稀少，只一个谢雪臣值得忌惮。碧霄宫最是市侩自私，否则如何能敛尽天下财富？镜花谷倒是一心想除掉本座，但这个宗门向来阴盛阳衰，实力不济，不足为虑。"桑岐一一细数，面含不屑。

暮悬铃却眉梢一动，她想起桑岐对素凝真的网开一面，下令活捉，还有方才看着春生剑的神色，似乎是有些旧情……

"师尊，"暮悬铃小心翼翼开口问道，"您与素凝真是不是曾相识？她对您似乎异常痛恨。"

桑岐冷然道："算不上相识，不过是有些旧怨。"

是旧情还是旧怨？

暮悬铃不敢问得这么直白，小声道："徒儿能问问为什么吗？"

桑岐垂下眸子，左手抚上镌刻魔纹的右臂。那是一只假手，是一件法器，自断臂至今，陪伴自己二十年了，无时无刻不在提醒他，他曾经多么愚蠢天真，因为轻信，而失去了什么……

"本座这条手臂，便是断在镜花谷。"桑岐的声音低沉阴冷。

暮悬铃一惊，讶然道："难道是素凝真砍断的，她怎么可能……"

"不是她。"桑岐厌烦地皱起眉头，"是……素凝曦。"

素凝曦，暮悬铃恍惚了片刻，才想起来，她是素凝真的双生姐姐，也是高秋旻的生身之母。

暮悬铃忽然觉得呼吸沉重起来，一瞬间，仿佛想通了许多事。

明月山庄的那场大火，无数人的哀号与惨叫……

"师尊，您血洗明月山庄，就是为了报仇？"暮悬铃失声道，"可是……素凝曦二十年前就已经死了。"

素凝曦死在高秋旻出生的那一夜。

"死了又如何，死了不还有尸骨吗？"桑岐眼中浮现暴戾之色，赤色淹没了银瞳，"我便挖出她的尸骸，毁了她轮回之路！"

桑岐骇人的气息外泄而出，暮悬铃忍不住后退了半步，承受着威压颤声道："那您找到了吗？"

"没有。"桑岐眉头一皱，声音冷沉，"那是一座空坟。"

"空坟？"暮悬铃不解地低喃，"怎么可能……"

她在明月山庄生活了六七年，自然是知道庄主夫人的墓地所在，也曾经负责洒扫过陵园，但从未想过，那座坟里会是空的。

"难道素凝曦没有死？"暮悬铃喃喃念道。

桑岐心头跳了跳，他不是没想过这个可能，可是他问过庄里的人，可以说是用非常残忍的手段"问"出来的，那些老人都说亲眼看到素凝曦断气下葬。她若是活着，又为何要装死？

"师尊，你留着素凝真不杀，是不是想从她口中问出素凝曦的所在？"暮悬铃问道。

桑岐缓缓点了点头："她是素凝曦在这世上最亲近最信重的人，也是最有可能知道素凝曦下落的人。"

暮悬铃壮起胆子，紧紧盯着桑岐俊美而冷酷的侧脸，小心问道："春生剑，是不是素凝曦的佩剑？"

所以素凝曦死后，素凝真把她的佩剑给了她的女儿高秋旻。

果然，桑岐点了点头。

暮悬铃的心脏跳得更快了："也是当年砍断您右臂的剑？"

桑岐没有说话，但气息陡然一沉。

"素凝曦……是您爱过的人？"

桑岐身旁的桌子忽然炸开，四分五裂，暮悬铃躲开了激射而来的碎片，惊骇地看着眼前宛如魔尊降临的男人。他身上仿佛燃烧着黑色火焰，自心头蔓延开来，将这个人团团围住，银发在空中浮动，银瞳染上了血色，他像浴在火中，

却又散发出让人冻结的寒气，令人心惊胆战。

"师……师尊……"暮悬铃轻声唤道。

"铃儿，"桑岐的身影被浓稠的暗色笼罩，沙哑低沉的声音仿佛自幽冥深处传来，"这就是喜欢上人族的代价。"

桑岐生来和其他半妖并无不同，被遗弃，四处流浪，东躲西藏。直到十几岁时，他在荒野之地遇到了天狼族的狼妖，才知道自己的银瞳狼耳，是天狼一族的象征。

"是个半妖。"天狼族的长老们挑剔冷漠的目光上下打量了一圈，恍然想起了他的身份，"难道是天狼王与那个人族女修的后代？"

后来他便断断续续从他们口中得知了自己的身世。

他的父亲，是上一任天狼王，八百岁时爱上了一个人族女修，并与那个女子有了后代。天狼族自认血统高贵，不会接受修道界鉴妖司的良妖证，向来与仙盟五派不睦。后来因缘巧合，仙盟五派的尊者与几大妖族同入一个秘境寻找古神遗宝，便找了由头联手杀了天狼王。怀孕的人族女修失去了依靠，躲在乡下独自生下了一个半妖之子。这个婴儿生来就有银发银瞳，还有一双毛茸茸的狼耳，吓坏了接生的稳婆。村里人对修道界了解不多，只知道她生了个妖怪，便要将母子烧死。

虽是修士，但生下半妖对母体损伤极大，虚弱的母亲抱着襁褓中的婴儿跑了不知多久，最终还是选择扔下他——在一棵生于歧路的扶桑树下。

那便是桑岐往后数年的家。

天狼族部落并未给桑岐一丝一毫的归属感，在人族，他是半妖；在妖族，他是半人。天狼王还有其他子嗣，他们同样生着银发银瞳，既有凶兽原形，也可以化为人形，拥有妖丹的他们，有数千年之寿，力量远非桑岐可比。他只是一个卑贱的、弱小的、无人待见的半妖。

——半妖生来有罪。

这是桑岐被灌输了许多年的观念，他身上流淌着肮脏的血。

人族与妖族，都认为半妖玷污了自身的血统，他们带着原罪降生，因此丧失了繁衍生育的能力，这就是天道的惩罚。天道也认为，半妖不该存在。

第九章　悟　心

在新狼王的夺位之争中，他的兄长将他卖给了魔族，换取了魔族的支持。他成为魔族的一名妖奴，甚至可能随时成为他们的食物。半妖之体虽然比人族坚韧，但也经受不住日日夜夜魔气的侵蚀。身旁的同伴艰难地抵御抗拒着魔气，而他没有，他享受着那种密密麻麻的刺骨之痛。

——我身上流淌着肮脏的血，合该于污浊之地沉沦。

他接纳了魔气，让魔气融入自己的血液之中，于无意间打开了一扇邪魔之门，从此，半妖有了自己的修行之路。他成为第一个修炼魔功的半妖，也成为有史以来最强大的半妖。他将修炼魔功的法门告诉其他半妖妖奴，拥有了自己的追随者。魔族灵智低下，他轻而易举便得到了他们的信任，于是半妖成为魔族的同盟，而他——昔日卑下的妖奴，也一跃成为魔界尊贵的大祭司。

桑岐如愿以偿得到了旁人的敬畏与看重，只是仍然心有不足，他也不知道自己还在寻找什么，直到遇到了素凝曦，他才明白，自己一直在寻找的，是一双友善温柔的眼，接纳他的残缺，包容他的污浊，拥抱他的一切。

初识素凝曦，是在他重伤之时。他被法相围剿，重伤逃脱，撞见了外出历练的女修，担心她泄露自己的踪迹，便将人打晕劫走。他失血过多晕倒在了山洞之中，没想到的是，那个被他打晕的女修比他先醒了过来，更让他意外的是，她没有走。

她生了一堆火，支着下巴坐在他对面，火光映亮她清丽秀美的脸庞，明亮的眼眸中有星火跃动，看到他醒来，粲然一笑："你醒啦！"

胸腹之间狰狞的伤口被人细心地包扎好了，甚至连身上的血污也被清洗干净了，桑岐有些恍惚，以为自己身在梦中，直到对面的女修递了一只烤鱼到他跟前，微笑问道："你肚子饿了吗，吃鱼吗？"

桑岐本以为是一把剑刺来，下意识地往后一躲，扯动了伤口顿时又渗出血来。

"你躲什么啊？"她嘟囔了一声，"我的厨艺真的这么差吗？"

她把鱼架在架子上，走到桑岐身旁扶他，却被桑岐扼住了纤细脆弱的咽喉。

桑岐哑声道："你是谁？你想做什么？"

女修眨了眨眼："我是镜花谷的女修素凝曦，你把我绑来，不是想让我帮你治伤吗？"

桑岐俊脸阴沉，银瞳审视着她的面容，想从她的表情中看出端倪。

"我是半妖，你为何不杀了我，或者去通风报信？"他认为素凝曦不杀他，必然是有更大的图谋。

素凝曦莞尔道："我为什么要杀你啊，你好奇怪，你伤口在渗血，我帮你处理一下吧。"

说完也不理会仍然扼着自己咽喉的手，便朝着桑岐腰腹处的伤口伸出手去，一股沁凉的生机覆住了伤处，桑岐惊讶地发现，伤处的疼痛明显减轻了，甚至有愈合之相。

他修炼魔功，与人族灵力相斥，人族修士是不可能以灵力为他治伤的，这素凝曦的能力有些古怪。

片刻后，伤口处止了血，素凝曦才撤回手，脸色有些发白，道："你的伤太重了，我今天已经力竭了，得休息一晚才能恢复。"

桑岐不自觉地稍稍松开了钳制她的手，哑声问道："你究竟是谁，为何有这种古怪的治愈之力？"

素凝曦笑道："师父说我是元阴之体，体内自有无限生机，最适合修习春生诀。"

她话说到一半，忽然便闭上了眼，往前一栽倒在桑岐大腿上，呼呼大睡了起来。

桑岐探了探她的脉象，才知道她只是睡着了，也许是因为为他治伤消耗了太多灵力。

他把她绑来，断不可能存着什么好心，不过是担心她泄露自己的踪迹，又想着若是魔气溢散，可以吃了她的血肉，以她的心魔补充魔气。但她的古怪灵力让桑岐改变了主意，他想留着她为自己治伤。

素凝曦是一个很奇怪的女修，和他见过的所有修士都不一样。在他的认知里，修士都是高高在上、道貌岸然的伪君子，而素凝曦却是一个看似貌美娴雅、实则迷糊随性的女子。

第一次发现，是她出去觅食，却迷路找不到回来的路。桑岐本就怀疑她接近自己的目的，一路暗中跟随，眼睁睁看着她在树林里转了十几圈，最后才忍不住现身把她带回去。

"遇见你真是太好了。"跪在地上处于崩溃边缘的素凝曦抱着桑岐的大腿喜极而泣,"我怀疑这里有结界,不然怎么走不出去?"

桑岐扯了扯自己的下摆,心中暗道:我怀疑你脑子有问题。

她为他治伤,消耗极大,每天需要长时间的睡眠和大量进食来补充体力,但她的厨艺堪比下毒,她似乎没有正常人的味觉,吃得津津有味,让桑岐瞠目结舌。

后来,他便主动揽过烤肉之事。

很难想象,他一个半妖狼人,在给一个女人烤兔子。

桑岐怀疑自己脑子可能也有问题。

"今天在林子里,我以为你会救下这只兔子,没想到你是要吃了它。"桑岐嘲讽地冷笑道。

素凝曦心满意足地吃完烤得色泽鲜亮香味扑鼻的兔肉,听到桑岐这么说,她笑眯眯道:"兔子这么可爱,果然很好吃。"

"你不觉得残忍吗?"桑岐道。

"啊?"素凝曦愣了一下,"但我也要活着啊。"

"为了活着,便可以吃其他生命吗?"桑岐的银瞳冰冷地看向她,"若是我为了活着,要吃了你呢?"

素凝曦微微皱起眉头,烦恼了一会儿,说:"那你下手快一点,我怕痛。"

桑岐微微一怔:"还有呢?"

难道不是该求饶吗?或者愤怒地骂他?

素凝曦道:"还有……多加点孜然,比较香。"

桑岐突然觉得,自己比对方像个人。

他无意识地伸手去摸了一下素凝曦的眉心,细腻温暖的肌肤,其下是人族独有的神窍波动——她是个人没错。

素凝曦感受到他指腹的粗粝,忽地脸上一红,嘟囔道:"你干什么?"

桑岐缩回了手,淡淡地说了实话:"我怀疑你不是人。"

素凝曦拧起秀眉,忽然伸出手去,摸了摸桑岐柔软的狼耳。桑岐的耳尖猛地一颤,最为敏感的地方被人揉了一把,他顿时整个人僵住,血液不由自主地涌上双颊,略显苍白的俊脸霎时间染上了艳丽的绯色,眼角潮红,却让人看不

出是羞是怒、是喜是恶。

素凝曦笑着道:"我怀疑你不是狼人。"

桑岐猛地拉起兜帽盖住了自己的耳朵和脸,让人看不到他的面容,只是有些粗重的呼吸声出卖了他。

"我抓你来,本就是为了吃你。"兜帽之下传来低沉沙哑的声音,"我是魔族祭司桑岐,被法相围攻而身受重伤藏匿于此。我不能见天日,否则便会有魔气溢散之痛。想要弥补魔气溢散之痛,还有一个方法,就是生食人肉,利用人濒死的恐惧怨恨产生的心魔补充自身所需。"

素凝曦讶然看着他。

桑岐盯着柴火,一滴油落入火中,火焰骤然亮了一瞬。他不知道素凝曦会有什么反应,但任何反应,想必也都在他意料之中。

他没有抬头,听到窸窸窣窣的声音从对面传来,一个温暖的身体靠在自己身旁,素凝曦柔和的声音从近处传来。

"昨天下午回来的时候,我便发现你有些不对劲,你看起来很虚弱,是魔气溢散引起的疼痛吗?那你为什么不吃了我呢?"素凝曦的肩膀与他靠在了一起,"那样你就不会痛了吧。"

她伸出一截白皙纤细的皓腕:"如果非得生吃的话……那你能不能吃快点?"

桑岐握住了她的手腕,薄唇贴在脉搏跳动之处,微微张口,用齿尖感受她生命的搏动。

只需轻轻一咬,她温热的血液便会涌入口中……

但终究没有咬下去,他微微抬头,清冷的银瞳像两轮银月,看着坐在自己身旁双目紧闭的少女。

"你不怕吗?你不恨吗?"他哑声问。

素凝曦心跳得很快,她自然是怕的,但是恨吗……

她叹了口气,睁开明净温暖的眼,带了一丝怜惜看向他:"你也只是为了活下去而已……"

"不,我是半妖。"桑岐的声音低沉嘶哑,"我生来有罪,嗜血凶残,污浊邪恶。"

素凝曦轻笑一声,抚上他的后背,温声道:"天道之下,人与兽,妖和魔,

又有什么区别？草木为了生长，会破开岩石土壤。兔子为了生长，便须吃草木。兽类吃肉，人亦吃兽。然而，纵然是这世间最强大的生命，也终有一死，埋于地下，成为草木生长的养分。万物生来自有意义，天道无关善恶、无关强弱，半妖的存在，是天道赋予的意义，而对生命的轻视，非天之道，是俗世之道。"

"我们人为了活下去，也需要吃掉许许多多的生命，被我吃掉的这只兔子，和被你吃掉的我，是一样的。"素凝曦弯了弯唇角，"但是我会尊重被我吃掉的每一个生命，哪怕做得再难吃，也不能浪费，不能辜负每一个生命的付出。

"所以虽然害怕被你吃掉，但我不会恨你，或许这就是我遇到你的意义。"素凝曦的手温柔地抚过他的银发，"桑岐，遇见你我很开心，你可能不知道，其实……你很温柔。"

她的声音轻轻地落在他的心上，像一颗小小的石子落在波心，又掀起了巨浪。

他循着自己的心意，吻住了她温软的唇瓣。

她明慧的眼眸闪过惊讶，或许她以为，他是要从嘴唇吃起，可直到最后，他的薄唇尝遍了她的身体，也没有舍得轻轻咬下一口。

桑岐以为自己喜欢孤单，原来只是不曾遇见过这样的她，温柔地包容他一切不堪的过去，给了他此生唯一的温暖。

然后一剑斩碎。

闭关十三年，他一直在噩梦中沉沦，对自己撒谎，那个欺骗自己、伤害自己的人，绝对不是素凝曦。但是梦中一遍遍浮现春生剑落下的画面，还有近在咫尺的、素凝曦冷漠的脸。

空荡荡的右臂提醒他，这才是现实，他只是个半妖。

不会有人族真正喜欢一个半妖的。

但他那么喜欢她，还是可以给她一个机会，他会把她绑回魔界，囚禁她一生一世。还好，修士的一生很长，足够陪她终老。若他先一步而去，也要把她带上。哪怕她骗过他、伤了他、憎恶他，但只要留在他身边便足够了。

然而等他出关，得到的消息却是，她死了……

她嫁给了高凤栩，甚至为他生下一个女儿，却死在了明月山庄。

桑岐不相信，他亲自掘开了明月山庄所有的坟墓，却无一具是她的模样。

第九章 悟 心

脚下是高凤栩被拍碎的脑袋，没有人能告诉他，素凝曦去了哪里。

但是在一个小妖奴的身上，他依稀感觉到了，她存在过的气息……

他把她带回来，给她取了个名字，叫暮悬铃。

悬铃，是生于魔界、一种招魂的树。

他费尽心机，想要做的，不过是找到她的尸身，找到她的魂……

镜花谷。

高秋旻轻轻敲响了素凝真的房门，得到回应之后，才小心翼翼地走了进去。

素凝真被桑岐一掌重伤，调息数日仍未恢复，如今门中上下皆由高秋旻暂理。镜花谷上下都恭恭敬敬唤高秋旻一声大师姐，他们心中都明白，高秋旻早晚会从素凝真手中接过拂世之尘——象征镜花谷谷主之位的绝世法器。

"师父，门中各处防御法阵已经检查完毕，一切已正常运转。"高秋旻站在素凝真身旁，谦卑地回报。

素凝真缓缓睁开眼，点了点头："好。秋旻，我有一事要嘱咐你，你仔细听清楚了。"

高秋旻心中浮起不安之感，她攥了攥拳，低声道："弟子听命。"

"桑岐不会放过镜花谷，为师已做好准备，死战到底，你要保护好其他弟子，不必做无谓的牺牲，不可让明月山庄的惨剧在镜花谷发生。"素凝真沉声道。

高秋旻眼中含泪，跪了下来："师父，桑岐太强了，你不要和他硬拼！谢宗主能挡住桑岐的！"

素凝真脸色灰白，叹了口气，看向高秋旻："秋儿，你不懂……"

素凝真向来严厉苛刻，就算对最为信重疼爱的高秋旻，也很少露出柔和之色。在高秋旻的记忆里，似乎只有在她很小的时候，素凝真曾抱过她，温柔地抚摸她的脑袋，喊过她"秋儿"。

"桑岐不会杀你，只要你活着，保住镜花谷的人，那镜花谷便有再起之日。"素凝真以交代后事的语气对高秋旻说道，"往日师父对你严厉，是因为对你有太多的期望。你资质不凡，若用心修炼，必能成就法相，但你的心思过多放在谢宗主身上了……过去师父也希望你能和谢宗主结成道侣，但或许他不是你的良配。对修道之人来说，世间情爱皆是穿肠之毒，他只会乱了你的道

心，耽误你的修行。师父以后不能时时提点你，也不知道你能不能记住师父的嘱托……"

高秋旻眼眶发红，潸然泪下，她伏在素凝真膝上，抽泣道："师父，您是我在这世上唯一的亲人了，您不要丢下我……"

素凝真沉沉叹息一声，轻拍高秋旻的后背。

她是姐姐和高凤栩的孩子……

素凝真并没有把握，桑岐心中的爱更多，还是恨更多，对高秋旻是非杀不可，还是会看在素凝曦的面子上放她一条生路。但她只能赌了……

镜花谷的守卫极其森严，防御法阵全开，五步一岗十步一哨，几乎每时每刻，每一寸地方都有人盯着。

桑岐正在修行的紧要关头，让暮悬铃领了十几个精锐魔兵深夜潜入镜花谷，要求不能打草惊蛇，只为再打探素凝曦的坟地所在。

暮悬铃心里觉得这个要求有点古怪，但没有违背桑岐的命令，让欲魔带了几个高阶魔兵便偷偷潜往镜花谷。但是素凝真早有准备，估计也是知道桑岐对镜花谷恨之入骨，因此守卫才如此密不透风。

镜花谷以女修居多，整体实力在五大宗门中最弱。如今的谷主素凝真也是法相之中根基最浅的一个，本来上一任谷主属意的继承人是素凝曦，只是素凝曦死得早，这位子才落到了素凝真头上。她的修为难以服众，从前任谷主手中接过拂世之尘让很多门人心里不满，但她严苛狠厉，愣是震慑住了众人。

镜花谷的法相尊者至少有三人，素凝真重伤应该还未恢复实力，另外两位法相长老坐镇后方，若是他们不出手的话，暮悬铃还能周旋一二；若是出手，她便只能疾退了。

好在桑岐不负大祭司之名，诡秘手段令人防不胜防，竟有法器能遮掩妖气与魔气，让暮悬铃一干人等能瞒过结界的感知，潜入谷中。之前他便也是以同样的方式潜入拥雪城。

"圣女，那个星沉谷在镜花谷最深处，我们怎么过去？"欲魔压低了声音问道。

暮悬铃回忆桑岐画过的地图，眉头微微皱起。星沉谷是镜花谷一众修士沉

眠之地，就连历代谷主、长老也埋葬于此，这也是桑岐最怀疑的地方。其实七年前桑岐出关，灭了明月山庄之后，便想对镜花谷下手，但当时他不过是个大祭司，若没有合适的借口，也难以调动足够的力量入侵镜花谷。这些年韬光养晦，隐忍修行，所说的未竟之事，便是寻找素凝曦的尸骸。

星沉谷在镜花谷最深之处，防守倒并不严密，毕竟只是墓地，不会有什么人来，更不会有什么宝物。但是要去星沉谷，却得横穿整座镜花谷，想不惊动他人，便有些难。

"所有魔兵融入阴影之中，伺机寻找合适的对象附身。之后我换上谷中女修的衣服，让他们掩护我进星沉谷。"

深夜是魔族的战场，暮悬铃一挥手，魔兵便像一摊墨汁一样融入地面的阴影之中，伺机寻找附身的对象。

夜色是魔族最好的保护色，尤其魔族附身往往于无声无息之中完成。不消片刻，欲魔便成功附身了一名女修，来到暮悬铃面前便要宽衣解带。

"圣女，我这身衣服给你。"顶着女修面孔的欲魔低声说。

暮悬铃抬手阻止了他，嫌恶地说："不必了。脱给我你穿什么？"

这时又有几名被附身的女修走了过来，身上还扛着一个昏迷的女修，看身形与暮悬铃差不多，正好扒下外衣给暮悬铃穿上。

"我观察了一下，这里的巡逻队伍五人为一组，我们正好分为两组，一组留在谷口接应，另外一组跟着我走，互相策应。若遇到有人问起，你们就说发现形迹可疑的妖物，要向大师姐汇报。"暮悬铃说着，便有三只碧睛玉兔从芥子袋里跳了出来，分散开来跳向两个小队。

碧睛玉兔是兽体半妖，与寻常兔子不同在于它们的眼睛是翡翠般漂亮的碧绿之色，视力极佳，几乎接近法相的目窍之力。这几只碧睛玉兔都有一百岁左右的功力，且修习了魔功，不但能口吐人言，而且战力不俗，只是可爱的外貌很容易欺骗敌人。

暮悬铃安排好了一切，便将其中一组带走，往星沉谷方向而去。途中遇到了一两次其他修士，但都没被发现异常。

一路顺利到达宫殿群，暮悬铃沿着偏殿绕路而行，经过后院之时，忽然听到一阵熟悉的声音。

"师父已经歇下了，你们今夜不用服侍了。"高秋旻声音冷淡地对其他弟子说道。

"是，大师姐。"另一个声音有些耳熟，暮悬铃恍然想起，是在骁城时见过的圆脸女修。

圆脸女修声音甜美却谄媚，跟随高秋旻边走边说道："大师姐，师父真是越来越信重你了。"

高秋旻不知道在想什么，有些神思不属地"嗯"了一声，态度敷衍。

"我听说，师父把镜花谷护山阵眼都传给你了。"圆脸女修赔着笑道，"这可是谷主才有的权力啊。难道师父想要闭关，将谷主之位传给你吗？"

"胡说什么，我不过是金丹修士，何德何能担此重任。"高秋旻不悦地斥责一声，"师父春秋鼎盛，还有千年之寿，不会现在就传位的。"

圆脸女修不知道高秋旻为何突然大发脾气，急忙点头赔礼，低声下气地讨好对方。

暮悬铃看着两人远去的背影，心中也有些稀奇。据她了解，高秋旻可不是这种性子。高秋旻生来便是九窍，资质不俗，在明月山庄便受尽宠爱。虽说后来明月山庄惨遭血洗，但她被素凝真收养，便是亲传大弟子，在镜花谷地位超然，也没有受过委屈。高秋旻向来眼高于顶，傲慢自矜，喜欢他人奉承，怎么会一副心事重重、郁结于心的模样？

暮悬铃心中存疑，却也没时间多想，见高秋旻走远，便立刻领了人往星沉谷而去。

离开宫殿群后，巡逻之人便少了许多，越靠近星沉谷越荒凉，到底是墓地，晚上没什么人愿意来。

走过一道桥后，便看到一片闪烁着浅绿色荧光的山谷，细细一看，是数不清的萤火虫。镜花谷四季如春，温暖湿润，灵气充沛，最适合灵草种植，也因此谷中弟子大多擅长治疗。这片星沉谷虽是埋骨之地，但也是处处灵花异草，幽香扑鼻。

往前再走一小段路，便能看到林立的墓碑，白色的石头上面刻着一个个修士的名字，但在外围的，多是普通弟子，暮悬铃只是扫了一眼，便往更深处走去。

星沉谷中有一棵枝繁叶茂的大树，不知有几千年的岁数，以那棵树为中心的，便是历代谷主和长老的墓地。这其中多是法相尊者，死后尸骨百年不腐，甚至可以化为灵气滋润这片土地，因此周围的植被显得更茂盛，灵力更丰沛。

"仔细找一找。"暮悬铃沉声对众人说。

她心里暗暗觉得此事没有这么简单。素凝曦的空坟藏着疑云，高凤栩知道吗？若是高凤栩知道，那为何让人带走尸骸？若是高凤栩不知道，又是谁敢冒险偷走明月山庄庄主夫人的尸骨？偷来又为了做什么？

无论是前者还是后者，素凝曦的尸骨都不太可能光明正大地葬在镜花谷。

暮悬铃觉得，桑岐不可能想不明白这一点，这一趟很可能是无用功。但桑岐若这么安排，定有他的目的，只是他没有说出来。

暮悬铃缓缓走到那棵千年古树之下，将掌心贴在树干之上，想要感受这棵树的灵力。一般来说，这种生于洞天福地的千年古树，是很有可能生出树灵或者树妖的。

然而她的掌心刚刚贴上古树，一股不寻常的灵力波动便自脚下展开，如石头落进水中，荡开圈圈波纹。

暮悬铃一惊，猛然转身，便见一熟悉的白衣身影立于身后不远处，目光沉沉地望着她。

谢雪臣若是有意遮掩气息，这天下间便没有人能察觉。

——他在这里等着，他知道她会来？

暮悬铃心中闪过一丝慌乱，但断念已握在手，向后飞去拉开了与对方的距离，这样能让她有一丝安全感。

谢雪臣没有如她预想的那般立刻追上来，他并不急迫，似乎料定她插翅难逃。

便在这时，脚下的灵力波动越来越强，梵音吟诵的声音在脑海中回荡，这是魔族最怕的般若心经，暮悬铃虽然不惧，但也觉得一阵烦闷。再放眼四周，被魔兵附身的女修都捂着脑袋倒在了地上，而魔兵四下逃散，不知所终。

一个年纪不大的行者站在远处，那人眉目俊秀，双眸明澈，如星河散落、明月高悬，唇红齿白，俊美不凡，他有七分像南胥月，让人心生亲近，却又多了一份不容玷污的圣洁高贵，普通百姓若是见了，难免心生朝拜叩首之意。此

刻他手中捏着一串檀木珠串，随着他的唇动，般若心经的吟诵之声越来越强，让魔族不敢逼近。

暮悬铃的心沉了下来，她没想到谢雪臣会在这里，更没想到，镜花谷还找悬天寺搬了救兵。此人凭一己之力便可以将般若心吟诵至如此强大的威力，即便不是法相，也是元婴巅峰。

谢雪臣不是应该在两界山牵制桑岐的吗？

难道是素凝真请来的？

暮悬铃无暇多想，她必须在行者出手之前摆脱谢雪臣，她不敢留有余力，灵力灌注于断念之上，断念陡然发出荧荧紫光，仿佛呼吸一样一明一灭，下一刻便如灵蛇一般向谢雪臣攻去。

谢雪臣自有千百种方法将她留下，但钧天剑一起，便又迟疑地顿了一下。

——如此一来，她会受伤的。

谢雪臣隐忍着灵力不发，疾如闪电、狡如鬼魅的断念如影随形，毫不留情地鞭笞那袭白衣。法相之躯虽坚不可摧，但洁白无瑕的长衫却落下了淡淡的痕迹。

他隔着漫天鞭影看着远处的暮悬铃，她的眼神冰冷无情，恍惚间让他想起了不久前，她也是这样站在自己面前，漂亮的眸子浮着层并不分明的水雾，委屈又气愤地说："你不过仗着我喜欢你，不忍心伤了你！"

她明明可以打伤他，但她处处留手，不动用魔功。

她说，你受伤那么重，又没有灵力护体，挡不住我的魔功。

所以此刻，他明明可以打伤她、擒住她，但是他也没有……

他知道，是自己不忍心。

因为喜欢，所以不忍心伤她。

因为喜欢，所以克制自己。

但她并没有，她冷漠地出手，只想摆脱他，就像当初的他，想尽办法要逃离她身边。

而现在，他如愿以偿了。

一阵心悸让他手上动作一顿，灵巧的长鞭顿时突破了破绽，狠狠一鞭击中他的胸口。灌注了灵力的长鞭坚硬胜铁，他虽有法相之躯，却因隐忍灵力而生

第九章 悟心

生承受了这一鞭，顿时衣襟撕裂，胸腔气血翻涌，脸色一白。

一声极轻的脆响不合时宜地响起，像是玉石断裂之声，清凌凌的，十分悦耳。

谢雪臣动作顿住，暮悬铃本可以趁机逃走，但她没有，因为她的目光和谢雪臣落到了同一处。

那根落在地上，碎成了两段的玉簪。

她恍惚想起了那个雪夜，她满怀欣喜地靠在他怀里，畅想着成为他的妖奴后可以日日陪在他身边的日子——那是她七年前就梦寐以求的事。

可如今回想起来，只有那些苍白的画面，没有一丝喜欢。

"为何在你这里？"她脱口而出问完，自己便有了答案。

定是他过后又去找那店家赎了回来。

他没有放在芥子袋里，而是贴身藏着，也许是因为时常无意识地握在手中。

他在想什么？

谢雪臣俯身拾起断裂的玉簪，骨节分明的五指隐忍着轻颤。

那丝断纹仿佛裂在心口之上，不断地绵延开来，化成细碎而密麻的疼痛。

因为这一刻的恍惚，他失算了，一片黑暗笼住了他的意识，将他拖入魔域之中。

不远处的暮悬铃暗骂了一声："欲魔你这个蠢货，贪欲牢笼对谢雪臣没用！"

谢雪臣没有贪欲，暮悬铃最清楚。欲魔的投影曾经用这招对付过他，根本没用。但是欲魔的本体没有投影的记忆，不知道这件事，于是本体傻乎乎地用了同样的伎俩对付谢雪臣。

不然怎么说魔没有脑子呢！

更让暮悬铃生气的是，欲魔那家伙，把她也给拖进来了！

欲魔得了桑岐赏赐的魔丹之后，实力大增，更胜从前。想要破解贪欲牢笼，要么杀了欲魔，要么只能破除心魔，将牢笼之内的欲望诛杀，将牢笼化为废墟，如此便可破牢而出。

暮悬铃从黑暗中恢复视觉时，便发现自己的所在是问雪崖，然而和上一回幻境所见的，又有些不同。这一回的风雪特别大，恍惚让她想起，与谢雪臣初

次相遇之时，也是这样漫天大雪。

一瓣雪花眯了眼，暮悬铃眨了眨眼，抬手揉去睫毛上的湿意，透过风雪看到了熟悉的背影。

谢雪臣依旧站在那里，那棵覆满白雪的树下，只是眼前的他却不是四岁那年的他，那个高大修长的背影看上去分外寂寥，仿佛融入了风雪之中，却又与这个世界格格不入。

暮悬铃不太清楚为什么自己被拉入了谢雪臣的贪欲牢笼之中，甚至不知道自己的贪欲是什么。不过现在她并不急切，因为急切无济于事。牢笼之外还有个不知深浅的行者在等着她，欲魔的实力和那个行者大概不相上下，若是欲魔能先一步解决那个行者，那形势对她有利。若欲魔被行者解决了，那牢笼自然也就破了，到时候她对上谢雪臣和元婴行者，唯有束手就擒。

暮悬铃不由自主放轻了呼吸，想要悄悄溜走，但谢雪臣早已发现她的存在，就在她动身之际，便有一股奇异的力量缠住了她纤细的腰肢，轻轻一扯，她的身子便不受控制地向悬崖边飞去，落入一个坚实的怀抱之中，她仰头便看到了谢雪臣清冷的眉眼。

谢雪臣的手扶着她的腰，乌黑的长发披散于脑后，沾上了些许雪花，微微打湿了长发，纤长的睫毛半掩凤眸，向来锐利而淡漠的凤眸涌动着让人琢磨不透的晦暗之色，似有风暴潜藏于浓云之下。

暮悬铃心头涌起一阵强烈的不安，想要逃离的冲动越发强烈，她颤声道："谢宗主，暴风雪的天气最适合练剑了，我不打扰你修行。"

说着轻轻挣扎起来，但箍在腰上的手纹丝未动。

谢雪臣对她的话恍若未闻，暮悬铃见他的精神有点恍惚，似乎真的受到魔域力量的影响，迷失了心智。谢雪臣道心坚定，心神明澈，想要将他拖入贪欲牢笼极为不易。上一次谢雪臣落入贪欲牢笼，是因为神窍被封，实力大损，这一次呢……

好像是看到那支断裂的发簪时，心神露出了破绽。

又一片雪花落在眼角，暮悬铃忍不住皱眉眯了眯眼，便感觉到谢雪臣微凉的指尖触摸到自己眼角，带着薄茧的指腹轻轻揩去眼角的湿意，却又流连不去。他撩起她被风雪吹乱的鬓发别于耳后，揽着她稍一转身，让她背靠着大树躲在

第九章　悟　心

树下，用自己的身体为她挡去外面的风雪。

漫天风雪中，他双臂之间圈出了一片小小的天地，让人莫名安心。

"不打扰。"谢雪臣说。

暮悬铃想了片刻，才反应过来他是在回答她之前那句话。

谢雪臣从怀中抽出一支白色玉簪，习惯握剑的手，分外珍重而轻柔地握着温润的羊脂玉簪，用微哑的声音说道："那天晚上，我去赎回了这支发簪，本想还给你。"

暮悬铃垂着眼，怔怔地看着他手中的玉簪，一时之间竟忘了逃走。

"还给我，然后赶我走，是吗？"暮悬铃冷冷地说，但心里似乎有些委屈，又空落落的，不知这委屈从何而起，好像缺了一大块，让她难受又莫名。

谢雪臣说："但我舍不得，这支发簪……还有你。"

暮悬铃心中一震，仰起头看向谢雪臣。他的眼中似乎压抑着什么，漆黑的双眸暗色翻涌，有什么东西呼之欲出。

"谢雪臣，"暮悬铃心脏跳得有些难受，无情地戳穿他的幻境，"这是假的，发簪断了，我不要了。"

掌心的发簪应声而断。

他心中绷了许久的一根弦，也乍然断裂，陌生的疼痛自心口蔓延开来，本该是天下间最坚定的手，竟不由自主轻颤起来，他缓缓握紧了玉簪，白玉顿时被震碎，化为一捧细碎的玉沙，自指缝间落下。

"你不要了，是吗？"沙哑的声音轻问道。

暮悬铃一惊，下意识地想要退，却没有了退路，她后背紧紧贴着树干，被谢雪臣圈禁在怀里，慑人的气息笼罩住她，让她不禁轻颤。

"我……"

谢雪臣松开手，掌心已然空无一物。他抬手轻抚暮悬铃的脸颊，打断了她想要说出的话："弃我去者，昨日之日不可留……"谢雪臣苦涩一笑，"是我错了，铃儿，你留下来，好吗？"

暮悬铃失神地看着眼前的男人。她印象中的谢雪臣，是孤傲清冷、坚定不屈的一个人，而此时的他，却轻易地在她面前流露出脆弱的一面。他是高坐云端的仙人，却被她拖入红尘之中，他染了尘埃，而她弃他而去。

暮悬铃心口一阵揪痛，微张着唇，仿佛有无形的力量压迫着她，让她说不出话来。

"谢……"她沙哑地开口。

然后便被他堵住了唇。

他不愿听到她说出冷漠拒绝的话。

温凉的薄唇覆在她唇瓣之上，生涩地辗转吮吸着，修长的手扣住她的后脑，让她无处可逃，另一只手贴着她的后腰，将她箍在怀中，紧紧相依。他的吻笨拙而热切，掠夺她口中的甘甜，与她气息交融，缠绵悱恻。

向来庄重自持、清冷矜贵的人也会有失控的时刻，鸦青色的长发于风雪中交缠，他眉眼间的冰冷与锐利却在悄然融化，温软，继而炙热，失了清明的凤眸涌动着深沉的欲色，微微上挑的眼角染上了潮红，他是高立云端的仙人，却在此刻跌落于滚滚红尘。

他一生醉心剑道，对情爱所知寥寥无几，都是源自她言传身教，此时两人的形势逆转，她对他做过的事，他又在她身上讨回来了。他学得极好，甚至变本加厉。

唇上微微肿痛，一丝腥甜在舌尖蔓延开，让她恍惚想起了熔渊之时，她也是这般对他……

暮悬铃恍然明白了。

——她是谢雪臣的贪欲。

贪欲牢笼能勾起人心底最深层的欲望，让人沉沦其中，无法自拔。

骗得了自己，骗得了世人，却骗不过藏在内心深处的那一丝欲望。

谢雪臣放任自己的欲望，追逐掠夺她唇舌间的甘甜，脑海中一幕幕闪过，尽是她刻在他心中的容颜。

她愤怒地说——你不过是仗着我喜欢你。

她委屈地说——我若是用了魔功，你便死了。

她热切地说——除了谢雪臣，都是其他人。

她被判终身囚禁，散功之前，却仍问他——谢雪臣，你伤好了吗？

她满怀倾慕，小心翼翼地在他唇畔印上一吻。

她魔气失控，尽显媚态向他婉转求欢。

她无怨无悔，只想陪在他身边，哪怕终身囚禁为奴。

谢雪臣心怀天下，而她心里从来只有谢雪臣。

我心匪石，只是早已刻骨，而不自知。

他本该是终年不化的雪，却心甘情愿在她掌心融化。

她蛮横地挤入他的世界，又毫不留情地抽身而去，让他的世界陡然塌了一角，他才意识到，她已经成了他无法割舍的一部分。

他原以为，自己无法回应她的一片热忱，不愿委屈她在拥雪城一世为奴，便送她去蕴秀山庄，让更好的人来照顾她，这便是对她最好的安排。

但不知何时他便后悔了。

也许是在看到她为南胥月挡下桑岐的攻击而吐血之时，也许是在桑岐掳走她而他无力追击之时。

也许更早，就在说出那句话的时候，他便后悔了。

清醒的时候，他清晰地感受到肩上沉重的担子，在众生与她之间，他只能选择前者。但此时此刻，他心里只剩下一个想法——留住她。

"铃儿，别走……"他厮磨着她的唇瓣，低沉沙哑的声音隐忍着痛与欲。

暮悬铃被他霸道而缠绵的吻夺走了呼吸和力气，浑身绵软地靠在他怀里，双手无力地抵在他胸前，只靠着腰上那只手支撑全身的重量。她眼角沁着泪意，茫然地看着谢雪臣，心中仿佛缺了一块，空落落的，什么也抓不住。她好像被撕成了两半，一半清醒，一半沉醉，仿佛在半睡半醒之间浮沉，莫名的剥离感让她感到恐慌而窒息，心脏骤然剧烈抽痛起来，血色从脸上抽离，她难以自抑地颤抖，泪水从眼眶中汹涌而出。

谢雪臣听到她的心跳声在那一瞬间戛然而止，紧接着便是止不住的泪水从空洞的双眼中漫出。混沌的欲念霎时间烟消云散，他惊惧莫名地抱紧了暮悬铃绵软的身体，颤声唤道："铃儿，你怎么了！"

暮悬铃嘴唇微微张开，却发不出一丝声音，疼痛让她脸色发白，眉心紧蹙。谢雪臣的唤声似在耳畔，又似在天边，她无力地软倒，被谢雪臣小心翼翼地抱在怀中，气息时急时缓，心跳却忽然剧烈起来，仿佛快爆炸了一般。

此方天地忽然出现了扭曲和摇晃，谢雪臣已然反应过来，眼下经历的一切都是贪欲牢笼的幻境，问雪崖是假的，暮悬铃是他的贪欲，想要破除贪欲牢笼，

必须诛灭自己心中所欲。而此刻牢笼震颤，便是因为他的欲望正在消散……

谢雪臣不知道暮悬铃为何忽然发生异变，他不顾一切地在她神窍中注入灵力，但显然无济于事。

便在此时，风雪骤然消散，取而代之的是弥漫着芳草香气的山谷。唯一不变的，是他怀中依然抱着气若游丝的暮悬铃。

谢雪臣的心沉了下去，他宁愿方才幻境中所见所抱的是自己幻想出来的暮悬铃，哪怕她仍然冷漠，仍然憎恨自己，也不愿看她身处险境。

年轻的行者双手合十，欲魔被灵力幻化而成的金色锁链捆住，奄奄一息，看到谢雪臣抱着脸色惨白的暮悬铃从贪欲牢笼中出来，他也是愣了一下。然而下一刻，谢雪臣锐利的杀气便向他而来。

"她为何如此？"谢雪臣蕴着怒意与杀意的凤眸冷冷注视着欲魔，声音中难掩颤意。

"我不知道……"欲魔瑟瑟发抖，"我怎么敢伤害圣女。"

"是你将她拖入贪欲牢笼！"谢雪臣冷然道。

欲魔颤声道："贪欲牢笼从来不会把两个人关进同一个牢笼之中，除非……"

"除非什么？"

欲魔咽了咽口水："除非那两个人是彼此的贪欲。"

谢雪臣一怔。

铃儿的贪欲……是他？

行者的目光落在暮悬铃面上，忽然愣了一下，轻轻"咦"了一声。

谢雪臣察觉到行者的异样，向他看去，问道："玄信大师是否知情？"

这个年轻的行者，正是悬天寺千年以来最有慧根的行者——玄信。他被认为是生而知之者，是仅次于谢雪臣的神人转世，二十出头的年纪，离法相仅有一步之遥，若不是一念尊者故去，过几年他便是下一任门主。但一念尊者去得匆忙，如今悬天寺陷入混乱之中，虽然有不少人支持玄信继任，但玄信毕竟未入法相，不能服众。

谢雪臣知道此人天生慧根，见识不凡，此次镜花谷设局，便请了他帮忙驱魔。

玄信明慧澄澈的双眸定定注视着昏迷的暮悬铃，微微皱起眉头，声如玉

石，清朗悦耳。

"谢宗主，你看，此人眼角有一水滴状灰色小痣。"

谢雪臣依玄信所言低头细看，确实在暮悬铃左眼角下方看到了一个不明显的灰色印记，他食指指腹轻轻摩挲，却觉得肌肤平滑细腻，并无凸起之感。

玄信道："这个小痣，被称为众生泪，是服下悟心水后才会有的症状。"

谢雪臣微微一怔，因为他听南胥月说过悟心水之事，此乃悬天寺秘药，珍稀而罕见，但玄信知道，不足为怪。他心头微微一沉，哑声道："服下悟心水，便会断情绝爱……"

玄信点点头道："悟心水乃是小道。我寺元婴晋升法相之时，最易生心魔，勘不破情关，最终堕入魔道，乃至身死道消。因此才有祖师研制此药，服下之后，忘情绝爱，晋升之时便少了几分心魔。但若依靠此药晋升，终究非正道，外力所致，不能真正忘情，反而会反噬其心。"

谢雪臣不自觉攥紧了拳头："如何噬心？"

玄信轻轻一叹，双手合十："悟心，由心而起，便须由心而灭，若强行抹杀，便会损伤灵识。灵识薄弱，则邪魔易侵，如一念尊者那般，心魔大炽，误入歧途。轻则陷入癫狂，重则身死道消。"

谢雪臣哑声问道："她如今心跳如雷，却气息微弱，可与悟心水有关？"

玄信道："从来没有寺外之人服过悟心水，因此我也不敢妄言，只是有一点猜测。"

谢雪臣道："大师但说无妨。"

"悟心水泯灭人性，扼杀情念，而贪欲牢笼却勾起心中贪欲痴念，或是她心中欲念太强，悟心水强行压制，于心窍之上交锋，以至于损伤心脉。"玄信道。

"可有医治之法？"谢雪臣问道。

玄信回道："贪欲牢笼已破，她心中的欲念不久便会被悟心水的药性压制，想必不久便能苏醒。"

此时谢雪臣拥着暮悬铃，已经感觉到她的心跳逐渐缓和下来，只是仍然昏迷不醒。玄信的话让他稍稍松了口气，但心头依然沉重。因为这只是暂时无恙，却依然后患无穷。

谢雪臣问道："悟心水可有解法？"

玄信道："悬天寺行者所立道心，皆为忘情道，因此悟心水的药性与道心相契合，晋升法相之后，药性自然消解，众生泪也会消失。但魔族圣女修的是有情道，悟心水于晋升毫无益处，且与道心相左，待他日要突破法相境，便会因为药性与道心相冲而危险万分。因此悟心水的解法，于她并不适用。"

"便没有其他办法了吗？"谢雪臣抱着暮悬铃的手指节发白。

玄信沉默良久，才道："有一个方法或许可行，但从未有人试过……"

"大师请讲。"

玄信看了欲魔一眼，忽地抬手一划，一个半圆结界笼住了他和谢雪臣，防止他人探听。

欲魔怔怔看着背对自己的玄信对谢雪臣说了什么，谢雪臣脸色凝重地点了点头，忽然轻轻一笑。

谢雪臣道："我明白了，多谢大师相告。"

玄信道："此法亦是凶险，更何况，她是魔族圣女，仙盟不容她。"

谢雪臣淡然道："她早已叛出魔族，投奔了我，那日是我弃她而去，让她落入桑岐手中，才受此磨难，错皆在我。我弃她一次，便不会再有第二次，仙盟不容她，我护着她。"

玄信凝重道："谢宗主，这是与仙盟为敌。"

谢雪臣道："那便与仙盟为敌。"

玄信定定注视他许久，才轻轻一叹："谢宗主，你已生心魔。"

他的道心，终究还是因一人而乱。